HEYNE <

ELLA THOMPSON

SOMMERTRÄUME AUF Cape Cod

ROMAN

Lighthouse
SAGA
Teil 2

WILHELM HEYNE VERLAG
MÜNCHEN

MIX
Papier aus verantwortungsvollen Quellen
FSC® C014496
FSC www.fsc.org

Verlagsgruppe Random House FSC® N001967

Originalausgabe 05/2019

Printed in Germany
Redaktion: Friederike Arnold
Umschlaggestaltung: Eisele Grafik Design, München.
Bigstock (belander, CaptureLight, SvetlanaR, bioraven, Artenex, Anna Om),
Shutterstock (Naomi Creek, Allan Wood Photography, Nisachon Poompuang)
Kartenillustration »Cape Cod«: Andreas Hancock
Satz: Buch-Werkstatt GmbH, Bad Aibling
Druck und Bindung: GGP Media GmbH, Pößneck

ISBN 978-3-453-42295-7
www.heyne.de

Durch einen einzigen Augenblick
kann dein ganzes Leben aus den Fugen geraten.

Prolog

Boston schlief nie. Auch um vier Uhr morgens sah die Stadt aus wie das Spiegelbild des Sternenhimmels. Wenn man sie von oben betrachtete. Zum Beispiel aus einem der Flugzeuge, die den Logan Airport ansteuerten. Oder vom Dach des Boston General Hospitals, vierzehn Stockwerke über den glitzernden Lichtern.

Der kalte Wind, der bereits einen Hauch von Frühling durch die Dunkelheit wirbelte, trug nur gedämpfte Fetzen der Melodie, die Boston ausmachte, hier herauf. Ein bisschen wirkte das Dach wie eine Oase im Chaos des Lebens. Dr. Andrew Hunter hatte das zumindest immer so empfunden. Er sah an seinen frei in der Nacht baumelnden Beinen vorbei nach unten. Ein Rettungswagen preschte mit blau, weiß und rot rotierenden Lichtern in die Auffahrt der Notaufnahme. Er müsste jetzt eigentlich dort unten stehen und einen Patienten in Empfang nehmen, schoss es Andrew durch den Kopf. Eigentlich.

Seine Hände umfassten die Kante der breiten Brüstung fester, auf der er saß und ins Ungewisse starrte. Er spürte die raue Oberfläche unter seinen Fingern. Als die stählerne Feuerschutztür hinter ihm mit einem Quietschen aufgeschoben wurde und mit einem dumpfen Knall wieder ins Schloss fiel, überlegte Andrew, ob es sich lohnte, den Kopf zu drehen und herauszufinden, wer ihm Gesellschaft leisten wollte. Er entschied, sich nicht die Mühe zu machen, und starrte weiter auf die Stadt und den Inner Harbour hinaus. Wer ihn stören wollte, tat das so oder so.

»Hey, Drew«, erklang Schwester Jessica Philipps' sanfte Stimme. Sie lehnte sich neben ihm an die Brüstung.

»Jess.« Er sah sie nicht an. Das Letzte, was er im Moment brauchen konnte, waren besorgte Menschen mit noch besorgteren Gesichtern, die glaubten zu wissen, was mit ihm los war.

Jessica legte ihre warme Hand in einer freundschaftlichen Geste auf seinen ausgekühlten Unterarm und schuf damit eine Nähe, die Andrew nur von sehr wenigen Mitmenschen duldete. Jessica gehörte dazu. Vor zwei oder drei Jahren waren sie ein paar Mal miteinander ausgegangen, ohne dass der Funke zwischen ihnen übergesprungen war. Wahrscheinlich weckten ihre fröhlich wippenden, blonden Locken und die Sommersprossen auf ihrer Nase in ihm eine lang vergangene, romantische Erinnerung, mit der sie schlussendlich nicht hatte konkurrieren können. Seit dieser Zeit waren sie irgendwie – Freunde. »Es tut mir leid, was passiert ist«, sagte sie leise. »Ich kann dich verstehen.« Einen Moment zögerte sie, nicht sicher, ob sie die imaginäre Bombe, die Andrew in seinen Händen hielt, mit ihrem nächsten Satz zündete. »Sie hätten dich nicht suspendieren sollen«, fuhr sie schließlich fort. »Wenn du möchtest, trinken wir nach dem Dienst eine Tasse Kaffee und reden darüber.«

Das brachte Andrew endlich dazu, den Kopf in ihre Richtung zu drehen und ihn leicht zu schütteln. Soweit er sich erinnern konnte, war Jessica seit einem halben Jahr mit einem netten, unaufgeregten Banker verlobt. Er wollte nicht, dass sie in Erklärungsnöte geriet. Im Moment gab es schon genug Gerede um seine Person, weil er mitten in der Notaufnahme, in der er seit sechs Jahren arbeitete, ausgerastet war. »Das ist lieb von dir.« Seine Stimme klang so rau, dass er sie fast selbst nicht wiedererkannt hätte. »Ich gehe einfach nach Hause und schlafe mich ordentlich aus. Wenn ich wieder einen klaren Kopf habe, überlege ich mir, wie es weitergeht.«

Jessica strich mit ihrer warmen Hand über seine Schulter, und Andrew wurde bewusst, dass er noch immer seine Krankenhauskluft trug. Wie lange saß er jetzt schon hier oben?

Jessica nickte. Sie verstand, dass er seine Ruhe wollte. »Wenn ich etwas für dich tun kann, ruf mich einfach an, okay?«

»Sicher«, log er.

Die Schwester verschwand durch die Feuertür, die kurz darauf abermals aufgestoßen wurde. Andrew seufzte innerlich. Früher hatte man hier oben seine Ruhe gehabt. Er drehte sich nach dem Störenfried um.

»Sie wollen doch nicht springen, Doc?«, fragte ein junger Pfleger, den er flüchtig aus der Inneren kannte, und lehnte sich gegen die Wand des Treppenhauses. Er riss eine Red-Bull-Dose auf und leerte sie gierig mindestens bis zur Hälfte. »Soll ich einen der Psychologen anpiepsen?« Die Hilfsbereitschaft konnte den Sensationshunger in seiner Stimme kaum überdecken.

Andrew wandte den Blick wieder der Stadt zu und verdrehte die Augen. Ein Klugscheißer, dem zu viel Koffein-Taurin-Gemisch durch die Blutbahnen schoss, hatte ihm gerade noch gefehlt. Den Blödmann zu ignorieren war vermutlich am besten.

Als sein Handy klingelte, zog er es aus der Hosentasche und warf einen Blick auf das Display. Eine Handbewegung, die sich bei einem Arzt in der Notaufnahme längst in einen Reflex verwandelt hatte. Der Name, der weiß auf dem schwarzen Hintergrund leuchtete, ließ ihn für einen Augenblick das Atmen vergessen. Er wischte über die grüne Taste. »Dad? Ist alles in Ordnung?« Theodor Hunter rief Andrew nie an. Nie. Was brachte ihn dazu, um vier Uhr morgens …? Sein Puls beschleunigte sich, und sein Brustkorb zog sich zusammen, während er darauf wartete, dass sein alter Herr etwas sagte. Irgendetwas. Als es in der Leitung still blieb, fragte er noch einmal: »Dad? Bist du das?«

»Mr. … Dr. Hunter?«, verbesserte sich eine leise Frauenstimme. Sie klang jung und schien vor Angst zu zittern.

»Ja. Wer sind Sie? Und warum benutzen Sie das Telefon meines Vaters?« Noch ehe er zu Ende gesprochen hatte, kannte er die Antwort. Plötzlich fröstelte er, und ein Schauer lief ihm über den Rücken. Die Kälte setzte sich in seinem Herzen fest.

»Ich … bin … ich bin Alessia Michalson, die … ähm … Assistentin Ihres Vaters.«

Was bedeutete, sie war seine aktuelle, vermutlich zweiundzwanzigjährige Geliebte.

»Wir sind auf Cape Cod«, fuhr sie fort, und Andrew war sich sicher, sie stand kurz davor, vor Panik zu hyperventilieren. »In diesem Strandhaus … Sunset Cove? … Theodor hat … ich weiß auch nicht. Er ist … irgendwie zusammengebrochen. Aber er weigert sich, einen Arzt zu konsultieren.«

»Wie sind seine Vitalwerte?«

»Ich … ich weiß nicht.« Sie klang immer elender und schien mit der Situation völlig überfordert.

»Ist er bei Bewusstsein?«

»Ja!« Sie schrie fast, so froh schien sie darüber zu sein, endlich eine Frage beantworten zu können.

»Achten Sie darauf, dass das so bleibt. Sobald er ohnmächtig wird, rufen Sie einen Rettungswagen. Haben Sie mich verstanden?« Er wartete ihre Erwiderung nicht ab. »Ich bin unterwegs.« Ungeachtet dessen, dass sein Leben gerade um ihn herum implodierte und er der Letzte war, den sein Vater am Krankenbett sehen wollte, schwang er die Beine über die Brüstung, hastete mit ein paar schnellen Schritten an dem neugierigen Pfleger vorbei und raste die Treppe zum obersten Stockwerk hinunter. Ungeduldig hämmerte er auf den Knopf des Fahrstuhls, der ihn zu seinem Wagen in die Tiefgarage bringen würde. Um diese Tageszeit konnte er es in unter zwei Stunden auf die Halbinsel schaffen.

1

Solange Andrew ein Kind gewesen war, hatte das Überqueren der Sagamore Bridge etwas Magisches an sich gehabt. Es war der Auftakt der Ferien gewesen. Der Beginn der Freiheit, die aus Strand, Sonne und Meer bestand. Wenn er auf den Cape-Cod-Canal hinunterblickte, hatte er sich bereits den Wind vorstellen können, der an seinen Haaren riss. Er hatte die Augen geschlossen und den Geruch nach Kiefernwäldern, Seegras und gegrillten Hotdogs heraufbeschworen. Schmeckte die Mischung aus Vanille- und Erdbeereis auf der Zunge, die den Sommer ausmachte.

In dem Jahr, in dem er siebzehn wurde, verlor die Halbinsel ihren Zauber, weil ihm das Mädchen, das so lange Zeit seine Gedanken beherrscht hatte, das Herz brach. Ein paar Jahre später beschloss Andrews Mutter Georgina ausgerechnet in ihrem Strandhaus Sunset Cove, den Demütigungen seines Vaters zu entkommen, indem sie versuchte, sich das Leben zu nehmen. Sie wurde im letzten Augenblick gerettet, aber Cape Cod hatte in diesem Moment jede gute Erinnerung, mochte sie auch noch so flüchtig sein, eingebüßt und sich in einen Albtraum verwandelt. Andrew hatte nie wieder einen Fuß auf die Halbinsel gesetzt.

Im vergangenen Dezember war er zum ersten Mal zurückgekehrt. Wenn auch nur für wenige Stunden, in denen er das Leben seines jüngeren Bruders Niclas in den Händen gehalten hatte. Die Zeit hatte gereicht, zu dem Schluss zu kommen, dass auf den Hunters und ihrem Sommerhaus ganz offensichtlich noch immer ein Fluch lag. Auch wenn Niclas ihm vehement widersprach, schließlich hatte er in Sunset Cove seine große Liebe, Marie, gefunden.

Beim letzten Mal war Andrew im gleichen Tempo auf die Halbinsel gerast wie jetzt. Er nahm den Fuß nicht vom Gas, als er das Ortsschild von Eastham erreichte. Er wurde nicht langsamer, als er die Interstate 6 verließ, um hinter dem Städtchen in die von Pinien gesäumte Schotterstraße einzubiegen, die zum National Seashore führte. Bei Tageslicht hätte er im Rückspiegel die Staubwolke sehen können, die er aufwirbelte. Bis zum Sonnenaufgang war es nicht mehr lange. Aber wie sagte man so schön? Die Stunde vor Tagesanbruch war die dunkelste. So schwarz wie die Nacht fühlte sich Andrew im Inneren. Sein Wagen kam schlitternd neben der Garage zum Stehen. Er schnappte seine Arzttasche vom Beifahrersitz, sprang aus dem Auto und eilte auf die Haustür zu, die ihm von einer sehr attraktiven, fast etwas unschuldig wirkenden, jungen Frau geöffnet wurde. Andrew wusste, dass sie nicht so unverdorben war, wie sie schien. Sie war opportunistisch und geldgierig genug, sich an Theodor Hunter zu binden. Immerhin dürfte ihr diese Nacht die Augen geöffnet haben, dass sie sich auf einen verdammt alten, verdammt kranken Mann eingelassen hatte. Diese Beziehung würde sicher nicht mehr lange halten. »Sind Sie Alessia?«, fragte er.

»Ja. Danke, dass Sie gekommen sind, Dr. Hunter.« Sie rang nervös die Hände.

»Andrew«, bat er sie automatisch, ihn beim Vornamen zu nennen. »Wie ist sein Zustand?«

»Etwas besser. Er hat Tabletten genommen. Ich weiß nicht, was es war. Aber jetzt ist es nicht mehr ganz so schlimm.«

»Gut.« Andrew nickte. »Wo ist er?«

»In dem schönen Zimmer.« Alessia wies zum Turm, der die linke Seite des Hauses begrenzte.

Andrew stoppte abrupt. Er spürte, wie seine Gesichtszüge zu Stein wurden. Dieser verdammte Mistkerl. Im Turm befanden sich nur eine kleine Bibliothek und das Atelier seiner Mutter. Darüber lag das Schlafzimmer, das tatsächlich das schönste des Hauses war. Und in dem Georgina versucht hatte zu sterben. Wie brachte sein Vater es fertig, seine Flittchen ausgerechnet in diesem Bett …? Er schüttelte den Kopf. Diese Gedanken musste er auf einen späteren Zeitpunkt verschieben. Zweimal innerhalb von vierundzwanzig Stunden auszurasten war keine Option. Theodor zu treffen würde auch so schon zu einer Herausforderung werden. Er blendete die Vergangenheit aus und stürmte die Treppe zum Turmzimmer hinauf. Ohne anzuklopfen, riss er die Tür auf, durchquerte den Raum und ließ sich auf die Bettkante fallen. »Dad.«

»Was …?«

Ehe Theodor reagieren konnte, hatte Andrew bereits die Finger um sein Handgelenk geschlossen und prüfte seinen Puls. Die Hautfarbe seines Vaters schwankte zwischen Grau und Gelb, seine Augen glänzten, und kalter Schweiß stand auf seiner Stirn. Aber er schien nicht in einem Delirium zu sein, was zumindest ein gutes Zeichen war.

»Was soll das?«, fragte Theodor. Unwirsch wand er seinen

Arm aus Andrews Hand. Nach einem Nierenversagen im vergangenen Herbst hatte er sich gut erholt. Aber er war noch immer auf Medikamente angewiesen und musste auf eine gesunde Lebensweise achten. Mit beidem hatte er es offenbar in letzter Zeit nicht so genau genommen, stellte Andrew mit einem Blick auf das leere Scotchglas und die blauen Pillen auf dem Nachtschränkchen fest, die eindeutig nicht zu seiner Therapie gehörten.

»Alessia hat mich angerufen. Offenbar ging es dir nicht so gut. Und du weißt genau, was Alkohol und Viagra mit deinen Nieren anstellen.«

»Mir geht es nicht so schlecht, dass ich mich von dir untersuchen lassen muss.«

Es war die immer gleiche Leier. Andrew verachtete seinen Vater dafür, wie sehr er seiner Frau mit seinen Eskapaden das Leben zur Hölle machte. Und Theodor hielt ihn für einen Nichtsnutz, der sein Leben in einer Notaufnahme vergeudete, anstatt sich im familieneigenen Finanzimperium, der Hunter Boston Bank, einzubringen. Sein Platz befand sich dementsprechend weit unten auf der Stufe aller zu erduldenden Kreaturen. »Wenn du dich nicht an das hältst, was dir die Ärzte sagen, läufst du Gefahr, ein weiteres Nierenversagen zu erleiden«, versuchte er, an die Vernunft seines Vaters zu appellieren. »Beim zweiten Mal kann dein Körper wirklich nachhaltige Schäden davontragen.« Als ob das erste Nierenversagen nicht schon dramatisch genug gewesen wäre. »Du spielst mit deinem Leben!«

»Ganz genau. Mein Leben.« Zornige Röte breitete sich auf seinem unnatürlich blassen Gesicht aus. »Damit spiele nur ich. Dir steht das nicht zu. Und jetzt verschwinde.« Theodor schlug die Bettdecke zurück und setzte sich auf. Er trug noch seine Anzughosen und ein Hemd. Die Schuhe standen vor dem Bett, doch er ignorierte sie. Seinen Vater kostete es sicher einige Anstrengung, sich hinunterzubeugen und sie anzuziehen. Eine Blöße, die er sich vor seinem Sohn nicht geben würde. »Alessia, meine Jacke«, herrschte er seine Geliebte an. Sie zuckte zusammen und griff nach seinem Jackett, das über einer Stuhllehne hing. Etwas mühsam streifte er es über und setzte sich leicht schwankend in Bewegung. »Wenn ich zu dem Schluss komme, einen Arzt zu brauchen, werde ich einen Spezialisten konsultieren«, sagte er über die Schulter, ehe er durch die Tür hinaustrat.

Andrew rieb sich über das Gesicht. Warum nur war jedes Gespräch mit seinem Vater ein solcher Kampf? Erkannte er denn nicht, dass er seine Gesundheit aufs Spiel setzte? Er folgte seinem alten Herrn und Alessia. »Dad«, versuchte er es noch einmal und legte bewusst einen ruhigen Ton in seine Stimme. Auf der Treppe stützte sich sein Vater schwer auf die junge Frau, die flehend zu ihm aufblickte. »Lass mich dir doch wenigstens helfen.«

»Ich brauche deine Hilfe nicht.« Sie hatten das Erdgeschoss erreicht, und Theodor ging auf die Haustür zu. »Alessia, wir fahren.«

»Dad. Verdammt noch mal! Hier geht es doch nicht darum, dass du seit fünfzehn Jahren sauer auf mich bist, weil ich lieber Medizin studieren wollte, als in deiner Bank zu arbeiten. Hier geht es um dich! Wenn du so weitermachst, brauchst du eine Nierentransplantation.«

»Was dann ebenfalls mein Problem wäre«, gab Theodor über die Schulter zurück. Er öffnete die Tür, und ein Schwall kühle, salzige Seeluft drang ins Haus, bevor sie mit einem unschönen Knall ins Schloss fiel und Andrew in der Stille zurückließ. Erschöpft lehnte er sich gegen die Wand. Sein Vater konnte ihn mit seinen Worten noch genauso treffen wie als kleinen Jungen, wenn er seinen Ansprüchen nicht gerecht geworden war. Er legte den Kopf in den Nacken und atmete mit geschlossenen Augen tief durch. Warum machte es ihm noch immer so viel aus? Er gestand es sich selten ein, aber es ließ ihn nicht kalt, wenn sein Vater wie ein Hurrikan durch sein Leben fegte und eine Spur der seelischen Verwüstung hinterließ.

Wahrscheinlich lag es einfach an dieser verdammten Müdigkeit, die zentnerschwer auf ihm lastete. Sie raubte ihm die Rationalität. Sie ließ ihn so verdammt dünnhäutig werden. Andrew drehte sich um und schleppte sich zu der Couch, die vor der breiten Fensterfront stand. Dieser Platz war einer der schönsten im ganzen Haus. Von hier konnte man den Leuchtturm auf der linken Seite der Bucht sehen. Davor verlief der feine Sandstrand in einem halbmondförmigen Kreis bis zu der Klippe am rechten Rand dieses kleinen Paradieses. Es öffnete sich der Blick auf die unendliche Weite des Atlantiks, über dem die ersten fliederfarbenen Schlieren den nahenden Sonnenaufgang ankündigten. Andrews Augen brannten vor Müdigkeit. Er konnte sich nicht erinnern, wann er zum letzten Mal so erschöpft gewesen war. Er schloss die Lider, und das Brennen ließ ein wenig nach. Nur einen Moment ausruhen, dachte er. Einen Moment. Dann würde er überlegen, was er als Nächstes tun würde.

Andrew erwachte mit einem Ruck. Die Sonne, die hoch über dem weiten Meer stand, blendete ihn. Für einen Moment wusste er nicht, wo er sich befand. Dann erinnerte er sich wieder daran, dass er wegen seinem Vater nach Sunset Cove gerast war. Offenbar war er genau so eingeschlafen, wie er sich hingesetzt hatte. Den Kopf an die Sofalehne gelegt. Er rieb sich über die steifen Nackenmuskeln, stand auf und streckte seine schmerzenden Glieder. Dann zog er sein Handy aus der Hosentasche, um einen Blick auf die Uhrzeit zu werfen, und stellte fest, dass er jede Menge Nachrichten und Anrufe verpasst hatte. Er musste geschlafen haben wie ein Toter. Denn das Klingeln seines Handys überhörte er nie. Es war ein Reflex, jeden eingehenden Anruf anzunehmen.

Er scrollte durch die Nachrichten, während er sich eine Flasche Wasser aus der Küche holte. Gierig trank er. Wenn er es nicht besser gewusst hätte, hätte er glatt glauben können, in der vergangenen Nacht einen über den Durst getrunken zu haben. Seine Mutter wollte wissen, was passiert war. Das wunderte ihn nicht wirklich. Georgina verließ ihren goldenen Käfig in Beacon Hill meist nur, um an irgendwelchen vermeintlich wichtigen Teegesellschaften oder Dinnerpartys teilzunehmen. Und doch hatte sie ihre Ohren überall. Mit Sicherheit wusste sie längst von seinem Ausraster im Krankenhaus. Genauso wie sie – von der eigentlichen Assistentin seines Vaters – erfahren hatte, dass ihr Ehemann im Sommerhaus auf Cape Cod zusammengebrochen war.

Dr. Burnstine, die Vorsitzende der Ethikkommission des Boston General, hatte ihm eine Sprachnachricht hinterlassen und forderte ihn auf, um Punkt zwölf Uhr vor dem Gremium zu erscheinen, um Stellung zum Vorfall der letzten Nacht zu nehmen. Erst jetzt warf Andrew einen Blick auf die Uhr. Zwölf Uhr dreiunddreißig. Tja, diesen Termin hatte er verpasst. Scheißegal, war das einzige Wort, das ihm durch den Kopf schoss. Er war über sich selbst überrascht. Noch nie war es ihm passiert, dass die Arbeit in der Notaufnahme nicht an erster Stelle gestanden hatte. Eigentlich müsste er jetzt zum Telefon greifen, Dr. Burstines Nummer wählen und beten, dass die Kommission seinen Ausbruch auf vorübergehende Unzurechnungsfähigkeit, geistige Umnachtung oder Burn-out zurückführen würde. Er hoffte, dass er eine Chance bekam, sein Fehlverhalten wiedergutzumachen. Durch Zusatzdienste. Doppelschichten. Was auch immer. Aber im Grunde genommen tat es ihm nicht leid, auf Walsh losgegangen zu sein. Er öffnete und schloss seine rechte Faust. Wenn er etwas bereute, dann, dass seine Kollegen ihn davon abgehalten hatten, diesem Arschloch mitten ins Gesicht zu schlagen. Nur Millimeter hatten gefehlt, und er hätte zumindest etwas Genugtuung empfinden können.

Abgesehen von diesem Gefühl, hatte ihn die Erschöpfung noch immer fest im Griff, und alles um ihn herum schien in einem wattigen Nebel zu verschwinden. Bevor er mit irgendjemandem sprach, brauchte er einen klaren Kopf, und den würde er auf dieser Couch ganz sicher nicht bekommen. Mit der Wasserflasche in der einen und seinem Handy in der anderen Hand schleppte er sich die weiße Holztreppe, wo an der Wand stilvoll gerahmte Fotografien hingen, hinauf in das Zimmer, das er schon als Kind in den Ferien bewohnt hatte. Die zeitlosen, weißen Möbel waren noch die gleichen, stellte er fest. Die bodenlangen, luftigen Vorhänge waren offenbar zwischenzeitlich ausgetauscht worden. Genau wie die Dekoration, die aus weiteren Schwarz-Weiß-Fotos und Treibgutstücken bestand. Ohne die Laken aufzudecken, ließ Andrew sich auf das Bett fallen. Er hörte die Wellen des Atlantik, die träge, aber machtvoll gegen die Klippen prallten. Schon im nächsten Moment sank er abermals in einen tiefen, traumlosen Schlaf. Erst siebzehn Stunden später kam er wieder zu sich. Ausgeruhter und erholter als seit Jahren.

Nach einer ausgiebigen Dusche zog er eine Jogginghose und einen Kapuzenpulli an, die sein Bruder offenbar bei seinem Auszug aus dem Strandhaus vergessen hatte, und ging ins Erdgeschoss hinunter. Er brühte sich einen Kaffee auf und stellte mit einem Blick in den Kühlschrank fest, dass Alessia offenbar gern kochte. Sein Vater hätte mit der Flut an Lebensmitteln, die hier lagerten, sicherlich nichts anfangen können. Die beiden waren verschwunden. Das war aber kein Grund, all diese Leckereien in der Küche vergammeln zu lassen. Andrew war kein so guter Koch wie sein Bruder Niclas, aber er kam zurecht. Er belegte zwei Bagel mit Frischkäse, Schinken, Cheddar und Salat und trug sie gemeinsam mit seinem Kaffee auf die Terrasse. Er setzte sich auf die oberste Stufe der Holztreppe zum Strand und verschlang sein Frühstück wie ein Wolf, während sich vor ihm die Sonne aus dem Ozean erhob. Sein zweiter Sonnenaufgang innerhalb von zwei Tagen. Andrew hatte das Gefühl, dass der riesige Feuerball genau wie das längst überfällige Essen seine leeren Energiereserven füllte, je weiter er sich in den Himmel erhob. Der Wind wehte ihm kalt ins Gesicht, aber der Frühling ließ sich bereits erahnen.

Er stellte den Teller zur Seite, holte sein Handy aus der Tasche und scrollte durch die Anrufe und Nachrichten. Dr. Burnstine hatte zum zweiten Mal auf seine Mailbox gesprochen. Die Ethikkommission hatte ihn in seiner Abwesenheit für vier Wochen vom Dienst im Krankenhaus suspendiert. Sie gab ihm mit ihrer schneidenden Stimme deutlich zu verstehen, dass sein Nichterscheinen vor dem Gremium als Affront betrachtet wurde, und Andrew war sehr wohl klar, dass sie ihm die in seiner Situation höchstmögliche Strafe aufgebrummt hatten. Wäre er demütig gewesen und hätte den Damen und Herren den notwendigen Respekt entgegengebracht, hätte sich der Ausschluss vielleicht auf zwei Wochen verringert. So aber …

Er scrollte weiter durch das Telefonbuch zur Nummer seines Bruders und wählte. Burnstine hatte ihm die Entscheidung leicht gemacht. Er hatte so gut geschlafen wie seit Ewigkeiten nicht mehr. Er hatte Appetit gehabt, und das, was er gegessen hatte, hatte sogar nach etwas geschmeckt. So gut hatte er sich wirklich lange nicht mehr gefühlt. Es war, als tauchte er aus dem Wasser auf und sei zum ersten Mal wieder in der Lage, frei zu atmen. Andrew wartete, bis Niclas abhob.

»Hey Drew, was gibt's Neues?«, fragte sein Bruder zur Begrüßung.

»Ich bin in Sunset Cove und brauche deine Hilfe«, erwiderte Andrew ohne Umschweife.

Das brachte seinen Bruder dazu, für einen Moment, der sich zog wie Kaugummi, zu schweigen. Er konnte sich Niclas' überraschtes Gesicht bildlich vorstellen. »Tatsächlich?«, fragte sein Bruder lang gezogen. Sie wussten beide, dass er damit nicht die Tatsache meinte, dass Andrew Hilfe brauchte. »Ausgerechnet dich verschlägt es in das verfluchte Haus«, hielt Niclas ihm seine eigenen Worte vor.

»Es gibt offensichtlich Dinge, auf denen ein weit größerer Fluch lastet.« Meine Karriere zum Beispiel, fügte er in

Gedanken hinzu und stand auf, um sich noch eine Tasse Kaffee zu holen. »Kannst du mir für ein paar Tage Klamotten leihen?«

»Will ich wissen, warum du ohne Gepäck auf Cape Cod herumhängst?« Die Neugier hinter den Worten seines Bruders war nicht zu überhören.

»Das willst du. Und ich werde es dir auch erzählen, sobald du hier bist«, versprach er.

»Ich habe noch einige Dinge zu erledigen. Reicht es heute Nachmittag?«

»Sicher. Ich löse mich ja nicht in Luft auf.« Andrew stellte seine Kaffeetasse unter die Maschine und wartete auf den Satz, der unweigerlich kommen würde.

»Auf diese Geschichte bin ich wirklich gespannt«, sagte sein Bruder prompt.

*

Holly Clarks Herz lief über vor Mitgefühl. Mitgefühl für ihren siebzehnjährigen Bruder Jackson, der, die Hände in seine rostroten Locken gekrallt, am Tresen ihrer Bar hockte. Er stöhnte, als ob er seelische Schmerzen litte, ehe er seinen Kopf theatralisch auf sein Algebraheft fallen ließ. »Ich hasse Mathe«, tat er zum gefühlt tausendsten Mal kund.

Holly öffnete ein Mountain Dew, füllte es in ein Glas voller Eiswürfel und schob es neben das mitgenommen aussehende Heft.

Ihre Freundin Marie McMillan, die es sich seit dem letzten Jahr zur Aufgabe gemacht hatte, Jackson den Umgang mit Zahlen näherzubringen, zwinkerte ihr zu. Ihr Labrador Sam lag gemeinsam mit Hollys Retriever Potter, der zwar körperlich ausgewachsen, im Kopf aber noch immer ein Kind war, unter dem Tresen.

Während Marie die Aufgabe noch einmal mit Engelsgeduld Schritt für Schritt mit Jackson durchging, ließ Holly den Blick durch ihre kleine Welt schweifen. Sonnenstrahlen fielen, gefiltert von den Sprossenfenstern, auf den dunklen Holztresen, über den seit Jahrzehnten regionale Biere und ausgesuchte Whiskeys den Besitzer wechselten. Rachel stand am Empfang und bedachte ein älteres Ehepaar mit ihrem einnehmenden Lächeln, ehe sie sie in den Restaurantbereich des Fairway führte. Seit Holly den Laden vor einem Jahr von ihrem Vater übernommen hatte, hatte sie viel Zeit und Kreativität in die Einrichtung, die Speisekarte und Getränkeauswahl gesteckt. Nur das Codfish-Rezept hatte sie auf der Karte gelassen. Schließlich war das Restaurant genau dafür bis weit über die Halbinsel hinaus bekannt. Die Geschäfte liefen gut, auch wenn sie während des Winters nach wie vor nicht ohne einen Nebenjob über die Runden kam. Aber das machte nichts. Holly konnte ihren Traum leben und schaffte es inzwischen sogar hin und wieder, einen freien Nachmittag oder Abend herauszuschinden, um ihn mit Freunden zu verbringen. Freunden wie Marie McMillan, auch wenn sie vor einem Dreivierteljahr nicht im Geringsten damit gerechnet hätte, dass dieses spröde Wesen überhaupt menschliche Bindungen eingehen konnte.

Marie legte Jackson die Hand auf die Schulter und lächelte Holly an. Ihr Bruder klappte das Heft zu und verschwand mit Lichtgeschwindigkeit aus der Bar. Nicht, ohne rot anzulaufen, als er an der lächelnden hübschen Rachel vorbeischlitterte. Holly seufzte innerlich. Ihr Bruder war ein süßer Kerl, aber eben auch ein typischer, siebzehnjähriger Trottel, der nicht begriff, dass er nur seinen Mut zusammennehmen müsste, um das Herz seiner schönen Mitschülerin zu gewinnen. Der sehnsüchtige Blick, den das Mädchen Jackson hinterherwarf, sprach Bände.

»Man würde ihm am liebsten einen Schubs in die richtige Richtung geben«, sagte Marie leise. Sie war Hollys Blick gefolgt.

»Aussichtslos«, beschied Holly. »Teenager wissen nämlich grundsätzlich alles besser als du oder ich.« Sie zwinkerte Marie zu und füllte Cola in ein Glas. Gemeinsam mit einer Schale Brezeln schob sie es über den Tresen und ergriff mit der anderen Hand das halb leere Mountain-Dew-Glas ihres Bruders, um es wegzuräumen. In der Bar war im Moment nicht viel los. Die Gäste waren mit Getränken versorgt. Wie es sich in den letzten Monaten zwischen ihnen eingespielt hatte, nutzten sie die Zeit, um ein wenig zu tratschen. Marie, die sich vor einem halben Jahr mit Sicherheit nicht hätte vorstellen können, jemals eine Freundin wie Holly zu finden, sich in einen Mann wie Niclas Hunter zu verlieben oder einfach nur – wie jeder normale Mensch zu leben, schien diese Momente sehr zu genießen.

Mit glitzernden Augen lehnte sich die Freundin vor. »Hast du es schon gehört? Andrew ist auf der Halbinsel.«

Der Name ließ die Welt um Holly herum gefrieren, als wäre sie in flüssigen Stickstoff getaucht worden. Sie hielt den Atem an. An dem Kloß, der in ihrem Hals saß, ließ sich kein Sauerstoff vorbeipressen.

»Holly? Hast du mich gehört?«

»Was?« Sie zwang sich in die Wirklichkeit zurück. Marie sah sie besorgt an, und Holly rang sich ein Lächeln ab. »Ja …« Sie rieb sich über die Stirn und holte zu einer diffusen Handbewegung aus. »Ich war in Gedanken noch bei meinem Lieferanten. Entschuldige. Du sagtest, Andrew …«, der Name brannte wie Säure auf ihrer Zunge, »… ist auf Cape Cod. Andrew Hunter?«

»Der einzige Andrew, den wir beide kennen.« Marie legte den Kopf schräg und betrachtete sie. Bestimmt hatte sie während der vier Jahre im Gefängnis gelernt, selbst die kleinste Regung im Gesicht eines anderen Menschen wahrzunehmen.

Holly wollte ihr keinen Einblick in ihre Gedanken geben. Sie musste erst einmal selbst verstehen, was es bedeutete, dass Andrew Hunter und sie sich auf denselben tausend Quadratkilometern aufhielten. Diese Fläche war eindeutig zu klein für sie beide. Sie drehte sich zu den Regalen hinter dem Tresen um und begann, die Gläser geradezurücken, bis die gleichmütige Maske, die sie über ihr Gesicht zog, fest genug saß. »Was ist los mit dieser verdammten Hunterbrut?«, fragte sie in ihrer gewohnt schnippischen Art, die sie nicht unterdrücken konnte, wenn es um die Bewohner von Sunset Cove ging. »Haben sie vor, die Halbinsel zu übernehmen?«, fragte sie und drehte sich wieder zu ihrer Freundin um.

Marie knabberte an einer Brezel, die sie aus dem Schälchen gefischt hatte. »Vielleicht. Wer kann das bei den Hunters schon wissen?« Sie lächelte und war in Gedanken offenbar bei Andrews Bruder Niclas, der zwar nicht die Halbinsel – dafür aber Marie erobert hatte. »Er ist wohl ziemlich spontan im Strandhaus aufgekreuzt. Nic fährt gerade zu ihm, um ihm ein paar Klamotten zu bringen.«

Holly zuckte die Schultern in einer gleichgültigen Geste, von der sie hoffte, dass Marie sie ihr abnahm. »Ich bin tatsächlich ein wenig erstaunt. Ich hätte nicht gedacht, dass es ihn in diesem Leben noch einmal auf die Halbinsel verschlägt.« Sie warf Marie einen funkelnden Blick zu. »Eines ist jedenfalls so sicher wie das Amen in der Kirche. Andrew Hunter wird keinen Fuß über die Schwelle meines Restaurants setzen.«

Marie legte die Hand sanft über ihre, und Holly wurde bewusst, dass sie das Geschirrtuch, mit dem sie die Gläser polierte, zwischen ihren Fingern zerknüllte. »Du weißt, dass du mir jederzeit erzählen kannst, warum Drew auf deiner Abschussliste ganz oben steht.«

»Ja, das weiß ich.« Holly zog ihre Finger unter Maries Hand hervor und drückte sie kurz, bevor sie nach dem nächsten Glas griff, um es zu polieren. »Es ist so, wie ich es dir erzählt habe«, hangelte sie sich an dem Teil entlang, den sie nicht in ihrem Inneren verschloss und für sich behielt. »Reiche kleine Jungen, die Menschen nur in die Kategorien ›Kann segeln‹ und ›Kann es nicht‹ einteilten, entwickelten sich zu arroganten Teenagerarschlöchern, die diejenigen mobbten, die nicht zu ihrem elitären Kreis gehörten. Wie du dir denken kannst, gehörte ich nicht zu diesem Zirkel. Ende der Geschichte.«

Das war bei Weitem nicht die ganze Story. Marie lehnte sich zurück und nippte an ihrer Cola. Ihr Blick sagte deutlich, dass sie Holly diese Version nicht abnahm. Aber sie war ihre Freundin. Sie würde warten, bis Holly bereit war, ihr die ganze Geschichte zu erzählen. Was vermutlich nie der Fall sein würde.

2

Andrew wartete, bis die Rücklichter des Wagens seines Bruders aus seinem Blickfeld verschwanden. Dann zückte er sein Handy und wählte die Nummer seiner Mutter. Die Stunde, die Niclas hier gewesen war, hatte ihm gutgetan. Natürlich hatte sein Bruder wissen wollen, wieso er auf Cape Cod gestrandet war, nachdem er eine Sporttasche mit Klamotten auf die Couch geworfen hatte.

»Ich bin wegen Dad gekommen. Er hatte wieder Nierenprobleme, aber glaub nur nicht, dass er mich an sich herangelassen hätte. Eines seiner Flittchen hat mich angerufen, er ist total ausgeflippt, als ich aufgetaucht bin.« Andrew zuckte die Schultern, als würde es ihm nichts ausmachen. »Ich musste es doch zumindest probieren, oder? Er ist sofort abgereist, aber der Kühlschrank war voll. Also habe ich mir überlegt, eine Auszeit zu nehmen und eine Weile hierzubleiben. Zeit mit dir und Marie zu verbringen«, hatte Andrew versucht, die Situation zu erklären.

Und sich damit einen schiefen Blick seines Bruders eingefangen. Sie standen sich nahe, keine Frage. Aber sie hatten beide hart gearbeitet – sein Bruder als Staatsanwalt und er als Arzt –, was ihnen nicht viel Zeit für gemeinsame Treffen ließ. Oft hatten sie es nur ihrem Freund Jake zu verdanken, dass sie sich überhaupt sahen, weil er sie davon überzeugte, dass es neben der Arbeit auch hin und wieder Zeit für ein gemeinsames Bier geben musste.

»Wir beide wissen, dass du nicht besonders spontan bist«, bemerkte Niclas und nahm zwei Bier aus dem Kühlschrank. Er hatte Andrew eines gereicht und war auf die Terrasse vorausgegangen.

Andrew musste seinem Bruder recht geben. Er stellte normalerweise nichts über seine Arbeit in der Klinik. Nicht einmal seine Familie.

»Du willst also noch nicht darüber reden?«, fragte Niclas, als Andrew nicht auf seine Behauptung eingegangen war.

»Noch nicht«, antwortete er leise.

»Kein Problem.« Niclas schlug ihm auf die Schulter und setzte sich auf die oberste Stufe der Strandtreppe. Andrew hatte sich neben ihn gesetzt. Gemeinsam hatten sie auf die Ebbepfützen gestarrt und ihr Bier getrunken, ohne viel zu reden.

Als Niclas schließlich gegangen war, hatte er darauf bestanden, dass sie den morgigen Abend gemeinsam verbrachten. »Ich will nicht, dass du hier den Einsiedler spielst, so wie ich es im letzten Herbst getan habe«, hatte er ihm zugerufen, bevor er in seinen Wagen gesprungen war.

Seine Mutter ließ sich Zeit. Andrew ging in die Küche und holte sich ein weiteres Bier. Als er an seinen neuen Stammplatz auf der Strandtreppe zurückkehrte, nahm sie seinen Anruf endlich an.

»Drew, mein Schatz! Das wurde höchste Zeit. Was ist passiert? Wie geht es dir? Und vor allem: Wo bist du?« Ihre Stimme klang für die Tageszeit erstaunlich fest und klar. Sie hatte heute also noch nicht zu tief ins Glas geschaut, was Andrew beruhigte.

»In dieser Reihenfolge?«, fragte er mit einem Lächeln in der Stimme.

»Nimm mich nicht auf den Arm, mein Junge. Wie geht es dir?«, wiederholte sie. Diese Frage erschien ihr offenbar am wichtigsten.

Andrew trank einen Schluck Bier und folgte mit dem Blick den Möwen, die im Tiefflug über die Tidentümpel jagten. »Um ehrlich zu sein: Ich weiß es nicht«, gab er schließlich zu. »Die Dinge sind mir ein wenig entglitten, könnte man sagen. Du hast sicher von dem Vorfall in der Klinik gehört.«

Sie seufzte. »Vier Versionen insgesamt. Die zum Teil ziemlich voneinander abweichen. Dein Blickwinkel wäre also sehr willkommen.«

Er stellte das Bier neben sich und fegte mit der Handfläche ein paar der Sandkörner, die der Wind den Tag über vom Strand hier heraufgetragen hatte, vom zerklüfteten Holz der Stufe. »Im Moment möchte ich nicht darüber reden. Fakt ist, dass ich für ein paar Wochen beurlaubt bin. Ich bin auf Cape Cod«, gestand er ihr. Seine Entscheidung würde sie mit Sicherheit nicht verstehen.

»In Sunset Cove«, sagte sie, und ihre Stimme klang wie ein rostiges Türscharnier. »Um Himmels willen, Andrew! Was ist nur los mit dir? Ausgerechnet in dieses verdammte Haus musstest du dich verkriechen!«

»Ich will Zeit mit Nic und Marie verbringen«, versuchte er es mit der gleichen, fadenscheinigen Begründung, die er bereits seinem Bruder aufgetischt hatte.

Georgina quittierte dies lediglich mit einem wenig

damenhaften Geräusch. »Ich weiß, dass dein Vater mit seinem Flittchen im Strandhaus war. Ich weiß auch, dass er seine Gesundheit vor die Hunde gehen lässt, um dieses junge Miststück zu beeindrucken. Aber er ist wieder in Boston. Und – unglaublich, aber wahr …«, konnte sie sich den Sarkasmus nicht verkneifen, »… er lebt doch tatsächlich noch. Was hält dich also noch auf der Halbinsel? Und erzähl mir nicht, dass es dein Bruder ist. Du hasst Cape Cod.«

Das stimmte nicht ganz, war ihm bewusst geworden. Andrew atmete die kalte, frische Luft tief ein. Er liebte das Meer, den Strand und den Wind. Der Leuchtturm war ebenso Teil dieser schönen Umgebung wie die Klippe und das Strandhaus. Was er hasste, waren die Dinge, die sich hier in der Vergangenheit ereignet hatten. Ob er sie mit der Zeit würde ausblenden und von der bezaubernden Seite dieses Ortes trennen können, würde sich zeigen. Seine Mutter jedenfalls war dazu nicht in der Lage.

»Hast du mit Dad gesprochen? Weißt du, ob er beim Arzt war?«, wechselte Andrew deshalb das Thema. Eine Möwe stürzte sich vor seinen Augen auf eine andere und rammte sie mit einem Bodycheck. Voller Mitgefühl für den ins Trudeln geratenen Vogel verzog Andrew das Gesicht.

»Soweit ich weiß, hat er morgen einen Termin bei dem Nephrologen, der ihn auch das letzte Mal behandelt hat. Dr. Leeberman«, sicherte Georgina sich wieder seine Aufmerksamkeit. »Er hat sich schon wieder in seinem Büro verschanzt, und ich habe es aufgegeben, ihn davon zu überzeugen, auf seine Gesundheit zu achten. Aber zumindest hat er diese Untersuchung vereinbart. Hoffen wir, dass er nicht wieder irgendein Firmenimperium übernehmen muss und den Doktor versetzt.«

Obwohl Andrew wusste, dass er auch beim nächsten Versuch keinen Erfolg haben würde, versprach er Georgina, es noch einmal zu versuchen. »Eine Bitte habe ich noch«, sagte er am Ende ihres Gesprächs. »Könntest du in mein Apartment gehen, einen Koffer Klamotten zusammenpacken und ihn mir schicken?«

»Ach, Drew.« Sie seufzte. »Natürlich schicke ich dir etwas zum Anziehen. Aber du musst mir versprechen, so schnell wie möglich nach Hause zu kommen.« Ich habe doch sonst niemanden, hallten die unausgesprochenen Worte nach – und hinterließen einen bitteren Geschmack auf seiner Zunge. Er liebte seine Mutter. Es gehörte zu seinen Pflichten, für sie da zu sein. Aber sie stützte sich ausschließlich auf ihn. Mit einer Selbstverständlichkeit, die ihm die Luft zum Atmen nahm. Diese Gedanken brachten ihn dazu, eine leise Entschuldigung in den auffrischenden Wind zu murmeln. Vielleicht war es tatsächlich ganz gut, sich eine Zeit lang an einem Ort zu verstecken, den Georgina mied.

Nachdem Andrew das Gespräch mit seiner Mutter beendet hatte, versuchte er es bei seinem Vater, wurde aber direkt zu dessen Assistentin durchgestellt. Er konnte sich gut an die Zeit erinnern, als Theodor Hunters Vorzimmer noch von Jakes Großmutter Moira gemanagt wurde. Sie hatte sich nie von seinem Vater auf der Nase herumtanzen lassen. Die Frauen, die diesen Job nach ihrer Pensionierung übernommen hatten, brachten nicht einmal im Ansatz den Schneid der alten Dame auf. So auch die aktuelle Assistentin, die offenbar angewiesen worden war, Andrew abzuwimmeln und auf keinen Fall irgendwelche gesundheitlichen Informationen an ihn herauszugeben.

Andrew kniff frustriert die Augen zusammen. Das Spiel, das sein Vater spielte, wurde langsam ätzend. Begriff er denn nicht, dass die Machtdemonstrationen seiner Gesundheit nur schadeten? Er legte auf und probierte es bei dem Arzt, der Theodor wegen seines Nierenversagens behandelt hatte. Dr. Leeberman bestätigte ihm, was seine Mutter bereits gesagt hatte. Sein alter Herr hatte am nächsten Morgen einen Termin mit dem Spezialisten, der ihm zusagte, ihn auf dem Laufenden zu halten.

Andrew rieb sich seine Bartstoppeln, was ein kratzendes Geräusch verursachte. Seine Familie kostete ihn immer Kraft, laugte ihn aus bis zur Erschöpfung. Seinem Vater hatte Andrew es nicht recht machen können. Theodor hatte darauf bestanden, dass er als erstgeborener Sohn in seine Fußstapfen trat und der Hunter Boston Bank zu noch mehr Reichtum und Ruhm verhalf. Er hatte getobt, als Andrew ihm eröffnet hatte, dass er stattdessenMedizin studieren würde. Alle Hoffnungen des Alten hatten daraufhin auf Niclas gelegen, der sich ebenfalls gegen die Bank entschieden und Jura studiert hatte. Auch diese Absage traf ihren Vater hart. Aber aus irgendeinem Grund war das Verhältnis zwischen Niclas und Theodor von jeher besser gewesen als zwischen Andrew und seinem Vater. Er hatte die Weibergeschichten schon immer verabscheut, ganz besonders, nachdem seine Mutter am Verhalten ihres Mannes zerbrochen war und sich fast das Leben genommen hätte. Niclas hingegen war auch nicht unbedingt begeistert von Theodors Affären, das größere Problem aber hatte er mit der Schwäche ihrer Mutter, die sich in deutlich überhöhtem Alkohol- und Psychopharmakakonsum äußerte. Sie hatten beide nie verstanden, warum Georgina sich nicht einfach von Theodor trennte. Während Andrew ihre Entscheidung jedoch akzeptierte, verachtete Niclas sie dafür.

*

Theodor Hunter hatte sich in seinem bequemen Bürosessel zurückgelehnt und wartete darauf, dass das Hausmädchen Dr. Leeberman in sein Büro führte. Er hatte die notwendigen Untersuchungen in der Klinik des Spezialisten hinter sich gebracht, weil sich das nicht anders bewerkstelligen ließ. Er war allerdings nicht bereit, sich dort auf eine Stuhlkante zu hocken wie ein Bittsteller und darauf zu hoffen, dass der Herr Doktor gute Nachrichten überbrachte. Deshalb hatte er den Termin kurzerhand in seine Privaträume ins Hunter House verlegt. Hier war er derjenige, der hinter dem Schreibtisch saß. Hier hatte er die Macht. Ein Gefühl, das er dringend brauchte, nachdem ihm seine Sterblichkeit so ungeschönt vor Augen geführt worden war. Der Zusammenbruch im vergangenen Dezember hatte ihn tief in seinem Inneren erschüttert. Auch wenn das niemand, absolut niemand wusste. Zum ersten Mal in den einundsechzig Jahren seines Lebens war ihm die Endlichkeit seines Lebens bewusst geworden. Er hatte begriffen, dass es jederzeit vorbei sein konnte. Dass er sich womöglich abends ins Bett legte und die Augen schloss, nur um sie am nächsten Morgen nicht mehr zu öffnen. Die Ärzte hatten ihm erzählt, wie viel Glück er gehabt hatte. Wie knapp er dem Tod von der Schippe gesprungen war.

Anstatt vorsichtiger zu werden, hatte diese Erkenntnis ihn

dazu gebracht, genau das Gegenteil zu tun. Theodor wollte leben, wollte spüren, dass es noch nicht vorbei war. Er wollte die besten Finanzdeals abschließen, die glatte Haut junger Frauen unter seinen Fingern spüren. Vielleicht hatte er es ein wenig übertrieben, nachdem es mit seiner Gesundheit wieder aufwärtsgegangen war.

Zudem hing das Schicksal der Bank und damit das seiner Familie von ihm ab. Keiner seiner beiden Söhne hatte es für notwendig erachtet, in die Firma einzusteigen. Andrew als sein Ältester hätte die Geschäfte übernehmen müssen, so wie er von seinem Vater. Das gehörte zu seinem Erbe, war Teil der Familiengeschichte. Statt seinen Pflichten nachzukommen, spielte er Doktor. Was sollte Theodor also tun, außer mit der gleichen Energie wie bisher weiterzumachen? Nur so ließ sich das Imperium der Hunters erhalten.

Das Hausmädchen klopfte und machte die Tür auf, die in die getäfelte Holzwand eingelassen war. Die Verkleidung der Wände sollte nicht nur männlich und erhaben wirken. Sie bot auch einen perfekten Schallschutz. Heikle Gespräche führte Theodor deshalb oftmals lieber hier als in seinem Büro im Hunter Building in der Stadt.

»Dr. Leeberman für Sie, Mr. Hunter«, kündigte das Mädchen seinen Gast an.

»Danke, Marisol.« Theodor stemmte sich aus seinem Sessel hoch und reichte dem hageren großen Mann, dessen Anzüge immer aussahen, als wären sie eine Nummer zu groß, die Hand, als der vor seinen Schreibtisch trat. »Dr. Leeberman.«

»Mr. Hunter.« Der Arzt nickte ihm zu und stellte seine abgenutzte braune Aktentasche neben einen der beiden Stühle, die vor dem Schreibtisch platziert waren, und schob abwesend seine Drahtbrille hoch.

»Nehmen Sie Platz«, sagte Theodor mit einer einladenden Geste und ließ sich dann auf seinen Stuhl zurücksinken. Natürlich hätten sie bequem in den Clubsesseln vor dem Kamin sitzen können. Unter dem überdimensionalen Elchgeweih, das er als Trophäe von einer seiner ersten Jagden als junger Mann mitgebracht hatte. Aber der riesige Mahagonischreibtisch, ein antikes Möbelstück, das Theodor sehr schätzte, stand in all seiner Wuchtigkeit zwischen Leeberman und ihm und wirkte wie ein Schutzwall – der ihn vor dem bewahren würde, was auch immer der Arzt ihm zu sagen hatte. »Kann ich Ihnen etwas anbieten, Doktor?«, fragte er.

»Danke. Nein.«

Leeberman setzte sich, und Theodor gab Marisol mit einem Zeichen zu verstehen, dass sie verschwinden sollte. Leise schloss sie die Tür hinter sich.

Theodor legte die flachen Hände auf das dunkle, polierte Holz des Schreibtischs. Wann hatte seine Haut begonnen, so fleckig und faltig zu werden? Er hob den Blick von seinen Fingern und sah den Arzt an. Mit Sicherheit hatte er keine guten Neuigkeiten. »Spucken Sie es aus, Doktor«, sagte er schlicht.

Leeberman bückte sich und zog eine Mappe aus seiner Aktentasche. Er schlug sie auf, überflog das oberste Blatt, so, als müsse er sich versichern, dass sich die Fakten nicht geändert hatten, seit er zum letzten Mal einen Blick darauf geworfen hatte. Dann hob er den Kopf und sah Theodor ernst an. »Es sieht nicht gut aus, Mr. Hunter«, sprach er die

Wahrheit aus. Ohne um den heißen Brei herumzureden. So wie er es mochte.

Theodor lehnte sich in seinem Sessel zurück und ließ seinen Blick über die Ölporträts seiner Vorfahren gleiten. Hatte einer von ihnen einen so verdammt schwachen, verräterischen Körper gehabt? Dazu gab es keine Aufzeichnungen in der hunterschen Chronik. Alle Familienpatriarchen waren steinalt geworden, bis auf Corporal George Benedict Hunter, den es mit dreiundzwanzig im Unabhängigkeitskrieg erwischt hatte. Aber wenn er nicht auf dem Schlachtfeld ein Bein verloren und ein paar Tage später im Lazarett an Wundbrand gestorben wäre, hätte seine Lebenserwartung wahrscheinlich neunzig Jahre betragen. Da war sich Theodor sicher. »Spannen Sie mich nicht länger auf die Folter«, forderte Theodor den Arzt auf.

Leeberman schob die Mappe mit Theodors Testergebnissen und Untersuchungen über den Schreibtisch. »Ich habe Ihnen bereits im Dezember erklärt, wie wichtig es für Sie ist, dem Rat der Ärzte ohne Diskussion …« Er machte eine Kunstpause, um seine nächsten Worte zu betonen. »… geradezu sklavisch zu folgen. Ihr Leben hängt davon ab, Mr. Hunter. Ihre Testergebnisse zeigen, dass Sie sich in den ersten Monaten recht gut an ihren Medikamentenplan und die Diät gehalten haben. Aber in den letzten Wochen haben Sie alles schleifen lassen, vermutlich weil Sie sich gesund und fit gefühlt haben. Eine trügerische Sicherheit, für die wir nun die Quittung präsentiert bekommen haben. Ihre Kreatininwerte sind jenseits von Gut und Böse. Auch davor haben wir Sie gewarnt. Jetzt stehen wir nicht einmal mehr dort, wo wir waren, als Sie im letzten Jahr in die Notaufnahme eingeliefert wurden. Es hat uns sogar noch weiter zurückgeworfen. Mit einer medikamentösen Therapie kommen wir da nicht weiter. Ihre Nieren sind nicht mehr in der Lage, ihrer Entgiftungsfunktion nachzukommen. Sie werden künftig auf eine Nierenersatztherapie angewiesen sein.« Leeberman breitete ein paar farbenfrohe Informationsbroschüren auf dem dunklen Mahagoni aus, die Theodor bereits von seinem Krankenhausaufenthalt kannte.

»Wir haben zwei Möglichkeiten. Ihre Nieren werden von nun an alle drei Tage in der Klinik gespült. Das würde bedeuten, dass Sie ab jetzt jede dritte Nacht im Nierenzentrum verbringen. Alternativ bleibt Ihnen eine Heimdialyse, die Sie jeden Tag selbst durchführen können. Aber egal, wofür Sie sich entscheiden, es ist nicht verhandelbar. Sie müssen sich ohne Wenn und Aber an den Plan halten, den Sie von uns bekommen. Ich kann es nur noch einmal eindringlich wiederholen: Ihr Leben, das sich ab jetzt drastisch verändern wird, hängt davon ab. Es wird Sie einschränken. Reisen und Geschäftstermine werden künftig zu einer Herausforderung. Es kann zu Komplikationen mit dem Shunt kommen, den wir Ihnen setzen. Sie werden Einschränkungen beim Essen und Trinken hinnehmen müssen. Und ihre Nierenvergiftung ist chronisch. Sie wird trotz allem weiterbestehen.« Leeberman schob abermals seine Brille hoch. »Das alles verkompliziert den Alltag immens. Besonders für einen Geschäftsmann, wie Sie einer sind. Eine Alternative zu diesem Szenario gibt es allerdings noch.«

»Was meinen Sie damit?« Theodors Puls beschleunigte sich. Er war sich nicht sicher, ob er die Antwort auf diese Frage hören wollte. Diese Diagnose hatte er befürchtet, und er ahnte, was jetzt kommen würde.

»Die einzige Alternative ist eine Nierentransplantation. Wenn wir einen Spender finden und das Organ nicht abgestoßen wird, werden Sie zwar für den Rest Ihres Lebens auf immunsuppressive Medikamente angewiesen sein, aber Sie sind wieder mobil, können normal essen und trinken und alt werden wie Methusalem. Ich rate Ihnen, sich Gedanken über dieses Thema zu machen. Sprechen Sie mit Ihren Angehörigen und bitten Sie sie darum, sich testen zu lassen. Möglicherweise kommt ja einer Ihrer Söhne als Spender infrage. Das würde viel Druck rausnehmen. Wenn niemand aus Ihrer Familie kompatibel ist, kann die Suche nach einer Niere für Sie zu einem Glücksspiel werden.«

Eine Nierentransplantation. Theodor richtete sich auf und stützte seine Ellenbogen auf den Schreibtisch. So weit musste es wahrscheinlich gar nicht kommen, beruhigte er sich selbst. Leeberman dramatisierte gern und malte den Teufel in allen erdenklichen Farben an die Wand, damit seine Patienten Angst bekamen und seiner hübschen Klinik das Geld in den Rachen warfen. Er kannte diese verdammten Ärzte. Und er würde es auch so schaffen. Beim letzten Mal hatte er es schließlich auch hinbekommen. Ein bisschen Dialyse. Tabletten. Und in ein paar Monaten wäre er wieder wie neu. Natürlich würde er diesmal Leebermans Vorgaben befolgen. »Erstellen Sie einen Therapieplan. Kümmern Sie sich um die Dialyse. Ich werde mich daran halten«, versprach er. »Eines sollten wir allerdings noch klären. Ich weiß, dass Sie mit Andrew in Kontakt stehen. Sie werden meine Krankengeschichte mit niemandem diskutieren. Weder mit meiner Frau noch mit meinen Söhnen, ganz besonders nicht mit Andrew. Haben wir uns verstanden?«

Leeberman zögerte keine Sekunde. »Sicher, Mr. Hunter.« Er hatte zwar mit Andrew gesprochen, würde es aber von nun an unterlassen.

»Sehr gut.« Theodor lehnte sich wieder zurück. Dieses Gespräch hatte ihn mehr erschöpft, als er zugeben wollte. Aber es hatte gutgetan. Nichts ließ so viel Energie durch seine Adern fließen, als wenn er ein Machtwort sprach.

*

Holly zog ihre Beanie tief in die Stirn, ehe sie ihr Gesicht in den Wind und die Sonne hielt und tief einatmete. Es war kalt auf dem Meer, aber die Dream Dancer schoss mit den Möwen um die Wette über die leichten Wellen dahin. Das Segel über ihrem Kopf knatterte fröhlich – und ihr Bruder grinste über das ganze Gesicht. Die Idee, zum ersten Mal in diesem Jahr hinauszufahren, war ihr spontan gekommen. Nach ihrem Gespräch mit Marie war sie rastlos gewesen. Ungeduldig und genervt. Andrew Hunter war auf der Halbinsel. Das sollte ihr egal sein. Zumindest sollten diese verdammten beiden Wörter – Andrew Hunter – nicht ständig wie ein Neonschild vor ihrem inneren Auge blinken. Ihre Mitarbeiter hatten es jedenfalls nicht verdient, dass sie ihre schlechte Laune an ihnen ausließ. Als dann auch noch die Schule angerufen hatte, um ihr mitzuteilen, dass ihr Bruder sich außer in Mathe auch in Englisch und Geschichte nicht gerade mit Ruhm bekleckerte, hatte sie beschlossen, die Dream Dancer zu Wasser zu lassen. So schwer es manchmal war, ein vernünftiges Gespräch mit Jackson zu führen, das Wort Segeltörn musste sie nur in den Mund nehmen, und er schoss zur Tür hinaus und lief zum Hafen.

Die Dream Dancer war eine schnittige Holzjacht, die fantastisch im Wasser lag, aber lange von ihren Besitzern vernachlässigt worden war. Holly hatte sie günstig gekauft. Ihr war klar gewesen, wie viel Arbeit in das Boot gesteckt werden musste. Aber Jackson und sie hatten es zu ihrem gemeinsamen Projekt gemacht. Auch wenn ihr kleiner Bruder und sie in vielen Dingen anders tickten, die Liebe zum Meer und zum Segeln teilten sie uneingeschränkt. Über zwei Jahre hatten sie an der Jacht gearbeitet, bevor sie zum ersten Mal in See gestochen waren. An diese Fahrt – und den wilden Begeisterungsschrei ihres Bruders – konnte sie sich erinnern, als wäre es gestern gewesen.

Inzwischen nahm Jackson immer mehr Züge eines Eigenbrötlers an. Sie sprachen im Alltag nicht mehr viel miteinander, und auch wenn Holly wusste, dass ihm viele Dinge durch den Kopf gingen, so war sie nicht mehr die Person, mit der er darüber sprach. Und leider auch mit niemand sonst. Sicher, er war ein Teenager und hatte schon aus Prinzip kein Bedürfnis, seiner erwachsenen Schwester das Herz auszuschütten. Am liebsten würde sie die Zeit zurückdrehen, wo er ihr noch bedingungslos und blind vertraut hatte, einfach nur, weil sie seine große Schwester war.

Schweigend steuerten sie die Dream Dancer auf das offene Meer hinaus. Sie beherrschten die Handgriffe im Schlaf. Jackson wusste jeden Törn mit einem Profi zu schätzen. Im Sommer würde er reichen, gelangweilten Jugendlichen Segelunterricht erteilen. So wie sie es früher getan hatte. Einer der lukrativsten Ferienjobs auf dem Cape. Aber mitunter auch eine sehr frustrierende Erfahrung, wenn man das Segeln liebte.

Holly stand am Steuer und lächelte ihrem Bruder zu. »Gott, habe ich das vermisst«, rief sie, wobei der Wind den Satz in Fetzen riss und über das Meer davontrug.

Jackson trat neben sie, legte seine Hand auf dem Steuer über ihre und lehnte sich an sie. Ein kurzer Moment geschwisterlicher Nähe. Genüsslich schloss Holly die Augen. Viel zu schnell ging der Augenblick vorüber, ihr Bruder legte den Kopf in den Nacken und heulte wie ein junger Wolf, bevor er ein atemloses Lachen ausstieß. »Manchmal hast du echt gute Ideen, Schwesterchen.«

»Vielen Dank.« Sie deutete einen Knicks an.

Als sie weit genug hinausgefahren waren, holte Holly eine Thermoskanne Kaffee aus ihrem Rucksack und goss ihnen beiden ein. Die dampfenden Becher in den Händen, standen sie nebeneinander und starrten in die Unendlichkeit. »Was gibt es Neues?«, durchbrach Holly das Schweigen zwischen ihnen schließlich.

»Nichts.« Auf die Sprachfähigkeit ihres Bruders schien der Törn offenbar keine positive Auswirkung zu haben.

Holly unterdrückte ein Seufzen. »Mr. Raider hat angerufen.«

»Alter! Was für ein Problem hat der denn jetzt schon wieder?« Jackson ging automatisch in die genervte Selbstverteidigungshaltung über, die sie in der letzten Zeit so oft an ihm bemerkte.

Sie sah ihn von der Seite an. »Außer Mathe? Englisch und Geschichte.«

Er zuckte die Schultern. »Komm schon, Holly, chill mal!«,

bediente er sich des Satzes, auf den Holly mittlerweile allergisch reagierte. »Bis zum Jahresende habe ich das im Griff.«

Sie würde überhaupt nicht *chillen*, solange der Schulabschluss ihres kleinen Bruders auf der Kippe stand. »Du weißt, dass ich dir helfe. Du musst nur etwas sagen«, bot sie ihm zum gefühlt tausendsten Mal an.

»Echt jetzt, Holly.« Er stöhnte übertrieben und verdrehte die Augen. »Wenn du nicht aufhörst, spring ich ins Wasser und schwimme an Land.« Er zog die Schultern hoch – Jacksons typische Geste für: »Du gehst mir mit deinem Große-Schwester-Ding auf die Nerven.« Dann schenkte er sich Kaffee nach und verzog sich mit seinem Becher zum Bug des Bootes.

Holly ließ ihn ein paar Minuten schmollen, bevor sie ihm folgte.

Ehe sie etwas sagen konnte, warf er ihr aus zusammengekniffenen Augen einen Seitenblick zu. »Fang nicht wieder an«, warnte er sie. »Ich bin alt genug, okay? Ich krieg das schon hin.«

»Ich vertrau dir, Jacks.« Kein bisschen. Aber offenbar würden sie an dieser Baustelle heute nicht weiterkommen. Also versuchte sie, ihren Bruder wenigstens dazu zu bringen, mit ihr über Rachel zu sprechen. »Gehst du zum Frühlingsball?«, fragte sie und nippte an ihrem lauwarmen Kaffee.

»Sieht so aus«, gab er zurück. »Ein paar von den Jungs wollen hin. Aber erst gegen später.«

»Ich habe gehört, wie Rachel sich mit einer Freundin unterhalten hat. Sie würde gern hingehen, aber bis jetzt hat sie noch niemand gefragt.« Holly wusste zwar nicht, ob das wirklich stimmte. Aber das Mädchen war genauso in Jackson verschossen wie er in sie. Falls sie schon um ein Date gebeten worden war, würde sie es sofort absagen, wenn ihr Bruder endlich den Mut aufbrachte, sie zu fragen.

»Alter! Das ist oberpeinlich, merkst du das nicht?« Jackson ließ sich auf den Holzplanken nach hinten fallen und legte den Arm über seine Augen. Trotzdem war die feine Röte, die sein Gesicht überzog, nicht zu übersehen.

»Ich meine ja nur. Ich habe es gehört und dachte, das willst du vielleicht wissen.«

»Will ich nicht«, behauptete er, klang aber weit weniger kratzbürstig als bei dem Gespräch über seine schulischen Leistungen. »Das ist Privatsache. Ich hab keine Ahnung, wie ich dir zu verstehen gegeben haben könnte, dass es okay ist, sich da einzumischen.«

»Hey. Unterstell mir doch nicht …«

»Wir sollten zurücksegeln«, unterbrach Jackson sie und erhob sich. »Ich übernehme das Steuer.« Thema erledigt.

Holly blieb nichts anderes übrig, als leise zu seufzen. Am liebsten hätte sie selbst die Augen verdreht, aber damit wäre sie wahrscheinlich nicht das perfekte Vorbild für ihren Bruder. Bis jetzt hatte sie geglaubt, bei Jacksons Erziehung alles richtig gemacht zu haben. Ein bisschen Strenge und viel Liebe. Bis zu diesem Jahr hatte er sich allerdings auch noch nie so verhalten wie in der letzten Zeit. Sie kippte ihren kalten Kaffee ins Meer und lehnte sich gegen die Reling, während ihr Bruder die Jacht wendete. Sie glitten an der Küste entlang, vorbei am National Seashore und – an Sunset Cove. Ihr Bruder hatte es tatsächlich geschafft, sie für eine Weile die Neuigkeiten vergessen zu lassen, mit denen Marie aufgewartet hatte. Der alte Leuchtturm erhob sich majestätisch über der Klippe. In den Fenstern der Kanzel reflektierte das Licht der untergehenden Sonne.

Holly schluckte. Sie wollte es nicht, und doch wandte sie den Blick und sah zum Strandhaus hinüber. Einige Fenster waren hell erleuchtet. Licht und Wärme. Eine heimelige Barriere gegen die hereinbrechende Dämmerung. Holly erkannte das Zimmer wieder, das Andrew Hunter in seiner Kindheit bewohnt hatte, wenn die Familie auf Cape Cod gewesen war. Es hatte Zeiten gegeben, da hatte sie Kiesel gegen das Fenster geworfen, um ihn zu nächtlichen Abenteuern aus dem Haus zu locken. An die Holzbrüstung der Terrasse gelehnt, stand eine große Gestalt und blickte regungslos auf das Meer hinaus. Die Dream Dancer war zu weit draußen, und sie konnte den Mann nicht genau erkennen. Und doch wusste Holly genau, wer es war. Sie wandte den Blick ab und blinzelte, weil ihre Augen brannten.

»Heulst du?«, fragte ihr Bruder und warf ihr einen panischen Blick zu, den viele männliche Wesen beim Anblick von Tränen bekamen.

Holly wischte sich über die Augenwinkel. »Dieser verdammte Wind«, log sie und lächelte Jackson an. »Was hältst du von Burgern zum Abendessen?«

»Mit Süßkartoffelpommes?«, fragte er hoffnungsvoll.

»Mit was sonst?« Sie blickte über die Schulter noch einmal nach Sunset Cove zurück. Die einsame Gestalt wurde kleiner und kleiner.

3

Am nächsten Abend parkte Andrew seinen Wagen auf dem kleinen Schotterplatz vor dem Cottage, das Niclas und Marie gemietet hatten. Er stieg aus und warf einen Blick zu Niclas glänzendem, teurem SUV und Maries altem, von Rost zerfressenem Pick-up hinüber. In gewisser Weise illustrierten die Autos die Beziehung, die die beiden führten. Man konnte schwerlich auf die Idee kommen, dass zwei so grundverschiedene Menschen zueinanderpassten, aber die beiden belehrten ihr Umfeld eines Besseren. Was, wie Andrew wusste, besonders Georgina ein Dorn im Auge war. Marie war so gar nicht die Schwiegertochter, die sich seine Mutter für ihren Sohn vorgestellt hatte.

Der Muschelkalk knirschte unter seinen Schuhen, als er auf die Haustür zuging. Das Cottage war klein und mit den typischen, von der Witterung grau gefärbten Zedernschindeln verkleidet. Unter den weißen Sprossenfenstern hingen bereits Blumenkästen mit bunt leuchtenden Frühjahrsblühern, deren Namen Andrew nicht kannte.

Sie haben sich ein Nest geschaffen, dachte Andrew, als sein Bruder, den Arm um die Schultern der strahlenden Marie gelegt, die Tür öffnete. Sie passten gut zusammen. Wie er selbst war Niclas groß, dunkelblond und hatte graue Augen, die kalt wie Stein wirken konnten. Oder an sanften Nebel über dem Strand erinnerten, wenn sie so voller Liebe waren wie jetzt. Marie war ebenfalls groß und schlank. Sie trug schlichte Jeans. Die einzigen Highlights, die ihr langes braunes Haar aufhellten, stammten von der Sonne, weil sie während der Arbeit viel Zeit im Freien verbrachte. Sie war nicht der Typ, der viel Geld für einen Friseur ausgab, genauso wie sie darauf verzichtete, sich zu schminken. Aber ihr schönes Gesicht mit den großen, bernsteinfarbenen Augen hatte das auch nicht nötig.

»Schön, dich zu sehen, Andrew.« Marie umarmte ihn freundschaftlich und küsste ihn auf die Wange. Vor noch nicht allzu langer Zeit hatte sie nur einen misstrauischen Blick für ihn übrig gehabt. Umso mehr wusste er die Geste zu schätzen.

Niclas schlug ihm brüderlich auf die Schulter. »Komm rein«, sagte er und trat zur Seite.

Das Cottage sah von innen genauso aus, wie Andrew es sich vorgestellt hatte. Hellgraue Wände, dunkle Holzböden und weiße Möbel. Hier und da ein wenig Shabby Chic, wie es nur eine Frau hinbekam. Das Wohnzimmer mit dem Essbereich und integrierter offener Küche war nicht besonders groß. Über dem Tisch hingen zwei alte Paddel über Kreuz an der Wand, und an der gegenüberliegenden Seite wurde ein Gaskamin von prall gefüllten Bücherregalen eingerahmt. Was seinen Blick jedoch regelrecht magisch anzog, waren die großen Sprossenfenster, die über die gesamte Seite des Raumes verliefen.

»Das war der Hauptgrund, dieses Haus zu mieten«, sagte Marie, die seinem Blick gefolgt war. »Ich kann es kaum erwarten, die Terrasse zu bepflanzen.«

Da würde sie einiges zu tun haben, vermutete Andrew. Die Holzterrasse war so breit wie der Raum selbst und erstreckte sich mindestens fünf Meter in Richtung des Ozeans, der hinter dem sanften, mit Dünengras bewachsenen Hügel am breiten Sandstrand leckte. Andrew bemerkte Maries Hund Sam, der schnüffelnd umherstromerte. Im Moment standen auf der rechten Seite der Terrasse zwei Deckchairs, von denen aus Marie und Niclas vermutlich romantische Sonnenuntergänge beobachteten. Links war ein ziemlich neuer Grill aufgebaut, der Traum eines jeden Fleisch liebenden Mannes war. »Deiner?«, fragte er seinen Bruder.

»Ja. Ein Wahnsinnsteil, oder? Heute Abend gibt es Steaks. Du wirst begeistert sein.«

Marie hatte vorgeschlagen, im Fairway essen zu gehen, aber das hatte Andrew abgelehnt. Keine zehn Pferde würden ihn über die Schwelle dieses Restaurants bringen. Bester Codfish der Gegend hin oder her. »Männeressen.« Er grinste Niclas an. »Klingt gut.«

Sein Bruder lachte laut. »Unterschätze Marie nicht, wenn es ums Essen geht. Na komm. Ich zeig dir den Rest des Hauses.«

Die Terrasse hatte den Ausschlag für den Kauf des Hauses gegeben, hatte Marie gesagt. Andrew musste zugeben, dass ihn der Rest des Cottages überraschte. Das Schlafzimmer war in einem blassen Blau gestrichen. An der Wand hingen zwei große Schwarz-Weiß-Fotografien mit Motiven von der Halbinsel. Der Schrank war so winzig, dass sich Andrew fragte, wo sein Bruder den Hauptteil seiner Klamotten unterbrachte. Das Bad mit der altmodischen Klauenfußbadewanne war definitiv zu eng, sobald mehr als eine Person darin stand. In einen Raum, eher eine Abstellkammer, hatten Marie und Niclas einen schmalen Schreibtisch gezwängt. So viel Liebe und guten Geschmack sie in die Einrichtung investiert hatten, das Cottage war einfach nur winzig.

»Hier richte ich mir ein kleines Büro ein«, erklärte sein Bruder mit Blick auf die Arbeitsecke.

»Hübsch«, sagte Andrew. Mehr fiel ihm dazu nicht ein. Das komplette Haus passte locker in ein Stockwerk des dreigeschossigen Stadthauses mit Dachterrasse, das Niclas in Boston bewohnt hatte. Selbst Andrews Apartment war mindestens doppelt so groß. Wie schafften Marie und Niclas es, auf so engem Raum zu zweit zu leben? Sie kehrten ins Wohnzimmer zurück. Niclas nahm drei Bier aus dem Kühlschrank, reichte Andrew eines und gab Marie das zweite, wobei er sie an sich zog und küsste. Sie stießen an, und während Andrew den beiden zusah, wie sie das Barbecue vorbereiteten, begriff er. Seine Gastgeber waren so verliebt ineinander, dass sie sich ständig berührten, umarmten und aneinanderlehnten. Sie brauchten nicht mehr Platz, weil sie sich zum einen sowieso nie weiter als einen Meter entfernt voneinander aufzuhalten schienen. Zum anderen nahmen sie offenbar nicht viel von ihrer Umgebung wahr, weil sie nur Augen füreinander hatten.

»Wir sind nicht allein«, protestierte Marie mit einem Kichern, als Niclas hinter sie trat, ihre Haare zur Seite schob und ihren Nacken küsste, während sie die Ofenkartoffeln vorbereitete.

»Stimmt.« Niclas ließ sich nicht davon abhalten, seine Lippen noch einmal auf ihre Haut zu pressen, ehe er sie losließ und einen Schritt zurücktrat. »Willst du meinen Grill bewundern, großer Bruder?«

»Unbedingt!« Sosehr sich Andrew für seinen Bruder freute, die sexuelle Spannung zwischen den beiden war für einen Außenstehenden fast nicht zu ertragen. Ein wenig erleichtert, folgte er Niclas auf die Terrasse und ließ sich den Monstergrill vorführen. Sam gesellte sich zu ihnen und schnupperte an den Steaks, die Niclas kurz darauf auf den Rost legte. Das Fleisch zischte in der Hitze, und Andrew inhalierte den köstlichen Duft. »Das riecht fantastisch. Seit ich auf dem Cape bin, pendeln meine Bedürfnisse zwischen Schlafen und Essen«, gestand er.

»Ja, die verdammte frische Luft.« Niclas warf ihm einen abschätzenden Seitenblick zu und entschied offenbar, dass es noch nicht Zeit war, ihn auf den Grund seines Aufenthalts auf der Halbinsel anzusprechen. »Wenn du nicht achtgibst, passt du bald nicht mehr in meine Klamotten.«

Bis jetzt saßen die Jeans und der Kapuzenpulli, die sein Bruder ihm geliehen hatte, ziemlich locker. Auf dem langen Strandspaziergang, den Andrew unternommen hatte, hatte er versucht, die letzten Wochen Revue passieren zu lassen, und dabei festgestellt, dass sein Leben bereits seit Monaten in Lichtgeschwindigkeit an ihm vorbeijagte. Alles war zu einem Gewirr aus Adrenalin, Stress und Entscheidungen über Leben und Tod verwischt. Bis dann sein Ausraster all das zu einem plötzlichen Stillstand gebracht hatte. Wahrscheinlich waren die vielen Doppel- und Zusatzschichten schuld. Der extreme Personalmangel in der Notaufnahme hatte seinen Tribut gefordert. Grundbedürfnisse wie Essen und Schlafen waren in den Hintergrund gerückt. Jetzt kehrten sie mit Macht zurück, und Andrew gab ihnen nach. Er hatte in den letzten zwei Tagen mehr geschlafen als in der gesamten Woche zuvor. Und er würde eines dieser riesigen Steaks mit Genuss verschlingen.

Niclas kraulte Sam zwischen den Ohren und warf den zerkauten Tennisball, den der braune Labrador vor seine Füße fallen ließ, in Richtung Strand. »Er missbraucht mich als Ballmaschine«, erklärte er Andrew, als der Hund davonraste. »Marie ist sein Lieblingsmensch. Aber irgendwann hat er herausgefunden, dass ich einen Ball deutlich weiter werfen kann als sie.«

»Kluger Hund.« Andrew trank einen Schluck Bier. »Du fühlst dich wohl hier«, sagte er zu seinem Bruder.

»Absolut.« Niclas drehte sich zum Haus um und lächelte, als er Marie erblickte, die in der Küche Zwiebeln schnitt. »Wer hätte gedacht, dass ich mal auf Cape Cod lebe und von mir behaupte, angekommen zu sein?« Er wandte sich wieder zu Andrew um und wies mit seinem Bier auf das Meer vor ihnen. »Diesem Anblick wird man nie überdrüssig. Ich habe es nicht gemerkt, aber das hat mir gefehlt. Seit ich zurück bin … ich weiß nicht, es war, wie nach Hause zu kommen«, versuchte er es zu erklären. Dann grinste er breit. »Außerdem passieren dir hier wirklich aufregende Dinge. Siehst du das Haus da drüben?« Er wies auf ein Cottage, ein paar Hundert Meter entfernt. »Miss Fisher, unsere fünfundsechzigjährige Nachbarin. Sie hat mich letzte Woche gebeten, nach ihrem Müllschlucker zu sehen. Als ich durch die Tür trat, erwartete sie mich bereits. Auf den Küchentresen drapiert. Splitterfasernackt.«

Andrew konnte sich seinen fassungslosen Bruder, der mit seinem Werkzeugkasten bewaffnet und schockiert aufgerissenen Augen vor seiner Nachbarin stand, bildlich vorstellen und brach in haltloses Lachen aus, wobei er sich die Tränen aus den Augenwinkeln wischen musste. »Das hast du dir nicht gerade ausgedacht, oder?«

»Nein! Ich habe verdammt noch mal die Beine in die Hand genommen.« Er wendete die Steaks. »Ich schwöre dir, langweilig wird es hier nicht.« Niclas plauderte munter über die Gegend. Erzählte gut gelaunt von den Besonderheiten der Natur, den kleinen Macken der Nachbarn. Man merkte ihm nicht an, dass sich vor ein paar Monaten nicht einmal drei Meilen von hier ein Drama abgespielt hatte, das sowohl Maries als auch Niclas' Leben fast ausgelöscht hätte. Die beiden hatten es offenbar geschafft, die Vergangenheit mit all ihren dunklen Facetten hinter sich zu lassen.

Als sie mit den fertigen Steaks ins Haus zurückkehrten, hatte Marie bereits den Tisch gedeckt, Kerzen angezündet und den Gaskamin eingeschaltet. Sie holten sich jeder noch ein Bier und nahmen Platz.

Während des Essens beobachtete Andrew Niclas und Marie fasziniert. Abermals dachte er, dass sich sein Bruder völlig verändert hatte. Früher war Niclas auf seine Karriere konzentriert gewesen. Ehrgeizig. Immer unter Spannung. Fokussiert. Sein Ziel stets vor Augen. Von diesem Menschen war nur noch die Hülle übrig. Niclas war unglaublich entspannt, locker und offensichtlich mit sich selbst völlig im Reinen. Das hatte Andrew schon am Abend zuvor gemerkt, als sein Bruder ihn besucht hatte. Aber hier, zusammen mit Marie, konnte er erst wirklich erkennen, was diese Beziehung für Niclas bedeutete. Er war verliebt. Und glücklich. Die einzige Frage, die sich jetzt noch stellte, war, was Niclas mit dem Rest seines Lebens anfing. Abgesehen davon, mit Marie auf der Terrasse zu sitzen und zuzusehen, wie die Sonne hinter dem Horizont versank.

»Was hast du vor, jetzt, wo du hier lebst?«, fragte Andrew seinen Bruder, nachdem sie den Tisch abgeräumt und es sich auf der Couch vor dem Fenster gemütlich gemacht hatten. Der Ozean begann gerade, die Sonne zu schlucken.

Niclas zuckte die Schultern. »Ich sondiere die Möglichkeiten«, sagte er. »Es gibt ein paar Ideen. Aber die sind allesamt noch nicht spruchreif. Sobald ich mich entschieden habe, wirst du es als einer der Ersten erfahren.«

Für einen Moment breitete sich Schweigen aus. Andrew schluckte den Kloß in seinem Hals hinunter. Früher oder später musste er erzählen, was passiert war. Er konnte es genauso gut gleich hinter sich bringen.

»Wie lange willst du uns noch auf die Folter spannen?«, fragte Niclas in die Stille hinein.

Andrew verzog den Mundwinkel zu einem halben Lächeln. »Ich wollte es gerade erzählen.« Er sah Marie an. »Aber es ist nicht besonders erbaulich«, fügte er hinzu.

»Soll ich euch allein lassen? Vielleicht fällt es dir dann leichter«, bot Marie an und wollte aufstehen.

»Wegen mir musst du nicht gehen. Ich wollte dich nur warnen.«

»Bleib hier«, sagte Niclas im gleichen Moment und zog Marie an sich.

»Also gut.« Andrew trank einen Schluck Bier und stellte die Flasche neben sich auf den Boden. »Ich hatte Dienst«, begann er. »Ich hatte fast schon eine Achtundvierzig-Stunden-Schicht hinter mir und bald Feierabend, als ein schwerer Verkehrsunfall eingeliefert wurde. Die Doppelschicht war kräftezehrend gewesen. Ein Notfall nach dem anderen. Nur hier und da hatte ich Zeit gehabt, für ein paar Minuten die Augen zu schließen. Ich dachte mir: Bring diese Einlieferung noch hinter dich und dann nichts wie nach Hause.«

»Aber so einfach war es dann nicht«, vermutete Marie. Sie drückte seine Hand mit mehr Mitgefühl, als Andrew im Moment gebrauchen konnte.

Er schluckte. »Es war ein Autounfall. Die Fahrerin, Francesca Gomez, war erst vierundzwanzig Jahre alt – und hochschwanger. Sie war auf dem Rückweg von ihrer Babyshower-Party in ihrem kleinen Honda von einem Pick-up erfasst worden. Nur zwei Blocks von ihrem Wohnhaus entfernt. Ihr Mann hörte den Aufprall und war einer der Ersten an der Unfallstelle. Er sprang hinter seiner Frau aus dem Rettungswagen.« Andrew rieb sich über das Gesicht. Den ängstlichen Ausdruck in den Augen des jungen Mannes wurde er einfach nicht los. Obwohl er schon unzählige ähnliche Situationen erlebt hatte, war an diesem Tag irgendetwas mit ihm geschehen. Es hatte ihn berührt. Hatte sich in ihm festgesetzt. »Es war gut, dass ihr Mann dabei war. Er konnte uns die medizinischen Daten und alle Informationen zu Francescas Schwangerschaft aus erster Hand geben. Sie war Grundschullehrerin, und bis zu diesem Zeitpunkt hatte es keine gesundheitlichen Komplikationen gegeben. Bis zum Geburtstermin waren es nur noch vier Wochen.«

Marie seufzte und wischte sich über die Augen. Niclas küsste sie auf die Schläfe und stand auf, um ihnen allen dreien zwei Fingerbreit Whiskey einzuschenken. »Ich vermute, wir werden ihn brauchen«, sagte er, als er Marie und Andrew je einen Tumbler reichte.

Andrew nippte nur an seinem Drink. Am liebsten hätte er ihn hinuntergekippt, nur um sich sofort einen zweiten zu genehmigen. Er hatte den antiseptischen Geruch in der Nase. Desinfektionsmittel. Blut. Gerüche, die ihn in der Notaufnahme jahrelang begleitet hatten. Das Piepen der Geräte um ihn herum. Das Stöhnen eines Mannes ein oder zwei Behandlungsräume weiter. All diese Dinge waren ihm vertraut, aber in dem Moment, in dem die junge Frau vor ihm gelegen hatte, waren sie plötzlich in den Hintergrund getreten und hatten ihr sanftes Gesicht und ihre Tränen überdeutlich in den Fokus gerückt. Später hatte er gedacht, dass sie in diesem Augenblick wahrscheinlich längst gewusst hatte, was er gleich herausfinden würde. »Retten Sie mein Baby, Doktor«, hatte sie geflüstert und liebevoll über ihren Bauch gestrichen. Sie wäre eine gute Mutter geworden.

»Mit Francesca schien alles in Ordnung zu sein. Ihre Vitalwerte waren okay. Aber die Herztöne ihres Babys klangen etwas besorgniserregend. Ich habe ihr erklärt, dass wir sie untersuchen müssten. Der Unfall war heftig. Es bestand die Gefahr innerer Blutungen. Aber Francesca wollte, dass wir uns zuerst um das Baby kümmerten. Davon ließ sie sich nicht abbringen. Wir überlegten uns, die Geburt einzuleiten, aber dann habe ich mich für eine Sectio entschieden. Einen Kaiserschnitt«, erklärte er, als er merkte, dass er in den Fachjargon abrutschte. »Ich hoffte, wir hätten genug Zeit, das Kind zu holen und uns dann um die Mutter zu kümmern.« Der nächste Schluck Whiskey brannte in seiner Kehle, half aber nicht gegen den trockenen Mund. »Ich ließ einen Gynäkologen und die Kinderärztin kommen. Wir verpassten ihr eine Peridualanästhesie und rollten sie in den OP. Sieben Minuten nachdem die PDA zu wirken begann, war das Baby auf der Welt. Es schrie, und das Herz schlug wieder gleichmäßig. Im gleichen Moment begannen die Komplikationen. Francescas Blutdruck sackte plötzlich extrem ab. Uns war klar, dass sie eine massive innere Verletzung haben musste, die wir zuvor nicht bemerkt und die sich durch die Geburt verschlimmert hatte. Ein Ultraschall zeigte viel freie Flüssigkeit im Bauchraum, die nur einen Ursprung haben konnte. Eine Aortaruptur. Wahrscheinlich entstanden beim Aufprall.«

Marie hatte ein Glas Wasser geholt und drückte es ihm in die Hand. »Solche schrecklichen Geschichten trocknen die Kehle aus«, sagte sie schlicht. Niclas legte den Arm um sie. Sam gab seinen Platz vor dem Kamin auf und kam zu Andrew herüber. Er legte den schweren Schädel auf seinen Oberschenkel, und Andrew schob automatisch die Hand in sein Fell. Er spürte den ruhigen Herzschlag unter seinen Fingerspitzen, und auch sein Puls verlangsamte sich.

Das Adrenalin, das bei der Erinnerung an die dramatische Operation durch seine Adern geschossen war, ebbte langsam ab und hinterließ Erschöpfung. »Wir haben zu lange gezögert. Eine OP hätte sie nicht mehr retten können. Nichts konnte sie mehr retten, um genau zu sein. Während wir das Baby auf die Welt geholt hatten, war die Mutter innerlich verblutet. Wir hätten von vorneherein nur eines der Leben retten können und haben uns auf Francescas Wunsch hin für das Kind entschieden. Mir blieb nichts anderes übrig, als ihr zu sagen, dass sie es nicht schaffen würde. Und sie … sie streichelte über den winzigen Körper, der strampelnd auf ihrem Oberkörper lag, und lächelte mit Tränen in den Augen. Wir holten ihren Mann in den OP und erklärten ihm so schnell wie möglich, was los war. Dann zogen wir uns zurück, damit die drei die letzten kostbaren Momente zusammen als Familie erleben konnten.« Er lehnte sich zurück und starrte stumm die orangen und lilafarbenen Schlieren an, die die Sonne am Horizont hinterlassen hatte. Die ersten Sterne begannen am Firmament zu glitzern.

»Das ist aber noch nicht alles, oder?« Niclas sah ihn nachdenklich an. »Das ist wirklich eine schreckliche Geschichte, aber so etwas hast du ja nicht zum ersten Mal erlebt. Vielleicht hättest du normalerweise Jake oder mich angerufen. Wir wären um die Häuser gezogen, um uns irgendwo ordentlich die Kante zu geben. Aber du wärst nicht freiwillig hier aufgetaucht und hättest dir in Sunset Cove die Decke über den Kopf gezogen.«

»Stimmt«, antwortete Andrew. Sam stupste ihn mit der Schnauze gegen das Knie, damit er ihn weiter streichelte. »Wie gesagt, wir haben den OP-Saal leise verlassen. Der Gynäkologe, der Kinderarzt und die Schwestern blieben draußen, und ich kehrte in die Notaufnahme zurück, um meine Kollegen und meinen Chef zu informieren. Als ich aus dem Aufzug trat, hörte ich einen Tumult aus einem der Behandlungsräume. Durch die offen stehende Tür sah ich den Patienten, der mit einer Hand an die Behandlungsliege gefesselt war und schrie und tobte. Er war offensichtlich völlig zugedröhnt und wehrte sich, weil er sich kein Blut abnehmen lassen wollte. Er beleidigte meine Kollegen, die beiden anwesenden Polizisten, Gott und die Welt. Jedes Wort, das aus seinem Mund kam, hatte seinen Ursprung irgendwo weit unterhalb der Gürtellinie.«

Andrew hatte eine der vorbeieilenden Schwestern gefragt,

was los sei, und sie hatte ihm voller Mitgefühl die Hand auf den Unterarm gelegt. Offenbar hatte der tragische Ausgang der OP bereits die Runde gemacht. »Das ist der Unfallverursacher«, raunte sie ihm zu. »Die arme Frau. Sehen Sie ihn an, diesen Mistkerl. Völlig zugedröhnt ist er. Und was für Verletzungen hat er davongetragen? Eine kleine Platzwunde, die sich klammern lässt.« Sie drückte Andrews Arm. »An manchen Tagen hasse ich diesen Job.« Sie war auf den Untersuchungsraum zugeeilt, dem Bein des um sich tretenden Junkies ausgewichen und hatte dem Arzt die Nierenschale mit den Blutproben abgenommen.

»Ich stand da«, fuhr Andrew fort, »und sah dieses Arschloch vor mir. Der Mann, der für den Tod einer jungen, unschuldigen Frau verantwortlich war. Der eine Familie auseinandergerissen hatte, bevor sie überhaupt die Chance bekommen hatte, eine zu sein. Bis in die Haarspitzen vollgepumpt mit Drogen und lediglich eine Platzwunde im Gesicht. Es war ein bisschen, als würde ich durch einen Tunnel blicken. Aber ich sah dieses verdammte Gesicht vor mir und dann Francesca mit ihrem leisen Lächeln. Und dann ist irgendwas mit mir … geschehen«, versuchte er, die richtigen Worte zu finden. »Ich kann gar nicht genau sagen, was, aber plötzlich bin ich losgerannt und wollte ihm mit der Faust ins Gesicht schlagen. Direkt neben seine beschissene Platzwunde.« Er strich sich über den angespannten Nacken. »Ich verdanke es der prompten Reaktion meiner Kollegen und der Cops, die mich im letzten Moment aufhielten und mich aus dem Raum drängten, während der Mistkerl mir hinterherschrie, dass er mich verklagen würde.«

Einen Herzschlag lang herrschte Stille im kleinen Wohnzimmer des Cottages. Dann setzte sich Marie auf. »Du hast ihn nicht geschlagen?«, fragte sie.

Andrew schüttelte den Kopf. »Ein paar Zentimeter haben gefehlt.«

»Verdammt, ich hätte es diesem Drecksack gegönnt.« Sie rutschte neben ihn und schloss die Arme um seinen verspannten Oberkörper. »Wahrscheinlich heißt es jetzt, dass es deine Pflicht als Arzt ist, objektiv und neutral zu bleiben. Aber verdammte Scheiße, ich würde ihm selbst am liebsten eine reinhauen. Und ich finde nicht, dass du einen Fehler gemacht hast.«

»Danke, Marie. Aber es war trotz allem falsch. So etwas hätte mir nicht passieren dürfen. Ich bin Arzt. Meine Aufgabe ist es zu heilen, nicht jemanden zu verletzen.«

»Du bist immer noch ein Mensch.« Niclas legte ihm die Hand auf die Schulter und drückte sie. »Unseren Rückhalt hast du. Was kann ich tun? Brauchst du einen Anwalt?«

Andrew schüttelte den Kopf. »Ich hatte noch nicht einmal die Klinik verlassen, als mich Dads aktuelle Affäre anrief und nach Cape Cod beorderte. Nach der Auseinandersetzung mit ihm, nachdem er abgehauen war, bin ich im Strandhaus eingeschlafen. Und zwar so fest, dass ich die Anhörung vor der Ethikkommission am nächsten Tag verpennt habe. Sie haben mir eine Disziplinarstrafe aufgebrummt. Vier Wochen Suspendierung. Vielleicht hätte ich die Strafe abmildern können, wenn ich zu dem Termin erschienen wäre. Aber jetzt ist es zu spät. Auch du als Anwalt wirst da nichts mehr ausrichten können.«

Aber auch das war noch nicht alles. Denn über eine Sache hatte Andrew nicht gesprochen. Die Frage, was nicht mit ihm stimmte. Warum war er ausgerechnet wegen diesem Typ so ausgerastet? Warum hatte ihn der Tod diesmal mehr mitgenommen als sonst? Er fand keine Antwort darauf. Aber das Gespräch mit Niclas und Marie hatte ihm die Augen geöffnet. Vielleicht hatte er die Entscheidung, auf Cape Cod zu bleiben, ja unbewusst aus einem Grund getroffen, den er bis eben gar nicht im Sinn gehabt hatte. Es gab jemanden, mit dem er über diese Dinge sprechen konnte. Hier, auf der Halbinsel. Und das würde er morgen tun. Dieser Besuch war ohnehin längst überfällig.

»Na los.« Niclas stand auf. »Lasst uns noch einen Spaziergang am Strand machen und unsere Köpfe freipusten.«

4

Isabelle Cartwright-De Winter schäumte vor Wut. Ihre Zwillingssöhne Nathaniel und Cedric saßen mit Isabelles Bruder Francis vor ihr. Als ihr bewusst wurde, dass sie wie ein Tiger im Käfig auf und ab ging, zwang sie sich, stehen zu bleiben und sich zu den dreien umzudrehen. Genervt trommelte sie mit den Fingern auf den marmornen Kaminsims.

Dort standen gerahmte Fotos ihrer Jungen, als sie noch klein waren und Isabelles verdammter, missratener Bruder noch keinen Einfluss auf sie gehabt hatte. »Was hast du dir dabei gedacht?«, herrschte sie Francis an.

Francis lehnte sich entspannt in seinem Sessel zurück, und das Licht des Kronleuchters fing sich in seiner Rolex. Er schwenkte den Scotch in seinem Glas und nippte. Um halb elf am Vormittag. Isabelles Blutdruck begann bereits wieder zu steigen, während ihre Söhne die Köpfe gesenkt hielten, sich aber verstohlene Blicke zuwarfen, die sie nicht deuten konnte.

»Es war ein netter Abend«, sagte Francis schließlich. »Wir waren spontan.«

»Ihr wart spontan?« Nathaniel und Cedric waren schon immer wild gewesen. Aber seit Beginn dieses Schuljahrs übertrieben sie es maßlos. Ein illegales Autorennen, zwei

Schlägereien in einem Club, in dem sie noch gar nichts verloren hatten, weil sie erst in drei Jahren einundzwanzig wurden. Einmal waren sie mit Marihuana erwischt worden. Und jedes Mal war ihr Bruder mit von der Partie gewesen, der offenbar mental nie über seinen siebzehnten Geburtstag hinausgekommen war und ihre Kinder permanent in Schwierigkeiten brachte. Die vergangene Nacht hatte dem Ganzen die Krone aufgesetzt. Francis war eindeutig einen Schritt zu weit gegangen. Das Maß war längst voll, aber der Ausflug ins Hot Legs war der sprichwörtliche Tropfen, der das Fass zum Überlaufen gebracht hatte. »Ihr seid in einem verdammten Stripclub gewesen«, fauchte sie Francis an. »Weißt du, wie alt deine Neffen sind?«

Ihr Bruder zuckte gelangweilt die Schultern. »Sie sind alt genug, sich im Internet Pornovideos anzusehen. Dagegen sind ein bisschen Strippen und ein kleiner Lapdance doch total harmlos.«

»Du …« Isabelle fand keine Worte. Dass dieser jämmerliche Versager sein Leben nicht im Griff hatte, konnte sie beim besten Willen nicht mehr ändern. Aber er würde mit seinen idiotischen Aktionen nicht die Zukunft ihrer Söhne aufs Spiel setzen. Sie hatte die Nase gestrichen voll. Francis würde lernen, Verantwortung zu übernehmen. Und ihre Söhne ebenfalls. Und zwar auf der Stelle. Um ihre Wut unter Kontrolle zu bekommen, atmete sie tief durch und zählte bis zehn, wie es ihr Therapeut ihr geraten hatte. »Ich habe mit George gesprochen«, sagte sie und schwieg für einen Moment, um die Information sacken zu lassen. Ihr Mann war für die Finanzen der Familie zuständig und hielt die Hand über den Treuhandfonds ihres Bruders. Das Vermächtnis ihrer Eltern besagte, dass Francis nur auf eine bestimmte monatliche Summe zugreifen durfte. Andernfalls hätte er sein Vermögen längst verjubelt und würde auf ihre Kosten leben. Zu Isabelles Erleichterung hatten das bereits ihre Eltern erkannt und diesen Passus in die Nutzungsbedingungen des Fonds eingebunden.

Francis verstand, dass die Unterhaltung eine Wendung nahm. Gerade noch die Gelassenheit in Person, begann er bei der Erwähnung ihres Mannes nervös auf dem Stuhl hin und her zu rutschen. »Das war das letzte Mal, dass du spontan warst. Zumindest, wenn es um meine Kinder geht«, fuhr sie fort, nachdem sie ihn lange genug hatte zappeln lassen. »Hast du mich verstanden? Streich dir das Datum rot im Kalender an. Denn heute ist der Tag, an dem du endlich begreifen wirst, dass jedes Handeln auch Konsequenzen nach sich zieht.« Isabelle löste ihre Hand vom Kaminsims und baute sich vor den dreien auf. »Wir haben entschieden, Cedric und Nathaniel an einen Ort zu schicken, an dem sie sich voll und ganz auf ihren Schulabschluss konzentrieren können. Dolores wird sie begleiten. Und du, Francis, wirst dich am besten unsichtbar machen. Ich will dich nicht mehr in der Nähe der Jungen sehen.«

Ihr Bruder hatte die Frechheit, den Kopf nach hinten zu werfen und lauthals zu lachen. »Wohin willst du sie schicken? Nach Alaska? Oder Sibirien?«

Er lachte sie aus? Nun, das würde ihm vergehen, wenn er begriff, wie ernst George und sie es meinten. »Cape Cod«, sagte sie und verschränkte die Arme vor der Brust. »Ich habe die weißen Laken von den Möbeln in Harbour Hill nehmen lassen. Ihr packt eure Sachen und fahrt noch heute«, sagte sie und blickte ihre Söhne an.

»Das ist nicht dein Ernst.« Francis blinzelte, als ihm bewusst wurde, dass sie es genauso meinte, wie sie es sagte. Er fuhr sich mit dem Zeigefinger über den kleinen Höcker auf seinem Nasenrücken.

»Und ob.«

Isabelles Bruder kippte seinen Scotch hinunter und stand auf. »Du kannst doch die Jungs nicht in diese Einöde schicken«, ergriff er Partei für seine Neffen.

Sie lachte trocken. »Du hast es noch immer nicht verstanden«, sagte sie. »Ich schicke die Jungs auf die Halbinsel. Dort werden sie bis zum Ende des Schuljahrs bleiben. Und du …«, sie bohrte Francis den Zeigefinger in die Brust, »… wirst aus ihrem Leben verschwinden. Auch wenn ich mir sicher bin, dass sie in Harbour Hill nicht viele Möglichkeiten finden werden, Ärger zu machen.«

»Komm schon, Isabelle. Ich kann mitfahren. Cape Cod ist zwar wirklich die Krönung der Langeweile. Aber Dolores ist auch nicht mehr die Jüngste. Ich kann sie unterstützen.«

Isabelle ignorierte sein Angebot und wandte sich an ihre Sprösslinge. »Sollte es Probleme geben«, warnte sie die beiden, »solltet ihr etwas ausfressen oder die Highschool nicht so abschließen, wie ich es erwarte, werdet ihr was erleben. Das Zauberwort heißt Militärschule.« Ihre Söhne hielten die Köpfe noch immer gesenkt. Dann wandte sie sich wieder an ihren Bruder, der sich erneut Scotch in sein Glas goss. »Und was dich betrifft: Du hältst dich so weit von Cape Cod fern wie irgend möglich. Sollte auch nur noch ein einziges Mal die Polizei bei mir anrufen, um mir mitzuteilen, dass ich meine minderjährigen Kinder auf einer Wache abholen kann, bist du erledigt.« Sie sah ihm direkt in die Augen, damit er begriff, wie ernst es ihr war. »Hast du das verstanden? Wenn du Kontakt zu Nathaniel und Cedric in Harbour Hill aufnimmst, drehe ich dir den Geldhahn ab und sorge dafür, dass du aus deinem Penthouse fliegst und künftig in einem winzigen Apartment leben musst. Mit einem monatlichen Budget in der Höhe des Gehalts eines Zimmermädchens.«

Mit Genugtuung stellte Isabelle fest, dass Francis etwas blass um die Nase wurde. Er schluckte hart. Trotzdem war sein Lächeln breit und strahlend. Er breitete die Arme aus. »Komm schon, Schwesterchen. Du hast natürlich recht. Der Ausflug in den Stripclub war vielleicht nicht unbedingt eine glorreiche Idee. Aber wir sind gern zusammen unterwegs. Die Jungs und ich können doch auch Spaß haben, ohne unsere wilde Seite auszuleben.«

Isabelle blieb mit verschränkten Armen stehen und zog eine Augenbraue nach oben.

»Issi, erinnerst du dich nicht daran, wie öde die Sommer in Harbour Hill waren?« Mitgefühl mischte sich in seine Stimme. Er verstand es einfach nicht. Erwachsen werden bedeutete nicht, unendlich Party zu machen, Drogen zu nehmen und an so vielen Alkoholvergiftungen wie möglich vorbeizuschrammen. Er spielte mit ihrer Geduld. Was ihn nicht davon abhielt, es weiter auf die Spitze zu treiben. »Wir haben uns auf Cape Cod immer zu Tode gelangweilt.«

»Genau das ist der Grund, aus dem sie umziehen«, sagte sie langsam und betont. »Ihr solltet euch beeilen«, wies sie die Jungen an. »Ihr beginnt morgen in der Nauset Regional High.«

»Ist das etwa eine öffentliche Schule?«, flüsterte Nathaniel Cedric zu. Sein erster vorsichtiger Satz, seit sie mit ihrer Standpauke begonnen hatte.

»Ganz genau.« Der schockierte Ausdruck in den Augen ihres Sohnes brachte sie fast zum Lachen – wenn die Situation nicht so traurig wäre. »Wenn ihr euch heute noch in eurem neuen Zuhause eingewöhnen wollt, solltet ihr euch sputen.«

»Issi«, versuchte es ihr Bruder noch einmal. Doch sie schüttelte nur den Kopf, und er blickte sie ungläubig an. »Das kannst du den Jungs – und mir – nicht antun.«

»Und ob ich das kann, Francis.«

*

Der Abend bei Niclas und Marie hatte Andrew bewusst gemacht, dass er sich zu einem weiteren, längst überfälligen Besuch aufraffen musste. Am nächsten Mittag fuhr er nach Eastham und stellte seinen Wagen auf dem großen Parkplatz ab, der rechts an einen Ben-&-Jerry's-Shop grenzte. Auf der linken Seite stand ein flacher Gebäudekomplex, der einen Friseur, einen Blumenladen und Dr. Hennings' Praxis beherbergte. Auch hier fanden sich die allgegenwärtigen Zedernschindeln. Drei Stufen führten hinauf auf eine Veranda. Vor dem Friseurgeschäft stand ein Schild mit einem Sonderangebot, der Blumenladen hatte bereits ein bunte Auswahl an Frühjahrsblühern nach draußen gestellt. Neben dem Aufgang mit dem dunkelgrün gestrichenen Metallgeländer befand sich eine Rollstuhlrampe, die es früher nicht gegeben hatte. Ansonsten hatte sich hier seit seinem zehnten Lebensjahr zumindest von außen nichts verändert.

Damals war er zum ersten Mal in der Praxis gewesen, weil er von einer Pinie gefallen war und sich den Arm gebrochen hatte. Andrew konnte sich noch daran erinnern, als wäre es gestern gewesen. Francis Cartwright III. hatte ihn herausgefordert, auf den Baum zu klettern, und er hatte nicht widerstehen können. Sie kamen aus den gleichen Bostoner Kreisen und hatten sich in den Ferien oft auf Cape Cod getroffen. Francis hatte es immer fertiggebracht, ihn zu reizen. Niclas hatte damals versucht, ihn von der idiotischen Kletterpartie abzuhalten. Aber Andrew hatte sich nicht aufhalten lassen. Und er hatte es geschafft. Er war bis zu dem besagten Ast hinaufgeklettert. Erst auf dem Weg nach unten war einer der Äste, der zwar kräftig aussah, aber innen völlig morsch war, unter ihm weggebrochen. Andrew war durch die Zweige gekracht. Er hatte das Harz des Baumes gerochen, die Nadeln gespürt, die seine Haut streiften. Vor seinen Augen tanzten Reflexe aus Licht und Schatten. Er war auf einem Bett aus Moos und heruntergefallenen Nadeln aufgeschlagen. Beim Aufprall presste es die Luft aus seinen Lungen. Er hatte auf der Lichtung gelegen, in das gleisende Sonnenlicht geblinzelt. Für einen Moment war er benommen, dann hatte der Schmerz eingesetzt.

Georgina war außer sich gewesen. Sie hätte am liebsten einen Hubschrauber kommen lassen, der ihn in eine Bostoner Klinik flog. Aber sein Vater sagte, sie solle sich nicht lächerlich machen. Er hatte ihn in Dr. Hennings' Landarztpraxis gefahren, und der Doc hatte ihn geröntgt und seinen Arm eingegipst. Mit sanften, geschickten Bewegungen und beruhigenden Worten. Im Gegensatz zu seinem entnervten Vater – und erst recht seiner hysterischen Mutter. Andrew hatte sich bei Dr. Hennings vom ersten Augenblick an wohlgefühlt. Nach diesem Unfall war Andrew zu einem Dasein als Landratte verdammt gewesen. Sein Vater und sein Bruder, und sogar dieser Mistkerl Francis, verbrachten ihre Tage auf dem Meer, aber Georgina vertrat die Meinung, dass es mit einem gebrochenen Arm für ihn viel zu gefährlich war auf einem Boot. Obwohl es selten vorkam, in diesem Fall hatte sein Vater klein beigegeben. Da seine Mutter die meiste Zeit in ihrem Atelier verbrachte, war er auf sich allein gestellt. Aus lauter Langeweile begann er, in der Arztpraxis herumzuhängen und Dr. Hennings Tag für Tag auf die Nerven zu gehen. Der Arzt wurde zu einem väterlichen Freund. Und ganz nebenbei hatte sich Andrew in jenem Sommer in die Medizin verliebt.

Ein Klopfen an das Seitenfenster ließ ihn zusammenzucken und holte ihn in die Gegenwart zurück. Er blickte in das freundliche Gesicht des Mannes, über den er gerade nachgedacht hatte. Der Doc war gealtert in den letzten Jahren. Seine grauen vollen Haare hatten sich schlohweiß verfärbt. Unzählige Falten durchzogen das wettergegerbte Gesicht. Aber die Augen, die an das Blau eines wolkenlosen Sommerhimmels erinnerten, waren noch immer klar und scharf. Voller Intelligenz und Humor. Es freute Andrew, dass sein alter Freund so gesund und munter war.

»Wie lange hast du vor, im Auto zu sitzen und die Praxis anzustarren?«, wollte sein Mentor wissen.

»Ich war gerade dabei, auszusteigen und dir einen Besuch abzustatten«, sagte Andrew.

»Das wurde höchste Zeit, würde ich sagen.« Der Arzt schlug gut gelaunt auf die Motorhaube. »Ich bin auf dem Weg zum Lunch. Klettere endlich aus dieser Kiste und begleite mich.«

Essen war eine fantastische Idee. Dann konnte er sich von Paul Hennings gleich auf den neuesten Stand bringen lassen – eine Win-win-Situation. Er stieg aus und sog den Geruch des Meeres ein. Auch wenn man es von hier aus nicht sehen konnte, so war es doch allgegenwärtig.

Paul drehte sich um und wollte die Straße überqueren, sicher, dass Andrew ihm folgte.

Wohin … willst du, hätte er fast gefragt. Doch dann erledigte sich seine Frage von selbst, als er einen Blick auf die gegenüberliegende Straßenseite warf. Er hatte es vergessen. Oder, was wahrscheinlicher war, verdrängt. Das Fairway. Er blieb stehen, als wären seine Füße am Boden festgeklebt, während Paul bereits die gelbe Mittellinie auf der Straße erreicht hatte. »Kommst du?«, rief der Doc und drehte sich um.

»Was ist mit dieser netten Sandwichbar? In die bist du doch früher immer so gern gegangen«, erinnerte Andrew seinen alten Mentor mit lauter Stimme an die gemeinsame Tradition, gleichzeitig wollte er ihn davon abbringen, das Restaurant zu betreten, von dem Andrew sich geschworen hatte, nie wieder einen Fuß hineinzusetzen. Er trat an den Straßenrand und ließ einen Minivan passieren. Sein Herz schlug schnell und hart gegen seinen Brustkorb. Eine körperliche Reaktion, die der Arzt in ihm sehr wohl interpretieren konnte. Er begab sich gerade in gefährliches Fahrwasser. Er wusste nicht, was ihn im Fairway erwartete – und er wollte es auch gar nicht wissen. Nichts war ihm seit seinem Ausraster im Krankenhaus so zuwider wie eine Situation, die er nicht kontrollieren konnte. Paul hatte die andere Straßenseite erreicht und wandte sich wieder zu ihm um. »Die Sandwiches sind matschig, triefen vor Mayonnaise, und der Salat sieht aus, als sei er vom Vortag. Das können die Touristen gern zu Mittag essen, aber als Einheimischer hat man das nicht nötig. Ich bin schon vor Jahren zum Mittagstisch des Fairway übergelaufen.«

Es war lächerlich, sich über die befahrene Straße hinweg anzubrüllen. Noch lächerlicher war Andrews Bedürfnis, Paul zu überreden, sich zum Lunch einfach eine Portion Ben-&-Jerry's zu gönnen.

Der Doc kratzte sich am Kopf und warf ihm einen nachdenklichen Blick zu, der für einen Moment von einem UPS-Lieferwagen geschluckt wurde, der in Richtung Dennis vorbeifuhr. »Du hast noch immer nicht mit den alten Zeiten abgeschlossen?«, fragte er in einer Lautstärke, die im Verkehrslärm nahezu unterging. Doch Andrew verstand sehr wohl, was Paul meinte. Er schüttelte den Kopf. Es war einfacher, sich zusammenzureißen, als sich von der Vergangenheit in die Knie zwingen zu lassen. Er nutzte die nächste Lücke im Verkehr und überquerte die Straße.

»Na komm«, sagte der Arzt und legte ihm die Hand auf die Schulter. »Die Zeit ist nicht stehen geblieben. Ihr seid erwachsen. So schlimm kann das nach all den Jahren nicht mehr sein.«

Andrews Magen zog sich zusammen. Der Appetit, den er noch vor einer Minute verspürt hatte, war verschwunden. Vielleicht hatte Paul recht. Vielleicht waren sie erwachsen geworden. Vielleicht war es an der Zeit, den alten Groll loszulassen. Aus Maries Erzählungen wusste er, dass Holly noch immer im Fairway arbeitete, aber vielleicht war sie ja gar nicht da.

Er trat hinter Paul in den kleinen Vorraum mit einem

Buntglasfenster und einer Kirchenbank, die der alte Clark angeblich aus einem verfallenen irischen Gotteshaus in die USA mitgenommen hatte. Niemand wusste, ob die Geschichte stimmte. Aber das Fenster war ein wunderschöner Blickfang.

Nichts hatte sich verändert, dachte Andrew, als er das Fenster für einen Augenblick betrachtete. Nichts, und doch alles, korrigierte er sich, als Paul einen Schritt zur Seite trat und den Blick auf die rothaarige Frau am Empfang freigab. Holly. Sein Herz setzte einen Schlag aus, nur um im nächsten Moment in einen schmerzhaften Galopp zu verfallen. Er hatte das Bedürfnis, die Hand auf seinen Brustkorb zu pressen, um sich selbst zu beruhigen. Stattdessen bemühte er sich, wie sein Gegenüber eine ausdruckslose Miene aufzusetzen. Niemand, und vor allem nicht Holly, sollte wissen, was die Erinnerungen, die bei ihrem Anblick auf ihn einprasselten, mit ihm anstellten. Ein Blick in ihre moosgrünen Augen reichte, ihn in seine Jugendjahre zurückzuversetzen. Er konnte das Salz in der Luft schmecken, roch den Duft von Kokossonnenmilch, den der Wind mit sich trug. Die Sonne brannte von einem leuchtend blauen Himmel herunter, und Holly trug ihre Standarduniform aus einem winzigen Bikinioberteil und knapp unter dem Po abgeschnittenen Jeans und kletterte mit einem breiten Grinsen im Gesicht auf dem Boot herum. Ihre wilde rote Lockenmähne, die ihr bis über die Mitte ihres leicht gebräunten, nackten Rücken reichte, leuchtete wie Flammen in dem gleißenden Licht. Die Segel über ihnen knatterten …

Pauls Räuspern holte Andrew in die Gegenwart zurück. An die Rezeption des Fairway. Ihm wurde bewusst, dass er

Holly anstarrte. Optisch hatte sie sich verändert, wenn auch nicht zu ihrem Nachteil. Die Locken reichten ihr nur noch bis zum Kinn, schienen aber nicht weniger wild und eigensinnig als vor zwanzig Jahren. Die kürzere Frisur gab den Blick auf ein Tattoo frei, das sie als Jugendliche noch nicht gehabt hatte. Eine Blumenranke, die sich über ihre Schulter zog und schließlich im schrägen Ausschnitt ihres Oberteils verschwand. Ihre großen dunkelgrünen Augen zogen ihn noch immer magisch an. Und sie hatte ihn noch immer drauf, diesen Wechsel. Während sie Doc Hennings warm anlächelte, gefror ihr Blick zu Eis, wenn sie in seine Richtung sah. Nein, zwischen ihnen hatte sich nichts, aber auch gar nichts geändert. Das Faszinierende daran war, dass eigentlich er derjenige war, der ein Recht hatte, sauer und wütend zu sein. Holly Clark standen diese Emotionen nicht zu. Eigentlich konnte sie nur aus einem Grund auf ihn sauer sein. Er war nämlich damals clever genug gewesen und hatte ihr intrigantes, berechnendes Wesen durchschaut und sie auflaufen lassen. Er war sich sicher gewesen, sie würde nicht lange brauchen, um sich den nächsten Typen anzulachen und auszunehmen. Offenbar hatte das nicht geklappt, sonst würde sie nicht noch immer für ihren Vater kellnern.

»Ein Tisch für zwei Personen, kommt sofort«, sagte sie zu Paul und beantwortete damit eine Frage, die Andrew offenbar überhört hatte. Was bei den unangenehmen Erinnerungen, die in seinem Kopf abliefen, kein Wunder war.

Holly nahm zwei ledergebundene Speisekarten von einem Stapel und trat nach rechts in den Gastraum. Sie folgten ihr, und Andrew nahm einen Hauch ihres Duftes wahr. Orangenblüten. Wahrscheinlich stammte er von ihrem Shampoo.

Sie war schon damals völlig verrückt nach diesem Geruch gewesen. Und er ebenfalls. Aber in diese Richtung würde er sich von seinen Gedanken auf keinen Fall treiben lassen. Holly blieb vor einem Tisch für zwei stehen, und Andrew nahm dem Doc gegenüber Platz. Sie reichte Paul eine Speisekarte und legte die andere mit einer bedachten, langsamen Bewegung vor ihn hin. Wenn Andrew ihren Gesichtsausdruck richtig deutete, hätte sie ihm das Ding am liebsten um die Ohren gehauen.

Der Doc bestellte ein Ginger Ale und den Codfish, ohne einen Blick auf die Angebote zu werfen. Andrew tat es ihm gleich. Je eher Holly verschwand, desto eher konnte er durchatmen. Sich der Vergangenheit zu stellen war das eine. Es zu tun, ohne darauf vorbereitet zu sein, eine völlig andere Sache.

Als Holly im Durchgang zur Bar des Fairway verschwand, sah Andrew sich im Restaurant um. Auch wenn der Eingangsbereich noch aussah wie vor fünfzehn Jahren, hier drin hatte sich viel geändert. Die alten Möbel waren einer Einrichtung aus schlichtem, dunklem Holz gewichen. Die Wände waren bis auf Hüfthöhe im selben Farbton getäfelt. Die Farbe, in der der Raum gestrichen war, konnte nur Holly ausgesucht haben. Ein dunkles Bordeaux, von dem man glauben könnte, dass es besser in ein Bordell im Wilden Westen passte. Und doch ergänzte es sich perfekt mit dem kräftigen Frühjahrslicht, das durch die großen Sprossenfenster fiel. Paul und Andrew waren vor einem offenen Kamin platziert worden, in dem zwar Holz aufgeschichtet war, das aber nicht brannte. Mit Sicherheit verbreitete das Feuer abends gemeinsam mit den Kerzen auf den Tischen eine anheimelnde Stimmung voller Wärme und Gemütlichkeit. »Hier hat sich einiges verändert«, sagte er, als er merkte, dass er schon zu lange schwieg und Paul ihn neugierig ansah.

»Ja, Holly hat wirklich was aus dem Laden gemacht«, stimmte der Doc ihm zu.

Das konnte Andrew nachvollziehen. Holly war schon immer kreativ gewesen. Früher hatte sie sogar ihre Klamotten selbst genäht. Es war also kein Wunder, dass sie das Restaurant sehr geschmackvoll renoviert hatte. »Es wundert mich allerdings, dass der alte Clark das zugelassen hat.« Denn in seinem Heiligtum, dem Fairway, gab er niemals die Fäden aus der Hand.

Ihre Getränke wurden serviert, und Paul wartete, bis die Kellnerin ihnen den Rücken zuwandte, bevor er antwortete. »Ed hat den Laden vor über einem Jahr an Holly abgetreten und ist nach Kalifornien gezogen. Oder war es Nevada?« Er winkte ab. »Irgendwohin, wo es sonnig und warm ist jedenfalls.«

»Das Restaurant gehört Holly?« Das erstaunte Andrew. Sein Bruder oder Marie hatten das mit keinem Wort erwähnt. Weil er nichts über das Fairway hatte hören wollen, gestand er sich ein. »Ich hätte nicht gedacht, dass Clark sein Schätzchen aus der Hand gibt.«

»Die Dinge ändern sich nun mal über die Jahre. Und mit ihnen die Prioritäten.« Paul trank einen Schluck Ginger Ale und lehnte sich auf seinem Stuhl zurück. »Du erinnerst dich, dass die Mutter abgehauen ist, als Hollys Bruder noch ziemlich klein war?«

»Ja.« Er erinnerte sich. Holly hatte die Verantwortung für Jackson übernommen. Einer musste es schließlich tun. Er wusste nicht, was zwischen ihren Eltern vorgefallen war, aber mit dem Abstand der Jahre betrachtet, hatten sie eine Beziehung geführt, die auf einer Art Hassliebe basierte. Holly war bereits im Teenageralter, als ihr Bruder zur Welt kam. Kurz danach machte ihre Mutter sich aus dem Staub und verschwand auf Nimmerwiedersehen. Da Ed Clark hauptsächlich sein Restaurant im Kopf hatte, blieb es an Holly hängen, sich um Jackson zu kümmern. Ihr Bruder und sie hatten eine sehr enge Bindung.

»Wir waren alle ziemlich überrascht«, fuhr Paul fort, »als Ed ein zweites Mal heiratete. Ich habe das nicht kommen sehen, aber vor ein paar Jahren funkte es zwischen ihm und einer Touristin, die eigentlich nur drei Tage auf der Halbinsel verbringen wollte. Was soll ich sagen? Sie blieb einfach. Drei Monate später heirateten sie, und Holly und Jackson bekamen eine Stiefmutter.« Paul schwieg nachdenklich und starrte für einen Moment aus dem Fenster.

Andrew wartete ungeduldig darauf, dass er weitersprach. Er musste sich beherrschen, nicht nachzubohren. Der Doc brauchte seine Zeit, wenn er etwas erzählte. Das war schon immer so gewesen.

Schließlich wandte Paul seinen Blick vom Fenster ab und lächelte ihn an. »Das Erstaunlichste an dieser Ehe ist, dass die Frau es tatsächlich schaffte, dass Ed sich von seinem Restaurant loseiste. Das hatte niemand erwartet. Mit den Kindern kam sie allerdings nicht besonders gut aus. Holly zog sich aus dem Fairway zurück, und Jackson wurde rebellisch. Und die neue Frau, ich glaube, ihr Name war Marge, langweilte sich hier schnell. Auch wenn wir Einheimischen nie verstehen werden, wie jemand die Halbinsel nicht von ganzem Herzen lieben kann. Wie gesagt, sie stammte irgendwo von der

Westküste und hat Familie dort. Sie wollte nach Hause und hat Ed davon überzeugt, sein Leben hier aufzugeben und mitzugehen. Er übergab Holly sein geliebtes Restaurant und ließ Jackson die Wahl. Er hätte mitgehen und seine Freunde zurücklassen können. Für das letzte Schuljahr hätte er noch einmal in einer neuen Highschool anfangen müssen. Also entschied er sich, bei Holly zu bleiben.«

Das klang wiederum sehr nach Edward Clark. Er hätte seine Frau überreden können, noch ein Jahr zu warten, bis Jackson seinen Schulabschluss hatte. Aber um Nebensächlichkeiten wie seine Kinder hatte er sich noch nie viele Gedanken gemacht.

»Jackson und Holly sind glücklich, so wie es ist«, sagte Paul, als ob er seine Gedanken lesen könnte. »Ed hat das Haus verkauft, und die beiden sind in die Wohnung über dem Restaurant gezogen. Ihr Leben ist jetzt wahrscheinlich sogar besser als zu Zeiten, als der alte Haudegen hier noch das Zepter geschwungen hat.«

Die junge Kellnerin kehrte mit dem Fisch zurück. Sie bedankten sich und begannen zu essen. »Aber genug von den Clarks.« Der Doc schluckte ein Stück Fisch herunter. »Willst du mir erzählen, was los ist?«

»Was?« Andrews Gabel blieb über seinem Teller in der Luft hängen.

»Du bist doch nicht nach all den Jahren hier aufgetaucht, weil du Sehnsucht nach einem alten Zausel wie mir hast«, brachte Paul es auf den Punkt.

Andrew lächelte verzagt. »Ich habe dich vermisst, du alter Zausel. Aber du hast recht, das ist nicht alles.« Überraschenderweise hatte er durch die Dinge, die sein Mentor über

Hollys Leben erzählt hatte, für eine Weile seine Probleme vergessen. Er legte sein Besteck auf den Teller. Appetit hatte er keinen, auch wenn der Fisch sehr verführerisch duftete. Leise berichtete er Paul von den Ereignissen der letzten Tage.

*

Paul hörte Andrew aufmerksam zu, während er weiteraß. Wer nicht aß, sah irgendwann so aus wie der junge Arzt, der ihm gerade sein Herz ausschüttete. Wer nicht aß, hatte keine Energie. Und wer keine Energie hatte, konnte keinen klaren Gedanken fassen, und das brauchte man, wenn man einen Beruf ausüben wollte, der über das Leben anderer Menschen entscheiden konnte. Abgesehen davon verdarb ihm nichts so schnell den Appetit, und der Codfish war im Fairway einfach sensationell.

Als Andrew seine Geschichte beendete, ohne auch nur einen Bissen zu sich genommen zu haben, hielt auch Paul inne. Einen Moment dachte er über das nach, was Andrew erzählt hatte. »Du bist offensichtlich in eine Sackgasse geraten«, fasste er die Situation seines Freundes zusammen.

»Das kannst du laut sagen.« Andrew verzog das Gesicht und schob den vollen Teller von sich.

»Es war eine gute Idee, auf Cape Cod zu bleiben und dich ein wenig auszuruhen. Schlaf nachzuholen. Zu essen. Das ist auf jeden Fall ein guter Weg.«

»Aber?«, sprach Andrew das Wort aus, das Paul auf der Zunge lag.

»Aber du bist nicht der Typ, der tatenlos herumsitzt und Däumchen dreht.« Er erinnerte sich an den Jungen, der

Andrew einmal gewesen war, als wäre es gestern gewesen. Neugierig, schlau und einfach nur nervtötend. »Du brauchst eine Beschäftigung.«

»Und du weißt natürlich auch, womit ich mich beschäftigen kann.«

»Ich habe da so eine Idee.« Tatsächlich hatte er gerade einen Geistesblitz gehabt. Wenn Andrew ebenfalls zu dem Schluss kommen sollte, dass das eine fantastische Möglichkeit war, konnte er zwei Fliegen mit einer Klappe schlagen. »Ich habe darüber nachgedacht, die Praxis für ein paar Tage zuzumachen.«

»Dein jährlicher Angelausflug?«, fragte Andrew.

»Genau.« Dass der Junge sich noch an Pauls Gepflogenheiten erinnerte, erwärmte ihm das Herz. »Eine Woche kommt Eastham auch ohne mich aus. Allerdings sind meine alten Kumpel inzwischen alle in Rente gegangen. Sie hängen das halbe Jahr an der Küste in South Carolina herum und versuchen, mich davon zu überzeugen, ebenfalls endlich in den Ruhestand zu gehen. Angenommen, du wärst bereit, mich für die vier Wochen zu vertreten, die du suspendiert bist, könnte ich Zeit mit den alten Kerlen verbringen und darüber nachdenken, ob ich schon bereit bin, die Arbeit an den Nagel zu hängen und den Rest meines Lebens mit einer Angel in der Hand zu verbringen.« Geduldig drehte Paul sein Glas in den Händen und wartete auf Andrews Antwort.

»Ich soll für vier Wochen deine Praxis übernehmen?« Andrew sah ihn einigermaßen entgeistert an.

Paul zuckte mit den Schultern. »Wie gesagt, ein paar Tage kann ich sie zumachen. Aber nicht für mehrere Wochen.«

Andrew fuhr sich mit den Händen durch die Haare.

»Darüber muss ich erst einmal nachdenken. Ich meine, ich bin hier, weil ich wenigstens für eine Weile die Finger von Patienten lassen sollte, während ich mir Gedanken mache, wie es weitergehen wird.«

»Andrew.« Paul wartete, bis er ihn ansah. »Du bist ein wundervoller Arzt. Du bist ausgebrannt und überarbeitet, keine Frage. Aber du hast das in dir, was einen guten Mediziner ausmacht. Mitgefühl. Hättest du es nicht, wärst du nicht so ausgeflippt.«

*

Paul hielt Andrews Blick fest, während er weitersprach. »Denkst du, ich würde dich um diesen Gefallen bitten und dir meine Patienten anvertrauen, wenn ich mir dessen nicht sicher wäre?«

Doc Hennings war ein gerissener Hund. Er wusste genau, wo er Andrew zu packen bekam. Das musste er ihm lassen. Und das Vertrauen seines Mentors beruhigte ihn. Die Frage war, ob Andrew bereit war, dieses Risiko einzugehen.

»Der Ansturm der Touristen hält sich um diese Jahreszeit in Grenzen«, fuhr Paul fort. »Du wirst dich nicht überarbeiten. Aber es gibt dir die Möglichkeit, das zu tun, was du am besten kannst. Nämlich, Menschen zu helfen. Du wirst genug Zeit haben, kannst dein Leben überdenken, deine Ziele neu auszurichten. In vier Wochen hast du genug Kraft und Zuversicht gesammelt, um dich den Herausforderungen der Zukunft zu stellen.«

Für einen Moment überlegte Andrew, ob der Doc ihn zu manipulieren versuchte, weil er einen möglichst langen

Angelurlaub für sich herausschlagen wollte. Aber er verwarf den Gedanken schnell wieder. Paul würde seine Reise in den Süden sogar abblasen, wenn es Andrew helfen würde, dass er blieb. Er war ein Freund, auch wenn sie sich jahrelang nicht gesehen hatten. Und ein besserer Ratgeber, als es sein Vater jemals gewesen war. Er hatte dem Arzt unheimlich viel zu verdanken. Vielleicht war die Urlaubsvertretung nicht nur eine Möglichkeit, mit sich selbst ins Reine zu kommen. Sondern auch eine Chance, sich bei seinem Mentor zu bedanken und sich endlich einmal erkenntlich zu zeigen. »Ich mache es«, sagte er schlicht und streckte die Hand über den Tisch.

Paul schlug ein und schüttelte sie kräftig. »Dann werden wir wohl beide viel Spaß haben in den nächsten vier Wochen.«

5

Hollys Welt war von einem emotionalen Erdbeben erschüttert worden. Eine andere Definition für das Aufeinandertreffen mit Andrew Hunter fiel ihr nicht ein. Sie tigerte ruhelos durch ihre Wohnung über dem Fairway und dachte gerade darüber nach, ob sie noch ein wenig an den Strand gehen sollte, als es klopfte. Ihr Retriever Potter bellte freudig, also konnte draußen nur sein bester Freund Sam stehen. Holly riss die Tür auf und erblickte nicht nur den dunklen Labrador, sondern auch ihre Freundin Marie mit einer Flasche Wein in der Hand. »Ich bin verdammt froh, dich zu sehen«, sagte Holly anstatt eines Hallos und umarmte sie fest.

»Was für eine Begrüßung.« Marie lachte leise und erwiderte die Umarmung. »Ich hoffe, sie gilt mir und nicht dem Wein.« Sie trug eine Jeans und einen schlichten, grauen Kapuzenpulli. Ihre Haare, die Holly an poliertes Eichenholz erinnerten, hatte sie zu einem Pferdeschwanz zusammengebunden. Die klobigen Schutzstiefel, die Marie bei der Arbeit trug, hatte sie gegen schlichte Turnschuhe getauscht, wahrscheinlich war sie bereits zu Hause gewesen.

»Euch beiden. Beziehungsweise: euch dreien«, ergänzte Holly und tätschelte Sam den Kopf, der sich an ihr vorbeidrängte, um Potter schwanzwedelnd zu begrüßen.

»Das heißt, du hast Zeit für einen spontanen Besuch?«, fragte Marie.

»So was von. Komm rein.« Holly zog sie über die Schwelle. Sie war dankbar für jede Ablenkung. Jackson war mit Kumpels unterwegs, und sie fühlte sich nach diesem Tag, der so an ihren Nerven gezerrt hatte, sehr allein. Einsamkeit war etwas, womit sie nicht gut umgehen konnte. Schon gar nicht, wenn sie zu viel Zeit zum Nachdenken hatte.

Andrews Auftauchen im Fairway war ein ziemlicher Schock gewesen. Sie hatte gewusst, dass er auf der Halbinsel war. Aber bisher hatte sie ihn nur aus der Ferne auf der Terrasse von Sunset Cove stehen sehen. Und jetzt war er einfach in ihrem Restaurant aufgetaucht und hatte sie einen Moment lang angestarrt, der sofort die Vergangenheit heraufbeschworen hatte. Tief versteckte, schmerzliche, alte Erinnerungen waren wieder aufgebrochen. Und all das war auf sie eingestürmt, während er seelenruhig durch ihr Restaurant marschiert war, als gäbe es die Vergangenheit nicht. Als wäre sie eine Fremde, die man mit einem flüchtigen Kopfnicken grüßte und zwei Sekunden später wieder vergaß. Seine Lässigkeit hatte sie so wütend gemacht. Sie hatte sich gefühlt wie ein Vulkan, in dem der Zorn wie Lava brodelte. Fast hätte sie einen Blick in den Spiegel geworfen, um sicherzugehen, dass kein Dampf aus ihren Ohren quoll. Nach allem, was Andrew ihr – und ihrem Herzen – angetan hatte, hätte sie ihn am liebsten von hinten gesehen. Mit dem Abdruck ihres Schuhs auf seinem Hintern. Dabei sollte die Vergangenheit längst keine Rolle mehr spielen. Sie war sich so sicher gewesen, dass sie all das vor Jahren hinter sich gelassen hatte.

»Was ist so los bei dir?«, fragte sie Marie, um sich von ihren düsteren Gedanken abzulenken. Sie öffnete die Weinflasche und nahm zwei Gläser aus dem Schrank.

»Nic hat sich entschieden, was er mit seinem Leben anfangen wird«, brach es aus Marie hervor. Ihre Augen glänzten vor Liebe. Sie war der Innbegriff der glücklichen, verknallten Frau.

Holly reichte ihr ein Glas, stieß mit ihr an und lehnte sich gegen den Küchentresen. »Ich bin gespannt.«

»Er wird eine Kanzlei eröffnen. Hier, in Eastham.«

»Das ist ja toll«, pflichtete Holly ihrer begeisterten Freundin bei. »Einen guten Anwalt können wir hier auf jeden Fall gebrauchen.« Ob Niclas sie wohl vertreten würde, wenn sie seinen Bruder verprügelte?

»Jetzt muss er nur noch geeignete Räumlichkeiten finden«, sagte Marie. »Eine Homepage erstellen lassen und so weiter. Tausend Dinge. Aber …«, sie prostete Holly zu, »er bleibt hier. Bei mir.«

Holly umarmte Marie ein zweites Mal. »Das freut mich wahnsinnig für euch beide. Andererseits, Nic hätte sich ja nicht mehr aus dem Staub machen können. Er hat sich schließlich die beste Frau der Halbinsel geschnappt.«

»Ach, Holly.« Marie löste sich von ihr und wischte eine Träne aus ihrem Augenwinkel. »Dieses Ding mit der Liebe macht mich echt sentimental.«

»Das hoffe ich. Warte mal.« Holly zog ihr Handy hervor und scrollte durch die Nummern. Sie notierte eine auf einem Zettel und reichte ihn Marie. »Das ist der beste Makler der Gegend. Nic soll ihn anrufen und einen Gruß von mir sagen.«

»Danke. Du kennst wirklich jeden hier.«

»Tja.« Holly zwinkerte ihr zu. »Wenn man das beste Restaurant der Stadt betreibt, bleibt das nicht aus.«

Marie klopfte sich mit dem Zettel gegen die Unterlippe. »Einen Homepage-Designer kannst du mir nicht zufällig auch noch empfehlen?«

»Kann ich.« Holly war ein bisschen überrascht, welche Wendung dieser Tag gerade nahm. So beschissen er auch begonnen hatte, vielleicht bekam sie jetzt noch die Chance, ein Geschäft abzuschließen und gleichzeitig Freunden zu helfen. »Komm mal mit.« Sie stieß sich vom Küchentresen ab und ging den kleinen Flur hinunter, von dem das Bad und Jacksons und ihr Schlafzimmer abgingen. Statt einer Zimmertür öffnete sie die zu ihrem Büro.

»Was ist das?«, fragte Marie und schaute über ihre Schulter in den kleinen Raum. Anders als im Rest der Wohnung gab es hier keinen Schnickschnack und keine Shabby-Chic-Elemente. Hier herrschte Nüchternheit, die von einem PC, einem Drucker und einem großen Monitor bestimmt wurde. Das einzige persönliche Detail war ein Foto von Jackson und ihr, das sie lachend auf der Dream Dancer zeigte. Das Fenster über dem Schreibtisch ging auf den Ozean hinaus. Mehr Inspiration brauchte sie nicht. »Das ist meine Firma«, beantwortete sie Maries Frage. »Ich habe Marketing und Grafikdesign studiert und danach eine eigene kleine Agentur aufgemacht. Damals hatte ich ja keine Ahnung, dass mein Vater das Fairway irgendwann tatsächlich an mich übergibt. Ich musste auf eigenen Beinen stehen, brauchte ein Einkommen. Und die Arbeit macht mir wirklich Spaß.«

Marie sah sich überrascht um. »Davon wusste ich ja gar nichts.«

Holly zuckte mit den Schultern. »Das hat sich irgendwie nicht ergeben. Seit ich das Restaurant habe, musste ich die Arbeit in der Agentur zurückschrauben. Inzwischen erstelle ich nur noch Webseiten. Das Fairway läuft ziemlich gut, aber die Agentur bringt Jackson und mich über die etwas dürftigen Wintermonate. Ohne die Touristen wirft das Restaurant einfach nicht genug ab. Aber so muss ich auch außerhalb der Saison keinen meiner Angestellten entlassen, und mein Bruder bekommt die Möglichkeit zu studieren, was er möchte. Auch wenn sich Jackson außer fürs Segeln nicht für viel interessiert.«

»Höchstens für Rachel«, warf Marie ein.

»Ja, höchstens für Rachel. Das Gute am Webdesign ist, dass ich ohne großen Aufwand Kunden in ganz Amerika betreuen kann, weil alles digital abläuft. Im Winter arbeite ich ein bisschen mehr, im Sommer etwas weniger. Ich kann mir die Arbeit einteilen. So kommen wir gut über die Runden.«

»Du bist ein Wunder, Holly Clark«, sagte Marie. Holly schloss die Tür, und sie kehrten in die Küche zurück und setzten sich an den Tisch, an dem sie schon so manche Flasche Wein oder Sekt entkorkt hatten. »Wenn ich nach Hause komme, werde ich Nic davon überzeugen, seine Webseite von dir entwerfen zu lassen.«

»Lass es ihn selbst entscheiden. Wenn er Interesse hat, mache ich ihm ein Angebot«, schlug Holly vor.

Marie drehte ihr Weinglas in den Händen. »Wo wir gerade davon sprechen.« Sie sah auf. »Du bietest an, Nic bei der Firmengründung zu unterstützen. Du lehnst ihn nicht mehr so ab wie am Anfang.«

»Nein. Schließlich ist er deine große Liebe. Und durch ihn bist du freigesprochen worden.« Holly schauderte noch immer, wenn sie daran zurückdachte, dass Marie vier Jahre unschuldig im Gefängnis gesessen hatte. Ganz zu schweigen von dem furchtbaren Überfall eines Serienmörders auf ihre Freundin. Niclas war wie durch ein Wunder rechtzeitig zur Stelle gewesen und hatte das Schlimmste verhindert. »Er hat sein Leben riskiert, um dich zu retten. Als du ihn kennengelernt hast, habe ich mir Sorgen gemacht, dass er dir das Herz brechen könnte. Aber jetzt bin ich mir sicher, er würde alles für dich tun, also habe ich keinen Grund mehr, ihn abzulehnen.«

»Das stimmt.« Wieder strahlte die Freundin über das ganze Gesicht. »Aber du magst ihn auch unabhängig von mir. Zumindest ein wenig.« Sie biss sich auf die Unterlippe und zögerte einen Moment, ehe sie fortfuhr. »Als ich neulich seinen Bruder erwähnte, dachte ich allerdings, du fällst gleich in Ohnmacht.«

»Ich falle nie in Ohnmacht«, widersprach Holly und rutschte unbehaglich auf ihrem Stuhl nach vorn. Sie hatte nicht erwartet, dass sie so schnell auf Andrew zu sprechen kommen würden.

»Es sah aber so aus«, beharrte Marie. »Ich glaube dir, dass sich die Hunters als Jugendliche in arrogante Snobs verwandelt haben. So, wie du es mir erzählt hast. Aber ich glaube nicht, dass das alles war. Was hat Drew getan?«, fragte Marie geradeheraus, wie es ihre Art war. Sie sah Holly direkt an. Durch die Jahre im Gefängnis war sie zu einem Menschen geworden, der nicht um den heißen Brei herumredete. Sie hatte allen Mut zusammengenommen und sich Holly anvertraut, als ihre Beziehung zu Niclas ihr Leben ins Chaos gestürzt hatte. Und sie war bereit, für Holly da zu sein. Wenn sie bereit war, mit ihr zu reden.

Vielleicht brauchte sie genau das, damit sie Dampf ablassen und die Erinnerungen loslassen konnte. Holly lehnte sich zurück und nippte an ihrem Wein. »Ich war in Andrew verliebt«, gestand sie. »Keine Ahnung, wie lange. Wahrscheinlich schon, als ich zehn war. Wir haben zusammen Segeln gelernt und waren von Anfang an ein Herz und eine Seele. Jedes Jahr fieberte ich dem Sommer entgegen, wartete sehnsüchtig auf ihn. Und ihm ging es ähnlich. Zumindest am Anfang.«

»Ihr habt das ganze Jahr nur auf den nächsten Sommer hin gelebt?« Marie sah sie ungläubig an. »Eure ganze Jugend hindurch?«

»Wir haben uns kein Versprechen gegeben oder so was. Wir wussten am Ende der Ferien, dass wir uns ein Jahr nicht sehen würden, auch wenn wir immer in Kontakt standen, uns regelmäßig gemailt haben. Er hat sich mit anderen Mädchen getroffen, und ich bin mit Jungs ausgegangen. Aber ich konnte ihn nicht aus meinen Gedanken verdrängen. Keiner konnte mit den Fantasien, die ich um Andrew herum gesponnen habe, mithalten.« Mein Gott, was hatte sie damals für Schmetterlinge im Bauch gehabt. Ein Lächeln stahl sich auf Hollys Gesicht. »Andrew war der erste Junge, den ich geküsst habe. Er war natürlich nicht der einzige. Aber was auch immer wir den Rest des Jahres angestellt haben, der Sommer gehörte uns.« Holly stand auf, um die Weinflasche vom Küchentresen zu holen und ihnen nachzuschenken. »Mit sechzehn änderte sich mein Leben«, fuhr sie fort.

»Ich begann, nebenher im Pub meines Vaters zu arbeiten. Ich sparte jeden Cent, den ich erübrigen konnte, für das College. Klamotten für Mitschülerinnen nähen, Segelunterricht geben, ganz egal. Ich wusste, dass ich mich selbst um mein Studium kümmern musste. Wenn es nach meinem Vater gegangen wäre, hätte ich gerne ein Leben lang im Fairway kellnern können.«

»Aber das wolltest du nicht«, sagte Marie.

»Nein. Ich wollte auf eigenen Beinen stehen. Auch wenn ich in dem Sommer begriff, dass ich Talent als Kellnerin hatte. Ich konnte gut mit den Gästen umgehen. Wenn man freundlich war und sogar ein wenig flirtete, fiel das Trinkgeld – besonders der reichen Feriengäste – üppiger aus. Der Einzige, der seine Grenzen nicht kannte und mir ständig auf die Pelle rückte, war Francis Cartwright III.« Ohne bewusst darüber nachgedacht zu haben, entschied sich Holly für die harmlose Version.

»Was für ein Name.« Marie prustete in ihr Glas.

»Und er war, genau wie der Name vermuten lässt. Er gehörte zu Andrews und Niclas' Clique und war ein wirklich unangenehmer Typ. Ich habe ihn ein paar Mal abblitzen lassen, und daraufhin klopfte er ein paar blöde Sprüche. Das ließ mich alles kalt. Ich arbeitete. Und wenn ich Zeit erübrigen konnte, traf ich mich mit Drew. Er schien ebenfalls nur an mich zu denken. Eines Abends schenkte er mir eine wunderschöne Halskette, und ich verbrachte zum ersten Mal die Nacht mit einem Mann.« Sie presste die Hand auf ihr Dekolleté, dorthin, wo das Schmuckstück für eine verdammt kurze Zeit ihre Haut berührt hatte.

Sommer 2000

An diesem Tag war es heiß gewesen. Die Luft flirrte noch immer, als die Sonne im Ozean versank. Holly hatte sich mit Andrew zum Schwimmen am Leuchtturm verabredet. Sein Bruder war mit ein paar Kumpels unterwegs und seine Eltern zu Gast auf irgendeiner Gartenparty mit Champagner und winzigen Häppchen. Sie hatten die Bucht ganz für sich.

Holly hatte den ganzen Tag gekellnert. Ihre Füße brannten, und ihre Haut glühte geradezu. Da half auch ihre Sommeruniform nichts, die grundsätzlich aus einem Bikini, wahlweise kombiniert mit T-Shirts, Shorts und Röcken, bestand. Dann musste sie nur aus ihren abgeschnittenen Jeans schlüpfen und in ihrem Bikini ins Wasser springen.

Als sie sich unterhalb der Klippe am Strand trafen, verschlug es ihr bei Andrews Anblick wie immer für einen Augenblick die Sprache und brachte ihr Herz dazu, einen Salto zu schlagen. Seine sandbraunen Haare waren bereits von den ersten hellen Strähnen durchzogen, die der Sommer am Meer mit sich brachte. Er war braun gebrannt, und die dunkelblauen Schwimmshorts saßen tief auf seinen Hüften. Er küsste sie zur Begrüßung, aber Holly brauchte als Allererstes eine Abkühlung. In ihrem hellblauen Polka-Dots-Bikini sprintete sie in die Fluten und hatte das Gefühl, der Sommertag verdampfte auf ihrer Haut, als sie das kühle Wasser des Atlantik spürte. Die Hitze in ihrem Inneren hingegen wuchs, als Andrew ihr ins Wasser folgte, sie an sich zog und erneut begann, sie zu küssen. Sie trieben eine gefühlte Ewigkeit auf den Wellen, ihre Körper ineinander verschlungen, die Lippen nur voneinander getrennt, wenn sie Luft holen mussten. Es fühlte sich an, als würden sie schweben. Schweben mit einem heißen Prickeln im Bauch.

Schließlich schob Andrew ihr die langen Haare, die um sie herumtrieben, hinter die Schulter. »Komm mit mir auf den Turm«, flüsterte er.

Holly schluckte. Und nickte. War es heute Nacht so weit? Sie war sechzehn und hatte so oft davon geträumt und gehofft, ihr erstes Mal in diesem Sommer mit Drew zu erleben. Leider hatten sie in diesen Ferien sehr wenig Zeit füreinander. Aber es schien, als wäre der Moment gekommen.

Andrew griff nach ihrer Hand und zog sie hinter sich her. Sie kletterten barfuß den steilen Pfad zur Klippe hinauf. Holly nahm alles um sich herum überdeutlich wahr. Den Sand an ihren Fußsohlen, den Geruch nach Salz und Wind. Sie durchquerten die dunkle Leuchtturmwärterwohnung und stiegen die Stufen zur Kanzel hinauf. Als sie durch die Bodenluke kletterten, schluckte Holly. So viele Male war sie mit Andrew und seinem Bruder hier oben gewesen, hatte in ihrer Fantasie die Welt erobert. Als Piratenbraut. Als Kapitänin von Forschungsschiffen. Aber so wie jetzt hatte es sich noch nie angefühlt, an die riesigen Glasfenster zu treten und die letzten Streifen der untergehenden Sonne zu betrachten. Andrew hatte ganze Arbeit geleistet. Überall brannten Kerzen, lagen Rosenblätter verstreut. Er trat hinter sie und küsste ihre nackte Schulter, wodurch sich vor Erwartung eine Gänsehaut über ihren gesamten Körper ausbreitete.

Hollys Herz schlug wie verrückt, als sie sich langsam zu ihm umdrehte. Andrew hielt ihr eine flache Schachtel hin. »Für mich?«, fragte sie und schaffte es nicht, die Aufregung in ihrer Stimme zu verbergen.

»Mach sie auf«, verlangte er.

Hollys Hände zitterten, als sie vorsichtig die rosafarbene Schleife aufzog und den Deckel anhob. Auf einem Bett aus dunkelrotem Samt lag eine silberne Kette mit einem Herzanhänger, in den ein kleiner grüner Stein eingelassen war. Sie strich mit den Fingerspitzen darüber, ehe sie aufsah und bemerkte, dass Andrew sie mit einem Ausdruck im Gesicht beobachtete, den sie nicht deuten konnte.

»Der Stein hat die gleiche Farbe wie deine Augen«, sagte er und nahm die Kette. »Dreh dich um.«

Holly gehorchte. Andrew schob ihre vom Baden feuchten Haare zur Seite und legte ihr das Schmuckstück um. Für einen Moment fühlte sich das Metall kalt auf ihrer Haut an, bevor es langsam ihre Körperwärme aufnahm. Andrew blieb hinter ihr stehen, sie konnte seinen Atem in ihrem Nacken spüren, dann ließ er seine Hände von ihren Schultern an ihren Armen hinuntergleiten.

Die Sonne war inzwischen untergegangen und hatte dem glitzernden Sternenzelt Platz gemacht. Ihre Körper spiegelten sich im flackernden Kerzenlicht in den Glasscheiben der Kanzel. Andrew überragte Hollys kleine Gestalt. Er betrachtete sie in dem Spiegel, den die Nacht aus den durchsichtigen Wänden ihres Kokons gemacht hatte.

Holly strich über das kleine funkelnde Herz, während ihr eigenes aus ihrer Brust zu springen drohte. Es würde tatsächlich geschehen. Jetzt. Hier. Mit zitternden Fingern griff sie in ihren Nacken und an ihren Rücken, um die Bänder ihres Bikinioberteils zu öffnen. Das winzige, feuchte Stück Stoff fiel unbeachtet zu Boden, während sie und Andrew sich im spiegelnden Glas unverwandt anblickten. Ehe sie es sich anders überlegen konnte, schob sie auch das Bikinihöschen über ihren Po. Es glitt an ihren Beinen hinunter, und sie stand mit klopfendem Herzen in der Stille da. Eine nackte Einladung.

Andrew fixierte ihr Spiegelbild mit halb geschlossenen Augen. Sein Adamsapfel hüpfte.

Holly löste den Blick von ihm und drehte sich langsam um. Wenn sie die Situation falsch verstanden hatte und Andrew sie ablehnte, würde sie sterben. Oder zumindest versuchen, im Erdboden zu versinken. Doch er wies sie nicht ab. Er fuhr mit den Fingerspitzen die Umrisse des silbernen Herzens auf ihrer Haut nach. Dann schob er ihr die Locken, die, fast getrocknet, bereits begannen, ihr übliches Eigenleben zu entwickeln, hinter die Schultern, zog sie an sich und küsste sie sanft und zärtlich. In den sinnlichen Stunden, die folgten, machte Andrew sie zur Frau.

Sie verbrachten die Nacht eng umschlungen auf der Matratze auf dem Leuchtturm. Holly schlief mit seinem Herzschlag unter ihrer Wange ein und wurde im Morgengrauen von den Küssen geweckt, die er auf ihrer Schläfe verteilte.

»Wir sollten gehen, bevor irgendjemand merkt, dass wir nicht zu Hause waren«, sagte er.

Sie wollte protestieren. Ihrem Vater würde mit Sicherheit nicht auffallen, dass sie die Nacht nicht in ihrem Bett verbracht hatte. Und seinen Eltern bestimmt auch nicht. Doch Andrew wich ihrem Blick aus, richtete sich auf und griff nach seinen Badeshorts.

Holly schluckte. Ihre Hand glitt zu der Kette, die Andrew ihr geschenkt hatte und die das Einzige war, was sie in dieser Nacht getragen hatte. Irgendetwas stimmte nicht, sagte ihre innere Stimme. Aber dann drehte er sich mit ihrem Bikini in den Händen um und küsste sie. Sie schob die negativen Gedanken zur Seite und genoss die Momente, die ihnen blieben, bis sie nach Hause mussten.

»Am nächsten Tag musste ich zurück an die Arbeit im Fairway. Ich hörte nichts von Andrew, also ging ich am Abend in den Beach Club, in dem die Kids in unserem Alter herumhingen. Er saß mit seinen Kumpels an einem Lagerfeuer und trank Bier, das irgendjemand hereingeschmuggelt hatte«, erzählte sie Marie, nachdem sie den Rest des Weines auf ihre Gläser aufgeteilt hatte. »Er sah mich nicht kommen. Francis allerdings schon.« Er hatte auf dem quer liegenden Baumstamm gesessen und ihr entgegengesehen. Auf seiner gebrochenen Nase klebte ein Verband. Die Augen rot und umrandet von dem für diese Fraktur typischen Brillenhämatom. »Der Typ grinste breit und war total zugedröhnt. Er stieß Andrew an und fragte ihn so laut, dass ich es hören konnte, ob er mich in der vergangenen Nacht flachgelegt hätte. Andrew schwieg einen Moment. Dann kippte er den Rest aus seiner Bierdose hinunter und warf sie ins Feuer. ›Es war genau, wie du gesagt hast‹, ließ er Francis wissen. ›Für ein Geschenk hat sie sich ausgezogen.‹« Holly konnte sich noch daran erinnern, als wäre es gestern gewesen. Die Magensäure, die in ihrer Speiseröhre nach oben gestiegen war. Das Brennen in ihren Augen, das nicht von den feinen Sandkörnchen herrührte, die der Wind über den Strand fegte. Vielleicht hatte sie sich getäuscht. Jungs waren Angeber, oder? Er würde seine Worte noch richtigstellen. Hatte sie gehofft. »Aber das war noch nicht alles. Denn was als Nächstes kam, fühlte sich an, als wäre ich in Treibsand geraten. Andrew holte seinen Geldbeutel aus der Hosentasche und reichte Francis zehn Dollar. ›Wette gewonnen‹, grölte das Arschloch. ›Ich hoffe, du hast ihr nichts Teures gekauft‹«, äffte sie Cartwrights süffisanten Tonfall nach. »›Keine Sorge‹, meinte Andrew. Die Kette hätte seine Wettschulden nicht überstiegen.«

»Andrew hat darum gewettet, dass er dich rumkriegen würde?« Marie sah sie fassungslos an. »Das kann ich nicht glauben.«

»Francis hat behauptet, ich sei eine Goldgräberin, wie man so schön sagt, und würde es mit jedem treiben, wenn das Geschenk nur wertvoll genug sei. Und Andrew hat sich, warum auch immer, auf diese Wette eingelassen. Tja, Francis genoss seinen Auftritt in vollen Zügen. Schadenfroh ließ er Andrew wissen, dass ich hinter ihm stand und alles mitbekommen hatte. Noch hatte ich die Hoffnung nicht ganz aufgegeben. Noch glaubte ich, Andrew würde aufstehen und mich in den Arm nehmen, sich entschuldigen und behaupten, dass alles ein großes Missverständnis sei und Francis' Worte nichts zu bedeuten hätten. Stattdessen starrte er ins Feuer. Er machte sich nicht einmal die Mühe, sich umzudrehen, sagte nur, ich solle mich verpissen. Seine Worte, nicht meine«, ergänzte Holly. Francis hatte sie über das Feuer hinweg angegrinst, sich wie zu einem Salut mit dem Zeigefinger an die Schläfe getippt. Seine Lippen hatten tonlos die Worte »Wir sind quitt« geformt. Selbst jetzt, in ihrer heimeligen Küche, jagte ihr sein Blick von damals einen kalten Schauer über den Rücken.

»Das hat Andrew getan? Was für ein Mistkerl.« Marie klang empört. »Er ist doch jemand, der anderen hilft. Der Menschenleben rettet. Das passt überhaupt nicht zu ihm. Ich weiß zwar nicht viel über sein Privatleben. Aber so habe ich ihn nie eingeschätzt.«

»Ich auch nicht«, stimmte Holly ihr zu und griff nach einem Apfel in der Schale auf dem Tisch, nur um ihn wieder zurückzulegen, weil sie eigentlich keinen Appetit hatte. »Ich wartete, sicher, dass er kommen würde, um darüber zu reden. Der Zeitpunkt war schlecht gewählt. Ich nahm an, er wollte vor Francis nicht sein Gesicht verlieren. Er tauchte nicht auf. Stattdessen hing er nur noch mit dieser dämlichen Clique herum, die mich schikanierte, wo sie nur konnte. Angestachelt von Francis Cartwright III., der sich dafür gerächt hat, dass ich ihn hatte abblitzen lassen. Aber es ändert nichts daran, dass ich der Einsatz einer Zehn-Dollar-Wette war und Andrew offensichtlich nicht einmal im Ansatz so viel für mich empfand wie ich für ihn.«

»Deshalb hasst du die Hunters«, bemerkte Marie.

Holly leerte ihr Glas und stellte es langsam auf den Tisch. Sie sah Marie an. »Meine Liebe hat sich in Wut und Zorn verwandelt. Ja, ich habe sie gehasst. Für alles, was sie waren. Für alles, was sie darstellten. Für alles, das sie glaubten, sich einfach nehmen zu dürfen. Und ich bin verdammt nachtragend«, sagte sie. Wenn sie schon dabei war, konnte sie Marie auch den Rest erzählen. »Andrew war heute im Fairway. Ist einfach so mit Doc Hennings hereinspaziert, als wäre nie etwas gewesen.«

Marie zog die Augenbrauen nach oben. »Hast du nicht gesagt, dass du das nie zulassen würdest?«

»Offenbar werde ich mit dem Alter milder.« Holly zuckte die Schultern. »Sein Auftritt hat mich nicht kaltgelassen. Das muss ich zugeben. Er hat viele Erinnerungen heraufbeschworen, die ich gerne unter dem Deckel gehalten hätte. Der Schmerz, die Demütigung, all das kam wieder hoch. Die Verbitterung ist mit voller Macht zurückgekehrt. Und mit ihr die Fragen. Warum habe ich das nicht kommen sehen vor all den Jahren? Warum ist mir dieser Charakterzug nie an ihm aufgefallen?«

Marie sah Holly nachdenklich an. »Andrew wird für ein paar Wochen hierbleiben. Das ist deine Chance, Antworten auf diese Fragen zu finden.«

Unbehaglich verschränkte Holly die Arme vor der Brust. »Vielleicht sollte ich besser die Vergangenheit ruhen lassen und Andrew so weit wie möglich aus dem Weg gehen, solange er auf der Halbinsel ist.«

6

Jackson hasste die Schule. Er quälte sich zu unmenschlichen Zeiten aus dem Bett und schleppte sich in das große Backsteingebäude der Nauset Regional High. Ansonsten würde Holly ihm in den Hintern treten. Am vergangenen Abend hatte er seine Schwester nicht gesehen, weil er erst spät von einer Zocker-Session nach Hause gekommen war. Auf dem Küchentresen hatten eine leere Weinflasche und zwei Gläser gestanden. Wahrscheinlich war Marie da gewesen. Als er in sein Zimmer geschlichen war, hatte Holly jedenfalls tief und fest geschlafen.

Er gähnte und trank einen Schluck Red Bull, während er seinen alten VW Golf vor Rachels Haus abbremste. Sie hatte kein eigenes Auto und war der Meinung, dass sie auch keins brauchte, da sie sowieso den gleichen Schulweg hatten. Sie stand bereits am Straßenrand und ließ sich gut gelaunt auf den Beifahrersitz fallen. Wie immer begann sein Herz schneller zu schlagen, wenn sie ihm so nahe war. Er musste daran denken, was seine Schwester erzählt hatte. War Rachel wirklich noch mit niemandem zum Frühlingsball verabredet? Vielleicht sollte er all seinen Mut zusammennehmen und sie fragen. Aber was, wenn sie Nein sagte? Wenn sie ihn auslachte?

Er zerbrach sich den Kopf, wie er es anstellen sollte, während Rachel gut gelaunt plauderte. Das war okay für ihn. Denn solange sie etwas zu erzählen hatte, musste er nicht reden. Mehr als ein Brummen hier und da war nicht nötig. Den Rest der Unterhaltung konnte sie wunderbar allein bestreiten. Jackson konnte ihr stundenlang zuhören. Sie hatte eine sanfte Stimme und ein fröhliches Lachen. Wenn sie aufgeregt war, wedelte sie beim Reden mit den Händen. Und oft strich sie sich unbewusst ihre langen blonden Haare hinter das Ohr. Dabei blitzte jedes Mal ihr Nagellack durch die hellen Strähnen. Heute war er türkis und passte zu ihrer Bluse, stellte er fest, als er ihr einen Seitenblick zuwarf.

Sie waren so spät dran, dass sie nur noch einen Parkplatz ganz hinten ergatterten. Sie liefen ins Schulgebäude und holten ihre Bücher aus den Spinden, die nebeneinanderlagen. Die erste Stunde, Geschichte, hatten sie gemeinsam. Jackson ließ sich auf seinen Platz in der letzten Reihe am Fenster fallen. Rachel setzte sich zu ihren gackernden Freundinnen in die Mitte. Blieb zu hoffen, dass er die Stunde so schnell wie möglich hinter sich brachte. Geschichte war langweilig. Genau wie Englisch. Und Mathe fand er einfach nur blöd. Einmal mehr fragte er sich, warum er all den Mist überhaupt lernen musste. Warum es so wichtig war, diesen verdammten Schulabschluss zu machen. Alles, was er wollte, war Segeln. Dazu musste man wissen, wie man Segel setzte und navigierte. Man musste das Meer verstehen, den Wind und das Wetter fühlen. Nichts davon lernte man in der Highschool. Und er saß hier eingesperrt im Klassenraum, während draußen der perfekte Wind für einen Törn auf dem Atlantik wehte. Er wollte die Planken der Dream Dancer unter seinen

Füßen spüren, anstatt sich mit irgendwelchen Kerlen zu beschäftigen, die schon verdammt lange verdammt tot waren.

Das Öffnen der Tür riss Jackson aus seinen Gedanken. Mr. Raider erschien in Begleitung zweier Typen, die er noch nie gesehen hatte. Neue Schüler. Wie ätzend war das denn, so kurz vor dem Schulabschluss?

»Meine Herrschaften!« Raider klatschte in die Hände und wartete, bis Ruhe eintrat. »Wenn ich um Ihre Aufmerksamkeit bitten dürfte? Begrüßen Sie Nathaniel und Cedric De Winter. Sie werden den Rest des Schuljahres mit Ihnen verbringen.«

Ein Tuscheln klang durch die Reihen. Die Mädchen flüsterten. »Sind das Zwillinge?«, wollte Bernice Minder von ihrer Nebensitzerin wissen.

Jackson verdrehte die Augen. Dass die beiden Zwillinge waren, war ja wohl kaum zu übersehen. Auch wenn sie keine identischen Klamotten anhatten und einem von ihnen die Haare bis zur Schulter reichten, während der andere einen Sidecut trug.

»Suchen Sie sich Plätze, meine Herren«, forderte Raider sie auf.

Der Langhaarige, Cedric, ließ sich auf den freien Stuhl neben Jackson fallen. Sein Bruder, Nathaniel Sidecut, setzte sich zwei Reihen vor ihm. Jackson sah, wie er Rachel zuzwinkerte. Sie lächelte zurück, soweit er das hinter dem Vorhang aus Haaren sehen konnte, und senkte den Kopf. Grund genug für Jackson, den Typen auf der Stelle scheiße zu finden.

Nachdem er die Geschichtsstunde hinter sich gebracht hatte, musste er zum Matheunterricht, während Rachel Biologie hatte. Sie winkte ihm zu, als sie das Klassenzimmer verließ, und Jackson bemerkte, wie sich der Sidecut, seinen Stundenplan in der Hand, an ihre Fersen heftete.

Er versuchte, nicht weiter darüber nachzudenken und sich auf das zu konzentrieren, was Marie für Mathe mit ihm durchgesprochen hatte. Eines war jedenfalls offensichtlich. Nathaniel De Winter hatte bei Rachel deutlich weniger Probleme als er, den Mund aufzubekommen.

Erst als er zur Lunchpause seine Bücher in den Spind legte, sah Jackson Rachel wieder. Sie stand mit ihren kichernden Freundinnen vor den Schränken. Sie hatten die Köpfe zusammengesteckt und ihn noch nicht bemerkt. Automatisch verlangsamte er seine Schritte und blieb an der Ecke zum nächsten Gang stehen.

»Ich finde sie unglaublich heiß«, sagte Patzy Newbur, wie immer total theatralisch.

»Und es sind Zwillinge.« Darleen Mills legte sich die Hand auf das Dekolleté. »Ich meine, wie cool ist das denn?«

Innerhalb von zwei Stunden hatten es die De Winters geschafft, zum Gesprächsthema Nummer eins zu mutieren.

»Ich stehe jedenfalls auf gefährliche Typen«, ließ sich Patzy vernehmen. »Mal ehrlich. Die sehen doch irgendwie gefährlich aus, oder?«

Kylie Kline nickte so heftig, dass ihr Pferdeschwanz hüpfte. »Und sie kommen aus Boston. Sie sind keine Landeier wie der Rest der Typen hier. Sag doch auch mal was, Rach.« Sie stieß Rachel in die Seite, die bis jetzt geschwiegen hatte. »Nate hat doch mit dir geredet. Dieser Sidecut ist wirklich megaheiß.« Sie fächelte sich Luft zu. »Ich krieg gleich einen Herzinfarkt.«

Rachel zögerte einen Moment, und Jackson wollte bereits

aufatmen. Natürlich machte sie sich nichts aus solchen aufgeblasenen Affen. Er kannte sie. Darauf stand sie nicht. Als sie doch noch antwortete, stahl sich ein kleines Lächeln auf ihr Gesicht. »Du hast recht, Patzy. Niemand mag Langweiler. Ein richtiger Mann ist aufregend. Ein echtes Abenteuer eben.«

Jackson trat einen Schritt nach hinten in den Schatten des Quergangs, verdammt froh, dass ihn bis jetzt keines der Mädchen bemerkt hatte. Sein Herz raste unnatürlich. Scheiße, war alles, was er denken konnte. Scheiße. Scheiße. Scheiße. Er schluckte trocken und rieb sich über sein glühendes Gesicht. Er hatte gedacht, Rachel mochte ihn. Sogar seine Schwester war auf diesem Thema herumgeritten. Auch wenn es sie nicht wirklich etwas anging. Fast hätte er Rachel gefragt, ob sie mit ihm zum Ball gehen wollte. Fast. Wie lächerlich hätte er sich gemacht. Rachel stand auf gefährliche, aufregende Typen. Nicht auf Langweiler wie Jackson Clark, der sie morgens verlässlich abholte und zur Schule fuhr, sonst aber keinen Funken Abenteuer in sich trug. Er lehnte sich mit dem Rücken gegen die Wand und legte den Kopf in den Nacken. Mit geschlossenen Augen atmete er tief durch und lauschte dem Gekicher von Rachel und ihren Freundinnen. Endlich setzten sie sich in Richtung Cafeteria in Bewegung, und ihre Stimmen verklangen.

*

Andrew fühlte sich fantastisch, als er auf den Parkplatz zwischen Dr. Hennings' Praxis und dem Ben-&-Jerry's-Shop fuhr. Genau genommen war er sogar ein wenig aufgeregt und voller Vorfreude, weil er Pauls Job für den nächsten Monat übernahm. Er hatte am Abend mit Niclas telefoniert, der ihm von seinen Plänen erzählt hatte und auf Cape Cod endgültig sesshaft werden und eine Kanzlei eröffnen wollte. Sein Bruder war begeistert von der Idee, dass er für Paul einsprang, und freute sich darauf, weil sie dann in den nächsten Wochen endlich mehr Zeit als sonst miteinander verbringen konnten. Am Wochenende wollte sein Bruder die Ocean Queen aus dem Trockendock in Provincetown holen und schmiedete bereits wie in alten Zeiten Pläne für Segeltörns.

Pauls in die Jahre gekommener, aber gepflegter Pick-up stand auf dem Praxis-Stellplatz. Im Vorbeigehen bemerkte Andrew die Angelausrüstung auf der Ladefläche. Der Doc war bereit für sein Abenteuer und würde aufbrechen, sobald sich Andrew häuslich eingerichtet hatte. Er stieg die drei Stufen zur Veranda hinauf und schob die Eingangstür zur Praxis auf.

»Guten Morgen«, erklang Mary Ann Paxtons fröhliche Stimme vom Empfang. Die kleine, runde Frau war hinter dem hohen Tresen fast nicht zu erkennen. Früher hatte sich Andrew gefragt, ob sie ihre Haare zu einem solchen Turm auftoupierte, damit sie nicht übersehen wurde. Ihre Frisur hatte sich nicht verändert. Genau wie ihr Kleidungsstil. Knielanges Kleid, einen Hauch zu eng. Aber farblich passend zu ihrem Lidschatten – an diesem Morgen ein sattes Lila.

»Es ist schön, Sie wiederzusehen, Mrs. Paxton«, sagte Andrew und reichte der älteren Dame die Hand. Er hatte sie in der Zeit, in der er als Jugendlicher in der Praxis herumgelungert hatte, mindestens so sehr in sein Herz geschlossen wie den Doc und sich gefreut, als er hörte, dass sie den Laden noch immer schmiss.

»Mrs. Paxton, papperlapapp.« Resolut sprang sie von ihrem Stuhl auf, kam um den Tresen herum und zog Andrew zu einer festen Umarmung zu sich herunter. »Nennen Sie mich Mary Ann, Jungchen. Bei Mrs. Paxton denke ich immer, meine Großmutter steht hinter mir.« Breit grinsend löste sie sich von ihm. »Dann erschrecke ich jedes Mal. Denn diese Mrs. Paxton war ziemlich Furcht einflößend.« Sie ließ ihren Blick über Andrew wandern. Vom Scheitel bis zur Sohle. Und wieder zurück. »Viel zu dünn sind Sie«, stellte sie fest. »Aber ich bin froh, dass Sie hier sind. Wird höchste Zeit, dass dieser alte Brummbär für eine Weile verschwindet.«

»Das habe ich gehört«, vernahmen sie Pauls Stimme aus einem der hinteren Räume.

»Gut so, gut so«, rief Mary Ann über ihre Schulter und zwinkerte Andrew zu. »Herzlich willkommen, Doktor. Ich freue mich sehr darauf, mit Ihnen zusammenzuarbeiten. Sie gehen mir doch nicht mehr so auf die Nerven wie als Zehnjähriger, oder?«

»Kommt ganz drauf an.« Andrew schnappte sich einen Lutscher aus dem Glas, das für tapfere, kleine Patienten auf dem Tresen bereitstand. »Wenn ich jeden Morgen etwas Süßes bekomme, werde ich mich vermutlich benehmen.«

»Verrückter Kerl.« Die Sprechstundenhilfe verpasste ihm einen gutmütigen Klaps auf den Arm. »Nun gehen Sie schon. Der Doc erwartet Sie.«

Andrew machte sich auf die Suche nach Paul und nahm nebenbei die Praxis in Augenschein. Das Wartezimmer und der Empfang waren noch immer wie früher in einem Raum untergebracht. Wahrscheinlich, damit Mary Ann mit den Patienten tratschen und den neuesten Klatsch austauschen konnte. Er erinnerte sich zumindest daran, dass die Sprechstundenhilfe eine Gerüchtekönigin der Stadt gewesen war, zu der jeder kam, der etwas wusste – oder etwas wissen wollte.

Der Raum selbst war seit seinem letzten Besuch in einem freundlichen Hellblau gestrichen worden. An den Wänden hingen Poster der Halbinsel, und die dunkelgrauen Polsterstühle waren praktischen Plastiksitzen gewichen. Neben den Zeitschriften auf den kleinen Tischen fanden sich jede Menge Broschüren und Prospekte, die die Freizeitangebote auf Cape Cod anpriesen. Zumindest im Sommer machte der größte Teil der Patienten Touristen aus.

Andrew schob sich den Lutscher in den Mund und trat in den Flur, von dem links die Toiletten und rechts zwei Behandlungsräume abgingen, in denen Paul abwechselnd seine Patienten empfing. In einem weiteren Zimmer standen ein Ultraschallgerät und ein EKG. Dahinter lag der Röntgenraum, ein kleines Labor und das Büro, in dem der Doc seine Krankenakten führte. Dort fand Andrew seinen alten Mentor. Er saß an seinem Schreibtisch und hackte im Zweifinger-System auf die Tastatur seines Computers ein. »Fertig«, sagte er und drückte Enter. »Ich habe alles auf den aktuellen Stand gebracht.« Zufrieden schaltete er den PC aus. »Mary Ann ist morgens als Erste da. Die Laborantin, die sich um die kleineren Sachen kümmert, kommt dienstags. Alles, was umfangreicher ist, schicken wir ins Labor nach Plymouth«, sagte er. Dann winkte er ab. »Mary Ann kann dir mit Sicherheit jede Frage beantworten. Aber falls es trotzdem ein Problem geben sollte, erreichst du mich jederzeit auf dem Handy.«

Genau das wollte Andrew vermeiden. Der Doc sollte seine Auszeit genießen.

Paul führte ihn durch die einzelnen Räume, erklärte ihm alles. Andrew stellte fest, dass das meiste noch genauso wie vor fünfundzwanzig Jahren funktionierte, als er zum ersten Mal hier gewesen war. Was für einen Arzt aus einem der größten und modernsten Krankenhäuser Massachusetts' altbacken und zurückgeblieben wirken müsste, fühlte sich erstaunlich vertraut und beruhigend an. Eine halbe Stunde später stand er mit Mary Ann an der Tür und blickte Pauls Pick-up nach.

»Kaffee?«, fragte die Sprechstundenhilfe, als der Wagen des Docs hinter der nächsten Kurve verschwunden war.

»Unbedingt.«

Andrews erste Patientin war eine junge Frau in Laufkleidung und schmerzverzerrtem Gesicht. »Ich bin umgeknickt«, sagte sie, als sie in den Untersuchungsraum humpelte. Andrew half ihr zum Stuhl vor seinem Schreibtisch und zog ihr vorsichtig den leuchtend pinkfarbenen Schuh aus. Sie holte zischend Luft, als er die Schwellung abtastete. Er bat sie in den Nebenraum, röntgte ihren Knöchel und passte ihr eine Aircast-Schiene an. »Sie haben Glück im Unglück. Ihr Sprunggelenk ist nicht gebrochen, aber ihr Außenband ist gerissen.«

»Das nennen Sie gute Nachrichten?« Sie seufzte und blies sich frustriert ein paar Ponysträhnen aus dem Gesicht. »Wie lange werde ich das Ding tragen müssen?«, fragte sie, als er mit einem Paar Krücken aus dem Abstellraum zurückkehrte.

»Eineinhalb Monate mindestens. Ich möchte Sie in drei Wochen noch einmal sehen. Dann schauen wir, wie es weitergeht.«

»Sechs Wochen? Aber … verdammt! Das wirft mich echt zurück.«

»Wobei?«

»Ich trainiere für den Muddy-Angel-Run, der in zwei Monaten in Boston stattfindet.«

Andrew zog die Augenbrauen nach oben. »Sie meinen dieses verrückte Rennen mit jeder Menge Schlamm und Hindernissen, über die man klettern muss?«

»Genau! Haben Sie schon mal mitgemacht?«

Bei so einer Sauerei? »Nein.« Er schrieb ein Rezept für Schmerzmittel aus und reichte es ihr. »Und Sie werden dieses Jahr mit Sicherheit auch nicht starten können. Schonen Sie sich, okay?« Er hielt ihr die Tür auf und sah ihr nach, als sie aus der Praxis hinkte.

Mary Ann hielt ihm einen zweiten Lutscher hin. »Patientin Nummer eins geschafft. Glückwunsch, Doktor.«

»Danke.« Er nahm den Lolli und hoffte, dass das ab jetzt nicht die Belohnung nach jeder Behandlung war, weil Mary Ann dachte, er sei zu dünn. »Wen haben wir als Nächstes?«

»Matthew Brown, zehn Jahre alt. Bauchschmerzen. Ich habe ihn und seine Mutter in Behandlungszimmer zwei gesetzt.«

Andrew wandte sich seinem zweiten Patienten zu, der, wie sich herausstellte, einen Magen-Darm-Infekt hatte, und kümmerte sich anschließend um eine junge Frau, die in der zwanzigsten Woche schwanger war, machte einen Diabetes-Check bei einem älteren Herren und behandelte eine Nebenhöhlen- und eine Mandelentzündung.

Gegen Mittag öffnete sich unangekündigt die Tür des Behandlungszimmers. Sein Bruder steckte den Kopf herein und hielt die Tüte mit dem Logo eines Chinaimbisses hoch. »Lunchpause«, verkündete er.

»Nic.« Sein Bruder schien das mit dem »Gemeinsam-Zeit-Verbringen« ziemlich ernst zu nehmen. »Lass mich kurz nachsehen, ob ich noch Patienten habe.«

»Ich soll dir von Mary Ann ausrichten, du hast ab jetzt Pause. Sie ist mit einer Freundin zum Mittagessen verabredet und um eins zurück.«

»Ah.« Andrew lehnte sich in seinem Bürosessel zurück. »Der Laden läuft offenbar ohne mein Zutun.«

»Wahrscheinlich nicht ganz. Wie war der erste Vormittag?«, wollte Niclas wissen.

»Gut«, sagte Andrew, ohne darüber nachdenken zu müssen. Er hatte nicht zu viel Arbeit gehabt, aber er war beschäftigt gewesen. Mit jedem seiner Patienten hatte er ein bisschen Small Talk gehalten und sich für die Untersuchungen Zeit genommen. »Es macht erstaunlich viel Spaß.«

»Vielleicht ist das ja das Richtige für dich. Für die Zukunft, meine ich.« Niclas reichte ihm eine Pappschachtel und ein paar Stäbchen. Dann setzte er sich mit seinem Essen auf die Untersuchungsliege und ließ die Beine baumeln.

»Im Moment reden wir von vier Wochen. Danach gehe ich in die Notaufnahme zurück.« Zumindest hatte Andrew noch nicht darüber nachgedacht, dass es eine Alternative zu seiner Arbeit in der Klinik geben könnte.

»Du kannst es ja zumindest mal im Kopf behalten«, nuschelte Niclas mit vollem Mund. »Verdammt, ist das lecker. Jake kommt übrigens irgendwann in den nächsten Tagen vorbei. Dieser Typ, der die Brauerei verkaufen will, hat ihn eingeladen. Vermutlich, um ihm auf den Zahn zu fühlen. Ich habe ihm gesagt, er kann in Sunset Cove pennen.«

»Kein Problem. Wir machen eine Männer-WG auf. Ich sollte mir notieren, Bier und Chips zu besorgen.«

Niclas blieb eine halbe Stunde, dann verabschiedete er sich, weil er einen Termin mit dem Makler hatte, der ihm einige Objekte für seine künftige Kanzlei zeigen wollte. Andrew nutzte die Zeit, die ihm blieb, um sich bei einem weiteren Familienmitglied zu melden. Er nahm sein Handy aus der Tasche und scrollte zur Nummer seiner Mutter.

Georgina hob nach dem dritten Klingeln ab. »Drew, mein Schatz.«

»Hey, Mom. Ich wollte mich kurz bei dir melden und dich auf den neuesten Stand bringen. Hast du was von Dad gehört?«

»Nicht wirklich. Der Arzt war hier, so viel weiß ich. Aber Theodor weigert sich, mit mir zu sprechen, und Dr. Leeberman hat offenbar einen Maulkorb verpasst bekommen. Er hat nur herumgedruckst und mir nicht wirklich etwas verraten.« Seine Mutter seufzte. »Erzähl mir lieber, was du für Neuigkeiten hast. Kommst du nach Boston zurück?«

»Im Gegenteil, Mom. Erinnerst du dich an Dr. Hennings?«

Sie gab einen abfälligen Ton von sich, den Andrew nur allzu gut kannte. »Kleiner Landarzt, mickrige Praxis irgendwo im Nirgendwo.«

»Nicht im Nirgendwo, sondern direkt neben einem Ben-&-Jerry's«, versuchte Andrew es mit einem Scherz. Seine Mutter reagierte nicht, also entschied er sich, das Ganze so schnell wie möglich hinter sich zu bringen. »Dr. Hennings hat mich gebeten, seine Praxis für vier Wochen zu übernehmen.«

Georgina schwieg einen Moment. »Sag mir, dass du abgelehnt hast und planst, so schnell wie möglich nach Hause zu kommen.«

»Mom …«

»Nein, Drew. Wie kannst du etwas so Verrücktes tun?« Sie klang aufgebracht. »Du musst an deine Karriere denken. Ich bitte dich, setz dich in deinen Wagen und komm nach Boston.«

»Ich habe im Moment keine Karriere, Mom. Die nächsten vier Wochen habe ich frei – auch wenn das nicht meine Entscheidung war, und in dieser Zeit werde ich einem alten Freund ein wenig unter die Arme greifen.«

»Einem alten Freund. Dass ich nicht lache.« Eine Mischung aus Wut und Empörung schwang in ihrer Stimme mit. »Wir reden von einem Quacksalber, der dir in deiner Situation nichts, aber auch gar nichts bringt. Du brauchst Kontakte.«

»Ich brauche ein paar Wochen für mich, Mom. Das ist alles. Und jetzt habe ich den nächsten Patienten und muss Schluss machen«, log er. »Ich melde mich wieder. Bis bald.« Er legte auf und schob sein Handy zurück in die Tasche. Seine Mutter war ein Snob, keine Frage. Seine Gedanken wanderten zu dem Tag zurück, an dem sie in Sunset Cove einen Selbstmordversuch unternommen hatte. Ihr war sehr wohl bewusst, dass Andrew sie damals nur hatte retten können, weil Dr. Hennings in ihm das Interesse an der Medizin geweckt hatte. Einmal mehr überlegte er, ob seine Mutter es ihm insgeheim übel nahm, dass er sie nicht hatte sterben lassen. Darauf würde er wohl nie eine Antwort erhalten. Als Mary Ann zurückkehrte, warf er die Fast-Food-Verpackungen in den Müll und bereitete sich auf die Nachmittagssprechstunde vor.

Als der letzte Patient die Praxis verlassen hatte, lud Andrew die Sprechstundenhilfe spontan zu einem Eis ein. »Lassen Sie uns feiern, dass wir den ersten Tag ohne Probleme hinter uns gebracht haben.«

»Eine fantastische Idee.« Mary Ann hakte sich bei ihm unter und lief in Richtung Eisladen. Auf halbem Weg blieb sie plötzlich stehen und drehte sich um. »Holly, Schätzchen«, rief sie über die Straße und winkte.

Andrew folgte ihrem Blick. Auf der gegenüberliegenden Straßenseite war Holly gerade aus der Tür des Fairway getreten. Lächelnd winkte sie zurück. Dann entdeckte sie ihn, ihre Miene gefror, und ihre Hand blieb bewegungslos in der Luft hängen.

Mary Ann schien davon nichts mitzubekommen. Sie zog Andrew weiter. »Kennen Sie Holly?«, plauderte sie arglos drauflos. »Ein tolles Mädchen. Und Single. Sie sollten sie vielleicht mal zum Essen ausführen.«

»Sicher«, sagte Andrew. Nachdem ich in der Hölle Schlittschuhlaufen war, fügte er in Gedanken hinzu.

7

Jackson parkte seinen Golf an der kleinen Marina in Harbour Beach. Die Brise vom Meer wehte ihm die Haare aus dem Gesicht. Das Wetter war perfekt für einen Segeltörn. Seit sein Vater beschlossen hatte, ein neues Leben mit der Stiefhexe – wie er Marge insgeheim nannte – zu beginnen, und ihr Haus verkauft hatte, konnte Jackson nicht mehr einfach so auf die Terrasse oder in den Garten gehen und in den Himmel schauen, den Wind um sich herum spüren und die Sonne auf seine Haut brennen lassen.

Holly hatte sich mit der Einrichtung der neuen Wohnung Mühe gegeben, aber das Apartment hatte keine Veranda, noch nicht einmal einen Balkon. Wenn er für einen Moment nach draußen wollte, musste er sich auf die Treppe hinter dem Fairway setzen.

Um aber wirklich seine Ruhe zu haben, blieb ihm nur seine Sunfish-Jolle Freedom. Mit der Dream Dancer konnte er alleine nicht auslaufen. Aber die kleine Jolle gehörte ihm. Sie war schnell und wendig und die einzige Möglichkeit, beim Segeln ganz für sich zu sein. Er wollte über das nachdenken, was in der Schule passiert war. Was er über Rachel herausgefunden hatte. Sie waren so lange Freunde, und er hatte gedacht, sie in- und auswendig zu kennen. Aber man konnte eben in niemanden wirklich hineinschauen, wie seine Schwester im letzten Winter festgestellt hatte, als ein irrer Serienmörder wochenlang in ihrer Bar herumgegammelt hatte, nur um dann Marie anzugreifen. Im letzten Moment war alles gut gegangen, aber Jackson hatte danach oft geträumt, dass sich dieser kranke Scheißkerl Rachel geschnappt hätte, die ja ebenfalls im Fairway arbeitete, und sie zu spät gekommen wären und sie nicht hätten retten können. Da hatte er dann wohl kapiert, dass er in Rachel verknallt war. Und das wahrscheinlich schon eine ganze Weile. Er hatte darüber nachgedacht, ob er ihr das sagen sollte. Immerhin waren sie Freunde, seit sie laufen konnten. Er würde all das aufs Spiel setzen, wenn er ihr seine Liebe gestand. Was wäre, wenn sie dann nicht mehr mit ihm zur Schule fahren wollte? Wenn sie nicht mehr nachmittags oder an den Wochenenden mit ihm rumhing? Und am Ende sogar ihren Job im Fairway kündigte? Das Risiko war hoch, und doch hatte er kurz davorgestanden, sich ihr zu offenbaren. Zum Glück hatte er noch rechtzeitig erfahren, dass Langweiler wie er nicht bei ihr landen konnten.

Er trat auf den Steg, an dem sein Boot vertäut war, und stockte, als er die zwei Gestalten sah, die rauchend am Ende der Anlegestelle saßen. Die De-Winter-Arschlöcher. »Das darf ja wohl nicht wahr sein«, murmelte er. Heute blieb ihm wirklich gar nichts erspart.

Sie sahen auf, als sie die Erschütterungen seiner Schritte auf dem Holz spürten. Na super. Jetzt hatten sie ihn erkannt, also konnte er nicht mehr ungesehen abhauen. Betont lässig hakte er die Daumen in die Taschen seiner Jeans und ging auf die beiden zu.

»Clark, richtig?«, erinnerte sich Cedric an seinen

Nachnamen, zog ein letztes Mal an seiner Kippe und schnippte sie ins Hafenbecken. »Was geht?«

»Was treibt ihr hier?«, stellte Jackson die Gegenfrage.

»Uns zu Tode langweilen.« Nathaniel ließ sich mit ausgebreiteten Armen nach hinten fallen. Die Zigarette klemmte zwischen seinen Zähnen. »Sag uns«, nuschelte er, »dass hier irgendwo etwas los ist. Irgendwas, das den Puls über fünfzig steigen lässt.«

Die Idioten langweilten sich. Jackson hatte zwar keine Ahnung, was sie erwarteten, aber außerhalb der Touristensaison war es hier nun mal ruhig. Als Einheimischer genoss man das, schließlich waren die Sommer hektisch genug. Ihm gefiel, dass die Zwillinge nicht so wirklich zufrieden waren. Das hatten sie verdient. »Nein«, sagte er. »Hier ist im Moment nichts los. Die angesagten Sachen öffnen alle erst, wenn die Sommergäste kommen.«

Cedric schnaubte. »Angesagte Sachen? Oder Sachen, die ihr für angesagt haltet? Dazwischen besteht garantiert ein himmelweiter Unterschied.«

»Vermutlich.« Jackson drehte sich um, um zu seiner Jolle hinüberzugehen.

»Was hast du hier verloren?«, wollte Nathaniel wissen. Er hatte sich wieder aufgesetzt und warf seinen Kippenstummel ebenfalls ins Wasser.

»Ich fahr mit meinem Boot raus«, sagte Jackson.

»Was für ein öder Scheiß.« Cedric verdrehte die Augen.

»Cool, wir fahren mit«, sagte Nathaniel im gleichen Moment. Einen Moment starrten sich die Zwillinge an, dann boxte Cedric seinen Bruder gegen den Arm. »Alter, spinnst du?«, fragte er. »Was willst du auf einem Boot?«

Nathaniel zuckte die Schultern. »Hier rumhocken ist auch nicht so irre geil, oder? Welches ist dein Boot, Clark?«

»Das da drüben. Die Freedom.«

»Alter, das ist ja eine Nussschale«, bemerkte Cedric.

»Genau genommen ist es ein Sunfish«, konnte es sich Jackson nicht verkneifen. Vom Segeln hatten diese Deppen tatsächlich keine Ahnung. Das Letzte, was er wollte, war, einen von ihnen auf seiner Jolle mit hinausnehmen zu müssen. Wahrscheinlich konnten sie nicht einmal schwimmen, gingen über Bord und ertranken. Er machte die Leine los und sprang auf sein Boot.

Im nächsten Moment stand Nathaniel neben ihm. »Ich fahr mit«, sagte er auf eine Art, die keinen Widerspruch duldete. Ihm wurde wahrscheinlich nie etwas abgeschlagen.

»Normalerweise bittet man darum, an Bord gehen zu dürfen«, brummte Jackson. Die Brüder schien das nicht zu interessieren. Denn nun machte auch Cedric einen großen Schritt vom Anleger auf die Freedom und brachte sie damit bedenklich zum Schwanken. Erwartungsvoll sahen sie ihn an. Sie würden sich wohl nicht davon überzeugen lassen, sich zu verpissen. Jackson seufzte und fügte sich in sein Schicksal. Was als Nächstes kam, würde ihn auf der Liste der coolen Kids ans unterste Ende rutschen lassen. Oder vermutlich eher komplett ausradieren. Er griff unter die Sitzbank und zog drei Schwimmwesten hervor.

»Das ist nicht dein Ernst.« Cedric sah ihn mit gespielt aufgerissenen Augen an, ehe er vor Lachen losbrüllte.

»Alter, das zieh ich auf keinen Fall an.« Nathaniel sah es wie sein Bruder. »Wenn uns irgendjemand mit den Dingern sieht …«

»Tja, Pech.« Jackson warf sie vor den beiden auf den Boden und zog seine Weste über. »Ihr zieht sie an, oder ich nehme euch nicht mit raus.«

»Das ist was für Loser.« Cedric sah in der Weste offenbar eine Chance, doch nicht mitfahren zu müssen.

Wenn sich Jackson nicht täuschte, war ihm nicht ganz wohl bei dem Gedanken an einen Segeltörn mit der Nussschale, wie er die Freedom genannt hatte. Einer weniger. »Mein Boot. Meine Regeln«, sagte er. Auf einmal war es ihm egal, ob ihn das zu einem Verlierer machte. Seit er begonnen hatte zu segeln, hatte Holly ihm eingebläut, auf dem Sunfish niemals ohne Schwimmweste in See zu stechen. Sie hatte ihm mit Segelverbot gedroht, sollte sie ihn jemals ohne erwischen. Er hatte ihr natürlich nicht geglaubt, bis sie ihn vor ein paar Jahren überrascht hatte. Zwei Monate hatte sie ihn damals auf Grund gesetzt. Zwei Monate waren eine Ewigkeit, wenn die Ferien vor einem lagen und nichts so stark war wie die Sehnsucht nach dem Meer. Die De Winters konnten die Westen also anziehen oder abhauen. Er würde das Risiko kein zweites Mal eingehen. Er war lieber ein Loser als ein Segler ohne Boot.

»Komm schon.« Nathaniel griff sich eine Weste und reichte sie an seinen Bruder weiter. »Safety first«, sagte er mit einem Grinsen. »Du fickst doch auch nicht ohne Gummi, oder?«

»Wusste nicht, dass man vom Segeln schwanger werden kann«, brummte Cedric, schnappte sich die Weste aber und zog sie über. Als die beiden sich gesetzt hatten, steuerte Jackson die Freedom auf das Meer hinaus.

Sobald das Segel den Wind einfing, nahmen sie Fahrt auf

und schossen über die Wellen. Nathaniel brüllte begeistert, während das Gesicht seines Bruders einen grüngräulichen Farbton annahm. Insgeheim wünschte sich Jackson, dass dem Typen, der Rachel anbaggerte, wenigstens ein bisschen schlecht werden würde. Doch er schien das Wasser und die Geschwindigkeit in vollen Zügen zu genießen.

»Was machen eure Eltern beruflich, dass ihr so spät im Schuljahr noch umgezogen seid?«, versuchte sich Jackson in Small Talk. Zu dritt stumm in einem Boot zu sitzen war irgendwie auch merkwürdig.

»Was machen unsere Eltern, Ced?«, fragte Nathaniel seinen Bruder.

»Dad scheffelt Kohle, glaub ich«, antwortete der pflichtschuldig.

»Richtig.« Nathaniel schnippte mit den Fingern. »Und Mom wirft es zum Fenster raus. Mit vollen Händen. Wir sind nicht mit unseren Erzeugern hier«, erklärte er Jackson. »Wir wurden verbannt. Gemeinsam mit der Nanny. Zu viele Vorfälle, die unter die Kategorie ›nicht jugendfrei‹ fallen.«

Jackson hoffte, dass ihm nähere Details erspart blieben. Also fragte er gar nicht erst nach. Als sie weit genug draußen waren, nahm er das Tempo ein wenig zurück.

»Wurde auch Zeit, Mann«, motzte Cedric. »Das schaukelt vielleicht. Mir ist total zum Kotzen.«

»Lass uns bisschen Medizin durchziehen«, schlug sein Bruder vor und holte ein Tütchen aus seiner Hosentasche. »Soll doch angeblich gegen Übelkeit helfen.«

Der aromatische Geruch, der aufstieg, als Nathaniel die Tüte öffnete, war unverkennbar. Scheiße, dachte Jackson.

»Hey, was wird das?« Er drehte sich um, um sicherzugehen, dass kein anderes Boot in der Nähe war. Glücklicherweise waren sie allein. »Lass den Mist«, forderte er Nathaniel auf.

»Ganz cool, Mann«, sagte Nathaniel. »Wir haben akzeptiert, dass wir diese Scheißrettungsdinger anziehen mussten, da wirst du es ja wohl ertragen können, wenn wir uns einen kleinen Joint gönnen.« Er krümelte Gras in ein Paper und rollte es mit ein bisschen Tabak zusammen. Den geübten Bewegungen seiner Finger nach zu urteilen, machte er das nicht zum ersten Mal. Er leckte über die Kante des Zigarettenpapiers und klebte den Joint zusammen. Dann zündete er ihn an, zog und gab ihn an seinen Bruder weiter.

Cedric inhalierte tief und reichte ihn wieder Nathaniel. »Warum bist du so ein verklemmter Spießer?«, sagte er zu Jackson.

»Ich bin kein …« Doch, das war er. Ein kleiner, langweiliger Schisser. Nicht das, was Mädchen wie Rachel cool fanden.

»Dicker, zieh mal.« Nathaniel hielt ihm den Joint entgegen. »Das macht dich ein bisschen locker.«

Jackson schüttelte den Kopf. Rachels Gesicht tauchte vor seinem inneren Auge auf. War es das, was sie meinte? War man gefährlich und draufgängerisch, wenn man Drogen nahm? Bis jetzt hatte er noch nie das Bedürfnis gehabt, irgendetwas Verbotenes zu probieren. Außer hin und wieder ein Bier. Seine Sucht war das Segeln. Den anderen Scheiß brauchte er nicht. Wenn Rachel aber dachte, das machte ihn zu einem heißen Typen, dann verdammt noch mal …

»Jetzt lass das Weichei in Ruhe und gib her.« Cedric griff nach dem Joint, aber Nathaniel hielt ihn Jackson weiter hin.

Mit einem breiten Grinsen im Gesicht, als wüsste er genau, dass Jackson ihn nehmen würde.

Er war kein Weichei, sagte Jackson sich im Stillen. Alle anderen Gedanken schob er beiseite und zog. Als nichts geschah, nahm er einen zweiten, tiefen Zug und atmete den Rauch hustend und keuchend wieder aus.

»Hey, hey. Langsam, Großer.« Nathaniel nahm ihm die Kippe ab. »Nicht gleich beim ersten Mal übertreiben.«

Der Joint machte die Runde. Zunächst spürte Jackson gar nichts. Doch dann setzte die Wirkung mit der Macht eines Vorschlaghammers ein. »Wow«, brachte er heraus, als die Gesichter der Brüder begannen, ihre Form zu verändern. Sie verschwammen mit dem Sonnenuntergang vor ihm, dem Meer unter ihm und dem türkis-blau gestreiften Segel über ihm zu einem Kaleidoskop aus Farben. Er begann zu lachen und war sich nicht sicher, ob er jemals wieder würde aufhören können.

Er zog noch einmal. Am Rande nahm er wahr, wie Cedric sein Handy zückte. »Eine Sensation«, grölte er. »Wir haben den ersten spießigen Eingeborenen bekehrt. Das muss festgehalten werden.« Sie begannen, Fotos zu machen, posierten mit dem Joint, hängten sich über den Rand der Jolle und brachten sie gefährlich zum Schwanken. Und Jackson konnte nichts anderes machen, als dazusitzen und zu lachen. Er hatte sein Zeitgefühl verloren, aber irgendwann begriff er zumindest, dass es dunkel wurde. Wahrscheinlich lag es an dem Streit zwischen den Brüdern, der sich offensichtlich darum drehte, dass er wieder ein wenig zu sich kommen musste, um sie nach Hause zu bringen. Cedric warf Nathaniel vor, dass er die alleinige Schuld daran trug, dass der Skipper total zugedröhnt und sie jetzt dem Meer ausgeliefert waren, weil niemand ihre Position kannte. Sie würden abtreiben und sterben. Nathaniel lachte Cedric aus und nannte ihn ein ängstliches Baby.

Jackson wurde klar, dass er die Freedom in den Hafen bringen musste. »Das kann ich«, sagte er und richtete sich auf. »Holy Moly.« Er schwankte gefährlich hin und her. Was sicher nicht auf die Wellen zurückzuführen war, die träge gegen das Boot schwappten. »Ich kann einen Sunfish immer steuern. Mit verbundenen Augen und im Schlaf. Immer«, behauptete er.

»Wollen wir es hoffen«, jammerte Cedric. »Das Meer ist nämlich ganz schön scheiße.«

Deutlich langsamer als auf dem Hinweg brachte Jackson die Freedom sicher nach Harbour Beach zurück.

Als er angelegt und die Jolle vertäut hatte, schlug ihm Nathaniel auf die Schulter. »Alter, das war krass. Wir müssen das wieder machen.«

»Ohne mich«, brummte Cedric und kletterte mehr oder weniger auf allen vieren von Bord.

»Das war doch abgefahren«, widersprach Nathaniel. »Sonst ist hier doch nix los.«

»Wir könnten noch was tanken. Darauf hätte ich jetzt Bock«, schlug Cedric vor. »Du weißt schon, ohne dabei auf einem schwankenden Boden zu sitzen. Das ist vielleicht nicht megaspannend, aber ich hab da jetzt Lust drauf.«

»Coole Idee. Clark.« Nathaniel schnippte mit den Fingern. »Wir wollen jetzt noch ordentlich tanken.«

»Okay.« Jackson hatte einige Probleme, sein Boot zu verlassen. »Da vorn rechts ist eine Tankstelle.«

Die Brüder sahen ihn einen Moment an, dann begannen sie zu lachen. Cedric schaffte es nicht, stehen zu bleiben. Er ließ sich erst auf die Knie sinken und kippte dann einfach um. Prustend rollte er über den Boden.

»Alles okay mit ihm?« Jackson stieß ihn mit dem Fuß an. Er wollte die Stirn runzeln, aber die Muskeln in seinem Gesicht schienen ihm nicht mehr zu gehorchen.

»Du bist echt der Brüller, Clark. Ced meint eure Kneipe. Ihr habt doch eine Bar, oder?«

»Ja«, antwortete Jackson lang gezogen. Er verstand nicht, was Nathaniel meinte. Wollte er ins Fairway spazieren und sich einen Drink bestellen? So dämlich konnte man doch nicht mal sein, wenn man gekifft hatte. Oder?

»Du raffst es nicht.« Nathaniel legte ihm den Arm um die Schulter. Ob das eine freundschaftliche Geste sein sollte oder er lediglich versuchte, sich auf den Beinen zu halten, konnte Jackson nicht sagen. »Ihr habt eine Bar«, wiederholte Nathaniel. »Wo eine Bar ist, ist auch ein Lager. Und du hast den Schlüssel. Oder weißt zumindest, wo er ist.«

»Aber … das Fairway … meine Schwester«, reißt mir den Arsch auf, fügte er glücklicherweise nur in Gedanken hinzu. »Ich kann nicht …«

»Kumpels teilen doch, oder?« Nathaniels Halt suchender Griff verwandelte sich in einen halben Schwitzkasten. »Wir haben unser wirklich fantastisches Gras mit dir geteilt, und du wirst uns Wodka aus eurer Bar spendieren. Einfache Rechnung, finde ich.« Nathaniel drehte sich um. »Jetzt steh endlich auf, Blödmann. Bis du aufhörst zu lachen, haben wir schon die erste Flasche geleert.«

Irgendwie schafften sie es, sich in den Golf zu zwängen

und zum Fairway zu fahren. Jackson stellte das Auto neben dem Haus ab. Hollys Wagen stand auf seinem üblichen Platz, und in der Wohnung brannte Licht. »Wir müssen leise sein«, warnte er die Brüder. In das Lager gelangte man von der Bar aus. Die Außentür befand sich hinter dem Haus und war mit einem Schloss gesichert. Es war dunkel, und Jackson tastete sich vorsichtig voran. Cedric und Nathaniel folgten ihm.

Er wusste, dass die Mülltonne, in die zerbrochene Gläser und Flaschen entsorgt wurden, neben der Tür stand. Aber er dachte nicht daran, als er an der Hauswand entlangschlich. Als er gegen das klirrende Hindernis stieß, prallten die Brüder gegen ihn. Jackson verlor das Gleichgewicht und stürzte über die Tonne, die mit einem lauten Krachen umkippte. Der Deckel rollte davon, und er versuchte, sich auf dem Boden abzustützen. Trotz des Nebels in seinem Gehirn spürte er den stechenden Schmerz, der durch seine linke Hand fuhr. Im nächsten Augenblick – oder ein Lichtjahr später – flammte das Licht an der Außentreppe auf, und er hörte seine Schwester rufen.

Wo waren die De-Winter-Idioten? Jackson konnte sie nirgends entdecken. Er kniete neben der Mülltonne und spürte die Feuchtigkeit unter seiner Hand.

»Jackson?«, erklang Hollys atemlose Stimme. »Oh mein Gott, Jacks! Was ist passiert?« Sie hockte sich neben ihn.

Er konnte das Shampoo riechen, nach dem seine Schwester immer duftete. Orangenblüten. Sie würde wissen, was er zu tun hatte. Denn das hatte er irgendwie vergessen. Holly würde alles in Ordnung bringen.

*

Holly war gerade dabei, eine Bluse umzunähen, als sie das Scheppern im Hof hörte. »Diese verdammten Waschbären«, murmelte sie und ging nach draußen. Anscheinend hatten sie es geschafft, die Altglastonne umzuwerfen. Sie schaltete die Außenbeleuchtung an und trat auf den Treppenabsatz. Stöhnte da jemand? Mit dem Handylicht leuchtete sie in den Hinterhof. Da kniete jemand neben der Tonne. Ihr Herz setzte einen Schlag aus. Es war Jackson. Und er bewegte sich nicht.

»Jackson?« Sie stürzte die Treppe hinunter und rannte zu ihm. »Oh mein Gott, Jacks! Was ist passiert?«

Ihr Bruder reagierte nicht. Er kniete bewegungslos inmitten von Glasscherben. Unter seiner linken Hand färbte sich der Asphalt dunkelrot. Die Lache wurde schnell größer.

»Komm hoch, Schätzchen.« Sie ergriff ihn unter den Armen, zog ihn hoch und achtete darauf, nicht auf die Scherben zu treten. Seit wann war ihr Bruder so schwer? Und so groß? Er überragte sie um einen Kopf, als er sich endlich schwankend aufgerichtet hatte. Seine rechte Hand schien unverletzt, während von der linken Blut tropfte. »Kannst du laufen?«

»Hmm«, war alles, was er von sich gab.

Schritt für Schritt taumelten sie zur Treppe. Holly überlegte, ob sie Jackson lieber in die Bar und nicht in ihre Wohnung hinaufschleppen sollte, als sie auf der anderen Straßenseite das Licht in Dr. Hennings' Praxis brennen sah. Was für ein Glück. Sie würde keine Zeit damit verschwenden, irgendetwas zu holen, um die Hand zu verbinden. Besser, sie brachte ihren Bruder so schnell wie möglich zum Doc. »Schaffst du es über die Straße?«

»Hmm«, sagte er noch einmal.

Holly brachte ihn auf die andere Straßenseite und half ihm die Treppen zur Praxis hinauf. Jackson und sie stolperten durch die Eingangstür. »Mary Ann? Doc? Kann uns jemand helfen?«, rief sie in den leeren Raum.

»Moment. Ich komme.«

Das war nicht Dr. Hennings' Stimme, dachte Holly. Und der Mann, der einen Augenblick später in einem Arztkittel erschien, war auch nicht der Doc. »Andrew.«

Er blieb wie angewurzelt stehen. Für einen Moment starrte er sie an, dann schien er sich bewusst zu werden, dass sie nicht allein hier war und Jacksons Blut auf das Linoleum tropfte. »Warte, ich helfe dir.« Er nahm Jackson am Arm und führte ihn in den Untersuchungsraum.

Holly rieb sich über die Schulter, die sich, vom Gewicht ihres Bruders befreit, ganz leicht anfühlte, und folgte Andrew mit klopfendem Herzen. Sie hatte vor lauter Schreck vergessen, dass er die Praxis für die nächsten vier Wochen übernommen hatte. Obwohl er damit zum Stadtgespräch Nummer eins mutiert war und in der Bar über fast nichts anderes gesprochen wurde.

Was Holly Marie erzählt hatte, stimmte. Sie hatte Andrew gehasst, weil er sie so verarscht hatte. Doch die Jahre, die seit jenem Sommer vergangen waren – und in denen man in Eastham nicht viel von den Hunters mitbekommen hatte, hatten den Schmerz und die Wut zu einem dumpfen Pochen abgemildert. Erst seit Niclas und dann Andrew wieder aufgetaucht waren, regte sich der alte Zorn wieder. Aber sie würde ihn ignorieren. Sie war schließlich eine erfolgreiche Geschäftsfrau, die gut mit Menschen umgehen konnte. Sie kam mit ihm genauso klar wie mit jedem anderen, wenn sie sich ein wenig zusammenriss.

In der Tür zum Untersuchungsraum blieb sie stehen. Das Einzige, was im Augenblick zählte, war, dass er Jackson half.

8

Der zweite Tag als Pauls Vertretung begann so ruhig wie der erste. Als Andrew die Praxis am Abend schließen wollte, erhielt er einen Anruf der Rettungsleitstelle, die ihn über einen Unfall auf einem Krabbenkutter informierte und darum bat, den Verletzten in Empfang zu nehmen, wenn das Schiff in Eastham anlegte. Natürlich erklärte er sich bereit zu warten. Mary Ann schickte er mit dem Versprechen, sie anzurufen, wenn er sie doch noch brauchen sollte, nach Hause. Wegen ihm musste sie ihren Bingoabend nicht ausfallen lassen. In der Zwischenzeit brachte er die Krankenakten des heutigen Tages auf den aktuellen Stand. Die Verletzung des Fischers stellte sich glücklicherweise als unkomplizierte Unterschenkelfraktur heraus. Fibula und Tibia waren glatt gebrochen, keine Gelenke in Mitleidenschaft gezogen. Er röntgte den jungen Mann und gipste das Bein ein.

Es war spät geworden, und Andrew war gerade fertig mit Aufräumen, als die Eingangstür aufgestoßen wurde und eine angespannte, fast schon hysterisch klingende Stimme um Hilfe rief.

Er eilte in den Empfangsbereich und blieb wie angewurzelt stehen, als er Holly erblickte. Andrew starrte sie an, und sie erwiderte seinen Blick. Für einen Moment schien die Zeit stillzustehen, schienen nur er und sie zu existieren. Dann löste sie den Blick von ihm, und Andrew kehrte in die Realität zurück und bemerkte ihren Aufzug. Sie trug einen hellblauen Pyjama, der über und über mit Ankern bedruckt war. Ihre Augen waren ängstlich aufgerissen, und ihre Locken standen wild in alle Richtungen. Ein großer Teenager, wahrscheinlich ihr Bruder Jackson, lehnte sich schwer gegen sie. Von seiner linken Hand tropfte Blut neben Hollys Flip-Flops.

Sie war nicht einfach so hier aufgetaucht. Es handelte sich um einen medizinischen Notfall. »Warte, ich helfe dir«, sagte er und verfrachtete den Jungen in den ersten Untersuchungsraum. Er setzte ihn vorsichtig auf die Liege und drehte sich zu Holly um, die zögernd im Türrahmen stehen blieb.

»Dein Bruder?«, fragte er sie.

»Ja. Jackson«, antwortete sie. »Jackson Clark«, ergänzte sie unnötigerweise. Sie war wirklich durch den Wind. Besser sie setzte sich, ehe sie umkippte.

Andrew zog ein Paar Latexhandschuhe aus der Box und warf Holly einen Blick zu. »Komm rein und schließ die Tür hinter dir.«

Sie gehorchte und kam langsam näher. Bevor er sie bitten konnte, auf dem Besucherstuhl Platz zu nehmen, setzte sie sich neben ihren Bruder auf die Behandlungsliege und griff nach seiner unverletzten Hand.

»Jackson?« Andrew wartete, bis der Junge den trüben Blick in seine Richtung lenkte. Er schaffte es nicht, Andrew wirklich zu fokussieren. Ein Zustand, den er aus der Notaufnahme nur zu gut kannte. »Kannst du mir erzählen, was passiert ist?«

»Hmm«, brachte Jackson heraus und verdrehte die Augen. Er schwankte, blieb aber sitzen.

»Weißt du, was er angestellt hat, wie es zu dieser Verletzung gekommen ist?«, fragte er Holly. Ihr Gesicht war so weiß, dass die Sommersprossen auf ihrer Nase wie dunkle Punkte hervorstachen.

»Ich … ich habe ihn hinter dem Haus gefunden. Er ist über die Mülltonne mit dem Altglas gestürzt und hat sich geschnitten. Ich habe ihn gehört und bin rausgerannt.« Sie blickte an sich hinunter, und erst jetzt schien ihr bewusst zu werden, dass sie nur ihren Pyjama trug.

Andrew wusste, wie man mit aufgelösten Angehörigen umging. Ihr brauchte es nicht peinlich sein, weil sie in diesem Aufzug in der Praxis aufgetaucht war. Sie würde es ihm sicher nicht glauben, aber Holly war auch in dem Schlafanzug mit den albernen Ankern eine wunderschöne Frau. Es fiel ihm schwer, sie nicht anzustarren. Er atmete tief durch und konzentrierte sich auf die Behandlung. Vorsichtig drehte er Jacksons Hand nach oben und sah sich die Handfläche an. »Nerven oder Sehnen sind nicht verletzt. Ich werde die Hand desinfizieren und betäuben. Dann sehe ich nach, ob noch Glassplitter in der Wunde stecken, und nähe sie. Hast du das verstanden, Jackson?«

»Hmm.«

Er sah zu Holly auf. »Noch Fragen?«

»Nein.« Sie schüttelte den Kopf, und ihre Locken vibrierten. »Tu ihm bitte nicht weh.«

Ihr Schlafanzugoberteil rutschte ein Stück zur Seite und gab den Blick auf den Ansatz ihres Tattoos frei. Wann sie sich das wohl hatte stechen lassen? Andrew verdrehte innerlich die Augen über sich selbst. Holly spielte keine Rolle. Es ging um ihren bekifften Bruder. »Ich passe auf«, versprach er ihr. Jackson war so zugedröhnt. Er würde nicht viel mitbekommen. »Wann wurde dein Bruder zum letzten Mal gegen Tetanus geimpft?«

»Ich …« Sie rieb sich mit der Hand über das Gesicht. »Ich weiß nicht. Ich habe es vergessen. Wie … wie konnte ich das denn vergessen?« Der Anflug von Hysterie, den er vorhin schon in ihrer Stimme gehört hatte, kehrte zurück.

»Kein Problem, Holly.« Er ergriff ihre Hand, und sie erstarrte. Er spürte, dass sie vor lauter Angst kalte Finger bekommen hatte. Am liebsten hätte er ihre Hand zwischen seine genommen und sie gerieben, bis die Wärme zurückkehrte. Die Berührung war als mitfühlende Geste gemeint. Und doch kam er nicht umhin festzustellen, dass er sie gerade zum ersten Mal berührt hatte, seit er siebzehn gewesen war. Tausende Male hatte er als Arzt auf diese Weise Trost gespendet. Aber noch nie hatte diese Berührung ein Kribbeln in den Fingerspitzen ausgelöst und dafür gesorgt, dass sein Mund trocken wurde. Holly hingegen wollte diese Art von Anteilnahme nicht. Zumindest nicht von ihm. Vielleicht nahm sie grundsätzlich ungern Hilfe an, oder sie trug ihm das von damals noch immer nach. Wahrscheinlich Letzteres. Langsam zog er seine Hand zurück. Er senkte den Blick wieder auf Jacksons Hand und schluckte. »Mach dir keine Gedanken, okay? Ich finde sicher etwas in Dr. Hennings' Akten. Ansonsten frische ich seinen Impfschutz einfach auf. Das schadet nicht.«

»Okay«, flüsterte sie. »Okay.«

Andrew zwang sich, Holly auszublenden und sich nur auf

ihren Bruder zu konzentrieren. Endlich fand er in seine übliche Routine, reinigte die Wunde, zog ein paar winzige Glassplitter aus Jacksons Haut und verschloss den Schnitt mit einer sauberen Naht. Hollys Bruder war mehr oder weniger weggetreten. Er ließ alles über sich ergehen, ohne besonders viel mitzubekommen.

Nachdem er Jackson einen Verband angelegt hatte, zog Andrew die Handschuhe aus und warf sie in den Müllcontainer neben der Behandlungsliege. Unvermittelt kippte Jackson zur Seite und gab einen grunzenden Laut von sich.

»Jackson?« Holly rüttelte ihn an der Schulter. »Was ist mit ihm?«

Andrew legte seine Finger prüfend auf den Puls des Jungen. Ruhig und stark. »Er schläft«, sagte er und drehte sich zu Holly um. Sie hockte noch immer auf der Kante der Liege. Viel zu nahe vor ihm. Er atmete den Duft ein, der zu Holly gehörte, solange er sich erinnern konnte. So vertraut. Und doch völlig neu. Weil die Frau, die vor ihm saß, eine andere war als das Mädchen, mit dem er vor Jahren auf den Leuchtturm geklettert war. Jedem anderen hätte er jetzt beruhigend die Hand auf die Schulter gelegt. Das würde er bei Holly nicht tun, auch wenn seine Finger, die vorher auf ihren gelegen hatten, wieder zu kribbeln begannen und das Bedürfnis, über ihre Haut zu streichen, plötzlich übermächtig wurde. Ihre Reaktion auf seine Berührung vorhin war eindeutig gewesen. Andrew machte einen Schritt nach hinten. Ihm wurde bewusst, dass er Holly nicht nur zum ersten Mal seit fast zwanzig Jahren berührt hatte. Sie befanden sich auch zum ersten Mal seit dieser Zeit allein in einem Raum, wenn man ihren völlig weggetretenen Bruder mal beiseiteließ. Andrew setzte sich hinter den Schreibtisch. Lieber etwas räumlichen Abstand zwischen Holly und sich bringen. Schließlich waren weder sie noch er daran interessiert, alte Erinnerungen wiederaufleben zu lassen. Außerdem mussten sie ein paar Dinge besprechen, die Holly wahrscheinlich nicht gerade als angenehm empfinden würde. Er überflog Jacksons Krankenakte, ohne etwas Auffälliges zu entdecken. »Seit wann hat dein Bruder ein Drogenproblem?«, fragte er geradeheraus.

*

»Was?« Holly starrte Andrew an. Gerade eben hatte er noch vor ihr gestanden und sie angestarrt. Sie hatte schon befürchtet, er würde sie ein zweites Mal berühren. Noch einmal dieses Prickeln in ihr auslösen, das ausreichte, sie wieder zu diesem naiven, gutgläubigen Mädchen mutieren zu lassen, das sich wünschte, er würde sie an sich ziehen und seine Arme um sie legen. Während ihr Gehirn noch dabei war, damit klarzukommen, dass sie hier allein waren, sah man mal von Jackson ab, der tief und fest schlief, schredderte er ihre dämlichen Mädchenträume, indem er ihr einen dermaßen ungeheuerlichen Vorwurf an den Kopf warf. Wenigstens wirkte das ernüchternd auf sie.

»Seit wann konsumiert Jackson Drogen?«, wiederholte Andrew.

Sie kniff die Augen zusammen. Ihre Lippen formten sich zu einer schmalen Linie. Was glaubte dieser Mistkerl eigentlich? Erst hatte er sich erlaubt, sie anzufassen. Einfach so. Die Wärme seiner Hand hatte wie Feuer auf ihrer ausgekühlten Haut gebrannt. Ihr Puls hatte sich beschleunigt, auch wenn das die letzte Reaktion war, die sie sich auf einen Mann wie Andrew Hunter wünschte. Es war einfacher, sich auf den Ärger zu konzentrieren, der in ihr hochkochte. Damit kam sie leichter klar als mit dem Knistern zwischen ihnen. Sie hatte die Befürchtung, wenn Andrew seine Hand noch einmal auf ihre legte, würden Funken schlagen. Er blickte sie so eindringlich an, dass sie sich geradezu nackt fühlte. Es war einfacher, sauer auf ihn zu werden, statt diese Reaktion auf ihn zu hinterfragen. Wozu sie im Übrigen auch jedes Recht hatte, bei dem Schwachsinn, den er ihrem Bruder unterstellte. »Jackson nimmt keine Drogen«, zischte sie.

»Holly. Sieh dir …«

»Nein!« Sie sprang von der Liege, ohne Jacksons Hand loszulassen. »Du weißt nicht, von was du sprichst.«

Andrew schien das gewohnt zu sein. Er blieb gelassen. Angehörige leugneten die Dinge, die sie nicht wahrhaben wollten. Drogenkonsum. Lebensbedrohliche Krankheiten. Misshandlung. Verwahrlosung. Das war Holly bewusst. Nur dass ihr Bruder und sie nicht in einer Bostoner Notaufnahme waren. Sie musste nichts leugnen. Sie lebten ein ruhiges Leben auf dem Land, indem keine Drogen vorkamen.

»Wie erklärst du dir dann seinen Zustand?« Er nickte in Jacksons Richtung.

»Das ist ja wohl eindeutig.« Sie funkelte ihn an. »Er hatte einen Schock. Und dann hat ihn die Spritze mit der Betäubung ausgeknockt.«

»Er zeigt alle Symptome von Cannabiskonsum«, widersprach Andrew.

»Das ist lächerlich. Bist du sicher, dass du überhaupt ein richtiger Arzt bist?«, fauchte sie. »Wenn mein Bruder kiffen würde, dann wüsste ich das. Das kannst du mir glauben.« Sie holte tief Luft, um sich ein wenig zu beruhigen. Es funktionierte nicht. »Deine Großstadtquacksalberei kannst du dir bei uns sparen.« Sie klang so giftig. Bei jedem anderen hätte sie sich dafür geschämt. Nicht so bei Andrew. Was erlaubte er sich, tauchte einfach hier auf und beschwor schmerzhafte Erinnerungen herauf. Wie konnte er es wagen, mit seinen Berührungen ein Kribbeln auf ihrer Haut auszulösen und Sehnsüchte hervorzulocken? Ein Verlangen nach Zärtlichkeit, das so lange im Dunkeln geschlummert hatte. Kaum hatte er sie aus der Spur gebracht, unterstellte er ihr, dass sie als Vormund für ihren Bruder versagt hatte. Dieses Gespräch schien einem Muster zu folgen. Vor neunzehn Jahren hatte er mit ihr geschlafen, nur um sie im Anschluss wissen zu lassen, dass sie Gegenstand einer Wette gewesen war. Und jetzt … jetzt brachte er sie dazu, die magische Anziehungskraft aus dieser Zeit wieder zu spüren, und warf ihr gleich Versagen vor. »Du bist so ein Arschloch, Andrew Hunter.«

Andrew fuhr zurück. Die Worte verfehlten ihre Wirkung nicht. Sehr gut. Holly zog ihren Bruder in eine sitzende Position und rüttelte ihn, bis er zumindest halb wach war. Sie musste hier raus. Auf der Stelle. »Komm Jacks, wir verschwinden.« Sie legte sich seinen gesunden Arm über die Schulter und brachte ihn dazu aufzustehen. Sie taumelte einen Schritt vorwärts, und fast wären sie gemeinsam der Länge nach hingefallen.

Andrew erhob sich hinter seinem Schreibtisch. »Lass mich dir helfen«, sagte er.

Holly presste die Zähne zusammen. »Nicht nötig. Ich schaffe das ganz wunderbar.« Sie trug die Verantwortung für

Jackson. Und sie kümmerte sich verdammt gut um ihren Bruder. Das hatte sie schon immer getan, und so würde es auch bleiben.

»Sei doch vernünftig«, setzte Andrew erneut an.

Holly fuhr zu ihm herum, und Jackson verlor abermals das Gleichgewicht. Sie hielt ihn fest und funkelte Andrew an. Bestimmt bemerkte er den Zorn, der durch ihre Adern brodelte. »Ich bin die Vernunft in Person!«

*

Die »Vernunft in Person« wankte mit ihrem Bruder durch die Praxis wie zwei Iren nach dem Pub-Besuch. Andrew blieb im Sprechzimmer zurück und wartete darauf, dass sich sein Puls normalisierte. Holly Clark hatte noch immer jede Menge Temperament. Und schien kein Problem damit zu haben, es von der Leine zu lassen.

Ihr Ausbruch hatte ihn getroffen. Für einen Moment war er in der Vergangenheit abgetaucht, hatte das Prickeln zwischen ihnen gespürt. Doch dann hatte sie ihn als Arschloch beschimpft. Sie hatte die Frage ausgesprochen, die ihm nach seinem Ausraster in Boston lange genug durch den Kopf gegangen war. War er ein guter Mediziner? Hatte das, was er tat, Hand und Fuß? Er hatte sich damit herumgequält. Jemand, der in der Notaufnahme so ausflippte wie er, musste sich selbst hinterfragen. Zwingend. Das hieß aber noch lange nicht, dass Holly ein Recht hatte, ihn und seine Arbeit infrage zu stellen.

Die Erwiderung, die ihm auf der Zunge gelegen hatte, war nicht besonders freundlich gewesen. Er hatte sie heruntergeschluckt.

»Verdammt«, fluchte er. Seit wann ließ er sich in seinem eigenen Behandlungszimmer so beleidigen? Noch dazu von einer Frau, die glaubte, die Situation im Griff zu haben, obwohl sie die Augen vor dem Offensichtlichen verschloss? Andrew stellte das Schmerzmittelrezept aus, das er ihr für ihren Bruder hatte mitgeben wollen, und ging ihr hinterher. Weit waren sie sicher noch nicht gekommen.

In der Eingangstür blieb er stehen und betrachtete die Clark-Geschwister, die sich im Schneckentempo auf die Straße zubewegten. Als hätte Jackson auf Publikum gewartet, beugte er sich nach vorn und kotzte auf den Parkplatz. Holly stützte ihn, aber Andrew bemerkte, wie sie zitterte. Auch wenn sie es ihm gegenüber nie eingestehen würde, ihr Bruder wurde mit jedem Schritt schwerer. Allein würde sie es niemals bis in die Wohnung über dem Fairway schaffen.

Andrew wartete, bis Jacksons Magen leer war und Holly ihn zur Seite gezogen hatte, ehe er die Praxis abschloss und zu ihnen hinüberging. Vorsichtig, um ihm nicht wehzutun, legte er sich Jacksons linken Arm über die Schulter.

»Er hat die Betäubung nicht vertragen«, ließ Holly ihn wissen. Ihre Augen sprühten noch immer Funken.

»Sicher«, sagte Andrew. Der Unterton in seiner Stimme machte klar, was er wirklich dachte. Alles deutete eher auf das Gras als Ursache hin, aber dieses Gespräch würde er nicht noch einmal aufwärmen. Er würde es in Jacksons Krankenakte vermerken. Dann war es Pauls Problem, wenn er von seinem Angelausflug zurückkehrte.

Durch den Größenunterschied zwischen Holly und ihm kamen sie ins Straucheln. Dann fanden sie in einen gemeinsamen Rhythmus. Sie halfen Jackson über die Straße und die Treppe zum Apartment hinauf. Holly öffnete die Tür und musste einen aufgeregt um sie herumspringenden Retriever beruhigen, ehe sie eintreten konnten. Der Flur ihrer Wohnung war zu schmal, also lief sie voraus und wies Andrew den Weg zu Jacksons Zimmer. Er ließ den Jungen auf sein Bett sinken, wo er liegen blieb, ohne sich auch nur einen Millimeter zu bewegen.

Holly sah noch immer besorgt aus. Aber das war nicht mehr Andrews Angelegenheit. Aus medizinischer Sicht hatte er alles getan. Mit dem Rest musste sich Jacksons Schwester auseinandersetzen. Falls sie bereit war, einen Blick aus ihrer heilen Seifenblase hinauszuwerfen.

Andrew reichte Holly das Rezept, ohne dass sich ihre Finger berührten. »Ich möchte, dass dein Bruder in zwei Tagen zur Kontrolle kommt. Wenn vorher Probleme auftreten, ruf an. Die Anrufe werden außerhalb der Öffnungszeiten auf mein Handy weitergeleitet.«

Holly sagte nichts. Sie stand ein wenig verloren in dem unordentlichen Teenagerzimmer. Und auch Andrew schwieg. In ihm tobte das Verlangen, Holly in den halbdunklen Flur zurückzuschieben und zu küssen. Die altbekannte Wut auf sie kämpfte mit der Sehnsucht, sie noch einmal zu berühren. Er durfte nichts Unüberlegtes tun, musste auf der Stelle verschwinden. Ohne ein weiteres Wort drehte er sich auf dem Absatz um und ging.

Als er Sunset Cove betrat, machte er sich nicht die Mühe, das Licht einzuschalten. Der Mond stand riesig und fast voll am Himmel und flutete das Wohnzimmer mit silbrig weißem Licht. Er trat an die Bar, griff sich den Lieblingswhiskey seines Vaters und schenkte sich zwei Fingerbreit in einen Tumbler. Mit dem Glas in der Hand trat er auf die Terrasse und lehnte sich gegen das Geländer. Das Meer hatte sich zurückgezogen, aber ein frischer Wind wehte über die Tidentümpel. Andrew nippte an seinem Drink. Die Begegnung mit Holly war … intensiv … gewesen. Ein anderes Wort fiel ihm dafür nicht ein. Sein Blick wurde wie magisch vom Leuchtturm angezogen. Die letzte … intensive … Begegnung mit ihr hatte dort oben stattgefunden. Fast zwei Jahrzehnte lag das jetzt zurück. Die Chemie zwischen ihnen schien sich auch nach all den Jahren nicht verflüchtigt zu haben. Sie war sofort da gewesen, als sich ihre Blicke zum ersten Mal getroffen hatten. Am liebsten wollte er gar nicht darüber nachdenken. Ihre Haut hatte sich unter seinen Fingern noch genauso angefühlt wie früher. Trotz ihres erschrockenen Blickes, als er sie berührt hatte, und trotz der Wut, die sie ihm kurz darauf entgegengeschleudert hatte, hatte sie sich vertraut angefühlt. Die Anziehungskraft hatte zwischen ihnen gesummt wie ein elektrisches Feld. Und das war, gelinde gesagt, ein Schock. Holly hatte es wahrscheinlich nicht einmal bemerkt, aus lauter Sorge um ihren Bruder. Aber ihm war es nicht entgangen. Er musste sich besinnen und auf Abstand gehen.

*

Holly machte sich nicht die Mühe, sich bei Andrew zu bedanken oder zu verabschieden. Er hatte seinen Job gemacht. Und dann eine Linie überschritten. Nein, es waren gleich zwei Grenzen, die er missachtet hatte. Erst berührte er sie einfach, rief alte Erinnerungen wach, als wäre es ein unschuldiges Spiel. Und als würde das nicht reichen, behauptete er auch noch, Jackson hätte ein Drogenproblem. Ihr kleiner Bruder. Ein harmloses Baby von einem Meter fünfundachtzig, in dessen Kopf nur Platz für das Segeln und Rachel war. Wie kam dieser Hunter, nur weil er einen Doktortitel hatte, darauf, so etwas zu behaupten? Ihr verbaler Angriff hatte ihn getroffen. Er war regelrecht vor ihr zurückgezuckt. Gut, dachte sie. Schließlich hatte er sie auch eiskalt erwischt.

Potter warf ihr einen Blick zu, als bitte er sie um Erlaubnis für etwas, was er so oder so tun würde. »Na geh schon, großer Junge«, sagte sie und strich dem Hund über den Kopf. Er wartete nicht, bis sie es sich vielleicht anders überlegte, sondern kletterte in das Bett ihres Bruders. Jackson legte im Schlaf den Arm um den Retriever und begann, leise zu schnarchen.

Holly zog sich den Sitzsack neben das Bett, warf die Klamotten, die sich darauf stapelten, auf den Schreibtischstuhl und versuchte, eine einigermaßen bequeme Haltung auf diesem Ding zu finden. Sie würde nicht eine Sekunde schlafen können. Die Ereignisse der letzten Stunden hatten sie viel zu sehr aufgewühlt. Wieder und wieder ging sie ihr Leben mit Jackson durch. Wenn es wirklich stimmte, dass er Drogen nahm, war sie ihren Pflichten als Vormund nicht nachgekommen. Aber ihr war nie etwas aufgefallen. Wie sie sich auch den Kopf zerbrach. So wie jetzt hatte sie ihren kleinen Bruder noch nie erlebt. Auf einer Beachparty im letzten Sommer hatte er zum ersten Mal Bier probiert und einen kleinen Schwips gehabt. Das hatte sie toleriert. Schließlich lag ihre eigene Jugend noch nicht so lange zurück, und sie war auch nicht unbedingt immer vernünftig gewesen. Wenn sie es ihm verboten hätte, hätte er es heimlich versucht. Da war sie lieber auf dem Laufenden.

Sie betrachtete das Gesicht ihres Bruders, das im Schlaf so jung und unschuldig wirkte. Auch wenn er das selbst ganz anders sah, er war noch Lichtjahre davon entfernt, erwachsen zu sein. Holly strich sich über das Gesicht und schloss ihre Augen, die vor Erschöpfung brannten. Im nächsten Augenblick schlief sie genauso fest wie ihr Bruder.

Sie schreckte hoch, als Jackson sich unruhig bewegte. »Autsch, verdammt«, fluchte sie leise und rieb sich über die steifen Nackenmuskeln. Es war noch früh am Morgen. Das Licht, das sich einen Weg ins Zimmer bahnte, war schwach und trüb.

Ihr Bruder öffnete erst ein Auge, dann das andere und machte sie mit einem schmerzerfüllten Stöhnen wieder zu. Potter schlug mit dem Schwanz auf die Bettdecke und leckte Jackson über das Kinn, hielt aber ansonsten still. So als wisse er, dass sein Herrchen litt.

»Kopfschmerzen?« Holly strich über Jacksons Arm.

»Hmm.«

Sie rappelte sich auf und ging in die Küche, um ein Glas Wasser und ein Advil zu holen. »Ich löse nachher dein Rezept ein. Bis dahin muss das reichen.« Sie hielt ihm die Tablette hin, und ihr Bruder spülte sie herunter und trank das Glas Wasser in einem Zug aus.

»Wie geht es deiner Hand?«, fragte Holly.

Er betrachtete den Verband und runzelte die Stirn, als wisse er nicht, was passiert war.

»Erinnerst du dich nicht?«, setzte sie nach.

»So … ungefähr?« Er verzog entschuldigend das Gesicht.

»Du bist über die Altglastonne gestolpert und hast dir die Hand aufgeschnitten. Dr. Hunter hat dich genäht.«

»Oh.« Er stellte das leere Glas auf den Boden und fuhr sich mit der gesunden Hand durch seine abstehenden Haare. »Ähm … Holly, es tut mir leid, okay?«

Die Alarmglocken in ihrem Hinterkopf schrillten. »Was genau tut dir leid?«, fragte sie. Hatte Andrew doch recht? Nein. Das konnte nicht sein.

»Na ja, du hast dich bestimmt erschreckt.«

»Du bist ein schlechter Lügner, Jackson Clark.« Sie stemmte die Hände in die Hüften und sah auf ihn hinunter. »Weißt du, was der Arzt behauptet hat? Er sagte, du hättest ein Drogenproblem.«

»Ich? Nein … wieso?«

»Verdammt!« Holly hatte ihren Bruder großgezogen. Sie wusste genau, wann er die Wahrheit sagte. Wenn er zu stammeln begann und sein Gesicht die Farbe reifer Tomaten annahm, log er garantiert. »Du nimmst Drogen?«

»Nein. Nein, Holly! … Ich … wirklich. Wie kommst du darauf?« Langsam wie ein alter Mann setzte er sich auf und stellte die Füße auf den Boden.

»Hör zu.« Holly bemühte sich, ruhig zu sprechen. »Ich fahre nachher zum Drugstore und löse dein Rezept ein. Bei dieser Gelegenheit kaufe ich gleich einen Drogentest. Den wirst du noch heute machen, das verspreche ich dir.«

»Mann! Alter …«, protestierte er.

»Ich bin nicht dein Alter«, sagte Holly zum gefühlt dreimillionsten Mal, seit Jackson die Pubertät erreicht hatte.

Ihr Bruder scheuchte den Hund vom Bett und senkte

den Blick. »Es war … also, ich wollte das eigentlich gar nicht.«

»Ich liebe Geschichten, die so beginnen«, bemerkte Holly ironisch. Sie ließ sich auf den Sitzsack fallen und verschränkte die Arme vor der Brust. »Ich höre.«

»Ich habe das nicht geplant oder so. Ich habe zufällig ein paar Jungs getroffen, die gekifft haben. Sie … na ja, sie haben mich überredet, mal zu ziehen.« Er zuckte die Schultern. »Ich habe es nur einmal probiert. Ehrlich. Ich habe kein Drogenproblem oder so was. Das war das erste Mal. Und ich mache es auch nie wieder. Das schwöre ich dir.«

»Jackson.« Holly strich sich die Locken hinter das Ohr. »Du bist so ein Idiot.«

»Es tut mir leid, Schwesterchen.«

»Wer sind diese Jungs?«, wollte sie wissen.

Jackson senkte den Kopf. »Ich kann doch die anderen nicht verpfeifen. Das musst du verstehen. Du würdest doch auch niemanden ans Messer liefern.«

»Vielleicht«, gab Holly zu. Sie hielt nichts davon, den Moralapostel zu spielen. Wichtiger war ihr, dass ihr Bruder begriff, dass nichts ohne Folgen blieb. »Trotzdem solltest du dich nicht zu sehr in Sicherheit wiegen. Du hast gekifft. Damit wirst du nicht davonkommen«, versprach sie ihm.

»Was wird das jetzt … verbietest du mir …« Er schaffte es nicht, es auszusprechen.

Holly ließ ihn einen Moment zappeln, ehe sie seine Befürchtung aussprach. »Segelarrest? Ich weiß es noch nicht. Jackson.« Sie griff nach seiner gesunden Hand und drückte sie. »Alles, was wir tun, hat Konsequenzen. Du bist inzwischen weiß Gott alt genug, um das zu wissen. Ungeschoren kommst du mir nicht davon. Hast du dir auch nur eine Minute überlegt, was du da tust? Was glaubst du, was passiert, wenn das Jugendamt von so etwas Wind bekommt? Dann wird mir bescheinigt, dass ich nicht auf dich aufpassen kann, und du musst zu Dad umziehen. Ist es das, was du willst?«

»Das Jugendamt interessiert das doch gar nicht. Ich bin fast volljährig.«

»Du bist nicht in der Position zu widersprechen«, wies Holly ihn zurecht. Das Geständnis ihres Bruders ließ einen bitteren Geschmack in ihrem Mund zurück. Andrew Hunter hatte also recht gehabt, und sie hätte ihn nicht beleidigen dürfen. Das junge Mädchen in ihr hätte am liebsten mit in die Hüften gestemmten Händen aufgestampft und gerufen: Na und? Ihre innere erwachsene Stimme sagte ihr, dass sie sich für ihre Worte entschuldigen musste. Dafür war sie alt genug. Das trotzige, junge Mädchen in ihr durfte nicht die Oberhand behalten. Sosehr sie sich das auch wünschte.

9

Andrew saß auf der obersten Stufe der Strandtreppe in Sunset Cove. Er hatte ein weiteres, frustrierendes Gespräch mit seiner Mutter hinter sich gebracht. Der behandelnde Arzt hüllte sich in Schweigen, was den Zustand der Nieren seines alten Herren anging. Andrew hatte ihn geradeheraus gefragt, ob er einen Maulkorb verpasst bekommen hatte. Leeberman hatte sich entschuldigt. Das Wohl – und damit auch die Wünsche – seiner Patienten standen für ihn an erster Stelle. Daraufhin hatte Andrew mit seiner Mutter gesprochen, die ihm ebenfalls nichts Näheres sagen konnte, dafür aber jammerte, dass er endlich nach Hause kommen sollte. Sie klang bereits so, als hätte sie sich mehr als einen Martini genehmigt.

Wenigstens war in der Praxis wieder der Alltag eingekehrt. Nach der Aufregung des vergangenen Abends hatte er sich wieder gefangen. Von Holly oder ihrem Bruder hatte er nichts gehört. Er hatte sich redlich bemüht, die beiden aus seinen Gedanken zu vertreiben. Irgendwann war ihm sogar aufgefallen, dass er das Sprechzimmer mied, in dem er den Jungen behandelt hatte.

Als es klingelte, erhob er sich, trat ins Haus und ging zur Tür. Überrascht blinzelte er, als er öffnete. Nie hätte er erwartet, dass Holly plötzlich vor dem Haus stehen würde. Sie trug eine Jeans, eine Jacke aus dem gleichen Stoff über einer hellgrünen Bluse. Die Hände in die Hosentaschen geschoben, wippte sie in ihren Turnschuhen auf und ab. Die roten Locken umrahmten ihr Gesicht. Er machte die Tür ganz auf und bat sie mit einer Handbewegung herein. Holly trat über die Schwelle und ließ den Blick durch das Foyer schweifen, vermied es, ihn anzusehen. Trotzdem wirkte sie gefasster als am Vortag. Entschlossen. Was wollte sie nur hier? »Ich wollte mir gerade ein Bier holen. Möchtest du auch eins?«, fragte er.

Holly nickte und folgte ihm in die Küche. Sie blickte sich um. »Verändert hat sich hier nicht viel«, stellte sie fest.

»Ich glaube, die neuen Zierkissen auf der Couch sind eine Schattierung dunkler als die alten«, versuchte Andrew, die Stimmung aufzulockern. Er spürte wieder dieses Knistern und ein unangenehmes Ziehen im Magen. Auch wenn sicher viele die Hunters um ihre große Sommerhausküche beneideten, schien sie zu klein für Holly und ihn zu sein. Er nahm zwei Bier aus dem Kühlschrank, reichte ihr eines und ging voraus auf die Terrasse. Abwartend lehnte er sich gegen das Geländer und trank einen Schluck.

*

Obwohl die Sonne schien, war es draußen frisch. Holly schlug fröstelnd den Kragen ihrer Jacke hoch. Sie wich Andrews bohrendem Blick aus und schaute zum Leuchtturm hinüber. Er ragte auf der Klippe empor wie ein stummes Mahnmal ihrer Vergangenheit. Zwischen Andrew und ihr herrschte eine eigenartige Stimmung, aber vermutlich war es einfach sonderbar, nach fast zwanzig Jahren zum ersten Mal wieder dieses Haus zu betreten. Am besten sie beeilte sich und brachte ihr Vorhaben schnell hinter sich.

Entschlossen straffte sie die Schultern und drehte sich zu Andrew um. »Ich wollte mich entschuldigen für das, was ich in der Praxis zu dir gesagt habe.« Sie blickte ihm direkt in die grauen Augen, die früher fast immer vor guter Laune gefunkelt hatten und sie jetzt ernst ansahen. »Vielen Dank, dass du meinem Bruder geholfen hast.«

In Andrews Augenwinkeln bildeten sich kleine Fältchen. »Dafür musst du dich nicht bedanken. Mary Ann wird dir eine Rechnung schicken.«

Holly konnte nicht anders. Sie lachte befreit auf. Erleichtert, dass er ihr ihren verbalen Ausrutscher offenbar nachsah. Sie prostete ihm mit ihrer Bierflasche zu und trank einen Schluck. »Sieht so aus, als wären wir erwachsen geworden.«

»Ja.« Er trank ebenfalls einen Schluck. »Ich habe keine Ahnung, wann das passiert ist.«

Dieses kleine Geplänkel schien das Eis zwischen ihnen zumindest ein wenig anzutauen. Holly lehnte sich neben Andrew an das Geländer und blickte auf den Ozean hinaus. »Man kann die Vergangenheit nicht auslöschen. Aber vielleicht …«, sie schluckte, »vielleicht ist es an der Zeit, dass wir den alten Groll hinter uns lassen. Was passiert ist, lässt sich nicht mehr ändern. Aber warum soll die Vergangenheit die Zukunft bestimmen?« Sie hatte sich den ganzen Tag einen Kopf gemacht. Sobald Jackson wieder auf die Beine gekommen war, kreisten ihre Gedanken erneut um Andrew. In den nächsten Wochen konnte sie ihm wohl nicht aus dem Weg gehen. Er gehörte schließlich zu der Gemeinschaft, die

Eastham ausmachte. Und als Arzt leistete er sogar einen großen Beitrag. Holly war niemand, der sich vor einer Aussprache drückte. Zumindest nicht mehr. Hätte sie als Sechzehnjährige das über das Leben gewusst, was sie heute wusste … egal. Das war vorbei. »Ich möchte mich für meine groben Worte entschuldigen«, sagte sie. »Du bist ein hervorragender Arzt und hast Nic gerettet. Ohne dich hätte er Bralvers' Angriff vielleicht nicht überlebt. Und ich bin normalerweise ein sehr netter Mensch, der nicht mit Gemeinheiten um sich wirft.«

Wieder bildeten sich die Lachfältchen in Andrews Augenwinkeln. »Sagt wer?«

»Na ja.« Sie zupfte am Etikett ihrer Bierflasche. »Alle. Außer dir vermutlich.«

Er sah sie einen Moment schweigend an. »Ich nehme das Angebot gern an«, sagte er schließlich. »Wir sollten die Vergangenheit abhaken. Mein Bruder und deine Freundin sind ein Paar. Wahrscheinlich treffen wir in Zukunft öfter aufeinander. Wir könnten Freunde werden.« Er verzog das Gesicht, als ihm bewusst wurde, wie klischeehaft dieser Satz klang, und Holly musste lächeln.

In seinem Blick lag eine Vertrautheit, die früher so selbstverständlich gewesen war und die sie all die Jahre vermisst hatte. Ihre Gedanken wanderten gerade in gefährliches Terrain ab … »Ja«, murmelte sie. »Freundschaft klingt gut.« Plötzlich wollte sie nur noch weg, damit sich dieses Prickeln nicht wieder einstellte, das sie gespürt hatte, als er in der Praxis seine Hand auf ihre gelegt hatte, und das sich gerade wieder in ihrem Bauch regte. Offenbar hatte Andrew Hunter nichts von seiner Wirkung auf sie verloren. Deshalb sollte sie für heute den Rückzug antreten. Wenn sie noch länger hier stand und ihm in die Augen schaute, tat sie möglicherweise etwas Dummes. Etwas sehr Dummes.

Sie trat einen Schritt zurück und stellte die fast volle Bierflasche auf das Geländer. Nervös rieb sie mit ihren kalten Händen über ihre Oberschenkel. »Ich sollte dann mal gehen«, sagte sie, drehte sich um und ging ins Haus. »Du brauchst mich nicht zur Tür bringen«, sagte sie über die Schulter. Sie kannte den Weg schließlich.

Andrew schien das anders zu sehen. Ehe sie das Wohnzimmer durchquert hatte, holte er sie ein. Als sie nach dem Knauf der Eingangstür griff, legte er seine Hand über ihre. Ihr Herz schlug laut und schnell. Holly starrte auf seine Finger. Das war das zweite Mal in zwei Tagen, dass er sie berührte. Und sie musste sich eingestehen, dass sie das komplett aus der Bahn warf. Langsam drehte sie sich zu Andrew um. Einen stummen Augenblick standen sie sich gegenüber und sahen sich an.

»Holly, ich …« Er war viel zu nah. Sie wollte ihn zurückschieben, damit sie genug Luft bekam. »Ich wollte mich auch bei dir entschuldigen. Es tut mir leid wegen Jackson. Ich wollte nicht so hart sein, gestern.« Er rieb sich unbehaglich über den Nacken. Die Muskeln an seinen Oberarmen bewegten sich, und sein T-Shirt rutschte so weit nach oben, dass Holly einen schmalen Streifen Haut zwischen dem Saum und der tief sitzenden Jeans ausmachen konnte. Sie hatte Mühe, sich auf Andrews Worte zu konzentrieren, als er weitersprach. »Ich finde es wichtig, ehrlich zu sein. Aber ich hätte es besser machen müssen. Mit mehr Fingerspitzengefühl.«

Holly löste ihren Blick von dem schmalen Streifen Haut und

sah an Andrew vorbei. »Es stimmte«, sagte sie leise. »Jackson hat noch nie Drogen genommen. Aber gestern Abend hat er zum ersten Mal gekifft. Ich hatte Angst«, gestand sie.

»Du brauchst keine Angst zu haben«, sagte er. Seine Stimme klang rau, und Holly war sich nicht sicher, ob er damit meinte, dass sie sich keine Sorgen um ihren Bruder machen musste – oder keine Angst vor ihm zu haben brauchte.

Das Einzige, was sie wahrnahm, war ihr rasendes Herz und ihr stockender Atem, weil sein dunkler Blick auf ihr lag. Holly wich zurück, obwohl sie es am liebsten nicht getan hätte. Ihr war klar, dass sie lediglich einen verzweifelten Versuch unternahm zu verhindern, was unausweichlich schien. Auf einmal spürte Holly die Holztür im Rücken und überdeutlich, wie Andrew einen Schritt näher trat. Noch kämpfte er mit sich, und sie wünschte sich gleichermaßen, dass er standhaft blieb und endlich seine Selbstbeherrschung zum Teufel jagte.

Als er sich einen Ruck gab und seine heißen Lippen schließlich auf ihre presste, glich die Sehnsucht, die sein Körper in ihr auslöste, einer Schockwelle. Für den Bruchteil einer Sekunde erstarrte sie. Dann lief ein Zittern durch ihren Körper – was Andrew als Einladung deutete, den Kuss zu vertiefen. Seine Hände glitten an ihre Wangen, hielten ihr Gesicht umfangen. Er atmete das leise Seufzen ein, das sie nicht zurückhalten konnte. Seine Zungenspitze berührte ihre Unterlippe, und Holly ergab sich. Ihr Körper bog sich ihm entgegen, brannte in dem Verlangen, von ihm berührt zu werden. Andrew küsste sie ungestüm, eroberte sie.

Hollys Finger fuhren über Andrews Schultern, legten sich um seinen Nacken und zogen ihn noch enger an sich. Als sie sich voneinander lösten, um zu Atem zu kommen, liebkoste

Andrew unvermittelt ihren Hals. Sein Mund legte sich auf ihren rasenden Puls, ehe er zu ihren Lippen zurückkehrte, um sie abermals in einem tiefen, in seiner Leidenschaft nahezu verzweifelten Kuss versinken zu lassen.

Holly wusste nicht, ob dieser sinnliche Angriff Stunden dauerte oder nur Sekunden. Andrew setzte ungeahnte Gefühle in ihr frei, und eine Gänsehaut breitete sich über ihren gesamten Körper aus.

Abermals löste er sich von ihr und sah Holly an, sein Gesicht dicht vor ihrem. Er strich ihr eine Haarsträhne hinter das Ohr. Seine Finger hinterließen dabei eine Spur aus Feuer auf ihrer Wange. Er schluckte, stützte sich mit beiden Händen neben ihr an der Tür ab und ließ den Kopf hängen. Für einen Moment schloss er die Augen und schüttelte den Kopf. Als er sie wieder öffnete und Holly anblickte, sah sie sein Verlangen. Nach ihr.

»Holly, ich …«, begann er.

Doch sie ließ ihn nicht weitersprechen. »Nein«, sagte sie, nicht sicher, ob sie Andrew oder sich selbst davon überzeugen wollte, dass an dieser Stelle Schluss war. Sie hatten sich hinreißen lassen. Von Emotionen, Erinnerungen. Das war ein Fehler. Sie konnte ihn nicht rückgängig machen. Aber zumindest musste sie keinen zweiten begehen. Sie legte ihre Hand auf Andrews Brustkorb und schob ihn weg. Er gab sie frei und unternahm keinen weiteren Versuch, sie zum Bleiben zu bewegen. Gut. Das war gut. Sie musste so schnell wie möglich hier raus.

Ohne sich noch einmal nach Andrew umzublicken, öffnete sie die Haustür. Auf dem Treppenabsatz zögerte sie auf einmal und warf einen Blick zurück. Andrew stand in der Tür.

Seine Haare zerzaust, wahrscheinlich von ihren Händen. »Verdammt«, murmelte sie. Wann war die Situation so außer Kontrolle geraten? Sie musste es auf alle Fälle unterbinden. Doch sie schaffte es nicht, Andrews Anziehungskraft zu widerstehen. Sie wollte Andrew. Sie wollte ihren Gefühlen, die sie seit seiner Rückkehr nach Cape Cod überwältigt hatten, nachgeben. Sich fallen lassen, wenn auch nur für einen Moment.

Holly drehte sich um und ging zu Andrew zurück. Ehe die Vernunft sie davon überzeugen konnte, dass das, was sie vorhatte, Wahnsinn war, warf sie die Tür hinter sich ins Schloss, schob Andrew mit dem Rücken gegen das glatte Holz, an dem sie gerade selbst noch gelehnt hatte, und küsste ihn gierig. Ihre Hände glitten unter sein Shirt. Sie spürte seine warme Haut und die Bauchmuskeln, die unter ihren Fingerspitzen erzitterten.

Ohne den Kuss zu unterbrechen, drehte sich Andrew mit ihr in den Armen so, dass er sie wieder zwischen sich und dem Eichenportal gefangen hielt. Er zerrte an ihrer Jacke und zwang ihre Hände unter seinem Shirt hervor, als er sie ihr auszog. Er warf die Jacke hinter sich, und seine Finger wanderten zum Halsausschnitt ihrer Bluse. In fieberhafter Eile öffnete er Knopf für Knopf, bis er ihr auch dieses Kleidungsstück abstreifen konnte. Seine Lippen fuhren an ihrem Hals entlang, folgten dem wild unter ihrer Haut klopfenden Puls. Schließlich lehnte er sich zurück und betrachtete sie. Holly sah zu ihm auf. Sein Blick klebte an ihrem Tattoo. Er schob den Träger ihres BHs, der das Bild zerteilte, zur Seite und strich mit den Fingerspitzen die Blütenranke entlang, die sich über ihre Schulter zog. »Du bist so schön«, flüsterte er und folgte der Spur seiner Finger mit den Lippen.

Holly lehnte den Kopf gegen die Tür und genoss die Liebkosung. Seine Finger machten sich am Knopf ihrer Jeans zu schaffen, und im nächsten Moment schob er sie über ihre Hüften, während seine Lippen den Weg zu ihrem Mund zurückfanden. Sie verschmolzen zu einem weiteren, atemberaubenden Kuss. Holly streifte ihre Hose und ihre Schuhe ab, ohne Andrew loszulassen. Nur noch in ihrer Unterwäsche, stand sie vor ihm und fühlte seine Hände auf ihrem nackten Körper.

Holly wollte es ihm gleichtun und nestelte an seinem T-Shirt. Er verstand ihren Wink und zog es sich über den Kopf. Holly öffnete währenddessen seine Jeans und schob sie an seinen Schenkeln hinunter.

*

Andrew hatte das Gefühl zu träumen. Holly lehnte vor ihm an der Tür und sah ihn mit glänzenden Augen an. Ihr Puls raste, und ihr Körper, nur in einen Hauch grüner Spitze gehüllt, war eine Einladung, die er nicht ausschlagen konnte. Selbst wenn er es gewollt hätte. Seine Willenskraft kam gegen diese eigenwilligen roten Locken, die glatte, helle Haut und Hollys einladenden Mund nicht an. »Halt dich fest«, forderte er sie auf, legte seine Hände auf ihren Po und hob sie hoch.

Ihre Schenkel schlossen sich um seine Hüften, und Holly gab ein raues Stöhnen von sich, als er ihre Mitte gegen seine Erregung presste. Sein Mund war wie ausgedörrt. Er wollte sie nackt in seinen Armen halten, ohne eine Barriere aus Stoff zwischen ihren Körpern. Mit wenigen großen Schritten durchquerte er das Zimmer und ließ sich mit Holly auf die Couch fallen. Er hatte nicht erwartet, dass das passieren würde, als er ihr vor einer Stunde die Tür geöffnet hatte. Sie hatte nicht ausgesprochen, was sie von ihm wollte, aber ihre fordernden Küsse ließen daran keinen Zweifel. Ruhelos strich sie über seinen Körper. Sie bäumte sich ihm entgegen und trieb ihn an.

Andrew ließ sich für einen Moment von ihr mitreißen, dann begriff er, was sie vorhatte. Sie wollte keine Zärtlichkeit, sie wollte keine Gefühle. Sie wollte den heißen, ungestümen Sex, auf den sie zusteuerten. Aber das war nicht, was Andrew wollte. Er wollte mehr von diesem Moment, der sich vielleicht nicht wiederholen würde. Er wollte Holly. Wollte sie schmecken, berühren. Er wollte den schnellen Schlag ihres Herzens hören. Ihre Seufzer. Er griff um sie herum, öffnete ihren BH und zog ihn ihr aus. Dann schob er ihre Hände auf dem kühlen Stoff der Couch über ihren Kopf und hielt sie mit der Linken gefangen. Seine Rechte strich über ihren Oberkörper. Er liebkoste ihre Brüste. Seine Fingerspitzen glitten über ihren Bauch, umkreisten träge ihren Bauchnabel und hinterließen eine Gänsehaut auf ihrem Körper. Er küsste ihren Hals, ließ seine Lippen über ihr Dekolleté gleiten. Mit der Zunge reizte er ihre aufgerichteten Brustspitzen. Gleichzeitig zog er den Spitzenslip herunter. Er ließ ihn fallen und gab Hollys Hände frei, die sofort erregt über seinen Körper strichen.

Holly schob seine Boxershorts über die Hüften, und er stemmte sich hoch und zog sie aus. Als er sich wieder sinken ließ, trennte sie nichts mehr. Haut glitt über Haut, Hollys Finger fuhren an seinem Rückgrat hinunter. Sie schlang die Schenkel um seine Hüften. »Jetzt«, flüsterte sie.

Er war versucht, ihrer Bitte nachzugeben, sie einfach zu nehmen. »Warte … ich kann nicht«, brachte er im letzten Moment zwischen zusammengepressten Zähnen hervor. Seine Beherrschung hing am seidenen Faden. Hollys Körper, der sich an seinem rieb, trug nicht gerade dazu bei, vernünftig zu bleiben.

Er lehnte seine Stirn gegen ihre. »Ich habe hier keine Kondome.« Mist. Er hätte sie in sein Bett bringen sollen. In seinem Nachttisch fand sich alles, was sie brauchten.

Hollys Lider hoben sich. Ihre Augen erinnerten ihn an große dunkle Seen, in deren Oberfläche er sich spiegelte. Sie legte ihre Hand an seine Wange und küsste ihn sanft. »Vertraust du mir?«, flüsterte sie.

Andrew schluckte. »Vertraust *du* mir?«, stellte er die Gegenfrage.

»Ja«, hauchte sie an seinen Lippen.

Andrew gab die Kontrolle auf, spreizte Hollys Schenkel mit einer sanften Bewegung und eroberte sie.

*

Vor Hollys Augen tanzten Sterne. Ihr Stöhnen vermischte sich mit dem rauen Ton, den er von sich gab. Andrew verschränkte seine Finger mit ihren und schob sie neben ihren Kopf. Er begann, sich langsam zu bewegen, und Holly kam ihm entgegen. Sie fanden ihren Rhythmus. Schließlich ließ er ihre Hände los und ließ seine Finger zwischen ihre Körper gleiten. Er rieb über ihren sensibelsten Punkt, und Holly stockte der Atem. Ihr Körper bäumte sich auf. Sie schloss die Augen und ließ die Welle aus Emotionen, die Andrew in ihr auslöste, über sich hinwegrollen. Ihre Finger strichen durch seine Haare, über seine angespannten Schultern und im Tal seiner Wirbelsäule entlang.

*

Andrew beugte sich zu einem nicht enden wollenden, zärtlichen Kuss zu ihr hinunter und spürte, wie Holly ihren Höhepunkt erreichte. Er brauchte seine ganze Willenskraft, um ihr nicht zu folgen. Als die letzten Schauer abklangen und sie sich unter ihm entspannte, nahm er seine Bewegungen wieder auf.

Holly öffnete die Augen und sah ihn mit leicht verhangenem Blick an. Er wurde schneller, seine Bewegungen dringlicher, und sie zog seinen Kopf zu einem langen, sinnlichen Kuss zu sich herunter. Sein Herz stolperte, und seine Beherrschung löste sich in Luft auf. Alles, was er wahrnahm, war Holly. Ihren Körper. Ihren Duft. Ihren Geschmack. Er löste seine Lippen von ihren, um Luft zu holen, und hörte ihr überraschtes Aufseufzen, als sich ihr Körper abermals anspannte. Er biss für einen Moment die Zähne zusammen, dann gab er seine Kontrolle auf und ließ sich gehen, tauchte in die wilden Strudel und riss Holly mit sich.

Andrew wartete darauf, dass sich sein Atem beruhigte. Nach einer gefühlten Ewigkeit, die er Holly mit seinem Körper in die Polster gedrückt hatte, das Gesicht in ihren weichen Locken vergraben, stützte er sich auf seinen Unterarmen ab. Holly lag mit geschlossenen Augen unter ihm. Ihre Wangen waren von einem zarten Rot überzogen. In diesem Augenblick dachte er, dass er noch nie eine schönere Frau gesehen hatte. Sanft küsste er ihre Wange, ihren Mundwinkel. »Ich bin zu schwer«, murmelte er, rollte sich auf die Seite und zog Holly mit sich. Für einen Moment blieb sie, an ihn geschmiegt, liegen, dann schob sie seinen Arm vorsichtig zur Seite und setzte sich auf.

Andrew fragte sich, was sie dachte. Ihre Miene konnte er nicht deuten, aber auch sie musste gemerkt haben, wie heftig sie aufeinander reagiert hatten. Er wusste nicht, wie er das, was gerade passiert war, in Worte fassen sollte. Er wusste noch nicht einmal, was überhaupt passiert war. Wenn es nach ihm gegangen wäre, hätte Holly noch viel länger in seinen Armen liegen können. Stattdessen angelte sie nach ihrem BH und ihrem Slip, die neben der Couch auf dem Boden lagen. Andrew richtete sich ebenfalls auf und fuhr mit den Fingerspitzen noch einmal Hollys Tattoo nach. »Ist alles okay?« Ihr Schweigen beunruhigte ihn.

»Ja, sicher.« Sie sah ihn nicht an, als sie in ihre Unterwäsche schlüpfte.

»Möchtest du etwas trinken? Ich könnte uns auch ein Steak auf den Grill werfen. Ich glaube, ich habe sogar noch Salat.«

Sie schüttelte den Kopf. »Ich muss nach Hause. Nach Jackson sehen und meine Schicht im Fairway übernehmen.« Holly stand auf und klaubte ihre Kleider zusammen, die zwischen der Couch und der Haustür verstreut lagen. In Windeseile zog sie sich an.

Andrew streifte sich seine Boxershorts über und folgte ihr. An der Tür hielt er sie abermals auf. Er legte ihr die Hand auf die Schulter und drehte sie zu sich herum. »Hey, ist wirklich alles okay?«

»Ja, sicher.« Sie hauchte ihm einen Kuss auf die Wange, schlüpfte unter seinem Arm hindurch hinaus. Diesmal überlegte sie es sich nicht anders. Sie stieg in ihren Wagen ein, startete den Motor und gab Gas. Ohne einen Blick zurückzuwerfen.

Andrew blieb in der Tür stehen, bis er Hollys Rücklichter auf der Straße Richtung Eastham nicht mehr ausmachen konnte. Dann ging er ins Haus zurück. Das, was Holly und er gerade erlebt hatten, war mehr als guter Sex gewesen. Die Tiefe ihrer Verbindung hatte ihn irgendwie – überwältigt. Auch wenn das nach einem Klischee klang. Er hatte keine Ahnung, was daraus werden würde. Betrachtete Holly diesen Abend als einen einmaligen Ausrutscher? Würde sie wiederkommen? Er jedenfalls brauchte nicht über eine Antwort nachdenken. Er wollte die letzten Stunden wiederholen. In einem großen Bett. Er wollte sich Zeit lassen, Holly verwöhnen. Ihre Sinnlichkeit genießen und die Leidenschaft, die wieder durch seine Adern strömte, ausleben.

Er ließ sich auf die Couch fallen und legte den Kopf in den Nacken. Dunkle Wolken zogen am Horizont auf. Andrew konnte nur hoffen, dass sie kein schlechtes Omen waren.

10

Holly zwang sich, nicht in den Rückspiegel zu blicken, als sie Sunset Cove hinter sich ließ. Sie hatte Andrew gesagt, sie müsse arbeiten, doch das war eine Ausrede. Sie hatte einfach Angst gehabt, vor dem, was passieren würde, wenn sie blieb. Als Andrew sie hinter der lang gezogenen Kurve nicht mehr ausmachen konnte, fuhr sie an den Straßenrand, legte den Kopf auf das Lenkrad und atmete tief durch. Was hatte sie getan? Sie war aus Andrews Blickfeld verschwunden, aber sie konnte ihn noch immer spüren. Seine Arme, die sie gehalten hatten. Seine mit ihr verschlungenen Glieder. Sie konnte seine Küsse schmecken. Verdammt. Sie klappte die Sonnenblende herunter und warf einen Blick in den Spiegel. Sie sah aus wie immer. Vielleicht hatten ihre Wangen ein wenig mehr Farbe als sonst. Vielleicht schimmerte ihre Haut, als hätte sie eine besonders luxuriöse Gesichtscreme aufgetragen. Doch abgesehen davon würde niemand darauf kommen, was gerade vorgefallen war. Wie hatte sie sich nur so gehen lassen können?

Holly zog ihr Handy aus der Jackentasche. Im Moment fiel ihr nur eine Frau ein, die ihr helfen konnte. Ihre Freundin Marie, die selbst erst vor Kurzem gelernt hatte, den Dingen nachzugeben, die man eigentlich für immer aus seinem Leben verbannen wollte.

»Holly, hey«, sagte Marie am anderen Ende. Holly konnte das Rauschen des Ozeans und den Wind im Hintergrund hören. Wahrscheinlich bepflanzte sie die Kübel auf ihrer Terrasse.

»Hey.« Holly schluckte. Wie sollte sie den Grund ihres Anrufs am Telefon erklären? »Kennst du Silverspring Point?«

»Ja, natürlich.«

»Können wir uns dort treffen?«, fragte Holly.

»Jetzt gleich?« Besorgnis schlich sich in Maries Stimme. »Ist etwas passiert?«

»Nein. Ja.« Holly lehnte ihren Hinterkopf gegen den Sitz und rieb sich mit der Hand über das Gesicht. »Lass uns einfach treffen, okay?«

»Ich bin sofort da.« Marie legte auf.

Holly startete den Wagen und fuhr zu dem Aussichtspunkt. Sie atmete auf, als sie sah, dass der Parkplatz leer war. Wenn die Touristensaison begann, würden sich hier die Hawaiihemdenträger mit Teleobjektiven versammeln und den Sonnenuntergang einfangen. Sie wischte den Sand, den der Wind vom Strand heraufgetragen hat, von einer Bank und setzte sich. Das Meer lag ruhig vor ihr, und dieser Anblick glättete ihr aufgewühltes Inneres zumindest ein bisschen. Doch selbst von hier konnte man den Leuchtturm sehen, der über Sunset Cove thronte. Holly setzte sich so, dass sie ihn in ihrem Rücken hatte. Nach nur ein paar Minuten hörte sie hinter sich einen Wagen. Eine Autotür wurde geöffnet, und einen Augenblick später legte Sam seine Vorderpfoten auf die Bank und schnüffelte mit seinem zerkauten Tennisball im Maul an ihrer Hose nach Spuren von seinem Kumpel Potter. Sie nahm ihm den Ball ab und warf ihn in hohem Bogen Richtung Strand. Sam raste davon, und Marie ließ sich neben sie fallen. An ihren Jeans und den Stiefeln klebte Erde, also hatte sie wahrscheinlich tatsächlich ihre Blumenkübel bepflanzt.

Sie umarmte Holly fest, hielt sie dann ein Stück von sich weg und musterte sie. »Was ist los?«, wollte sie wissen.

»Um ehrlich zu sein, ich weiß es nicht.« Holly überlegte, wo sie beginnen sollte. »Jackson hatte gestern Abend einen Unfall. Ich habe ihn in die Praxis gebracht.«

»Was?« Marie griff nach Hollys Hand. »Das sagst du mir erst jetzt? Wie geht es ihm?«

»Er hat sich in die Hand geschnitten.« Sie erzählte Marie die Kurzversion der Dinge, die ihr Bruder sich geleistet hatte.

»Autsch.« Marie verzog das Gesicht. »Er tut mir jetzt schon leid. Die Strafe wird sicher hoch ausfallen.«

Darüber hatte sich Holly bereits Gedanken gemacht. »Im ersten Moment wollte ich ihn am liebsten lebenslänglich im Keller einsperren. Aber inzwischen bin ich mir nicht mehr so sicher, ob das der richtige Weg ist. Er ist siebzehn und müsste langsam wissen, was richtig und falsch ist. In einem halben Jahr wird er volljährig, dann kann ich ihm nichts mehr verbieten. Und die verletzte Hand ist Strafe genug.«

»Du wirst im Alter milde.« Marie stieß Holly freundschaftlich gegen die Schulter. »Aber das ist nicht der Grund, warum wir hier sitzen und du nervös am Saum deiner Jacke herumzupfst.«

»Nein.« Holly ließ ihre Jacke los und strich mit ihren Fingern über die Sandkörner, die noch in den Rillen der alten Holzbank steckten. »Ich will … ich muss«, verbesserte sie sich, »über Drew reden. Er hat Jacks behandelt, und das war so …« Holly vollführte eine vage Handbewegung, die die Worte ersetzen sollte, die sie nicht fand.

»Beeindruckend professionell?«, half Marie ihr auf die Sprünge. »Total faszinierend?«

»Ja.« Und sexy, fügte sie in Gedanken hinzu.

»Ich weiß, was du meinst.« Marie legte sich die Hand auf das Herz. »Als Andrew in diesem Lagerhaus neben Nic kniete und ich fast durchgedreht bin vor Angst, da war er einfach nur der blanke Wahnsinn.«

»Ja, ich habe ihn mit Jackson beobachtet. Ihn bei seiner Arbeit zu sehen fühlte sich an, als ob in meinem Inneren ein Puzzlestück an den richtigen Platz gerückt und eingerastet ist. Ich habe mit ihm geschlafen«, platzte sie heraus.

Marie schwieg und schaute auf das Meer hinaus. Dann warf sie Holly einen Seitenblick zu. »Er hat Jackson behandelt, und danach hast du mit ihm geschlafen?«, fragte sie.

Holly schob sich die Locken aus dem Gesicht und hielt sie mit einer Hand fest. »Genau genommen ist zwischen der Behandlung und dem Sex ein Tag vergangen. Ich bin ziemlich grob und beleidigend geworden, nur um anschließend nach Sunset Cove zu fahren und mich zu entschuldigen.«

»Dort ist es dann passiert?« Als Holly nickte, stellte Marie die Frage, mit der sie am wenigsten gerechnet hatte. »Und wie war es?«

»Marie!«

Die Freundin grinste und zuckte die Schultern. »Er ist ein sehr attraktiver Mann und hat sehr sanfte Hände.« Das Lächeln verschwand aus ihrem Gesicht. »Ich nehme an, wenn es nicht gut gewesen wäre, wäre es nicht halb so schlimm, wie es sich im Moment anfühlt.«

»Gut möglich.« Holly seufzte.

»Du hast mit Drew geschlafen, obwohl du ihn hasst«, fasste Marie Hollys Dilemma mit einem Satz zusammen.

»So etwas dürfte doch gar nicht passieren, oder?« Holly warf frustriert die Hände in die Luft.

Marie legte ihr den Arm um die Schultern. »Ich finde es ganz wundervoll, dass ihr wieder zueinandergefunden habt.«

»Und ich finde, dass ich ihn weiter hassen müsste«, widersprach Holly. »Wie kann man so etwas tun? Mit jemandem, den man auf den Tod nicht ausstehen kann!«

»Hass ist eines der stärksten Gefühle. Leidenschaft ist nicht weit davon entfernt. Die Emotionen haben sich bei euch beiden über so viele Jahre aufgestaut. All das, worüber ihr nie gesprochen habt, was ihr nie geklärt habt, hat sich zwischen euch entladen.«

»Explodiert würde es wohl eher treffen«, murmelte Holly und nahm aus den Augenwinkeln das Lächeln wahr, das sich auf das Gesicht ihrer Freundin stahl. Sie verdrehte die Augen. »Du bist verliebt, siehst überall nur Romantik, trällernde Vögel und fliegende Herzchen.«

»Vielleicht«, gab Marie zu. »Vielleicht sehe ich aber auch, dass zwischen euch mehr ist als diese blöde, alte Geschichte. Ihr habt es beide verdient, glücklich zu sein. Und ihr habt beide schwere Zeiten hinter euch.«

»Das Einzige, das ich will, ist zur Normalität zurückkehren. Ich habe keine Ahnung, wie ich das hinbekommen soll.«

Marie sah Holly an. »Ich habe eine wunderbare Idee«, sagte sie mit leuchtenden Augen. »Sie wird dir vermutlich nicht gefallen, aber ich finde, Nic und ich sollten euch morgen zum Abendessen einladen.«

»Was?« Holly blinzelte, nicht sicher, die Freundin richtig verstanden zu haben. Gerade eben hatte sie doch noch von ihrem Hass gesprochen. Und davon, zur Normalität zurückzukehren, ohne dauernd an Andrews nackten Körper zu denken, der sich an sie presste. »Hast du mir nicht zugehört? Das wird nur peinlich.«

»Das glaube ich nicht. Bring Jackson mit, wenn du dich besser fühlst. Wir könnten auch Rachel einladen«, überlegte Marie. »Dann kommt sich dein Bruder allein unter Erwachsenen nicht so blöd vor.«

»Nein.« Das ist absolut bescheuert, hätte Holly am liebsten geschrien.

Marie ließ sich von ihrem Widerspruch nicht beeindrucken. »Wenn ihr euch an einem Tisch gegenübersitzt, kannst du herausfinden, wie sich das anfühlt, ihm so nahe zu sein.«

»Na prima.« Holly warf den Ball, den Sam ihr vor die Füße gelegt hatte. »›Wer sind Sie, und was haben Sie mit Marie McMillan gemacht, der Frau, die wie eine Einsiedlerin lebte und das Thema ›zwischenmenschliche Beziehungen‹ als überflüssig erachtete?«

»Ich habe einfach zu viel Zeit mit dir verbracht.« Marie umarmte sie fest.

»Du musst wirklich diese Romantik abstellen«, sagte Holly, als Marie sie losließ. »Selbst wenn wir uns mögen sollten, Drew wird nicht für immer hierbleiben. In gut drei Wochen endet seine Praxisvertretung für Doc Hennings. Dann verschwindet er zurück nach Boston.«

Maries Grinsen nahm einen frechen Zug an, und Holly stellte einmal mehr fest, wie sehr sich ihre Freundin im letzten halben Jahr verändert hatte. »Bis dahin kannst du die Anziehungskraft zwischen euch austesten.«

Holly schüttelte den Kopf. »Ich bin mir nicht sicher, ob es zwischen uns wirklich eine Anziehungskraft gibt.«

»Dann probiere es aus. Morgen Abend. Beim Essen. Ich verspreche, dass ich Nic dazu bringen werde zu kochen.«

»Also gut. Morgen Abend«, versprach Holly.

*

Francis hatte sich zwei Tage Zeit gelassen. Isabelle hatte ihn wütend gemacht. Ihre Art, auf alle – auch auf ihn – herabzuschauen, war ihm schon immer gegen den Strich gegangen. Seit der Geburt ihrer Söhne schob sie Nathaniel und Cedric an Dolores ab, die Nanny, die schon für ihn und Isabelle zuständig gewesen war. Nichts gegen Dolores, aber als Spaßkanone war sie nicht gerade verschrien. Er war der Einzige, der sich schon immer um die Zwillinge gekümmert hatte. Der ihnen zeigte, wie man das Leben genoss. Wie man Risiken einging, die das Adrenalin durch die Blutbahn rauschen ließ. Er hatte die Escort-Dame gebucht, die ihnen einen fantastischen ersten Fick beschert hatte. Eine Erfahrung, die Welten entfernt lag von den stümperhaften Versuchen ihrer Mitschüler, die ihr Glück nach dem Abschlussball bei ihren Freundinnen versuchten. Er war für die Coolness seiner Neffen verantwortlich. Für ihr Selbstbewusstsein. Und er war – verdammt noch mal – perfekt darin, Führerscheine zu fälschen und sie in angesagte Clubs zu schleusen. Seine Schwester hingegen war ein eiskaltes Miststück. Süchtig danach, die Zügel in der Hand zu halten und alle herumzukommandieren. Aber Francis ließ sich ganz sicher nicht von ihr sagen, wie er sein Leben zu leben hatte. Sie konnte ihm drohen, wie sie wollte, er entschied für sich selbst. Und Nathaniel und Cedric sollten auf dieser todlangweiligen Halbinsel nicht versauern. Deshalb hatte er sich für einen Überraschungsbesuch entschieden. Dolores um den Finger zu wickeln und zum Stillschweigen zu verpflichten war ein Leichtes. Sie hatte schon immer mehr zu ihm als zu seiner Schwester gehalten. Nach einem kleinen Rundgang durch das Sommerhaus und vor allem durch die Zimmer der Jungs hatte er sich in Provincetown ein Essen gegönnt. Als er am Abend nach Harbour Hill zurückkehrte, fand er seine Neffen in Nathaniels Zimmer, verstrickt in eine für die beiden typische Auseinandersetzung.

»Du hast es dir unter den Nagel gerissen.« Nathaniel verpasste seinem Bruder einen harten Bodycheck. »Gib es zu, du beschissener Arsch.« Schimpfwörter, die Francis' Schwester sicher nicht duldete.

»Chill, Alter«, fuhr Cedric Nathaniel an. »Warum sollte ich das tun? Vielleicht hat es dieser Clark mitgehen lassen.«

»Der war doch viel zu breit, um noch geradeaus zu laufen.«

»Vielleicht hast du es verloren, als wir abgehauen sind.«

»Habe ich nicht …«

»Sucht ihr das hier?«, ging Francis dazwischen. Es war an der Zeit einzugreifen, bevor die beiden sich noch an die Gurgel gingen. Er lehnte sich in den Türrahmen und wedelte mit dem Beutel Gras, das er in Nathaniels Schrank gefunden hatte.

Seine Neffen fuhren zu ihm herum und starrten ihn fassungslos an. Er zog die Augenbrauen nach oben. »Ich freue mich auch, euch zu sehen«, sagte er in ihr ungläubiges Schweigen hinein.

»Mann, ich dachte, du sollst dich von uns fernhalten, Francis.« Cedric war schon immer etwas einfältig gewesen.

»Habe ich mir schon mal von irgendjemandem was befehlen lassen?«, erwiderte Francis.

»Nein«, stimmte Nathaniel ihm zu. »Aber das gibt dir trotzdem nicht das Recht, unser Zeug zu durchwühlen.« Sein Neffe machte in dem Chaos, in das er sein Zimmer innerhalb kürzester Zeit verwandelt hatte, einen Schritt auf ihn zu.

»Na klar. Ich bin ja hier der Erwachsene, nicht wahr? Ich habe die Pflicht, auf euch aufzupassen. Ihr seid letzte Nacht so zugedröhnt nach Hause gekommen, dass ihr Dolores aufgeweckt habt.«

»Das stimmt, Mann.« Cedric stellte sich neben seinen Bruder. »Diese verdammte frische Luft, überall. Das ist kaum auszuhalten. Stell dir vor, wir waren auf dem Meer in so einem winzigen Boot.« Er schüttelte sich bei der Erinnerung daran. »Ich meine, hier gibt es doch Wale, oder? Wenn so ein Vieh aus dem Wasser gesprungen und aus Versehen das Boot erwischt hätte.« Er fuhr sich mit der Handkante über den Hals. »Wir wären so was von erledigt gewesen.«

»Er hat sich aufgeführt wie ein Baby«, ergänzte sein Bruder.

Nichts Neues für Francis. Nathaniel, der Erstgeborene, war ein Macher. Er liebte das Risiko, konnte keiner Herausforderung widerstehen. Cedric hingegen war ein Trottel. Ein Mitläufer, der seinem Bruder zwar nacheifern wollte, sich aber bei jeder sich bietenden Gelegenheit in die Hosen machte. Die Geschichte klang allerdings einigermaßen amüsant. »Wie seid ihr zwei auf das Meer gekommen?«, wollte er wissen.

Nathaniel zuckte die Schultern. »So ein Typ aus der Schule hat uns mit rausgenommen. Dafür haben wir ihn ein paar Mal ziehen lassen. Ist ihm nicht so gut bekommen.« Er angelte eine aufgerissene Chipstüte von der Couch, griff hinein und schob sich eine Handvoll auf einmal in den Mund. »Wir dachten, es lohnt sich, mit dem Typ abzuhängen«, fuhr er kauend fort. »Seine Schwester hat 'ne Bar. Wir dachten, über ihn kommen wir an das Schnapslager ran. Aber der Idiot ist über eine Mülltonne geflogen und hat die ganze Nachbarschaft aufgeweckt«, nuschelte er mit vollem Mund.

»Und wir haben zugesehen, dass wir wegkamen.« Cedric grinste. »Du hast uns schließlich beigebracht, vom Tatort zu verschwinden, bevor die Kacke am Dampfen ist.«

Ja, das hatte Francis. Einen Tag hatten die Jungs überstanden. Wie viele waren es noch bis zum Ende des Schuljahres? Sie würden bestimmt nicht lange brauchen, bis sie sich in ernsthafte Schwierigkeiten manövrierten. Es war gut, dass Francis hier war und seine schützende Hand über sie hielt. Er wollte sich gerade umdrehen, um zu gehen, als ihm etwas einfiel, das Cedric vorhin zu Nathaniel gesagt hatte. »Wie heißt der Typ, der euch mit dem Boot mitgenommen hat?«

»Clark. Jackson, glaub ich«, antwortete Cedric.

»Und seine Schwester hat eine Bar? Wisst ihr, wie die heißt?«

»Die Schwester oder die Bar?« Nathaniel fand sich manchmal einfach zu witzig. Francis zog die Augenbrauen nach oben. »Die Kneipe heißt Fairway. Die Schwester? Keine Ahnung.«

»Geht doch.« Francis drehte sich um und lief auf die geschwungene Treppe zu, die ins Erdgeschoss führte. Seine Neffen sollten das überraschte Grinsen nicht sehen, das sich auf seinem Gesicht ausbreitete.

»Ey!«, rief Nathaniel ihm nach. »Was ist mit unserem Gras?«

»Konfisziert.« Francis wedelte mit dem Beutel, ohne sich umzuwenden. »Kinder sollten nicht kiffen. Deshalb werde ich mir jetzt eine Tüte drehen und mich auf der Terrasse von der Erziehungsarbeit erholen, die ich hier leiste.«

»Alter, der spinnt doch völlig«, hörte er Cedric hinter sich sagen, aber seine Gedanken waren längst woanders. Es gab das Fairway also noch. Es gab Holly Clark noch. Wenn das keine interessanten Neuigkeiten waren. Vielleicht würde er den Besuch bei seinen Neffen noch ein wenig ausdehnen. Er ließ sich auf einen der gepolsterten Liegestühle auf der Terrasse fallen, drehte sich einen Joint, den er mit Blick auf den Ozean genoss, während er sich ausmalte, wie er nach all den Jahren wieder mit Holly Clark zusammentreffen würde.

11

Holly konnte sich nicht daran erinnern, wann sie zum letzten Mal so lange gebraucht hatte, um Kleider für einen Abend mit Freunden herauszusuchen. Jackson würde sie nicht begleiten. Er würde Rachel fragen, ob sie ihm bei irgendeiner Zocker-Session Gesellschaft leisten wollte. Also war ihre Kleidung die einzige Schutzbarriere, die ihr blieb. Andrew sollte bloß nicht glauben, dass sich das, was am Vorabend geschehen war, wiederholen würde. Entgegen Maries romantischen Vorstellungen war sie in einer schlaflosen Nacht zu dem Schluss gekommen, dass es sich um einen Ausrutscher – und damit um eine einmalige Sache – gehandelt hatte.

Sie zog eine Tunikabluse aus dem Kleiderhaufen auf ihrem Bett, hielt sie vor ihren Oberkörper und betrachtete sich mit schief gelegtem Kopf im Spiegel. Sie hatte sie selbst genäht, und sie passte farblich perfekt zu ihren Haaren. Aber sie würde ihre Schulter freilassen und damit ihr Tattoo präsentieren. Einen Körperschmuck, dem Andrew viel Aufmerksamkeit geschenkt hatte. Sie strich mit den Fingerspitzen an der Blütenranke entlang, so wie er es getan hatte. Hollys Vater hatte ihr verboten, sich tätowieren oder piercen zu lassen, deswegen hatte sie gewartet, bis sie achtzehn wurde, und war noch an ihrem Geburtstag ins Tattoostudio gegangen und hatte sich die ineinander verwobenen Blumen auf die Schulter stechen lassen. Ihr Vater hatte getobt, aber sie hatte es nie bereut und das Motiv immer sexy gefunden. Andrew war allerdings ebenfalls sehr angetan davon, also kam die Bluse nicht infrage. Sie warf sie zurück auf den Haufen und holte stattdessen zwei Kleider aus dem Schrank. Zu förmlich das eine, zu sommerlich das andere. Wenn Niclas auf die Idee kommen sollte, auf der Terrasse zu grillen, würde sie sich den Hintern abfrieren.

Mit einem Seufzen verstaute sie die Kleider wieder im Schrank und ließ sich neben dem Wäscheberg auf ihr Bett sinken. Andrew sollte auf keinen Fall auf die Idee kommen, sie hätte sich für ihn aufgebrezelt. Wie ein hässliches Entlein wollte sie allerdings auch nicht aussehen. Während sie dalag, zog sie weitere Kleidungsstücke aus dem Haufen, hielt sie vor sich in die Luft und legte sie zurück. Das durfte doch nicht wahr sein. Sie war die Königin der Klamotten. Sie fand immer das Richtige für jeden Anlass. Und wenn sie es nicht fand, nähte sie es sich.

Schließlich nahm sie einen Jeansrock aus dem Stapel. »Der dürfte gehen«, murmelte sie und suchte nach einem schlichten, körperbetonten Rollkragenpulli, der nicht aufdringlich wirkte, aber ihre Weiblichkeit unterstrich. Mit Stiefeln kombiniert, würde sie lässig aussehen. So, als hätte sie sich nicht eineinhalb Stunden entnervt durch ihre Klamotten gewühlt.

Sie rappelte sich auf, zog sich an und ging ins Bad. Auf ein auffälliges Make-up verzichtete sie. Ein bisschen Wimperntusche musste genügen. Mit einer kleinen Spange schob sie die Locken auf der rechten Seite nach hinten. Sie nickte ihrem Spiegelbild zu. Sie hatte sich nicht für Andrew zurechtgemacht. Oder höchstens, um ihm zu zeigen, was er in den letzten zwei Jahrzehnten nicht hatte haben können. Und auch künftig nicht bekommen würde.

Sie schnappte sich ihr Handy, die Handtasche und den Wein, den sie als Gastgeschenk mitnehmen wollte. »Ich gehe«, rief sie in Richtung von Jacksons Zimmer.

»Viel Spaß«, brüllte er über den Lärm seines Computerspiels hinweg. Ob er es wirklich schaffte, Rachel anzurufen und sich mit ihr zu verabreden? Holly war sich da nicht so sicher.

Als sie auf die Route 6 einbog, sah sie Andrew, der vor der Praxis ausparkte und sich hinter ihr auf der Interstate einreihte. Na wunderbar, jetzt hing er ihr schon an den Fersen, bevor sie überhaupt bei Niclas und Marie waren. Sie verbot es sich, die wenigen Kilometer bis zum Cottage in den Rückspiegel zu blicken. Andrew ließ seinen SUV neben ihr ausrollen, als sie vor dem hübschen Häuschen hielt.

Holly straffte die Schultern, zauberte ein Lächeln in ihr Gesicht und stieg aus. »Hallo, Andrew.«

»Holly.« Er trat neben sie, als sie zur Tür ging. »Verrückt, oder?«, fragte er leise.

»Was?« Holly warf ihm einen Seitenblick zu. Er sollte nicht denken, dass sie sich zu sehr für das interessierte, was er zu sagen hatte.

»Wir kommen schon wieder gemeinsam.«

Holly fuhr zu ihm herum und sah das herausfordernde Grinsen. Dieser Mistkerl. Sie spürte, wie der Gedanke an ihren gemeinsamen Höhepunkt am vergangenen Abend ihr die Röte ins Gesicht trieb.

Marie suchte sich genau diesen Moment aus, um mit

strahlendem Gesicht die Haustür aufzureißen. »Da seid ihr ja! Herzlich willkommen!« Sam drängte sich an ihr vorbei, um sie zu begrüßen. Marie umarmte erst Andrew, dann sie. »Ist alles in Ordnung?«, fragte sie leise. »Dein Gesicht glüht ja.«

Holly presste ihre kalten Hände auf ihre Wangen. »Mir war kalt, und ich habe im Auto die Heizung aufgedreht«, log sie.

Andrew sah sie über Maries Schulter hinweg an und zog gut gelaunt die Augenbrauen nach oben. Das konnte ja noch heiter werden.

*

Andrew war erstaunt gewesen, als Marie ihn anrief und ihn zum Dinner einlud. Er wollte zwar mehr Zeit mit seinem Bruder und dessen Freundin verbringen, aber seit Neuestem sahen sie sich wirklich ständig.

Glücklicherweise erwähnte Marie, dass Holly ebenfalls da sein würde. Daher wehte der Wind also. Holly stellte ihn auf den Prüfstand, versuchte, herauszufinden, was ihm der One-Night-Stand bedeutete. Und benutzte dazu seine Familie. Dabei hätte sie ihn nur fragen müssen. Vielleicht nicht gleich, nachdem sie miteinander geschlafen hatten, denn in diesem Moment war er nicht unbedingt dazu in der Lage gewesen zu denken. Aber heute hätten sie sich durchaus auf ein Glas Wein treffen können.

Er betrat hinter Marie und Holly das Haus und wartete, bis Sam hereinstürmte, ehe er die Tür schloss. Sein Bruder stand am Herd und drehte sich breit grinsend zu ihnen um. Auf der Kochschürze, die er trug, stand in Großbuchstaben:

Mr. Good Looking is cooking. Er umarmte Holly und wandte sich ihm zu. »Hey, Drew.«

»Nic. An Selbstvertrauen hat es dir ja noch nie gemangelt«, stellte Andrew mit Blick auf die Schürze fest.

»Ein Geschenk von Marie«, erklärte er.

»Weil er am Herd ziemlich gut aussieht.« Marie stellte sich neben Niclas und schlang ihm den Arm um die Taille. »Und weil er Gott sei Dank das Kochen für heute übernommen hat. Was kann ich euch anbieten?«

Sie entschieden sich für ein Bier, und Marie ging mit Holly auf die Terrasse und bewunderte die ersten bepflanzten Kübel. Niclas stand am Küchentresen. Das Grinsen war aus seinem Gesicht verschwunden. »Können wir kurz reden, solange die Damen beschäftigt sind?«

Seit den Ereignissen im vergangenen Herbst, als Marie entführt worden und Niclas dem Tod noch einmal von der Schippe gesprungen war, beschleunigte sich seine Pulsfrequenz automatisch, wenn sein Bruder so ernst wirkte. »Klar. Schieß los.«

»Dad hat mich angerufen.«

Andrew stellte sein Bier auf die Kücheninsel, stützte die Hände ab und ließ den Kopf hängen. »Lass mich raten. Du sollst mir sagen, dass ich ihn in Ruhe lassen und mich nicht ständig nach seinem Gesundheitszustand erkundigen soll?« Als sein Bruder nicht antwortete, sah er auf. Sein Magen zog sich schmerzhaft zusammen. Wann war er endlich bereit, die Zurückweisung seines Vaters hinzunehmen?

Niclas kratzte sich am Kinn. »Das trifft es nicht ganz. Er will, dass wir uns testen lassen, ob wir als Organspender für ihn infrage kommen. Du, Mom und ich.«

»Dann braucht er also eine Niere.« Andrew richtete sich auf und trank einen großen Schluck Bier.

»Angeblich nicht. Er will wohl nur die Möglichkeiten ausloten. Damit es schnell geht, falls es so weit kommen sollte«, erklärte Niclas.

»Bullshit. Es wird so weit kommen. Genauer gesagt: Es ist bereits so weit. Sonst würde er nicht fragen.«

»Denkst du das wirklich?« Niclas sah ihn nachdenklich an. »Ich meine, vielleicht hilft eine Dialyse ja auch, und er braucht gar keine neue Niere.«

»Medizinisch betrachtet ist eine Transplantation nicht der letzte Ausweg, sondern eine Alternative zur Dialyse. Dad könnte sein Leben weiterleben wie gehabt. Er müsste immunsuppressive Medikamente einnehmen. Medikamente, die dafür sorgen, dass sein Körper das neue Organ nicht abstößt«, übersetzte Andrew, als Niclas ihn fragend anschaute. »Regelmäßige Gesundheitschecks. Aber das wäre es dann auch. Die Blutwäsche dagegen macht ihn zu einer Geißel dieser verdammten Krankheit. Der alte Mann will, dass wir uns testen lassen? Nur unter einer Bedingung.«

Niclas seufzte. »Wieso wusste ich, dass das kommen würde?«

»Teile ihm mit, dass ich Einblick in seine medizinischen Unterlagen will. Er soll Dr. Leeberman sagen, dass wir ab jetzt zusammenarbeiten. Ab jetzt bin ich auf dem Laufenden über jede einzelne Entscheidung, jede Veränderung, einfach alles. Und du …«, Andrew wies mit dem Finger auf seinen Bruder, »… spendest sowieso nichts. Hat er vergessen, dass du Ende letzten Jahres eine Niere verloren hast? Verdammt noch mal, denkt Dad nur an sich?«

»Rede dich nicht in Rage, Drew.« Niclas legte ihm die Hand auf die Schulter. »Natürlich ist ihm klar, dass ich kein Spender bin. Er will einfach nur wissen, ob ich mich vor dem Zwischenfall im letzten Jahr geeignet hätte. Es bringt ihm nichts. Aber du weißt doch, wie er ist. Wenn schon, denn schon. Wahrscheinlich wird das sowieso alles keine Rolle spielen, weil Mom oder du ihm eine Niere spenden werden. Und mir macht es nichts aus, mich testen zu lassen.«

»Es bleibt uns sowieso nichts anderes übrig, als die Tests zu machen.« Andrew blickte zur Terrasse hinüber. Holly und Marie würden jede Minute wieder hereinkommen. »Schau morgen in der Praxis vorbei. Ich nehme dir Blut ab und veranlasse die Tests.«

»Ha!« Niclas schlug ihm gegen die Schulter. »Wie lange wartest du schon darauf, diesen Satz zu mir sagen zu können?«

Andrew kniff die Augen zusammen. »Du wirst doch nicht ohnmächtig?«

»Du wirst es herausfinden.« Sein Bruder nickte zu den Frauen hinüber. »Was läuft da zwischen dir und Holly? Seit wann kriegt ihr es hin, euch im gleichen Raum aufzuhalten, ohne euch an die Gurgel zu gehen? Ich bin froh, dass sie mich inzwischen einigermaßen mag. Aber, dass sie dich erträgt, grenzt an Zauberei. Oder besser gesagt: schwarze Magie.«

Andrew zuckte mit den Schultern. »Wir sind einfach erwachsen geworden. Das ist alles.«

Niclas machte ein Geräusch wie ein Buzzer in einer Quizshow und deutete mit dem Bier in seiner Hand auf ihn. »Das ist eine Lüge.«

Andrew seufzte. »Stimmt. Aber ich werde dir hier und

jetzt nichts erzählen.« Marie hatte die Hand bereits an der Terrassentür. »Jake will morgen oder übermorgen herkommen. Wir treffen uns auf ein Bier in Sunset Cove, dann weihe ich euch ein.«

»Abgemacht.« Niclas drehte sich zum Herd um und rührte geschäftig in seinen Töpfen, als Holly und Marie lachend ins Haus traten. »Essen ist gleich fertig«, rief er über die Schulter.

»Gut. Ich bin am Verhungern!«, Marie ging zu ihm hinüber, stellte sich auf die Zehenspitzen und spähte ihm über die Schulter. »Das riecht fantastisch.«

Niclas drehte sich zu ihr um, küsste sie und schob sie dann von sich. »Den Koch abzulenken ist verboten. Kümmere dich um unsere Gäste.«

Andrew wandte sich von den beiden ab. Es war ihm unangenehm, sie beim Turteln zu beobachten. Besonders, da er spürte, dass Hollys Blick auf ihm ruhte. Als sie bemerkte, dass er sie beim Starren erwischt hatte, beugte sie sich zu Sam hinunter und kraulte ihn, bis er vor Ekstase die Augen verdrehte.

*

Marie löste sich von Niclas und bat Holly und Andrew zu Tisch, wofür Holly ihr dankbar war. Sie hatte Andrew angestarrt. Sie wusste nicht wirklich, warum. Und sie hatte es auch nur einen Augenblick lang getan. Aber natürlich hatte er sie ertappt. Das Essen würde ihn hoffentlich ablenken.

Allerdings barg das Dinner ein neues Problem. Holly blieb nichts anderes übrig, als sich an dem kleinen Esstisch neben Andrew zu zwängen. Das Cottage war wirklich hübsch, und Holly gehörte nicht zu den Menschen, die Anwesen wie

Sunset Cove schöner fanden als ein so gemütliches Haus. Doch gegen einen größeren Esstisch hätte sie im Moment nichts einzuwenden gehabt.

»Womit verwöhnst du uns denn heute?« Andrews Oberschenkel stieß gegen Hollys, als er fragend zu seinem Bruder hinübersah. Sie zog ihr Bein einen Zentimeter zur Seite, nicht sicher, ob er sie aus Versehen oder absichtlich berührt hatte.

»Pasta mit einer Kürbis-Thymian-Soße«, antwortete Niclas und goss die Nudeln ab.

»Seht ihr?« Marie strahlte. »Er ist der beste Koch.« Sie nahm die Teller entgegen, die Niclas mit Pasta und Soße füllte, und stellte sie vor ihnen ab. Dann holte sie ein neues Bier für Andrew und goss Holly und sich Wein ein. Als auch Niclas und sie endlich am Tisch saßen, stießen sie an. »Auf einen schönen Abend«, brachte Marie einen Toast aus. »Wir freuen uns, dass ihr unsere Gäste seid.«

Niclas warf seiner Freundin einen Blick zu, und Andrew murmelte: »Das glaube ich dir gern. Was für eine tolle Idee«, ergänzte er in Zimmerlautstärke und presste seinen Oberschenkel abermals gegen Hollys Bein. »Es ist doch schön, einen Abend unter Freunden zu verbringen.«

Freunde? Holly rutschte einen weiteren Zentimeter zur Seite und stieß gegen das Tischbein. Sie musste sich zwingen, die Klappe zu halten. Im Moment provozierte er sie eher, als dass er sich wie ein Freund verhielt.

»Nicht wahr?«, wandte sich der Mistkerl direkt an sie. Er wusste genau, was sie gerade dachte.

»Natürlich«, brachte Holly heraus und begann, Nudeln auf ihre Gabel zu wickeln, doch dann legte sie ihr Besteck auf den Tellerrand. »Bleib verdammt noch mal auf deiner Seite«, zischte sie Andrew zu, während Marie laut davon träumte, selbst Kürbisse anzubauen. So unauffällig wie möglich schob Holly ihre Hand unter den Tisch und legte sie auf Andrews Oberschenkel, der inzwischen mit ihrem Bein verschmolzen zu sein schien. Sie ignorierte die Muskeln, die sich unter ihrer Berührung anspannten. Mit einer entschiedenen Bewegung schob sie Andrews Bein weg.

Holly war dankbar, dass die Hunter-Brüder nicht in Erinnerungen an ihre Jugend auf Cape Cod versanken und über die alten Zeiten plaudern wollten. Insgeheim hatte sie genau das befürchtet. Stattdessen drehte sich die Unterhaltung um Bücher, Filme und Niclas' Pläne, eine Kanzlei auf der Halbinsel zu eröffnen.

Andrew steuerte nicht viel zu dem Gespräch bei, aber Holly war sich seiner Anwesenheit mehr als bewusst. Er drückte seinen Oberschenkel zwar nicht mehr an ihr Bein, dafür berührte er ständig ihren Arm. Wenn er nach seinem Glas griff. Nach dem Salz. Wenn er seine verdammte Serviette neben den Teller legte. Im Haus war es warm. Viel zu warm, wie Holly fand. Trotzdem zog sie die Ärmel ihres Rollis herunter, weil sie Andrews ständige Berührungen nicht mehr ertrug.

Als Marie und Niclas die leeren Teller abräumten, stieß Holly ihren Ellenbogen genervt in Andrews Rippen, als er sie abermals – aus Versehen – streifte.

Statt sich über ihren Angriff zu beschweren, lehnte sich Andrew auf seinem Stuhl zurück und verzog den Mund zu einem halben Grinsen. »Alles okay?«, fragte er so leise, dass nur sie ihn hören konnte.

»Bei mir ist alles ganz wunderbar«, gab Holly ebenso leise zurück. Sie kannte ihren Körper genau. Sie wusste, dass das, was in ihr brodelte, keine Sehnsucht nach dem vergangenen Abend war. Es war die Wut auf Andrew. Weil er sie einfach nicht in Ruhe ließ, während er auf unschuldiger, harmloser Freund machte.

Als Niclas und Marie mit einem Pecannusscake und frischen Tellern zum Tisch zurückkehrten, beschloss Holly, den anderen nicht den Abend zu verderben und die kribbelnde Wut in ihrem Bauch zu ignorieren.

»Der ist gekauft«, entschuldigte sich Marie und verteilte den Kuchen. »Backen ist nicht so unser Ding.«

»Ob du backen kannst, wusste ich nicht, Marie.« Andrew grinste sie an. »Aber wenn Nic ein süßes Dessert zaubern will, legt er einfach Oreo-Kekse auf eine Pizza.«

»Ernsthaft?« Holly musste lachen.

»Das geht absolut«, bestätigte Marie. »Ich habe Nic für verrückt erklärt, als er mir das zum ersten Mal vorgesetzt hat.«

»Na ja, zu diesem Zeitpunkt hast du mich sowieso für verrückt gehalten. Aus den unterschiedlichsten Gründen.« Niclas zog sie an sich und küsste sie. »Gib nicht der Pizza die Schuld.«

»Mach ich nicht«, versicherte Marie ihm. »Sam und ich mögen diese Pizza«, sagte sie zu Holly und Andrew. Wie, um ihre Aussage zu bestätigen, wedelte der Hund, der es sich auf der Couch gemütlich gemacht hatte, mit dem Schwanz.

Holly sah ihn an und schüttelte den Kopf. »Ich bewundere Sam. Er ist so gut erzogen. Potter würde die ganze Zeit um den Tisch herumschleichen und hoffen, dass sich irgendjemand seiner erbarmt und sein Essen mit ihm teilt.«

»Ach.« Marie winkte ab. »Solche Phasen hatten wir auch schon. Aber er lümmelt für sein Leben gern auf dem Sofa herum und schaut aufs Meer hinaus. Ich glaube, das hat er sich in Sunset Cove angewöhnt.«

»Oh ja«, sagte Andrew mit einem genießerischen Unterton in der Stimme, worauf sich Hollys Magen zusammenzog. »Ich weiß, was du meinst. Diese Couch in Sunset Cove ist der Wahnsinn.«

Holly hatte nicht bemerkt, wie Andrews Hand ihren Weg unter den Tisch gefunden hatte, aber sie lag plötzlich auf ihrem Oberschenkel. Seine Fingerspitzen befanden sich unter dem Saum ihres Rockes. Erschrocken atmete sie ein. Was prompt dazu führte, dass sie sich an dem Kuchen verschluckte und husten musste. Sie hatte die Anspielung auf die Couch in Sunset Cove sehr wohl verstanden.

Ehe sie Andrew einen Finger brechen konnte, verschwand seine Hand von ihrem Schenkel. Er schob ihr das Wasserglas hin. »Soll ich dir auf den Rücken klopfen?«, fragte er fürsorglich.

Holly hob abwehrend die Hände. Nach ein paar Sekunden hatte sie sich wieder im Griff und holte tief Luft. »Entschuldigt«, murmelte sie und trank gierig einen großen Schluck Wasser. Ihr Gesicht brannte. Und das lag nicht nur daran, dass sie sich verschluckt hatte.

Während Andrew ein zweites Stück Kuchen in sich hineinstopfte, nahm sie nur winzige Bissen, damit nicht wieder Krümel in ihre Luftröhre gelangten.

Niclas und Marie plauderten weiter, als wäre nichts

geschehen. Sie schienen die Spannung zwischen Andrew und ihr gar nicht wahrzunehmen. Oder taten zumindest so.

Nachdem Andrew die letzte Gabel Kuchen verdrückt hatte, schob er den Teller von sich und lächelte Marie an, wie Holly aus den Augenwinkeln bemerkte. »Entschuldigt ihr mich kurz?« Er erhob sich und verschwand in dem kleinen Flur, der zum Bad führte.

Niclas und Marie standen ebenfalls auf und räumten den Tisch ab. »Wir könnten den Kaffee auf der Terrasse trinken«, schlug Marie vor. »Was hältst du davon?« Sie sah Holly fragend an.

»Ja. Tolle Idee.« Hollys Herz schlug laut und viel zu schnell. »Entschuldigt«, sie holte ihr Handy aus der Tasche und hielt es hoch, »ich rufe nur kurz im Fairway an und frage nach, ob alles läuft.«

»Sicher. Lass dir Zeit.« Niclas zwinkerte ihr zu und begann, das Geschirr in die Spülmaschine zu stapeln.

Holly lehnte sich gegenüber vom Badezimmer an die Wand. Lange musste sie nicht warten, bis er die Tür öffnete. »Holly.« Abwartend sah er sie an.

Sie löste sich von der Wand und baute sich vor ihm auf. Sie spürte das Glühen in ihren Wangen. Die Hitze brannte auf ihrer Haut wie Säure. Unsanft stieß sie mit dem Zeigefinger gegen seinen Brustkorb. »Hör auf damit, Andrew«, fauchte sie.

»Womit denn?« Er zog unschuldig seine Augenbrauen nach oben.

»Mich aus Versehen …«, sie betonte die beiden letzten Worte, »… zu berühren. Oder über die Bequemlichkeit der Couch in Sunset Cove zu philosophieren.«

»Aber sie ist toll«, widersprach er. »Ich bin schon oft darauf eingeschlafen. Mit Blick auf den Ozean.«

»Wir wissen beide, dass du nicht deine Nickerchen gemeint hast.« Holly machte einen Schritt auf ihn zu. Jackson wusste, dass dann der Zeitpunkt gekommen war, in dem man klein beigab und den Rückzug antrat.

Nicht so Andrew. »Tatsächlich? Ich habe keine Ahnung, wovon du sprichst.«

»Du weißt ganz genau, was ich meine.«

Statt von ihr eingeschüchtert zu sein, lehnte er sich nach vorne. Noch immer bohrte sie ihren Zeigefinger in seine Brust. »Du bist doch diejenige, die mich testen will. Ich glaube nicht eine Sekunde, dass Nic und Marie auf die glorreiche Idee mit dem gemeinsamen Abendessen gekommen sind. Das ist auf deinem Mist gewachsen. Weil du wissen willst, wie es zwischen uns steht.« Seine Stimme klang leise. Und irgendwie bedrohlich.

»Wie es steht? Zwischen uns ist gar nichts. Marie hat …«

»Nein? Da ist nichts? Ich zeig dir, dass das nicht stimmt.« Andrew wischte ihren Finger beiseite, umfasste ihr Gesicht und presste seine Lippen auf ihre. Der Kuss war hart, besitzergreifend. Unverschämt.

Holly wollte ihn zurückschieben und legte die Hände auf seinen Brustkorb. Doch statt ihm einen Stoß zu geben, krallten sich ihre Finger in den Stoff seines Longsleeves. Ihr verräterischer Körper schmiegte sich an ihn. Ihre Lippen teilten sich, und der Kuss wurde für einen Moment sanft. Zärtlich. Ehe er ihn abrupt beendete.

Holly blinzelte. Bevor sie etwas sagen konnte, drehte sich Andrew um und kehrte ins Wohnzimmer zurück. Er hatte es wieder getan. Dieser verdammte Mistkerl. Er hatte ihre Welt aus den Angeln gehoben. Nur um sie im nächsten Moment stehen zu lassen.

Für einen Moment presste Holly ihre Hand auf die Brust. Ihr Herz schlug so heftig, dass sie das Gefühl hatte, es würde herausspringen. Um sich zu beruhigen, atmete sie dreimal tief durch und ging wieder zurück ins Wohnzimmer.

Andrew stand am Küchentresen und lachte über irgendetwas, das Marie sagte.

Niclas sah Holly an. »Und? Irgendwelche Probleme?«, fragte er.

»Was?«

»Das Fairway. Du wolltest dich erkundigen …«, half er ihr auf die Sprünge.

»Oh … das. Ja … ja, alles okay.«

Falls Niclas auffiel, dass ihr Sprachzentrum offenbar nachhaltig geschädigt war, ließ er es sich zumindest nicht anmerken. Er hielt ihr einen Becher Kaffee entgegen. »Kommt, lasst uns nach draußen gehen«, sagte er. »Ich schwöre euch, wenn Marie könnte, würde sie auf der Terrasse leben.«

Sie zogen ihre Jacken an und traten hinaus in den dämmrigen Abend. Der Heizpilz, den Niclas eingeschaltet hatte, kämpfte gegen den Wind an, der an ihren Haaren und der Kleidung riss. Es war eigentlich zu kalt, aber Holly atmete die eisige Luft gierig ein. Der Wind rüttelte sie wach, half ihr, einen klaren Kopf zu bekommen.

Marie warf ihr fragende Blicke zu, während die Männer Sam zum glücklichsten Hund der Welt machten, weil sie einen Wettkampf veranstalteten, wer von ihnen den Ball am weitesten werfen konnte. *Wir telefonieren morgen*, gab Holly der Freundin tonlos zu verstehen. Als sie ihren Kaffee getrunken hatte, war es für Holly an der Zeit, dieser nervenaufreibenden Situation zu entkommen. Sie bedankte sich bei ihren Gastgebern für den schönen Abend und nickte Andrew zum Abschied zu.

»Ich schließe mich an.« Andrew stellte seine Kaffeetasse neben ihre auf den Fenstersims.

»Du kannst doch noch bleiben«, bot Niclas seinem Bruder an.

»Ich bin wirklich todmüde«, erwiderte Andrew, ohne Holly aus den Augen zu lassen. »Und im Gegensatz zu dir arbeitslosem Anwalt muss ich morgen früh raus.« Er umarmte Marie und lobte das Essen, woraufhin sich Niclas mit gespielter Empörung beschwerte, dass er doch der Koch gewesen sei. Die drei lachten, und Andrew schlug seinem Bruder zum Abschied auf die Schulter.

Holly beobachtete sie und kam sich plötzlich wie eine Außenstehende vor. Oder bildete sie sich das nur ein? Andrew ging mit ihr um die Hausecke herum. Ohne zu sprechen, überquerten sie den kleinen Hof.

Erst an seinem Wagen drehte er sich zu ihr um. »Hat mich gefreut, dich zu sehen.« Er schaute sie an, mit einem Blick, den Holly problemlos deuten konnte. Ein Blick voller Versprechungen. Nach denen sie nur greifen musste.

Sie sparte sich eine Erwiderung und stieg in ihr Auto. Mit klopfendem Herzen wartete sie, bis Andrews SUV verschwunden war und sie die Rücklichter nicht mehr sehen konnte. Erst dann startete sie den Motor.

Holly fuhr langsam. Sie schaltete das Radio aus und ließ das Fenster herunter. Der eiskalte Geruch nach Meer drang in den Wagen. Diese Luft, klar und salzig, mit der sie das Wort Zuhause verband, hatte ihr schon immer geholfen, runterzukommen, einen klaren Gedanken zu fassen. Entscheidungen zu treffen. Seit Andrew Hunter wieder in ihrem Leben aufgetaucht war, schienen ihre Schutzmechanismen genauso wenig zu funktionieren wie ihr gesunder Menschenverstand. An der Kreuzung, an der sie abbiegen musste, um zu ihrem Apartment zu gelangen, zögerte sie kurz. Dann gab sie Gas und fuhr in Richtung Sunset Cove.

Als sie ihren Wagen neben Andrews abstellte, bemerkte sie die offene Haustür. Er hatte offenbar nicht einen Augenblick gezweifelt, dass sie ihm folgen würde. Für einen Moment versuchten Ärger und Vernunft die Oberhand über ihre Gefühle zu gewinnen. Offenbar verloren sie den Kampf, denn sie stieg aus, ohne weiter nachzudenken, und ließ die Haustür hinter sich ins Schloss fallen. Nur ein paar der Beistelllampen brannten und beleuchteten Andrews Silhouette. Er stand im Wohnzimmer vor der riesigen Fensterfront und starrte in die Dunkelheit hinaus, in der es mit Sicherheit nichts zu sehen gab. Mit einer Hand stützte er sich am Fensterrahmen ab, die andere hatte er in die Tasche seiner Jeans geschoben.

Hollys verschwommene Gestalt spiegelte sich im Fenster, als sie hinter ihn trat. »Das Dinner war nicht meine Idee«, sagte sie. Das musste sie unbedingt loswerden. Was auch immer zwischen ihnen ablief, er sollte nicht auf die Idee kommen, sie spielte irgendwelche Spielchen, um ihn zu testen. »Marie wollte uns beide einladen.«

Andrew sagte nichts. Sein Blick hielt ihren in der Fensterscheibe gefangen. Vorsichtig hob sie ihre Hand und ließ sie unter den Stoff seines Longsleeves gleiten. Seine Muskeln bewegten sich unter ihren Fingern. Sie schob sein T-Shirt nach oben. Quälend langsam. Ihre Lippen berührten seine Haut, strichen an seinem Schulterblatt entlang.

Andrew legte seinen Kopf in den Nacken. »Holly.« In seiner tiefen, rauen Stimme schwang Sehnsucht mit. So viel Sehnsucht. Nach ihr. Holly schluckte trocken. Ihre linke Hand hielt sein Shirt fest, die Finger der anderen glitten seine Wirbelsäule entlang nach unten.

*

Andrew lag mit geschlossenen Augen in seinem Bett. Zärtlich streichelte er Hollys Hals, spürte ihren Puls, der sich inzwischen wieder beruhigt hatte. Er hätte ewig so liegen bleiben können. Zufrieden und entspannt, Hollys zarten, nach Orangenblüten duftenden Körper mit seinem verschlungen.

Der Abend bei Niclas und Marie war vor Spannung nahezu unerträglich gewesen. Er hatte es fast nicht ausgehalten, sie so nahe neben sich zu spüren und nicht berühren zu dürfen. Er kannte sich. Und er kannte Holly – auch wenn sie sich fast zwanzig Jahre lang nicht gesehen hatten. Sie war seiner unausgesprochenen Einladung gefolgt.

Immerhin hatten sie es diesmal bis in sein Schlafzimmer geschafft. Er gab einen wohligen Laut von sich und schmiegte sich noch ein wenig enger an Holly. Für einen Moment ließ sie es zu. Dann stemmte sie ihre Hand gegen seinen Brustkorb und löste sich von ihm, genau wie am Tag zuvor. Schweigend setzte sie sich auf und sah sich nach ihren Kleidern um. Sie entdeckte ihren BH auf dem Kopfkissen und streifte ihn über. Ihr Slip lag neben dem Bett. Als sie sich nach ihm bückte, fuhr Andrew mit seinen Fingerspitzen über ihren Rücken, wie sie es vor ein paar Stunden bei ihm getan hatte.

»Lass das«, sagte sie leise und versuchte, seiner Hand auszuweichen und sich gleichzeitig anzuziehen.

Andrew richtete sich auf und stützte sich auf seinen Ellenbogen. »Wird das jetzt immer so laufen?«, fragte er. Frustration schlich sich in seine Stimme.

Einen Moment saß Holly stumm auf der Bettkante, den Blick an die Wand gerichtet. Dann zog sie mit fahrigen Bewegungen ihren Rolli über den Kopf. »Ja«, antwortete sie ihm leise. »Genau genommen mögen wir uns doch noch nicht einmal.«

Darauf gab es keine Erwiderung. Andrew hätte ihr gern gesagt, dass sie sich neu kennenlernen könnten. Dass sie sich sehr wohl mögen könnten, wenn sie die Vergangenheit endlich hinter sich ließen. Während sie in ihren Rock und ihre Stiefel schlüpfte, wurde ihm bewusst, dass er tatsächlich bereit war, die alten Geschichten ruhen zu lassen.

Sie verließ sein Schlafzimmer ohne einen Gruß. Als er das leise Zuschlagen der Haustür hörte, ließ er sich in die Kissen zurückfallen. Ob Holly klar war, dass sie gesagt hatte, sie mochten sich noch nicht einmal besonders? Das Wort Hass war in ihren Worten nicht vorgekommen.

*

Francis saß in seinem Wagen. Der Ben-&-Jerry's-Shop neben ihm lag im Dunkeln, genau wie die Arztpraxis, der Friseur und der Blumenladen auf der anderen Seite.

Im Fairway auf der gegenüberliegenden Straßenseite verabschiedeten sich gerade die letzten Gäste. Er war wirklich überrascht gewesen, dass es diesen Laden noch immer gab. Seine Neffen hatten behauptet, er gehöre Holly. Allerdings hatte er sie bislang nicht zu Gesicht bekommen.

Ein Lieferwagen mit dem Schriftzug des Fairway holperte neben der Kneipe in den Hof und erregte seine Aufmerksamkeit.

Und da war sie. Francis setzte sich gerade auf, als der Bewegungsmelder ansprang und Holly in den Kegel aus weißem Licht tauchte. Sie sah – zumindest bei Nacht und auf die Entfernung – noch genauso aus wie vor zwanzig Jahren. Nur ihre Haare waren kürzer. Er spürte ein leises Bedauern. Ihre Locken hatten ihn schon immer wie magisch angezogen. Er wusste noch genau, wie sich die seidigen Strähnen angefühlt hatten, wenn er mit den Händen hindurchgefahren war. Auch heute, so viele Jahre später, hatte er noch immer ihren Duft in der Nase. Prickelnde Vorfreude erfüllte ihn. Dieser Sommer würde verdammt interessant werden.

12

Am nächsten Morgen ließ Francis drei Plastikkarten vor seinen Neffen auf den Frühstückstisch fallen. Er hatte Dolores losgeschickt, um ein paar Besorgungen zu machen, damit sie nicht Zeugin seines Plans wurde.

Cedric griff nach ihnen und betrachtete sie genauer. »Du hast uns neue Führerscheine gemacht. Wie kommen wir denn zu solch einer Ehre?«, wollte er wissen.

Nathaniel schaufelte sich ungerührt weiter Smacks in den Mund. Milch spritzte auf den Tisch neben die Flecken, die daran erinnerten, dass es zum Abendessen Pizza gegeben hatte.

»Kleines Geschenk von mir.« Francis drehte einen Stuhl verkehrt herum, setzte sich und legte die Arme auf die Lehne. »Ihr wollt euch doch hier nicht zu Tode langweilen, oder?«

»Sie sind gut geworden.« Cedric drehte die Karten hin und her, begutachtete sie von allen Seiten.

»Ich dachte, nach der Sache mit dem Stripclub hat eure Mutter euch die letzten Führerscheine bestimmt abgenommen.« Francis griff nach der Packung und schob sich ein paar trockene Smacks in den Mund.

»Ja, coole Idee. Jackson Clark?« Cedric zog die Augenbrauen nach oben und drehte einen der Führerscheine so, dass Francis das Bild sehen konnte. Sogar Nathaniel hielt für einen Moment im Kauen inne und blickte von seiner Cerealienschüssel auf.

»Der ist mir doch super gelungen. Ich glaube, ich werde mit jeder Fälschung besser.«

»Woher hast du das Bild?« Nathaniel zog die Hand seines Bruders zu sich heran, um den Führerschein in Augenschein zu nehmen.

»Instagram.« Francis stellte die Smacks-Packung auf den Tisch zurück. Sobald die Jungs aus dem Haus waren und Dolores vom Einkaufen zurück war, würde er sie dazu überreden, ihm ein Omelett zuzubereiten. Das gehörte zwar nicht zu ihren Aufgaben, aber bis jetzt hatte sie ihm noch nie etwas abgeschlagen. »Ihr hattet doch einen super Abend mit eurem neuen Kumpel neulich. Ich dachte, vielleicht wollt ihr euch bei ihm bedanken. Es gibt da eine echt heiße Bar auf dem Festland. Dort nehmen sie es mit der Alterskontrolle nicht so genau.« Er schlug Nathaniel auf die Schulter, der gerade einen übervollen Löffel Smacks zum Mund führte. Milch und Cerealien flogen in alle Richtungen.

»Mann, Alter«, motzte sein Neffe ihn an.

Francis ignorierte es. »Nehmt den Jungen mit. Zeigt ihm, wie unsere Welt funktioniert.«

»Aber er ist spießig«, hielt Nathaniel etwas hilflos dagegen. Es war das einzige Argument, das ihm einzufallen schien.

Cedrics Augen funkelten. »Aber vielleicht macht es genau deshalb Spaß, Alter.«

Zufrieden lehnte sich Francis auf seinem Stuhl zurück. Ein Punkt, den er abhaken konnte.

*

Jackson starrte auf sein Handy und scrollte ein Stück nach oben, um die gesamte Nachricht lesen zu können. Zum dritten Mal inzwischen. Rachel versetzte ihn. Sie hatten vorgehabt, ins Kino zu gehen. Die Verabredung stand schon seit einer Ewigkeit. Genau genommen hatten sie sie zu einer Zeit getroffen, als Jackson noch nicht klar gewesen war, was für einen Langweiler Rachel in ihm sah. Wahrscheinlich hatte sie das damals selbst noch nicht gewusst. Und jetzt gab es Typen wie die De-Winter-Zwillinge in ihrem Leben. Kein Wunder also, dass sie ihn abblitzen ließ.

Angeblich war ihr gerade erst eingefallen, dass sie bis zum nächsten Tag noch eine Hausarbeit fertigschreiben musste, die wichtig für ihre College-Bewerbungen war. Wer's glaubte. *Kein Problem*, schrieb er und ließ sich auf die Treppe fallen, die zu Hollys und seiner Wohnung führte.

Ehrlich? Du bist der Beste! Die Worte erschienen, eingerahmt von jeder Menge Emojis, nur Sekunden nachdem er seine Nachricht abgeschickt hatte, auf dem Bildschirm seines Handys. Ja, er war der Beste. Oder eher der größte Trottel der Welt.

Ich mach es wieder gut, schrieb sie weiter. *Morgen Cookies?,* ploppte die nächste Nachricht auf.

Klingt cool, tippte er und schob das Handy in die Tasche seiner Jeans.

Über ihm klapperte die Tür, und im nächsten Moment kam Holly die Treppe herunter. Im Vorbeigehen wuschelte sie ihm mit der Hand durch die Haare, als wäre er noch immer fünf Jahre alt. Jackson hasste das und fuhr sich über seine Locken.

»Bleibt es bei Kino mit Rachel?«, wollte seine Schwester

wissen. Sie wollte zum Fairway, wo sie heute Abend hinter dem Tresen stehen würde.

»Sicher«, brummte Jackson. Er hatte im Moment keine Lust, ihr zu erklären, dass Rachel ihn versetzt hatte.

Holly winkte ihm über die Schulter zu. »Vergiss nicht, vorher noch mal mit Potter rauszugehen.«

Jackson verdrehte die Augen. Er ersparte sich eine Antwort. Als seine Schwester im Restaurant verschwunden war, stand er auf. Er konnte genauso gut gleich mit dem Hund Gassi gehen, ehe er sich hinter seinen PC klemmte und versuchte, einen Kumpel zu einer Zocker-Session zu überreden.

Er hatte gerade den Fuß auf die erste Stufe der Treppe gesetzt, als hinter ihm ein Auto auf den Hof schoss und so scharf bremste, dass der Kies aufspritzte. Jackson fuhr herum.

»Hey, Clark!« Nathaniel De Winter lehnte sich auf der Beifahrerseite aus einem BMW-Cabrio und prostete ihm mit einer Bierdose zu. Mit einer lässigen Bewegung schob er seine Sonnenbrille auf den Kopf. »Was steht an?«

Jackson ging zum Wagen hinüber. Cedric saß hinter dem Steuer und grinste ihn an. »Für dich«, sagte er und hielt ihm über den Kopf seines Bruders hinweg eine Plastikkarte entgegen.

»Was …?« Als Jackson begriff, dass er einen Führerschein in der Hand hielt, von dem ihm sein Gesicht entgegenblickte, drehte er sich erschrocken nach seiner Schwester um. Doch sie stürmte nicht wie eine Furie aus dem Fairway. Mit klopfendem Herzen betrachtete er den Führerschein genauer. »Was soll das?«, fragte er Cedric, der ihm immer noch lieber war als Nathaniel.

»Wir machen einen kleinen Abstecher in eine Bar auf dem

Festland«, erklärte Cedric über das Brüllen des Autoradios hinweg. »Falls du Bock hast, bist du dabei, Alter.«

Jackson zögerte. Wenn Holly herausfand, dass er mit einem gefälschten Führerschein in eine Bar marschierte, würde sie ihn töten. Mit bloßen Händen. Bis jetzt hatte sie ihm noch nicht einmal eine Strafe für das Kiffen aufgebrummt. Vermutlich war sie noch dabei, sich etwas extrem Fieses auszudenken. Andererseits gingen nur coole Typen in eine Bar. Spießer zogen so etwas niemals durch. »Alles klar«, sagte er, ehe ihn der Mut verließ. »Ich bin dabei.«

»Läuft bei uns, Alter.« Nathaniel stieß seine Gettofaust gegen Jacksons. »Spring rein, Clark.«

*

Holly nahm einen Korb sauberer Gläser aus der Spülmaschine. Sie ergriff ein Geschirrtuch und polierte jedes einzelne Glas, wischte die letzten Wassertropfen weg, ehe sie es auf ihren Platz im Regal stellte.

»Holly?«

»Hmm.« Der Abend war gut gelaufen. Das Restaurant war genauso gut besucht gewesen wie die Bar. Langsam, aber sicher mischten sich die ersten Feriengäste und Touristen unter die Einheimischen, die ihr auch den Winter über die Treue hielten.

»Holly!«

»Ja?« Sie blinzelte und sah das Telefon an, das Nicky, die heute die Rezeption übernommen hatte, ihr hinhielt.

»Träumst du?«

»Ein bisschen vielleicht.« Holly lächelte. »Was ist denn?«

Erst jetzt wurde ihr bewusst, wie ernst Nickys Blick war. »Die Polizei«, sagte sie leise. »Sie haben es auf deinem Handy versucht, aber du bist nicht rangegangen.«

»Die Polizei«, wiederholte Holly. Ihr Herz raste. Sie starrte den Hörer an, den sie auf keinen Fall in die Hand nehmen wollte. Wenn sie ihn sich ans Ohr hielt …

»Holly, es wird nicht besser, wenn du das Telefon nur anstarrst.« Nicky wurde ungeduldig und wedelte mit dem Hörer vor ihrem Gesicht herum. Sie war jung. Sie wusste nicht, was es bedeutete, Kinder zu haben. Oder einen kleinen Bruder. Sie konnte sich wahrscheinlich nicht einmal im Traum vorstellen, was ein solcher Anruf bedeuten konnte.

Hollys Hand zitterte, als sie nach dem Telefon griff. »Clark«, meldete sie sich mit einer Stimme, die ihr selbst fremd war.

»Guten Abend, Ma'am. Officer Dever vom Polizeibüro in Buzzards Bay. Wir haben Ihren Bruder Jackson hier.«

»Was?« Hollys Finger krampften sich um die Kante der Theke. »Buzzards Bay?« Wieso Buzzards Bay? Die Stadt lag auf dem Festland. Was hatten Rachel und Jackson … Aber das war im Moment unwichtig. »Wie geht es meinem Bruder? Hatte er einen Unfall? Ist er okay? Und was ist mit Rachel?« Sie klang hysterisch. Genau wie an dem Abend, an dem sie ihren Bruder in Dr. Hennings' Praxis geschleppt hatte. Damals hatte es Andrew nicht geschafft, sie zu beruhigen. Jetzt war er noch nicht einmal hier.

»Von einer Rachel ist mir nichts bekannt«, brummte der Officer. »Ihr Bruder war mit zwei Jungen unterwegs. Nathaniel und Cedric De Winter.«

»Aber … diese Namen sagen mir nichts. Sind Sie sicher,

dass es wirklich mein Bruder ist?« Jackson konnte nicht auf einer Polizeiwache in Buzzards Bay sitzen. Aus welchem Grund auch immer. Er war mit Rachel im Kino.

»Ja, Ma'am. Er wurde mit einem gefälschten Ausweis in einer Bar erwischt«, erklärte ihr der Cop ruhig. Mit Sicherheit war er es gewohnt, dass Angehörige sich weigerten, der Wahrheit ins Gesicht zu sehen.

Es dauerte einen Moment, bis Holly verstand, was der Beamte gesagt hatte. Langsam ließ sie sich am Tresen nach unten gleiten, bis sie auf dem Boden saß. »Eine Bar, sagen Sie? Aber, er ist siebzehn.«

»Deshalb der gefälschte Ausweis«, erwiderte er, als sei sie begriffsstutzig.

Sie stützte den Kopf in die Hand. »Ist er jetzt vorbestraft? Brauchen wir einen Anwalt?« Was war noch wichtig? Was musste man bedenken, wenn der kleine Bruder eingesperrt wurde?

»Kommen Sie einfach her, und holen Sie ihn ab. Um die Formalitäten kümmern wir uns, wenn Sie da sind.«

»Ja. Okay. Ich fahre sofort los.« Holly beendete das Gespräch und starrte verständnislos auf das Gläserregal vor sich. Was war in Jackson gefahren? Wieso hatte er sich von einem auf den anderen Tag so verändert? Wenn die Mütter in der Schule über die Aussetzer ihrer Kinder berichteten, hatte sie sich immer innerlich selbst auf die Schulter geklopft. Weil ihr kleiner Bruder so verdammt unproblematisch und pflegeleicht war. Offenbar war das Karma der Meinung, dass es Zeit war, ihr für diese Überheblichkeit einen Denkzettel zu verpassen.

»Holly? Alles in Ordnung?« Nicky beugte sich mit einem

ängstlichen Ausdruck im Gesicht über sie. »Ist etwas passiert? Soll ich jemanden für dich anrufen?«

»Nein.« Abwehrend hob sie die Hand und zog sich am Tresen hoch. Ihre Knie zitterten. »Nein«, wiederholte sie. »Ich habe nur einen Bruder, der sich gerade in ein Teenagermonster verwandelt.« Und ihr damit einen furchtbaren Schock versetzt hatte, fügte sie in Gedanken hinzu. »Ich muss nach Buzzards Bay. Kannst du abschließen?« Sie schnappte sich ihre Handtasche, die sie unter der Theke deponiert hatte, und wandte sich dem Ausgang zu.

»Ähm … Holly?« Nicky wartete, bis sie sich noch einmal nach ihr umdrehte. Sanft befreite sie das Telefon aus ihren verkrampften Fingern, mit denen Holly es gegen den Brustkorb gepresst hatte.

»Oh. Danke.«

»Mach dir keine Sorge um das Fairway. Ich habe hier alles im Griff.«

Holly nickte ihr zu und hastete zu ihrem Wagen. Normalerweise brauchte sie eine gute Dreiviertelstunde nach Buzzards Bay. Diesmal schaffte sie die Strecke in dreiunddreißig Minuten. Sie parkte den Lieferwagen vor der Polizeistation, sprang heraus und stürzte durch die Eingangstür auf die Wache. Ihr Blick irrte umher. Ihre Schritte verlangsamten sich, als sie merkte, dass sie sich allein in einem großen Warteraum befand. Hinter einem verglasten Empfang saß ein Uniformierter. Holly blieb stehen. Sie nahm die gelblich verblichenen, mit Fahndungspostern gepflasterten Wände wahr. Darunter dunkelrote Plastikstühle, die mit Sicherheit noch unbequemer waren, als sie aussahen. Das Linoleum war übersät mit schmutzig grauen Kratzern. Sie atmete tief durch, trat an den Empfang und nickte dem Beamten zu. »Holly Clark. Guten Abend, Sir«, sagte sie durch die kreisrund angeordneten Löcher auf Höhe ihres Gesichts. »Ich möchte meinen Bruder abholen. Jackson Clark.«

»Können Sie sich ausweisen, Ma'am?«, fragte der Officer und schob geschäftig einige Papierstapel hin und her.

Holly holte ihren Führerschein aus dem Geldbeutel und schob ihn ihm hin.

Der Beamte notierte sich ein paar Daten und reichte ihn ihr zurück. Dann gab er ihr einige Formulare durch den Schlitz und ließ sie Holly ausfüllen. Als sie sie zurückreichte, lächelte der Officer verhalten. »Nehmen Sie Platz.« Er nickte zu den Stühlen hinüber. »Das wird einen Moment dauern.«

Holly blieb nichts anderes übrig, als sich auf einen der Plastikstühle zu setzen. Wer wohl sonst hier saß? Mütter, die vor Angst genauso gelähmt waren wie sie gerade? Drogendealer? Oder kleingeistige Rentnerinnen, die ihren Nachbarn anzeigten, weil deren Hunde die Beete im Vorgarten durchwühlten? Als die Eingangstür der Wache geöffnet wurde, blickte sie auf – und erstarrte, als sie den Mann erkannte, der den Raum betrat. Was in aller Welt …?

Der Neuankömmling blieb stehen, den Türknauf noch in der Hand. Als er sie erkannte, breitete sich ein Grinsen auf seinem Gesicht aus. »Wenn das mal keine Überraschung ist«, sagte er mit einer Stimme, die sie mit aller Macht in die Vergangenheit zurückkatapultierte. »Holly Clark.«

Sie starrte ihn an. Fast zwanzig Jahre waren seit ihrem letzten Aufeinandertreffen vergangen. Er sah ein wenig verlebt aus. Sein Bartschatten ließ ihn älter wirken, als er tatsächlich war. Erste graue Strähnen zogen sich durch sein dunkles

Haar. Sie nahm den kleinen Höcker auf seinem Nasenrücken wahr, die Tränensäcke. Sein Blick war allerdings noch genauso durchdringend wie früher. Was zur Hölle wollte er hier?

»Sprachlos?«, setzte er nach. »Du warst doch früher nie auf den Mund gefallen.« Er legte ihr die Hand auf die Schulter und drückte sie kameradschaftlich.

In Hollys Nacken stellten sich die Härchen auf.

»Ich würde ja gerne noch ein bisschen über die alten Zeiten plaudern, aber ich muss meine Neffen abholen.« Er zwinkerte ihr zu. »Wilde Kerle, die beiden.«

Holly ärgerte sich über sich selbst, weil sie den Mund nicht aufbekam und ihn in seine Schranken wies. Sie wollte weder über die alten Zeiten plaudern noch wollte sie, dass er sie auch nur noch ein einziges Mal anfasste. Oder sie überhaupt ansprach.

Er ging zum Empfang. Er schien wesentlich entspannter als sie. Mit lässig verschränkten Armen lehnte er sich gegen die Glasscheibe. »Francis Cartwright III.«, stellte er sich vor. »Ich bin wegen Nathaniel und Cedric De Winter hier.«

Holly starrte auf seinen Rücken. Genau diese Namen hatte ihr der Beamte am Telefon genannt. Diese beiden Jungs waren also mit Jackson unterwegs gewesen. Eine Gänsehaut breitete sich über ihren gesamten Körper aus, als sie begriff. Ihr Bruder hatte sich mit Francis Cartwrights Neffen getroffen. Dann waren es die beiden gewesen, mit denen Jackson gekifft hatte. Oder besser: Von ihnen musste das Gras gestammt haben. Aber ihr Bruder hatte ihr etwas anderes erzählt und behauptet, er sei mit Mitschülern abgestürzt. Doch was hatte die Cartwright-Sippe außerhalb der Saison hier verloren? Wieso gingen die Jungen auf eine öffentliche Schule? Die Fragen brannten ihr unter den Nägeln. Aber sie würde sich hüten, auch nur ein Wort an Francis zu richten. Sie wurde aus ihren Gedanken gerissen, als sich links von ihr eine Tür öffnete. Ihr Bruder kam mit hängendem Kopf in den Warteraum, in der Hand eine braune Papiertüte mit seinen Habseligkeiten. Hinter ihm drängten sich zwei schlaksige Teenager durch die Tür, die fast so groß waren wie Jacks. Im Gegensatz zu ihm schwenkten sie gut gelaunt ihre Tüten.

»Hey, Francis«, rief der mit dem Sidecut. »Die Zellen hier sind gar nicht so übel.«

»Ja, Mann«, stimmte der andere zu. »Die in Boston waren echt viel asozialer.«

Der Beamte saß mit ausdruckslosem Gesicht hinter seiner Glasscheibe, während Francis noch immer breit grinste. »Klappe halten, alle beide«, befahl er, begrüßte seine Neffen aber mit einer Gettofaust.

Jackson ging zu Holly hinüber, ohne den Blick vom Linoleum zu heben. »Bist du fertig hier?«, fragte sie ihn leise. Er nickte stumm. »Dann lass uns verschwinden.«

Holly war auf dem Weg zur Tür, als Francis ihren Namen rief. Sie zwang sich zu einem höflichen Lächeln. Schließlich waren die drei Jungs dabei, die nicht unbedingt etwas von den Ereignissen in der Vergangenheit erfahren mussten. »Bitte?«, fragte sie.

»War echt schön, dich wiederzusehen. Vielleicht haben wir bei unserem nächsten Treffen ein bisschen mehr Zeit, uns zu unterhalten.«

Na klar, sobald ich in der Hölle einen Schneemann gebaut habe, dachte Holly.

Der Sidecut drehte sich zu ihnen um. »Alter, das ist deine Schwester?«, brüllte er quer durch den Raum und unterzog Holly einer Musterung. Von oben nach unten und wieder zurück. So wie er es nur von seinem Onkel gelernt haben konnte. »Du hast gar nicht erwähnt, dass sie so heiß ist.«

Trotz seines gesenkten Kopfes bemerkte Holly, wie Jackson verzweifelt die Augen zusammenkniff. »Raus hier«, zischte sie. Das ließ sich ihr Bruder nicht zweimal sagen.

Sie verließen die Wache, ohne einen Blick zurückzuwerfen. Holly öffnete die Autotüren mit der Fernbedienung. Sie stiegen ein, Holly gab Gas und schoss auf die Straße, noch bevor Francis und seine verkommene Brut die Polizeistation überhaupt verlassen hatten.

Sie fuhren schweigend in Richtung Sagamore Bridge. Plötzlich erblickte Holly einen kleinen Rastplatz. Sie riss das Lenkrad herum und scherte auf die asphaltierte, halb zugewucherte Fläche aus. Sie waren die Einzigen, und so wie dieser Rastplatz aussah, hatte hier schon lange niemand mehr geparkt.

Holly lehnte ihren Kopf gegen den Sitz und atmete tief ein und aus. »Raus aus dem Wagen«, sagte sie leise und öffnete ihre Tür. Der Wind, der ihnen über dem Cape Cod Canal entgegenblies, war eisig. Sie schloss die Jacke und wartete, bis ihr Bruder mit der Geschwindigkeit eines neunzigjährigen Greises vom Beifahrersitz geklettert war. Holly blieb auf ihrer Seite stehen. Ihr Bruder klugerweise auf der anderen.

»Sieh mich an«, verlangte Holly. Inzwischen hatte sie den Schreck überwunden, den das Wiedersehen mit Francis ausgelöst hatte. Sie war stinksauer.

»Es tut mir leid«, sagte Jackson so leise, dass sie die Worte über die pfeifenden Böen hinweg nur erahnen konnte.

»Was genau …«, Holly schlug mit der flachen Hand auf die Motorhaube, »… tut dir leid?« Er zuckte zusammen. »Dass du dich mit einem gefälschten Ausweis in einer Bar herumgetrieben hast? Und dann noch gemeinsam mit dem Abschaum der Sommergäste! Wie konntest du dich nur mit Cartwrights Neffen einlassen? Sie haben dich überredet, oder? Zum Kiffen genauso wie zu diesem kleinen Ausflug, habe ich recht?«

Jackson straffte die Schultern. Seine Augen verengten sich. »Kann ich keine eigenen Entscheidungen treffen? Denkst du, ich bin nicht in der Lage, selbst Scheiße zu bauen?«

»Bist du etwa stolz darauf?« Sie presste die Hände auf die Motorhaube, weil sie befürchtete, sonst eine Delle in ihr Auto zu schlagen. »Du wolltest mit Rachel ins Kino gehen. Du hast mich verdammt noch mal angelogen. Das zweite Mal in dieser Woche. Hat die Polizei Fotos von dir gemacht? Deine Fingerabdrücke genommen?« Sie musste sich Mühe geben, dass ihre Stimme sich nicht überschlug.

»Ja«, sagte Jackson und senkte den Kopf wieder ein Stück.

»Super.« Holly hob die Hände und ließ sie in einer resignierten Geste wieder fallen. »Das macht sich prima in deinen Bewerbungsmappen fürs College.«

Jacksons Kopf ruckte wieder hoch. Kampfbereit funkelte er sie an. »Wann begreifst du das endlich? Ich will nicht auf irgendein bescheuertes College. Ich will segeln. Nur das interessiert mich.« Die letzten Worte verklangen leise. Als er begriff, dass es vermutlich die dümmste Idee war, Holly ausgerechnet daran zu erinnern, wie sehr er das Segeln liebte.

Natürlich wusste sie das. Aber so konnte sie die Strafe auf der Stelle aussprechen. »Segeln wirst du erst einmal nicht mehr. Nicht auf absehbare Zeit. Vielleicht verkaufe ich den Sunfish. Dann hat sich das ein für alle Mal erledigt.«

»Holly!« Blankes Entsetzen stand in seinen Augen.

»Darüber diskutiere ich nicht mit dir.«

»Du diskutierst nicht! Du schreist mich an!«, setzte sich Jackson zur Wehr.

Holly ignorierte ihn. »Steig ein«, fauchte sie. »Und wage es ja nicht, mir heute noch ein einziges Widerwort zu geben.«

13

Holly saß an ihrem Küchentisch und starrte in die Dunkelheit, bis der Morgen den ersten sanften Schimmer über den Horizont schickte. Als sie in der vergangenen Nacht nach Hause gekommen waren, hatte Potter sie bereits jammernd an der Tür erwartet. Natürlich war ihm ein Unglück passiert. Jackson hatte sich entschieden, mit den De Winters um die Häuser zu ziehen, statt mit dem Hund Gassi zu gehen. Sie hatte ihrem Bruder aufgetragen, die Sauerei zu beseitigen und noch einmal mit Potter rauszugehen, was er ohne Murren erledigt hatte. Allein das zeigte ihr, wie schuldig Jackson sich fühlte.

Sie stützte den Kopf in die Hände. Warum hatte Jackson sich nur ausgerechnet mit Francis Cartwrights Neffen eingelassen? Wenn er diesen Namen in ihrer Gegenwart erwähnt hätte, hätte sie ihn warnen können, dass beim Umgang mit dieser Familie Ärger vorprogrammiert war. Francis Cartwright III. Holly strich über die Gänsehaut, die sich auf ihren Armen gebildet hatte. Fast zwanzig Jahre waren seit jenem ereignisreichen Sommer vergangen. Seit Andrew und sie sich zum ersten Mal geliebt hatten – wegen einer Wette von Andrew und Francis. Zwei Jahrzehnte war es her, dass sie Francis' Hände auf ihrer Haut gespürt hatte. Seine Küsse.

Sie konnte sich an jeden einzelnen erinnern, als wäre es gestern geschehen.

Potter war wach geworden und schlich sich zu ihr in die dämmrige Küche. Ehe es womöglich zu einem erneuten Malheur kam, legte sie ihm die Leine an und drehte seine morgendliche Runde mit ihm. Als er vor dem Haus noch ein wenig in der Blumenrabatte herumschnüffelte, sah Holly zu Dr. Hennings' Praxis hinüber. Die Fenster waren um diese Uhrzeit noch dunkel. Andrew war noch längst nicht hier. Sie fröstelte und zog ihre Jacke enger um sich. Andrew und Francis. Was für ein Zufall. Die beiden gleichzeitig auf der Halbinsel. Genau wie früher. Hatten sie sich hier verabredet? Was, wenn das stimmte? Was, wenn … Holly schüttelte den Kopf über sich. Sie war keine sechzehn mehr. Sie ließ sich nicht mehr behandeln wie ein Teenie. Sie würde einfach über die Straße gehen und Andrew fragen, was das Ganze zu bedeuten hatte. Am liebsten hätte sie sich auf die Treppe vor der Praxis gesetzt und auf ihn gewartet. Aber dazu blieb keine Zeit. Sie musste zum Großmarkt, die Bestellung für das Fairway abholen.

»Na komm schon.« Sie zog leicht an Potters Leine und stieg die Stufen zur Wohnung hinauf. Der Hund trottete hinter ihr her und kroch zurück in Jacksons Bett, sobald sie ihn von seinem Halsband befreit hatte. Sie schrieb ihrem Bruder eine Nachricht, die ihn daran erinnerte, dass er nicht einmal im Traum daran denken sollte, die Schule zu schwänzen, und im Anschluss an den Unterricht gefälligst sofort nach Hause kam. Zufrieden mit dieser ersten erzieherischen Maßnahme ergriff sie ihre Autoschlüssel und machte sich auf den Weg.

*

Andrew hatte sich schneller als erwartet in Dr. Hennings' Praxisroutine eingefunden. Er erledigte die morgendlichen Blutentnahmen und überließ es Mary Ann, sie gemeinsam mit den Urinproben ins Labor zu schicken. Heute befand sich auch sein eigenes und Niclas' Blut bei den Proben, weil getestet werden sollte, ob sie sich für eine Nierenspende eigneten. Obwohl sein Bruder nach dem Zwischenfall mit einem Serienmörder im vergangenen Herbst nicht mehr für eine Organtransplantation infrage kam. Nachdem dieser Irre Marie entführt hatte, war Niclas bei dem Versuch, den Mann zu überwältigen und Marie zu befreien, so schwer verletzt worden, dass eine seiner Nieren hatte entfernt werden müssen. Er konnte also nicht spenden. Es blieb zu hoffen, dass Andrew oder seine Mutter die Voraussetzungen für eine Transplantation erfüllten. So groß das Zerwürfnis zwischen Andrew und seinem Vater auch war, selbstverständlich würde er ihm dieses Geschenk nicht verwehren. Niclas hatte Wort gehalten und Theodor davon überzeugt, ihm Einblick in die medizinischen Unterlagen zu gewähren. Dr. Leeberman hatte ihn am Vormittag angerufen und über den aktuellen Gesundheitszustand seines Vaters in Kenntnis gesetzt. Er war genau so, wie Andrew befürchtet hatte. Zum Glück gab es die Möglichkeit einer Organspende und damit die Chance für seinen Vater, steinalt zu werden und ein verhältnismäßig normales Leben zu führen. Immerhin hatte er auf den Rat seines Arztes gehört und sein Büro vorübergehend von der Bank nach Hunter House verlegt. Er ließ sich sogar von Georgina unter die Arme greifen. Dass seine Eltern in ihrer Ehe ein solches, nahezu friedfertiges, Stadium erreicht hatten, glich an sich schon einem Wunder.

Ein Klopfen holte Andrew aus seinen Gedanken. Mary Ann hatte ihm keine weitere Patientenakte gebracht, weshalb er davon ausgegangen war, dass er vor der Mittagspause keinen Termin mehr hatte. »Herein.«

Die Tür ging auf, und Holly stand vor ihm. »Hi«, sagte sie und blieb für einen Moment stehen. Dann kam sie herein und schloss die Tür. Angesichts ihres Anblicks musste Andrew schlucken. Jeans, eine weiße Bluse unter einer abgewetzten Lederjacke und Stiefel. Flashbacks ihrer beiden explosiven Begegnungen in Sunset Cove tauchten vor seinem inneren Auge auf. Erinnerungen, dass ihm dermaßen heiß wurde, dass er am liebsten den obersten Knopf seines Hemdes geöffnet hätte. Am vergangenen Abend hatte er sich dabei erwischt, wie er darauf gelauscht hatte, ob ein Lieferwagen die Einfahrt zum Sommerhaus hinaufgerumpelt kam. Es war still geblieben. Wahrscheinlich hatte Holly gearbeitet. Und eigentlich hatte er kein Anrecht darauf, sie regelmäßig zu sehen. Nach Hollys Gesichtsausdruck zu urteilen, wurde sie anscheinend nicht von den gleichen sinnlichen Erinnerungsfetzen geplagt wie er. Sie wirkte aufgewühlt. Wütend. Unter ihren Augen lagen dunkle Ringe, und ihr Blick war wachsam. Eine ernst zu nehmende Warnung für ihn, dass er Vorsicht walten lassen musste. »Was kann ich für dich tun, Holly?«, fragte er.

»Wusstest du es?«

»Wusste ich was?«

Holly stemmte die Hände in die Hüfte und beugte sich angriffslustig vor. »Francis Cartwright III.«

»Francis?« Erstaunt erhob sich Andrew.

»Er ist auf Cape Cod«, erklärte Holly.

»Nein, davon wusste ich nichts.« Er war ehrlich überrascht.

»Ach ja? Was treibt er hier? Das ist doch kein Zufall, dass ihr gleichzeitig hier auftaucht.«

»Holly!« Andrew hob beschwichtigend die Hände. Sie war wirklich aufgebracht. »Wir haben uns nicht hier verabredet, falls du das meinst. Ich wusste nicht, dass jemand in Harbour Hill wohnt. Und schon gar nicht Francis, der hier alles immer zum Kotzen fand. Warum regt dich das so auf? Ich dachte, wir wollten die Vergangenheit ein für alle Mal hinter uns lassen.«

»Es gibt Dinge, die man nicht hinter sich lassen kann.« Frustriert hob sie die Arme und ließ sie wieder sinken. »Francis hat seine Neffen dabei. Sie gehen offenbar seit Kurzem in die Nauset Regional High und haben das Marihuana besorgt, das mein Bruder geraucht hat.« Holly rieb sich über die tiefe Falte, die sich zwischen ihre Brauen gegraben hatte. »Gestern Abend wurde Jackson zusammen mit ihnen in einer Bar in Buzzards Bay erwischt.«

Diese Jungen klangen wie die perfekten Klone ihres Onkels in seiner Jugend. Andrew rieb sich über das Kinn. »Das kommt mir irgendwie bekannt vor. Wenn ich mich richtig erinnere, konntest du Francis doch früher auch nicht widerstehen.« In dem Moment, in dem er die Worte ausgesprochen hatte, wusste Andrew, dass er einen Fehler gemacht hatte. Er wollte die Vergangenheit nicht wieder aufleben lassen. Sie sollte nicht zwischen Holly und ihm stehen. Und ihre Reaktion zeigte deutlich, dass er eine Grenze überschritten hatte. Ihr Gesichtsausdruck wurde zu einer steinernen Maske. Sie wurde so blass, dass ihre Augenringe wie dunkle Halbmonde hervorstachen.

»Du mieser Arsch!« Andrew war sich sicher, dass Holly ihm die Worte ins Gesicht schreien wollte, doch sie kamen nur als heiseres Flüstern über ihre Lippen. Sie machte auf dem Absatz kehrt und wollte aus dem Zimmer stürmen.

Andrew erwischte sie im letzten Moment am Arm und hielt sie zurück. »Es tut mir leid«, sagte er. »Ich bin ein Idiot.«

Holly wehrte sich, und er ließ sie los. Doch statt zu gehen, stand sie regungslos da. Die linke Hand auf dem Türknauf, starrte sie auf die Holzmaserung vor sich. Dann atmete sie tief ein und wandte sich langsam um. »Stimmt«, sagte sie. »Du bist ein Idiot.« Sie machte einen Schritt auf ihn zu. »Wir haben uns darauf geeinigt, die Vergangenheit ruhen zu lassen. Trotzdem muss ich nicht davon begeistert sein, dass Francis auf einmal wieder hier ist und mein Bruder ausgerechnet mit seinen Neffen herumhängt. Ich glaube, er hetzt sie mit Absicht auf, damit sie irgendwelchen Blödsinn anstellen und Jackson da mit reinziehen, er will mich aus der Reserve locken.«

»Vielleicht nimmst du das zu persönlich«, versuchte Andrew, sie zu beruhigen. »Ich wusste jedenfalls nicht, dass Francis hier ist. Wirklich nicht«, wiederholte er, um seine Worte zu unterstreichen. Er war zwar auch nicht unbedingt scharf darauf, einem so bescheuerten Typen wie Cartwright über den Weg zu laufen. Aber ein bisschen melodramatisch war Hollys Ausbruch schon. Er umfasste abermals Hollys Arm und zog sie an sich. Sie sträubte sich einen Moment, gab dann aber nach und lehnte sich gegen ihn. Beruhigend strich er mit seinen Händen über ihre Arme und legte sie dann auf ihre Schultern. Die Muskeln waren steinhart. Sanft massierte er ihre Schultern und den Nacken, bis sie ein Seufzen von sich gab und ihre Stirn gegen seinen Brustkorb sinken ließ. »Hast du Kopfschmerzen?«, fragte er leise.

Holly schüttelte leicht den Kopf.

»Sicher?« Ihre Augenringe und die Falte über ihrer Nasenwurzel überzeugten ihn vom Gegenteil.

»Ein bisschen«, gab sie schließlich zu.

»Du hast zu wenig geschlafen und bist total verspannt. Versprich mir, ausreichend Wasser zu trinken und heute Abend zeitig ins Bett zu gehen.«

»Ja, Herr Doktor«, murmelte sie an seinem Arztkittel. Dann hob sie den Kopf und blickte ihn ernst an. »Du wusstest wirklich nicht, dass Francis hier ist?«

Andrew hatte das Gefühl, dass ihr die Antwort auf diese Frage unheimlich wichtig war. »Ich hatte keine Ahnung, Holly.« Er strich mit den Daumen über ihr blasses Gesicht.

»Warum bist du nach Cape Cod gekommen?«, bohrte sie weiter.

»Weil ich in Boston suspendiert wurde, nachdem ich einen Patienten angegriffen habe. Ein Arschloch, aber trotz allem ein Patient. Das ist eine lange Geschichte.«

»Ich will sie hören«, verlangte Holly, und Andrew verstand, dass das für sie aus irgendeinem Grund von großer Bedeutung war. Er erzählte ihr von der tragischen Nacht in der Notaufnahme, und Holly schlang die Arme um seine Taille. »Ich hatte nach dem Vorfall einfach das Bedürfnis, mich zu verstecken«, endete er schließlich. »Deshalb bin ich hier. Deshalb habe ich Pauls Angebot angenommen und kümmere mich um die Praxis. Mit Francis hat das nichts zu tun.« Er senkte den Kopf und berührte mit seinen Lippen leicht ihr Gesicht. Küsste die dunklen Ringe unter ihren Augen. Die

Sommersprossen auf ihrer Nase. Er atmete ihren unvergleichlichen Duft ein. Und als er ihren Mund fand, presste Holly ihre Lippen fordernd auf seine. Fieberhaft fuhr sie mit ihren Fingern durch seine Haare.

Andrew zog Holly noch fester an sich. Eng umschlungen taumelten sie rückwärts, bis er die Kante seines Schreibtischs hinter sich spürte. Er vertiefte den Kuss. Er glitt mit der Hand unter den Saum ihrer Bluse und streichelte ihre zarte Haut. Sie tat es ihm gleich, schob die Hände unter seinen Kittel und zog das Hemd aus seinem Hosenbund. Sie liebkoste seinen Rücken.

Er drehte sich mit Holly in den Armen um und hob sie auf den Schreibtisch. Dann drängte er sich zwischen ihre Schenkel und presste sich an sie, während er sie immer noch stürmisch küsste.

»Andrew!«

»Ja«, murmelte er an Hollys Lippen.

»Andrew?«

Holly löste sich von ihm, und er begriff, dass nicht sie diejenige gewesen war, die seinen Namen gerufen hatte, sondern Mary Ann, die auf der anderen Seite der Sprechzimmertür stand. Andrew wich ein Stück zurück. Die größte Klatschtante der Halbinsel musste sie nicht gerade eng umschlungen auf seinem Schreibtisch erwischen.

»Ich mache Mittagspause«, rief sie durch die geschlossene Tür. »Ich schließe vorn ab. Bis später.«

Andrew lehnte seine Stirn gegen Hollys, doch sie schob ihn sanft zurück. »Ich muss gehen«, flüsterte sie. Sie legte ihre Hand an seine Wange und küsste ihn ein letztes Mal sanft. »Und ich bin froh, dass du nichts mit Francis zu tun hast.«

Sie rutschte vom Tisch, und Andrew musste einen Schritt zur Seite treten.

»Holly!«

Sie war bereits auf dem Weg zur Tür und blieb abrupt stehen. Über die Schulter blickte sie ihn an. So, als hätte sie Angst, ihm zu nahe zu kommen, weil sie sich dann nicht mehr im Griff hatte.

»Geh mit mir segeln«, platzte er heraus. »Dieses Wochenende.«

»Ich überlege es mir«, sagte sie und verließ das Sprechzimmer.

»Warte«, rief er ihr hinterher, als ihm klar wurde, dass Mary Ann die Vordertür der Praxis abgeschlossen hatte. »Ich lass dich raus.«

*

Francis parkte vor dem Fairway und schob seine Sonnenbrille auf den Kopf. Der Tag war kalt und der Wind alles andere als angenehm. Aber die Sonne schien von einem knallblauen Himmel. Ihre Strahlkraft passte zu Francis' fabelhafter Laune. Der Abend auf der Polizeistation in Buzzards Bay hatte ihm einen kleinen Vorgeschmack auf den Sommer gegeben. Holly Clark hatte seine Langeweile vertrieben. Sie war noch genauso kratzbürstig wie früher. Was Francis verdammt sexy fand. Er mochte es, wenn die Kätzchen ihre Krallen ausfuhren.

Gerade eben hatte er mit seiner Schwester telefoniert und ihr erzählt, dass er es sich für ein paar Wochen im Haus eines Freundes in den Hamptons gut gehen ließ. Es bereitete ihm ein höllisches Vergnügen, dass seine Neffen nach seiner Pfeife tanzten und Dinge taten, die Isabelle die Zornesröte ins Gesicht getrieben hätten, allerdings hatte sie nicht den Hauch einer Ahnung. Der vergangene Abend war ein echtes Highlight gewesen. Natürlich hatte er das Risiko nicht ausschließen können, dass die Cops darauf bestanden, die Eltern der Jungen anzurufen. Eine unbekannte Größe in seinem Plan, die ein aufgeregtes Kribbeln durch seine Spielerseele jagte und seine miefige Langeweile vertrieb. Doch letztendlich waren Polizeichefs in Kleinstädten auch nur Menschen. Ein kleines, harmloses Gespräch, wie wichtig gute Ausrüstung war, kombiniert mit einem Scheck, hatte ihm den Weg geebnet. Sie hatten ihn, ohne mit der Wimper zu zucken, als Erziehungsberechtigten der Zwillinge akzeptiert.

Nach dem Zusammentreffen mit Holly in Buzzards Bay und seinem Traum vergangene Nacht, in der die Teenagerversion von ihr die Hauptrolle gespielt hatte, lechzte er nach einem Wiedersehen. Er hatte sich für ein Bier im Fairway entschieden. Voll prickelnder Energie sprang er aus seinem Porsche und warf die Tür schwungvoll hinter sich zu. Als er um seinen Wagen herumging, fiel sein Blick auf die gegenüberliegende Straßenseite. Seine Schritte stockten, als er Holly erkannte. Sie trat aus dem Gebäude, in dem früher – und dem Schild nach zu urteilen noch immer – die Arztpraxis von Dr. Hennings untergebracht war. Der Typ, der im Türrahmen lehnte und auf sie einredete, kam Francis bekannt vor. Für einen Moment konnte er ihn nicht einordnen, dann begriff er, und Adrenalin schoss durch seine Adern. Andrew Hunter. »Sieh mal einer an«, murmelte er und setzte seine Sonnenbrille wieder auf, ehe er ins Fairway ging.

Er konnte sich nicht richtig erinnern, wie es früher hier ausgesehen hatte. Viel verändert schien sich aber nicht zu haben. Wesentlich interessanter fand er, dass sich Hunter auf Cape Cod herumtrieb. In der Arztpraxis vom alten Hennings. Und natürlich hatte sich Holly bereits wieder an seine Hacken gehängt. Er konnte ein Grinsen nicht unterdrücken, als er die Bar betrat und sich an den Tresen setzte. Alles fühlte sich an wie vor zwanzig Jahren. Er war wieder ein siebzehnjähriger Teenager, der um die Gunst des heißesten Mädchens der Halbinsel konkurrierte. Im Gegensatz zu damals durfte er inzwischen legal Alkohol konsumieren. Der Ehrgeiz und das Verlangen, zu gewinnen, waren allerdings noch genauso stark.

Er bestellte bei der hübschen Bardame ein Bier vom Fass und sah ihr dabei zu, wie sie es zapfte. Als sie es auf den Tresen stellte, erschien eine Hand in seinem Blickfeld und schob das Glas zur Seite, ehe er danach greifen konnte. »Holly«, sagte er, als sein Blick an der diebischen Hand vorbei über die Schulter glitt und schließlich ihr Gesicht erreichte.

»Was hast du hier verloren?«, fragte sie leise, damit die anderen Gäste nichts merkten. Sie hielt das Glas umklammert und legte den Kopf schief, ihre kinnlangen Locken wippten auf und ab. Wie schon neulich nachts bedauerte er es insgeheim, dass sie ihre Haare inzwischen so kurz trug. Diese wilden, langen Locken waren wirklich sexy gewesen. Mit den Fingern hindurchzufahren, die Hände darin zu vergraben …

»Francis!«, holte Holly ihn aus seinen Erinnerungen zurück. Ihre Augen sprühten Funken. »Noch einmal: Was willst du hier?«

Er setzte das Grinsen auf, mit dem er bei den Frauen am

meisten punkten konnte. »Ich freue mich einfach, eine alte Freundin zu sehen, und trinke in ihrer Bar ein Bier.«

»Wir sind keine Freunde, Cartwright. Wir waren es nie.« Sie hielt das Glas über die Spüle und kippte sein Bier ganz langsam aus, ohne ihn aus den Augen zu lassen. »Und wir werden es nie sein.«

Ja, sie stellte die Stacheln auf. Francis glitt mit dem Zeigefinger über den kleinen Höcker auf seinem Nasenrücken und zwinkerte ihr zu. »Ich wäre mir da nicht so sicher. Immerhin schuldest du mir noch was. Da wäre eine Freundschaft doch ein guter Anfang.« Hollys rechte Hand lag auf dem zerkratzten Holz der Theke. Als er mit dem Finger darüberfuhr, zuckte sie zusammen und trat einen Schritt zurück, als hätte er eine ansteckende Krankheit. Das hatte sie schon einmal getan. Ein wenig ließ seine gute Laune nach und machte Ärger Platz. Holly Clark ritt doch tatsächlich noch immer auf ihrem hohen Ross durch die Gegend. Auch wenn sie keinen Grund dazu hatte.

Zornige rote Flecken, die sich mit ihrer Haarfarbe bissen, blühten auf ihren Wangen auf. Aus ihren Augen schossen Blitze. »Ich schulde dir gar nichts«, zischte sie wütend. »Verschwinde aus meiner Bar. Du bist hier nicht willkommen.«

Die Begeisterung über die aufregenden Sommerwochen, die vor ihm lagen, kühlte langsam ab. Er hielt ihrem Blick stand. »Kannst du es dir leisten, so mit deinen Gästen umzugehen?«, fragte er sie mit dem süßlichen Unterton, den er sich für Personal aufsparte, das seinen Vorstellungen nicht gerecht wurde.

»Ja, das kann ich mir leisten.« Ehe Francis etwas erwidern konnte, fuhr sie fort: »Und lass ein für alle Mal die Finger von meinem Bruder. Sonst wird es dir leidtun. Das gilt auch für deine verkommenen Neffen.«

Er schnalzte mit der Zunge. Offenbar begann gerade ein anderes Spiel. Eines, in dem Holly, das kleine, arrogante Kellnermädchen glaubte, am längeren Hebel zu sitzen. »Du lehnst dich ja weit aus dem Fenster, Holly Clark. Soll ich das als Drohung auffassen?«

»Nein.« Sie beugte sich vor, so, dass nur er sie hören konnte. »Keine Drohung. Ein Versprechen. Und jetzt …«, sie nickte in Richtung Tür, »raus!«

Francis wusste, wie eiskalt das Lächeln wirkte, das er ihr schenkte. Er hatte es in seinem Leben schon genügend Menschen spüren lassen. »Und ich verspreche dir, dass du das bereuen wirst.« Er tippte sich mit dem Zeigefinger an die Stirn. »Wir sehen uns, Holly.« Ehe sie etwas erwidern konnte, rutschte er vom Barhocker und ging.

Er setzte sich hinter das Lenkrad seines Porsche und überlegte. Niemand konnte es sich erlauben, Francis Cartwright III. so zu behandeln, ohne sich irgendwann zu wünschen, ihm nie begegnet zu sein.

14

Der Nachmittag zog sich in die Länge. Andrew hatte nicht viele Patienten zu versorgen. Das ließ ihm jede Menge Zeit, über Holly nachzudenken. Und über das, was zwischen ihnen war. Die Anziehungskraft war geradezu magnetisch. Er konnte sich nicht daran erinnern, wann er sich zum letzten Mal so von einer Frau angezogen gefühlt hatte. Oder überhaupt. Holly hatte über so viele Jahre seine Gedanken beherrscht. Jedenfalls, bis Francis ihn über Hollys Motive aufgeklärt hatte. All das lag so lange zurück, dass die Erinnerungen an ihren Verrat längst zu vagen Schatten verblasst waren. Inzwischen hatte Andrew diesen Teil ihrer gemeinsamen Geschichte abgehakt. Holly und er waren erwachsen. Sie hatten Erfahrungen gesammelt. Warum sollten sie nicht noch einmal von vorn beginnen? Andrew hatte sich lange nicht mehr so lebendig und vollständig gefühlt wie mit Holly. Sie hingegen versuchte, die Verbindung, die nach wie vor zwischen ihnen bestand, zu leugnen. Mit aller Kraft wollte sie ihn auf Abstand halten, indem sie die Leidenschaft zwischen ihnen als pures Verlangen abtat und nach dem Sex einfach aufstand und ging. Im Grunde genommen benahm sie sich so, weil auch sie noch immer das Band zwischen ihnen spürte. Es war stark und reißfest. Das machte Holly Angst.

Denn sie hatte sich zu einer Frau entwickelt, die gerne die Zügel in den Händen hielt und alles unter Kontrolle hatte.

Doch nun war Francis hier. Andrew wusste nicht, was das für die Gefühle bedeutete, die zwischen Holly und ihm neu zu wachsen begannen. Cartwright war ein Idiot gewesen, solange Andrew sich erinnern konnte. Aber er hatte in ihrer Jugend das Sagen auf der Halbinsel gehabt, und er war scharf auf Holly gewesen und hatte durchklingen lassen, dass sie sich ebenfalls nähergekommen waren, und ihm damit das Herz gebrochen. Andrew hatte keine Ahnung, warum er trotzdem mit ihm und seinen Kumpels abgehangen hatte. Nachdem Holly Andrew gleichzeitig die schönsten Stunden beschert hatte, die sich sein verknalltes Teenagerherz nur vorstellen konnte, nur um ihm gleichzeitig die Enttäuschung seines Lebens zu bereiten. Das war keine Freundschaft, auf die er im Nachhinein stolz war. Wenn er bedachte, wozu Francis' Neffen Hollys Bruder angestiftet hatten, war mit Sicherheit in den nächsten Wochen jede Menge Ärger vorprogrammiert.

Andrew schloss die Praxis pünktlich und machte sich auf den Heimweg. Vielleicht würde Holly heute Abend in Sunset Cove vorbeischauen. Er hatte sie nicht eingeladen. Aber dessen hatte es ja auch bei ihren beiden letzten Treffen nicht bedurft. Als er seinen Wagen vor der Garage abstellte, erkannte er, dass aus ein paar leidenschaftlichen Stunden mit Holly nichts werden würde. Neben seinem SUV parkte Jakes Pick-up. Niclas hatte ihm gesagt, dass der Freund für ein paar Tage im Sommerhaus pennen würde. Nächte, die Andrew keinesfalls mit Holly hier verbringen wollte. Zum einen, weil er keine Lust hatte, das, was zwischen ihnen geschah, erklären zu müssen.

Zum anderen würde Holly hier sowieso nicht auftauchen, solange er Besuch hatte. Als er die Haustür öffnete, trat ihm Jake mit einem Bier in der Hand aus der Küche entgegen. Sie umarmten sich zur Begrüßung und schlugen sich auf den Rücken. Andrew nahm das Bier, das Jake ihm hinhielt.

»Ist es so weit?«, wollte Andrew wissen und trank einen Schluck. »Kannst du die Harbour Beach Brewerie endlich kaufen?«

»Nein. Noch nicht. George Owerton hat mich eingeladen, mit ihm zu brauen«, antwortete Jake.

»Er hat also noch immer keine Eile mit dem Verkauf …«

»Und plant sein Baby in die bestmöglichen Hände zu übergeben«, ergänzte Jake. »Was mir natürlich entgegenkommt. So bleibt mir mehr Zeit für die Suche nach einem Investor.«

»Du hast noch immer niemanden gefunden?« Andrew warf seinen Autoschlüssel in die flache Schale auf dem Sideboard und zog seine Jacke aus. »Nic und ich haben dir gesagt, dass wir …«

Jake hob die Hand und unterbrach ihn. »Nein.« Er sah Andrew ernst an. »Nein, ich will das selbst schaffen. Das weißt du genau.«

»Ja, das weiß ich.« Andrew konnte ihn verstehen. Sein Freund würde sich fühlen, als nehme er Almosen an, wenn er sich auf ein Geschäft mit den Hunter-Brüdern einließ. »Behalte es einfach nur im Hinterkopf, okay?« Jake nickte. »Hast du schon Gespräche mit potenziellen Investoren geführt?«, fragte Andrew.

»Ich hatte noch einmal Kontakt zu Eliza Woodward«, erwiderte Jake. »Du erinnerst dich, dass du mir sie und ihren

Mann auf dem Thanksgiving-Empfang deiner Eltern vorgestellt hast?«

»Na klar. Sie ist ein bisschen distanziert, aber sie hat Geld wie Heu, und ein Teil ihres Unternehmens investiert sie in regionale Firmen.« Obwohl Eliza Woodward etwa in ihrem Alter war, hatten Niclas und Andrew nie viel mit ihr zu tun gehabt. Ihre Jugend hatte sie auf Privatschulen in der Schweiz verbracht, und seit sie verheiratet war, ließ sie sich nur noch selten auf Empfängen und Partys blicken. Soweit Andrew wusste, war sie eine brillante Geschäftsfrau.

»Ich habe ihr meinen Businessplan vorgelegt, und sie ist zumindest nicht abgeneigt.« Nervös rieb Jake seine Hände über die Oberschenkel. »Noch habe ich nichts von ihr gehört.«

»Sie wird investieren. Da bin ich mir sicher.«

»Na ja, solange Owerton mich nicht für den geeigneten Nachfolger für die Harbour Beach Brewerie hält, spielt das sowieso keine Rolle. Morgen arbeite ich mit ihm zusammen. Und am Abend hat er zu einer kleinen Bierverkostung eingeladen. Bist du dabei?«

»War das eine Frage?« Andrew boxte Jake gut gelaunt auf die Brust und grinste. »Wir sollten Nic anrufen. Und heute veranstalten wir einen echten Männerabend. Ich habe noch ein paar ordentliche Steaks im Kühlschrank, die wir auf den Grill werfen können.«

»Darauf freue ich mich im Moment am meisten. Ein anständiger Männerabend ist längst überfällig. Nic habe ich schon angerufen. Er ist auf dem Weg hierher, beziehungsweise, er ist schon da«, korrigierte sich Jake, als hinter ihnen die Haustür geöffnet wurde.

Sie drehten sich um, und Andrew schluckte, als er nicht nur seinen Bruder, sondern auch Holly vor sich stehen sah.

*

Francis' Besuch beschäftigte Holly den Tag über genauso wie Jacksons kleines Barabenteuer. Am Abend schickte ihr Bruder eine Nachricht, dass er bei einer Lerngruppe in der Schule festhing.

»Tut mir leid«, murmelte Holly und scrollte in ihrem Handy zur Nummer der Schule. Sie würde alles überprüfen, bis sie wegen Jacksons Eskapaden eine Entscheidung getroffen hatte. Sie wollte ihrem kleinen Bruder wieder vertrauen können. Wenn ihm das vor seinen Mitschülern peinlich war, musste Jackson selbst damit klarkommen. Beruhigt, dass er tatsächlich in der Schule war, setzte sie sich in ihrem Büro an den Schreibtisch. Sie musste sich um die Buchhaltung des Restaurants kümmern. Und Vorschläge für Niclas' Homepagedesign hatte sie auch noch nicht ausgearbeitet. Doch sobald sie versuchte, sich auf ihre Arbeit zu konzentrieren, tauchte Cartwrights grinsendes Gesicht vor ihrem inneren Auge auf. Schließlich gab sie auf, griff nach ihrem Autoschlüssel und einer Kapuzenjacke und pfiff nach Potter, der es sich in Jacksons Zimmer gemütlich gemacht hatte. Sie ließ den Hund auf den Beifahrersitz ihres Lieferwagens klettern und fuhr nach Sunset Cove hinaus. In der Einfahrt stand neben Andrews Wagen ein Pick-up. Offenbar hatte er Besuch. Deshalb würde sie nicht an seine Tür klopfen, sondern umdrehen und nach Hause fahren. Vielleicht hatte Marie Zeit für einen Spaziergang oder ein Glas Wein. Sie legte den Rückwärtsgang ein und warf einen Blick in den Spiegel, um zurückzusetzen. Doch der Weg wurde bereits von einem weiteren Fahrzeug versperrt, das hinter ihr hielt. Niclas. Er stieg aus und kam zu ihr. Vor Hollys Fahrertür blieb er stehen. »Willst du zu Drew?«, fragte er durch die Scheibe.

Holly öffnete die Tür. »Wollte ich. Aber anscheinend hat er Gäste. Ich komme ein anderes Mal wieder.«

»Ach was.« Niclas winkte ab. »Das ist nur Jake. Er bleibt für ein paar Tage auf Sunset Cove. Komm mit.« Er hielt ihr die Wagentür auf und sah sie auffordernd an.

»Dir schlagen nicht viele Leute etwas ab, oder?«, murmelte Holly und löste ihren Sicherheitsgurt.

»Deshalb bin ich so ein guter Anwalt«, erwiderte er mit einem Zwinkern.

Sie stieg aus, ließ Potter aus dem Auto und begleitete Niclas zur Haustür.

»Seht mal, wen ich draußen aufgelesen habe«, rief er.

Andrew und Jake standen mit einem Bier in der Hand im Wohnzimmer und drehten sich zu ihnen um. Potter machte sich bereits selbstständig und schnüffelte neugierig in den Ecken herum. Wahrscheinlich weil alles nach seinem Kumpel Sam roch. Er schien sich hier wie zu Hause zu fühlen. Im Gegensatz zu Holly. Sie mochte Jake und Niclas, aber sie fühlte sich unbehaglich, weil die beiden sich weiß Gott was zusammenreimten, warum sie in Sunset Cove aufgetaucht war. Warum nur hatte sie sich überreden lassen, mit hereinzukommen? Warum war sie überhaupt hierhergefahren?

»Möchtest du auch ein Bier?«, fragte Niclas sie und ging in die Küche, nachdem er Jake begrüßt hatte.

»Nein, danke.« Holly schüttelte den Kopf. »Jake, schön

dich zu sehen«, wandte sie sich an Andrews Freund und umarmte ihn kurz.

»Gleichfalls«, sagte Jake, »was treibt dich hierher?«

Die drei waren manchmal neugieriger als Schulmädchen. »Ich muss mit Drew reden.« Holly drehte sich zu ihm um und bemerkte, dass er jede ihrer Bewegungen registrierte. »Hast du einen Moment Zeit für mich?«

»Sicher.« Er trank einen Schluck Bier und hakte den Daumen seiner freien Hand in die Gürtelschlaufe.

»Unter vier Augen«, ergänzte Holly, falls er nicht begriffen hatte, dass sie keine Unterhaltung in Gegenwart seines Bruders und seines Kumpels führen wollte.

Andrew ging voraus auf die Terrasse und die Treppe zum Strand hinunter. Holly schloss den Reißverschluss ihres Hoodies und zog die Kapuze über den Kopf, um sich vor dem Wind zu schützen. Potter schoss an ihnen vorbei, stürmte die Stufen hinunter und rannte auf direktem Weg fröhlich bellend in die Wellen.

Erst als sie den Strand erreicht hatten, drehte sich Andrew zu ihr um. »Was führt dich her?«, fragte er. In seinen Augen lag ein herausforderndes Glitzern.

»Nicht das, was du denkst«, erwiderte sie. Plötzlich spürte sie eine leichte Gereiztheit.

Andrew zog die Augenbrauen nach oben. »Ach nein? Ich dachte, du möchtest vielleicht dort weitermachen, wo wir heute Mittag aufgehört haben.«

»Es gibt in meinem Leben noch ein paar andere Dinge, als mit dir zu schlafen.«

Als er merkte, dass sie nicht zu Scherzen aufgelegt war, wurde auch er ernst. »Was ist los?«, fragte er geradeheraus.

»Cartwright«, brachte Holly ihre Gedanken auf den Punkt.

»Was ist mit ihm?« Andrew sah sie abwartend an.

»Ich weiß es auch nicht. Ich weiß nicht einmal, warum ich damit zu dir komme.« Frustriert warf sie die Hände in die Luft, ehe sie ihren Oberkörper umschlang, wie um sich zu schützen.

»Vielleicht kommst du zu mir, weil ich ihn kenne«, meinte Andrew. »Also, was ist mit ihm?«

»Nachdem ich bei dir in der Praxis war und ins Fairway zurückkam, saß er am Tresen«, antwortete sie.

»Was grundsätzlich nicht verboten ist«, gab er zu bedenken.

»Nein. Aber ich will ihn nicht in meinem Restaurant haben«, sprach sie das Offensichtliche aus. Warum musste sie das Andrew überhaupt erklären?

»Hmm. Ich wette, du wolltest am Anfang auch nicht, dass ich ins Fairway komme, oder? Ich habe mich schon glücklich geschätzt, dass du mich nicht mit der Schrotflinte weggejagt hast.«

Holly schwieg. Sie ärgerte sich, weil er recht hatte. »Nein, ich wollte dich nicht im Restaurant haben«, antwortete sie schließlich. »Du hast auf meiner Abschussliste ganz oben gestanden. Aber offenbar hat sich das in den letzten Tagen auf unerklärliche Weise geändert.«

»Beruhigend, dass ich mich nicht mehr vor der Schrotflinte fürchten muss. Vor allem, wenn wir Sex haben, ist es gut zu wissen, dass ich nicht mit einer Kugel im nackten Hintern ende.«

Holly kam nicht umhin, den Mundwinkel zu einem kleinen Lächeln hochzuziehen. »Wer sagt, dass wir noch einmal Sex haben?«

Er zwinkerte und rieb sich über das Kinn. »Ich dachte, meine Qualitäten hätten dich möglicherweise davon überzeugt.« Er wurde wieder ernst. »Zurück zu Francis. Was hat er angestellt, warum kannst du ihn noch weniger leiden als mich?«

Holly zuckte mit den Schultern und schluckte den Kloß in ihrem Hals herunter. »Nichts. Ich kann ihn nur einfach nicht ausstehen«, log sie. Sie wandte sich zum Meer um und starrte über die ruhige graue Fläche in die Unendlichkeit hinaus. »Wie er da heute saß … ich weiß auch nicht. Er macht mir irgendwie Angst«, sagte Holly stirnrunzelnd.

»Komm mal her.« Andrew zog sie in eine Umarmung, und Holly lehnte die Stirn gegen seine Brust. »Was macht dir Sorgen?«, fragte er leise.

»Ich weiß es nicht. Das ist ja das Dumme.« Sie ließ die Hände um seine Mitte gleiten und hielt sich an ihm fest. »Ich spüre einfach die negativen Schwingungen, die von ihm ausgehen. Klingt das verrückt?«

»Ein ungutes Gefühl ist weder dumm noch verrückt, Holly«, entgegnete er leise. »Kannst du es an irgendetwas festmachen?«

Sie schüttelte an seiner Brust den Kopf. »Ich habe ihn aus dem Fairway geworfen und ihm gesagt, er soll seine Finger von Jackson lassen. Woraufhin er sagte, ich werde das bereuen. Ich befürchte, er hat das ernst gemeint.«

Andrew zog Holly noch ein wenig enger an sich, und mit einem Mal fühlte sie sich erstaunlich geborgen. »Francis war schon immer ein Idiot. Da sind wir uns wohl einig. Aber er ist eher der Typ, der das Maul aufreißt, ohne dass etwas dahintersteckt. So war er schon früher. Er hat –

glücklicherweise – nicht genug Arsch in der Hose und spuckt nur große Töne.«

Andrew irrte sich. Francis war schon immer unterschätzt worden. Das hatte ihn in der Vergangenheit zu einem gefährlichen Mann gemacht. Und das hatte sich mit Sicherheit nicht geändert. Darüber wollte Holly allerdings jetzt nicht mit Andrew reden.

»Mach dir keine Gedanken«, fuhr Andrew fort. »Okay?« Er senkte den Kopf und gab ihr einen Kuss auf den Kopf. Eine liebevolle, fürsorgliche Geste, die Hollys Herz einen Schlag aussetzen ließ. Dann hob er ihr Kinn und sah sie ernst und eindringlich an. »Wenn du das Gefühl hast, dass irgendetwas komisch ist, ruf mich an. Jederzeit. Versprichst du mir das?«

»Versprochen«, flüsterte sie.

*

Francis hatte seinen Wagen in einer dunklen Ecke des Parkplatzes abgestellt, damit er unauffällig blieb und das Fairway trotzdem im Blick behalten konnte. Vor einer Weile hatte auf der gegenüberliegenden Seite tatsächlich Andrew Hunter die Praxis von Dr. Hennings abgeschlossen und war in seinen SUV gestiegen. Francis hatte keine Ahnung, was er hier trieb, aber es sah so aus, als arbeitete er hier. Was die Frage aufwarf: Warum? Die Hunters hatten schon immer geglaubt, etwas Besseres zu sein. Sie hatten mehr Geld als andere. Sie schmissen größere Partys als andere. Und natürlich waren sie erfolgreicher. Na ja, zumindest bis Niclas im vergangenen Jahr so richtig auf die Schnauze gefallen war. Francis verabscheute die Arroganz, die die Hunters umgab. Er hätte locker selbst Anwalt oder Arzt werden können, wenn er das gewollt hätte. Dann hätte er allerdings eine eigene Klinik gegründet und sich auf ein Fachgebiet spezialisiert, mit dem man richtig Kohle scheffeln konnte. Plastische Chirurgie oder so etwas in der Richtung. Jedenfalls würde er nicht in der Praxis eines alten Landarztes vergammeln.

Hollys Schicht im Fairway endete einiges später als Andrews Dienst in der Praxis. Sie nahm die Hintertreppe, verschwand in ihrer Wohnung und tauchte kurz darauf mit ihrem Hund wieder auf. Sie bog auf die Straße ab, und Francis startete seinen Porsche und fuhr vorsichtig hinterher. Solange sich Andrew Hunter und Holly Clark beide auf Cape Cod aufhielten, war es nicht schwer, eins und eins zusammenzuzählen. Er folgte ihrem Wagen in einigem Abstand. Als er sicher war, dass sie tatsächlich nach Sunset Cove fuhr, ließ er sich noch weiter zurückfallen und parkte seinen Wagen kurz hinter der Abzweigung in einem Waldweg. Zu Fuß machte er sich auf den Weg zum Sommerhaus der Hunters und entdeckte zu seiner Überraschung neben Hollys und Andrews Wagen zwei weitere Autos, als er das Anwesen erreichte. Er schlich im Schatten der Bäume um das Grundstück herum, bis er sich auf Höhe des Leuchtturms befand. Von hier aus konnte er einen Blick auf die Terrasse des Hauses werfen. »Sieh mal einer an«, murmelte er. Andrew Hunter scharte seine alte Clique um sich, die hauptsächlich aus seinem Bruder bestand. Und aus Jake Foster, einem mittellosen Typen, der sich an die beiden ranhängte wie ein Hündchen. War er nicht der Sohn der Haushälterin oder so was?

Niclas und Jake lehnten, jeder mit einem Bier in der Hand,

am Verandageländer und sahen zum Strand hinunter. Francis folgte ihrem Blick. Und da waren sie. Holly und Andrew. Sie schmiegte sich an ihn, als wäre er ihr Fels in der Brandung. Und er hielt sie fest, als wollte er ein für alle Mal verhindern, dass sich ihre Wege wieder trennten. Dabei dürften sie eigentlich nach all dem Ärger in der Vergangenheit kein Wort miteinander reden. Francis hatte Holly in seine Schranken gewiesen, aus ihrer Bar geworfen. Aber Hunter schmiss sie sich an den Hals. Das lief selbst zwanzig Jahre nach ihrem letzten Aufeinandertreffen noch genauso. Was hatten diese Hunterarschlöcher, was er nicht hatte? Ein Knacken riss ihn aus den Gedanken. Er sah auf seine rechte Hand, die unbewusst den Ast einer Pinie zerbrochen hatte. Das Holz bohrte sich schmerzhaft in seinen Handballen und schärfte seine Sinne. Er zwang sich, einmal tief durchzuatmen, und löste die Finger von der zerfurchten Rinde des Zweiges. Blut tropfte von seiner Handfläche auf den trockenen Waldboden. Für einen Moment stellte er sich vor, es wäre Hunters Blut. Die Überheblichkeit, mit der er durchs Leben ging und sich ein Mädchen schnappte, auf das er kein Anrecht hatte, verlangte geradezu nach einer Bestrafung. Dann stellte er sich vor, dass es Hollys Blut war. Sie war eine verdammte Schlampe. Heute noch genauso wie damals. Ihre Augen sagten ihm, dass sie ihn wollte, aber dann entschied sie sich doch wieder für Andrew. Er trat gegen ein paar halb im Boden versunkene Gesteinsbrocken. Einmal, zweimal, und dann immer wieder. Bis sie sich aus der Erde lösten. Er schleuderte sie auf der von der Bucht abgewandten Seite über die Klippen. Sein zorniger Schrei wurde von den Sturmböen davongetragen.

Schließlich sank er schwer atmend auf die Knie und lehnte

seinen Oberkörper gegen den Stamm einer knorrigen Kiefer. Ein Wutanfall brachte ihm nichts. Er musste durchdachter an die Sache herangehen. Aber eines war sicher. Die Worte, die er Holly zum Abschied gesagt hatte, waren kein leeres Versprechen. Sie würde es bereuen.

15

Am nächsten Abend parkte Andrew seinen Wagen auf dem gepflasterten Parkplatz vor dem alten Backsteingebäude der Harbour Beach Brewerie. Jake und der Besitzer der Brauerei, George Owerton, hatten Niclas und ihn zu einer ganz besonderen Bierverkostung eingeladen. Sie stiegen aus dem Wagen, als George die alte Holzschiebetür aufschob. Heute blieb die Brauerei, in der man normalerweise auch Führungen und Bierproben buchen konnte, für die Öffentlichkeit geschlossen.

»Mr. Owerton.« Niclas reichte ihm die Hand. »Niclas Hunter. Mein Bruder Andrew«, stellte er sie beide vor.

Der Brauereibesitzer schüttelte ihnen die Hände. »Nennt mich George«, sagte er. »Die Förmlichkeiten könnt ihr euch für den Bürgermeister aufheben.« Er grinste sie an. »Ich habe euren Freund ordentlich eingespannt.«

»Ach ja? Haben Sie dem Stadtjungen gezeigt, was echte Arbeit ist?« Andrew und Niclas klatschten sich ab, als wäre ihnen ein besonders guter Witz gelungen.

»Hat er.« Jake kam ihnen entgegen. In Jeans und einem T-Shirt, während er sich mit einem Handtuch die Haare trocken rubbelte. »Wollt ihr sehen, was ich heute getrieben habe?«, fragte er seine Freunde.

»Auf jeden Fall«, sagte Andrew.

»Führ die beiden rum. Ich bereite inzwischen die Bierprobe vor.« George verschwand im Probierraum, und Jake winkte Andrew und Niclas hinter sich her. »Das sind die Lagertanks«, erklärte er, als sie in die Halle mit den großen Tanks traten. »Die habe ich heute gereinigt.«

»Echt jetzt?« Niclas bückte sich und betrachtete die Einstiegsluke, oder wie immer man diese schmale Öffnung nannte. Andrew spähte seinem Bruder über die Schulter. »Da hast du durchgepasst?«, wollte Niclas wissen.

»Ja.« Jake grinste. »Das ist das Mannloch. Es braucht ein paar Tricks, aber man kommt da rein.«

»Kann man so was nicht maschinell machen?« Andrew strich über die kühle Edelstahlwand.

»In großen Brauereien übernehmen das tatsächlich automatisierte Sprühköpfe. Aber bei George läuft alles deutlich traditioneller. Und die Lagertanks sind auch nicht unbedingt schmutzig. Ein Schrubber, Wasserschlauch und Säure. Mehr braucht man dazu nicht. Die Arbeit ist nicht die angenehmste, schlimm ist sie aber auch nicht unbedingt.«

»Sie gehört eben zum Brauprozess«, ergänzte Andrew. Er verstand, worauf Jake hinauswollte.

»Genau. Die Bierränder, der Bierstein und die Hefe müssen entfernt werden. Jedenfalls …«, er rollte die Schultern, »… habe ich danach eine Dusche gebraucht und werde morgen mit Sicherheit merken, dass ich mal wieder richtig gearbeitet habe.« So wie Jake grinste, schien er einen Heidenspaß gehabt zu haben. Sicherlich würde es ihn hart treffen, wenn der Verkauf der Brauerei nicht zustande käme. Die

Harbour Beach Brewerie war genau das, wonach sein Freund jahrelang gesucht hatte.

»Lasst uns in den Probierraum gehen. George wartet bestimmt schon auf uns«, schlug Jake vor.

Die Brauerei war ein Ziegelbau vom Ende des neunzehnten Jahrhunderts. Die roten Ziegelwände im Probierraum waren bis auf Hüfthöhe mit alten, wurmstichigen Brettern ausgekleidet. Die Probiertische bestanden aus ausrangierten Stalltüren, die auf einfache Holzböcke gelegt worden waren. Kupferne Lampenschirme und eine Bar, die aus demselben, in die Jahre gekommenen Holz bestand, ergänzten die rustikale, aber außergewöhnliche Einrichtung.

George hatte auf der Bar einige Flaschen und Gläser, Wasser und Cracker aufgereiht. Andrew und Jake nahmen auf den gusseisernen Hockern mit der abgeschabten Lederpolsterung Platz.

»Die Brauerei ist ein Juwel«, sagte Niclas und drehte sich einmal um die eigene Achse. An der Wand hingen vergilbte Sepiafotografien in grob gezimmerten Holzrahmen, die die Brauerei in den frühen Zwanzigerjahren des vergangenen Jahrhunderts zeigten. Das nostalgische Ambiente wurde abgerundet durch Werbeschilder aus Emaille, die die Biere der Harbour Beach Brewerie anpriesen.

»Ja.« George nickte. »Sie ist ein echtes Schätzchen. Deshalb will ich sie ja auch nicht einfach verscherbeln.« Er schlug Jake kameradschaftlich auf die Schulter und wandte sich wieder Niclas und Drew zu. »Wir können hier parallel vier Biere brauen. Im Moment sind das ein Lager, ein Belgian Style, ein Pale Ale und ein Indian Pale Ale.« Er zeigte auf die einzelnen Flaschen.

»Ihr erwartet jetzt wahrscheinlich ein eiskaltes Bier«, fuhr Jake fort. »Aber so wird es bei dieser Verkostung nicht laufen. Wir wollen die Rezenz testen. Das ist die Kohlensäure.«

Andrew schluckte sein Grinsen hinunter. Da sollte noch mal jemand sagen, er würde mit Fachchinesisch um sich werfen.

»Dann testen wir die Bittere.« Jake verteilte die Gläser vor ihnen, während er weitersprach. »Achtet im Abgang darauf«, wies er sie an. Nur um einen Moment später den Kopf in den Nacken zu legen und gut gelaunt zu lachen. Was vermutlich an Niclas und Andrews verständnislosem Gesichtsausdruck lag. »Okay«, sagte er. »Noch einmal für Laien. Achtet beim Runterschlucken auf die Bittere. Sie darf nicht nachhängen. Und zu guter Letzt …«, er hob sein Bier zu einem Toast, »… wollen wir wissen, wie vollmundig das Bier ist. All das funktioniert am besten, wenn das Bier Zimmertemperatur hat. Esst zwischendurch von den Crackern. Die sind ungewürzt und verfälschen den Geschmack nicht.«

»Dann wird das hier sozusagen die Profiversion einer Bierprobe?« Niclas rieb sich die Hände. »Los geht's. Ich sag euch meine Meinung. Keine Sorge.«

Die nächsten Stunden verflogen geradezu. Wieder einmal dachte Andrew, wie selten sie sich in Boston getroffen hatten. Seit sie auf Cape Cod waren, schienen gemeinsame Unternehmungen bereits zu einer Selbstverständlichkeit geworden zu sein. Niclas lebte jetzt hier. Jake wollte sich hier unbedingt eine neue Existenz aufbauen. Und Andrew selbst konnte sich auf einmal nicht vorstellen, wieder in die Tretmühle der Notaufnahme zurückzukehren, auch wenn er nicht darum herumkommen würde. Er trank einen Schluck

Pale Ale und versuchte, es zu beurteilen. Er konnte die Visionen und Träume in den Augen seines Freundes sehen. In seiner Fantasie war Jake längst der Besitzer der Harbour Beach Brewerie. Andrew erinnerte sich daran, ähnliche Träume gehabt zu haben. Sein Ziel war es nie gewesen, irgendwann mitten in einer Notaufnahme auszurasten, sondern Menschen zu helfen. Für sie da zu sein und eine Verbindung zu ihnen aufzubauen. So wie er es bereits als Kind in Dr. Hennings' Praxis erlebt hatte.

George zog seine Aufmerksamkeit wieder auf sich, als er die Gläser zur Seite schob und sein Tablet auf den Tresen legte. »Ihr wisst selbst, wie wichtig der Internetauftritt inzwischen ist«, erklärte er. »Die Brauerei hat eine Homepage.« Er rief die Seite auf. »Hat Holly Clark gemacht. Wenn ich dir einen Rat geben darf, Junge.« Er sah Jake an. »Dann lass sie das Ding weiterhin betreuen. Ihr Preis ist fair. Und sie ist echt gut. Spart dir Zeit und Nerven. Natürlich sind wir in den üblichen sozialen Medien vertreten. Viele positive Bewertungen bekommen wir über die offizielle Cape-Cod-Seite. Was natürlich ziemlich gut ist. Die perfekte kostenlose Werbung.« Er tippte auf dem Display herum und lachte gutmütig. »Das Fairway ist natürlich immer vorne dran. Das meiste positive Feedback sahnen sie für ihren Codfish …« Er stockte, starrte auf den Bildschirm und scrollte mit gerunzelter Stirn weiter. »Das ist übel«, murmelte er.

Andrew fuhr innerlich zusammen und fragte:. »Was ist los?«

George sah auf. Die Heiterkeit war aus seinen Augen verschwunden. »Da versucht jemand, das Fairway in den Dreck zu ziehen.«

Sie hatten Kriegsrat gehalten und überlegt, ob sie Holly aus dem Bett holen und es ihr erzählen sollten. Aber warum sollten sie ihr eine schlaflose Nacht bescheren? Andrew würde ihr die schlechte Nachricht am nächsten Tag überbringen. Er war die halbe Nacht wach geblieben, hatte im Internet gesurft und nach negativen Nachrichten über das Fairway gesucht. Aber da war nichts. Abgesehen von den dreiundvierzig Kommentaren auf der offiziellen Tourismus-Seite der Halbinsel, die offenbar von unterschiedlichen Leuten verfasst worden waren. Auch wenn sie höchstwahrscheinlich alle von derselben Person stammten.

In seiner Mittagspause überprüfte Andrew die Cape-Cod-Seite noch einmal und atmete erleichtert auf, weil keine neuen Kommentare hinzugekommen waren. Er gab Mary Ann Bescheid, dass er zu Holly hinüberging. Die Kellnerin am Empfang sagte ihm, dass Holly in ihrer Wohnung war. Also stieg er die Treppe hinauf und klopfte. Holly öffnete ihm in Yogapants und Tanktop. Sie war barfuß, und ihre Haare wurden von einer Spange zusammengehalten.

Sie machte die Tür nur einen Spaltbreit auf. »Wir waren doch nicht auf ein Schäferstündchen verabredet, oder?« Ironisch zog sie die Augenbrauen nach oben. »Denn daran würde ich mich vermutlich erinnern. Im Moment habe ich für so was überhaupt keine Zeit. Also kannst du getrost in deine Praxis zurückgehen.«

»Wie charmant«, gab Andrew zurück. Er legte die Hand an die Tür und drückte sie ein Stück auf. Wodurch Holly gezwungen war, einen Schritt zurückzutreten.

»Hey«, fauchte sie. »Was soll das?«

»Wir sind zu keinem Schäferstündchen verabredet, Holly.

Aber ich muss mit dir reden. Und ich glaube, der Treppenabsatz vor deiner Tür ist kein guter Ort dafür.«

Sie schluckte und legte die Hand auf ihren Magen, so als wäre ihr schlecht. »Ist was mit Jacks?«

»Nein. Keine Sorge.« Er verdrehte innerlich die Augen über sich selbst. Ihr Angst zu machen war das Letzte, was er wollte. Sie würde sich gleich genug aufregen.

*

Holly machte einen Schritt zurück und ließ Andrew eintreten. Sie blieb mit verschränkten Armen im Flur stehen. Mit Andrew allein in diesem engen Raum, eine gefährliche Angelegenheit. Solche Situationen schienen seit Neuestem regelmäßig aus dem Ruder zu laufen – und in verdammt heißem Sex zu enden. Der allerdings nirgendwo hinführte. Da war Vorsicht eindeutig die bessere Variante. »Jetzt spuck's schon aus. Was willst du?«

»Vielleicht setzen wir uns in die Küche«, schlug er vor.

»Komm zum Punkt, Hunter. Ich habe noch jede Menge Arbeit«, aus der er sie nicht gerade herausgerissen hatte – weil ihre Gedanken viel zu sehr um ihn kreisten und es ihr schwerfiel, sich auf ihre Jobs zu konzentrieren. Und es ärgerte sie, dass sie plötzlich Schmetterlinge im Bauch hatte und ihr Herz schneller schlug. In Andrews Gegenwart entglitt ihr irgendwie die Kontrolle.

»Wie du willst.« Er zog sein Handy aus der Tasche und scrollte, ehe er es ihr entgegenhielt. »Lies!«, sagte er schlicht.

Holly nahm das Telefon und blickte auf die offizielle Tourismusseite von Cape Cod. Er hatte die Rubrik aufgerufen, in der man die Unternehmen der Gegend bewerten konnte. Sie mochte diese Seite. Das Fairway wurde hier regelmäßig mit Lob überschüttet. Die süßen, begeisterten Nachrichten zauberten ihr immer wieder ein Lächeln ins Gesicht. Deshalb verstand sie nicht ganz, was Andrew wollte. Zumindest im ersten Moment. Sie begann zu lesen. »Was?«, entfuhr es ihr. Jemand schrieb, dass er sich übergeben hätte, nachdem er ihren Codfish gegessen hätte, der offensichtlich verdorben gewesen sei. »Ich hatte Glück, dass ich keine Fischvergiftung bekommen habe«, las sie halblaut vor. Sie überflog den Text und merkte, dass der nächste Kommentar in genau die gleiche Richtung ging. Einer behauptete, ihre Lebensmittel seien nicht frisch gewesen. Ein anderer, dass ihre Kellner die Gerichte mit schmutzigen Fingern und Flecken auf der Kleidung servierten.

Sie drehte sich um und ging, während sie weiterlas, in die Küche. Erst nachdem sie sich auf einen Stuhl hatte fallen lassen, sah sie zu Andrew auf, der ihr gefolgt war. »Wie viele sind es?«, wollte sie wissen und räusperte sich, weil ihre Stimme so brüchig klang.

»Dreiundvierzig bis jetzt. Alle seit vorgestern Abend eingegangen.«

Holly scrollte weiter durch die Seiten. Ihre Hände zitterten vor Wut.

»Alles unterschiedliche Nutzernamen«, sagte Andrew. »Aber die Accounts wurden erst vorgestern angelegt und jeweils nur diese eine Nachricht verschickt.« Er setzte sich ihr gegenüber. »Du weißt, wer das war«, sagte sie und hielt das Handy in die Höhe.

Andrew rieb sich über den Nacken. »Natürlich weiß ich das. Und ich muss gestehen, dass ich ihm das tatsächlich nicht zugetraut hätte. Andererseits, so eine Aktion ist feige, und man muss sich dafür nicht aus seiner Deckung trauen. So gesehen passt es natürlich zu Francis. Wir werden es ihm aber nicht nachweisen können. Und wir werden es nicht schaffen, diese Kommentare löschen zu lassen.«

Holly legte das Handy auf den Tisch. »Glaub mir, ich werde ihm das nachweisen. Und ich sorge dafür, dass die Kommentare verschwinden. Noch heute.«

»Du machst doch nichts Unüberlegtes, oder?« Andrew sah sie eindringlich an.

»Keine Sorge«, log sie und hob die Hände in einer unschuldigen Geste. »Das wird alles am Computer passieren.«

Als sie die Arme wieder senkte, griff Andrew nach ihrer Hand. »Es tut mir leid, Holly. Ich habe ihn wirklich nicht für eine ernste Bedrohung gehalten. Ich hoffe, er fügt dem Fairway nicht zu viel Schaden zu.«

Einen Augenblick lang schloss Holly die Augen. Es war die richtige Entscheidung, wegen Francis zu Andrew zu gehen. Er war für sie da, spendete ihr Trost und unterstützte sie – auch wenn es ihr lieber gewesen wäre, niemanden zu brauchen. Unbemerkt hatte ihre Freundschaft eine Tiefe entwickelt wie vor dem Zwischenfall vor zwanzig Jahren. »Er wird dem Fairway nicht schaden. Das verspreche ich dir.« Ihre Stimme klang hart, und er runzelte die Stirn und sah sie dann eindringlich an.

»Mach keinen Blödsinn, versprochen?«, erwiderte er noch einmal und zog seine Hand zurück. »Ich lasse dich nur ungern allein mit dem Schlamassel, aber ich muss wieder rüber in die Praxis. Halt mich auf dem Laufenden, okay?« Andrew stand auf und steckte sein Handy ein.

Im Vorbeigehen legte er Holly die Hand auf die Schulter. Eine Geste, die genau das schaffte, wofür sie gedacht war. Holly beruhigte sich wieder einigermaßen, und sie sah wieder klarer. Als die Wohnungstür zufiel, legte sie den Kopf auf die Tischplatte. Das glatte Holz kühlte ihre Stirn. Sie atmete tief durch. Francis, dieser verdammte Mistkerl. Dachte er ernsthaft, er könnte ihr auf diese Weise das Leben schwer machen? Das würde man ja sehen. Vielleicht brauchte sie einen Anwalt, wenn sie mit Cartwright fertig war. Wie gut, dass der Bruder des Mannes, mit dem sie schlief, einer war.

Je länger Holly vor ihrem Computer saß, desto wütender wurde sie. Es wäre ein Leichtes, die Kommentare, die ihr Restaurant in den Dreck zogen, löschen zu lassen. Sie kannte den Administrator der Cape-Cod-Seite, und es handelte sich eindeutig um einen Rachefeldzug. Aber zunächst musste sie jede einzelne Nachricht – und die dazugehörigen Daten – sichern.

Als sie sich aufrichtete und über ihren schmerzenden Rücken strich, senkte sich bereits die Dämmerung über die Halbinsel. Der Kaffee in der halb vollen Tasse neben ihr war schon seit Stunden kalt. Sie hatte alle Kommentare zurückverfolgt. Und obwohl tatsächlich für jedes einzelne Feedback ein neuer Account angelegt worden war, stammten sie alle von der gleichen IP-Adresse und kamen noch dazu aus demselben WLAN-Netz – Harbour Hill. Francis Cartwright war schon immer der Typ Mensch gewesen, der schnell handelte, Drohungen umsetzte. Ein besonderes Maß an Intelligenz hatte er allerdings noch nie besessen. Holly hörte, wie die Tür geöffnet und wieder geschlossen wurde.

»Ich bin da«, rief Jackson. Er warf im Flur seinen Rucksack

in die Ecke und ließ sich von Potter in einen Ringkampf verwickeln.

Sie stand auf und trat aus dem Arbeitszimmer. Ihr Bruder und der Hund lagen im Flur auf dem Boden und tobten herum. »Wie wäre es, wenn du für eine Stunde mit ihm an den Strand gehst? Ich war vorhin nur kurz mit ihm draußen.« Sie lehnte sich gegen die Wand. »Anschließend kannst du damit beginnen, dein Fehlverhalten wiedergutzumachen, und meine Schicht im Fairway übernehmen. Zumindest, bis ich wieder da bin.«

Jackson rappelte sich auf. »Klar, mach ich«, sagte er bereitwillig. In seinen Augen blitzte etwas auf, das nach Erleichterung aussah. Wahrscheinlich weil sie ihre Drohung, den Sunfish zu verkaufen, bisher nicht wahr gemacht hatte. »Was hast du vor?«, fragte er, schob Potter zur Seite und richtete sich auf.

»Ich muss etwas erledigen«, antwortete Holly vage. »Sobald ich zurück bin, übernehme ich wieder.«

»Kein Problem.« Potter stemmte seine Pfoten gegen Jacksons Schultern, und er wrestelte den Hund zu Boden und hielt ihn fest. Was Potter zu gefallen schien, denn er wackelte begeistert mit dem Hintern und wedelte mit dem Schwanz. Jackson sah zu Holly auf. »Ist was passiert?«

»Nein«, log sie. Jackson musste nicht wissen, zu was für einem Problem Francis Cartwright III. für ihre Familie, ihr Geschäft, genau genommen ihre Existenz, geworden war. Er musste schließlich mit Francis' Neffen die Schulbank drücken. Es war also nicht notwendig, dass sich die Zwistigkeiten der Erwachsenen auf die Jungen übertrugen. »Nichts Wichtiges«, ergänzte sie und kehrte ins Arbeitszimmer zurück, um die Ausdrucke aus dem Drucker zu holen. Im Vorbeigehen griff sie nach ihren Autoschlüsseln und ihrer Jacke. Sie strich ihrem Bruder, der noch immer auf dem Boden hockte, durch die Locken und verließ die Wohnung. Als sie in ihren Wagen stieg, musste sie sich für einen Augenblick eingestehen, dass sie nicht wirklich einen Plan hatte und sich ausschließlich von ihrer Wut leiten ließ. Was nach hinten losgehen würde. Sie schob den Gedanken beiseite. Niemand hatte das Recht, so mit ihr umzugehen. Schon gar nicht Francis – Arschloch – Cartwright.

*

Andrew hatte den Tag über immer wieder darüber nachgedacht, ob es richtig oder falsch war, sich in die Auseinandersetzung zwischen Holly und Francis einzumischen. Holly hatte ihm klar zu verstehen gegeben, dass sie die Sache allein regeln würde. Wütend und aufgebracht. Andererseits war sie erst vor zwei Tagen bei Andrew gewesen und hatte ihm von Francis' Drohung erzählt. Andrew hatte ihn falsch, als viel harmloser eingeschätzt, als er tatsächlich war. Deshalb spielte es keine Rolle, was Holly davon hielt, wenn er sich einmischte. Andrew hatte das Bedürfnis, sie zu beschützen. Und er verspürte den dringenden Wunsch, Cartwright am Kragen zu packen und zu schütteln. Oder noch Schlimmeres. Auch wenn er nicht schon wieder mit einem tätlichen Angriff in Verbindung gebracht werden wollte.

Nachdem er Mary Ann nach Hause geschickt und die Praxis abgeschlossen hatte, fuhr er nach Harbour Hill hinaus. Er war nur wenige Male als Teenager bei den Cartwrights zu Gast gewesen, und er hatte das Haus nie gemocht, auch wenn es an einem der spektakulärsten Flecken der Halbinsel stand und man von dort aus einen fantastischen Blick über Harbour Beach und den Ozean hatte. Der Bau war protzig, bestand aus Glas und Beton – und passte kein bisschen zu Cape Cod. Auf dem Anwesen der Cartwrights würde man vermutlich nicht einmal am Gärtnerhäuschen eine der für die Halbinsel so typischen Zedernschindeln finden. Als der Pinienhain, den Andrew nach dem modernen Metalltor durchqueren musste, den Blick auf das Anwesen freigab, entfuhr ihm ein frustrierter Laut, irgendwo zwischen einem Seufzen und einem Knurren. Auf dem sorgfältig gekiesten Platz vor dem Haus stand ein einziges Fahrzeug. Hollys Lieferwagen. Er wirkte winzig vor den kalten Betonmauern. Genau wie Holly, die mit verschränkten Armen auf der Motorhaube saß und die Tür anstarrte. Sie drehte sich nicht um, als Andrew seinen Wagen neben ihrem ausrollen ließ und ausstieg. Seine Schritte knirschten auf dem Kies, der so weiß strahlte, dass er seine Augen zusammenkneifen musste. Er lehnte sich neben Holly gegen das Auto. Die abendliche Brise spielte mit den Spitzen ihrer Locken, ließ sie sanft an ihren Wangen entlangtanzen. Er war ihr so nahe, dass er den Duft nach Orangenblüten wahrnahm. Völlig unerwartet verspürte er ein sehnsüchtiges Ziehen in seinem Brustkorb.

»Was willst du denn hier?«, fragte Holly, ohne ihren Blick von dem massiven, schnörkellosen Holzportal abzuwenden.

»Ich wollte dich gerade das Gleiche fragen«, erwiderte Andrew. »Hast du mir nicht versprochen, keinen Blödsinn zu machen?«

Langsam drehte Holly ihm den Kopf zu. Ihr Blick sprühte

Funken, als sie ihn fixierte. Sie presste ihre Lippen kurz aufeinander, als müsse sie sich beherrschen. Dann zischte sie: »Ich kann mich nicht daran erinnern, dass jemals ein Mann meine Kämpfe ausgefochten hätte. Es war in der Regel eher anders herum.« Einen Moment starrte Holly ihn an und schaute dann wieder zum Haus. »Ich habe geklingelt, aber er hat nicht aufgemacht, also habe ich beschlossen, einfach zu warten. Früher oder später wird er sich blicken lassen. Er kann einer solchen Situation nicht widerstehen«, ergänzte sie völlig zusammenhanglos.

Genau in diesem Moment ließ Francis Hollys Worte wahr werden. In schwarze Jeans und einen schwarzen Rolli gekleidet, trat er durch die Eingangstür. »Streiten sich die Turteltäubchen etwa?«, fragte er mit dämlichem, süffisantem Unterton.

Er ist älter geworden, schoss es Andrew durch den Kopf. Wie sie ja alle. Aber Francis war nicht auf eine gute Art gealtert. Er sah verlebt aus. Und er war high, was Andrew auf den ersten Blick bemerkte. Was ihn im Augenblick allerdings viel mehr beschäftigte, war das, was Holly gerade gesagt hatte. Er hatte nicht verstanden, was sie mit der Äußerung, ihre Kämpfe selbst auszufechten, gemeint hatte. Aber das hatte mit Sicherheit etwas zu bedeuten.

Holly rutschte von der Motorhaube und baute sich mit verschränkten Armen und leicht gespreizten Beinen vor ihrem Lieferwagen auf. Ihr Körper bebte vor unterdrücktem Zorn. Sie wirkte ein bisschen wie eine Amazone. Eine zu klein geratene Amazone in Jeans und Lederjacke. Aber nicht minder beeindruckend.

Wenn sie ihn so anfunkeln würde, wäre Andrew

unwillkürlich einen Schritt zurückgewichen. Nicht so Francis. Er schlenderte grinsend und provozierend langsam die drei Eingangsstufen herunter und blieb vor ihnen stehen. »Waren wir zu einer Party verabredet? Wir drei zusammen?« Er zwinkerte Holly anzüglich zu.

Andrew nahm den kleinen Ruck wahr, der durch Hollys Körper ging. Sie trat auf Francis zu. »Glaubst du, du kannst mich einschüchtern, du zugedröhnter Idiot?«

Andrew zuckte innerlich zusammen. Wahrscheinlich war es nicht die beste Idee, Francis zu reizen. Er kannte den berechnenden, lauernden Blick, der trotz des Marihuana-Rausches in den Augen ihres Gegenübers lag. Aber Holly fuhr unbeeindruckt fort: »Denkst du wirklich, du kannst mir und dem Fairway schaden?« Sie holte Luft. Ein Augenblick, der es Francis erlaubt hätte, ihr zu widersprechen. Doch der sah sie nur mit schräg gelegtem Kopf und noch immer dämlich grinsend an. »Wenn es etwas gibt, das du nie verstehen wirst, dann sind das Freundschaft und Loyalität. Niemand auf Cape Cod wird mich oder das Fairway im Stich lassen, nur weil du versuchst, unseren Ruf zu vernichten. Nur weil du versuchst, uns schlechtzumachen. In der digitalen Welt muss man seine Spuren schon ein bisschen besser verwischen können als du, wenn man jemandem ernsthaft schaden will, ohne dabei erwischt zu werden. Deine Aktion war jämmerlich, Cartwright, und lässt sich genau bis zu deinem Haus zurückverfolgen.«

»Ich habe keinen blassen Schimmer, wovon du redest. Hast du was geraucht?« Einen Moment dachte Francis über seine Worte nach und brach dann in schallendes Gelächter aus. »Der war gut«, japste er, rang nach Luft und erlag einem weiteren Lachanfall. »Ich bin ja der, der einen durchgezogen hat. Nicht du. Nicht die brave Holly. Die kleine, prüde Holly, die die Eisprinzessin gibt. Hast du es wieder getan, Holly-Schätzchen?« Er lachte noch einmal bekifft, doch plötzlich verzerrte sich sein Gesicht zu einer Mischung aus Wut und Geringschätzung. »Hast du wieder allen Männern die kalte Schulter gezeigt und dann die Beine für einen Hunter breit gemacht?«

Mit jedem Wort, das Francis' Mund verließ, flammte die Wut in Andrew heftiger auf. Wie redete dieses Arschloch mit Holly? Und wie schaffte sie es, so ruhig dazustehen und ihn in Grund und Boden zu starren?

Francis setzte seine Tirade fort. »Ja, die Hunters sind noch immer diejenigen in der Gegend, die das dickste Portfolio haben. Aber hey, für ein bisschen Spaß hättest du auch von mir Geld bekommen können.« Was er von sich gab, war eine Zumutung. Andrew ballte die Hände und trat einen Schritt vor. Noch ein Wort … Francis beging stattdessen einen ganz anderen Fehler und ergriff eine von Hollys Locken. Ehe er sie durch seine Finger gleiten lassen konnte, holte Andrew aus. Doch er war nicht schnell genug. Hollys Faust traf Francis' Gesicht und ließ ihn zurücktaumeln. Einen Moment sah er sie mit einem so überraschten Gesichtsausdruck an, dass es fast komisch wirkte. Dann tat die Mischung aus Bekifftsein, Hollys Angriff und Schwerkraft ihre Wirkung, und er stürzte wenig elegant rückwärts zu Boden. Wenn er am nächsten Tag wieder nüchtern wäre, würde Francis' Gesicht nicht nur ein blaues Auge zieren, sondern er würde auch merken, dass er sich dass Steißbein geprellt hatte, stellte Andrew voller Genugtuung fest.

Holly beugte sich über ihn. »Fass mich nie wieder an, du Schwein. Verpiss dich aus meinem Leben, und am besten von der Halbinsel. Du bist hier nicht mehr erwünscht.«

Andrew nahm aus dem Augenwinkel eine Bewegung auf der Treppe wahr und sah auf. Zwei Jungen lehnten im Türrahmen und starrten sie an. Das waren offenbar die berüchtigten Zwillinge.

»Alter, die hat Francis echt ausgeknockt«, stellte der eine im für Teenager typischen gebrüllten Flüstern fest.

»Ja, Mann«, gab der andere zurück. »Mit *einem* Schlag. Heißer Scheiß.«

Mist, dachte Andrew. Publikum war das Letzte, was Holly gebrauchen konnte. Und die Zuschauerschar wuchs, wurde ihm klar, als hinter ihnen Reifen auf dem Kies knirschten und ein Motor verstummte. Andrew drehte sich um und sah Isabelle Cartwright-De Winter aus ihrem Cadillac steigen. Für einen Moment blieb die schöne Frau mit dem kalten Gesichtsausdruck unschlüssig stehen, nicht sicher, in was für ein Szenario sie geraten war.

Holly richtete sich auf und strich sich eine Haarsträhne hinter das Ohr. Ihre Fingerknöchel waren gerötet, und sie verzog leicht das Gesicht. »Komm in die Praxis«, raunte er ihr zu, ehe er sich Isabelle zuwandte. »Schön, dich zu sehen«, begrüßte er sie. »Auch wenn mir das unter anderen Umständen lieber gewesen wäre.« Isabelle gehörte nicht zu seinem Freundeskreis, aber man kannte sich und lief sich hin und wieder auf einer Party über den Weg – wenn Andrews Mutter es schaffte, ihn und seinen Bruder zu überreden, sie zu dem einen oder anderen Anlass zu begleiten. Pflichtschuldig küsste er Isabelle auf beide Wangen.

»Hallo, mein Lieber. Kannst du mir erklären, was hier vor sich geht?« Sie musterte Holly aus zusammengekniffenen Augen. Andrew war sich nicht sicher, ob Isabelle sich gleich auf sie stürzen würde, um Francis zu verteidigen. »Das soll dir dein Bruder selbst erzählen. Ich hoffe, du bist hier, um ihn zur Vernunft zu bringen«, konnte Andrew sich nicht verkneifen. Er ging zu seinem Wagen und wartete, bis Holly die Tür ihres Transporters aufmachte. Erst dann stieg er ein und fuhr hinter Holly her. Er folgte ihr bis nach Eastham. Wenn Holly nicht bereit war, ihre Hand in der Praxis untersuchen zu lassen, würde er bei ihr vorbeischauen. Nach Sunset Cove würde er jedenfalls nicht zurückfahren, solange er sich nicht davon überzeugt hatte, dass sie okay war.

16

Holly fuhr auf den Hof des Fairway und stellte den Motor ab. Ihre Hände zitterten, und sie hielt das Lenkrad fest, während sie sich zurücklehnte und tief durchatmete. Die Knöchel ihrer rechten Hand pulsierten im Takt ihres schnell schlagenden Herzens.

Sie verabscheute Gewalt. Wenn ein Gast ein bisschen zu tief ins Glas geblickt hatte oder zwei Besucher sich nicht einigen konnten, welches Football- oder Baseballteam das bessere war, hatte sie das bisher immer friedlich klären können. Und jetzt hatte sie Cartwright geschlagen. Mitten ins Gesicht. Das hatte sie zuvor nur ein einziges Mal getan. Vor neunzehn Jahren. Damals hatte der Schlag ebenfalls Francis getroffen. Und ihm das Nasenbein gebrochen.

Andrew hatte gesagt, sie solle in die Praxis kommen, damit er sich ihre Finger ansehen könne. Wenn sie sich nicht blicken ließ, würde er bei ihr auftauchen. So gut kannte sie ihn. Vorsichtig löste sie ihre rechte Hand vom Lenkrad und ballte sie probehalber zur Faust. Ein stechender Schmerz schoss durch ihre Muskeln. »Verdammt«, fluchte sie leise und öffnete die verkrampften Finger wieder. Wenigstens waren ihre Knöchel nicht aufgeplatzt. Sie ärgerte sich darüber, dass sie sich noch immer so von Cartwright provozieren ließ und sich ihm gegenüber so wenig im Griff hatte. Mit einem frustrierten Seufzen zog sie ihr Handy aus der Tasche und rief ihre Nachrichten ab. Marie wollte wissen, wie es ihr ging. Der Typ von der Homepage der Halbinsel hatte ihr geschrieben, dass er alle Kommentare von Francis von der Seite gelöscht hatte, und Jackson ließ sie wissen, dass im Fairway alles in ruhigen Bahnen gelaufen und er ins Bett gegangen war. Kelly würde das Restaurant an diesem Abend zumachen. Gut. Alles funktionierte einwandfrei. Auch ohne sie. Ihr fiel kein Grund ein, der sie davon abhalten konnte, zu Andrew in die Praxis zu gehen. Der Knoten in Hollys Bauch wuchs, als sie aus dem Wagen stieg und langsam die Straße überquerte. Andrew stand im dunklen Empfangsbereich. Das einzige Licht drang durch die Tür des Behandlungszimmers hinter ihm. Ehe Holly etwas sagen konnte, zog er sie in seine Arme und vergrub sein Gesicht in ihren Haaren. Holly schloss die Augen und atmete seinen beruhigenden, warmen Geruch ein, der wie von selbst dafür sorgte, dass sich ihr rasender Puls verlangsamte. Sie standen eine Ewigkeit so da. Ohne zu sprechen. Schließlich löste Andrew sich von ihr und blickte ihr im dämmrigen Licht prüfend ins Gesicht. Sanft strich er eine widerspenstige Locke hinter ihr Ohr und küsste sie auf die Stirn. »Du hast einen verdammt heftigen rechten Haken«, flüsterte er, die Lippen noch immer auf ihrer Haut. Sie konnte das Lächeln spüren, zu dem sich sein Mund verzog. »Aber jetzt sollten wir uns die legendäre Faust auf jeden Fall näher ansehen.« Er griff um Holly herum und schloss die Eingangstür ab, nahm ihre linke Hand und führte sie ins Untersuchungszimmer. Als er die Tür hinter sich zumachte, fühlte sich Holly wie in einer kleinen, sicheren Zwischenwelt, in der all die Probleme, die ihr Leben zurzeit beherrschten, keine Rolle spielten. Dass Andrew in den Arztmodus umgeschaltet hatte, war ihr völlig egal. Sie ließ sich von ihm zu seinem Schreibtisch führen und setzte sich auf den Patientensessel.

»Lass mal sehen«, sagte Andrew und streckte seine Hand aus. Holly legte ihre hinein und sah ihm dabei zu, wie er sie vorsichtig drehte und von allen Seiten betrachtete und abtastete. Tief in ihrem Bauch verursachten seine sanften Berührungen ein warmes Flattern, das absolut nichts Sexuelles an sich hatte.

»Streck deine Finger«, bat er Holly konzentriert. Vor Schmerz biss sie die Zähne zusammen und tat wie geheißen. »Okay. Und jetzt zur Faust ballen.« Schließlich sah Andrew auf und legte ihre Hand vorsichtig auf der Schreibtischoberfläche ab. Das kühle Holz berührte die Stellen, an denen sie gerade noch seine warme Haut gespürt hatte. »Es ist nichts gebrochen«, sagte er. »Durch den Schlag hast du allerdings eine ordentliche Prellung. Ich werde dir eine kühlende, entzündungshemmende Salbe auftragen, und du bekommst einen Verband. Du wirst ein paar Tage Schmerzen haben, und die Fingerknöchel werden sicher bald in allen Blau- und Grünschattierungen schimmern. Aber du kannst froh sein, dass die Haut nicht aufgeplatzt ist.« Andrew stand auf, griff zielsicher in eine Schublade neben der Untersuchungsliege und förderte eine Salbentube und einen Elastikverband zutage. Er schraubte die Tube auf. Als die kalte Creme auf ihre Haut traf, zog Holly zischend die Luft ein. »Tut es weh?«, fragte er.

»Nein.« Sie schüttelte den Kopf. »Es ist nur kalt.«

»Ist gleich vorbei«, beruhigte Andrew sie. Mit sparsamen, effizienten Bewegungen verteilte er die Salbe und legte den

Verband an. »Das war's schon«, sagte er, als er fertig war. »Soll ich dir noch ein Schmerzmittel mitgeben?«

»Nein«, sagte Holly. »Wir haben noch genug von Jacksons Unfall. Das reicht locker für uns beide.« Sie blickte auf ihre verbundene Hand. Sie wollte noch nicht gehen, gestand sie sich ein. Aber hierzubleiben war auch keine gute Idee.

»Holly«, unterbrach Andrew die Stille, die zwischen ihnen entstanden war. Er legte den Zeigefinger unter ihr Kinn und hob es an. »Was ist das für eine Geschichte zwischen dir und Francis?«

»Was meinst du?« Sie wollte nicht an diesen verdammten Mistkerl denken. Doch kaum erwähnte Andrew ihn, beschleunigte sich ihr Puls wieder.

»Ich weiß auch nicht. Zwischen euch ist doch irgendetwas vorgefallen. Etwas, das nichts mit den Streitereien von damals zu tun hatte.« Andrew sah sie ernst an. »Deine Reaktion auf ihn war verdammt heftig.«

»Was soll das?« Holly sprang auf und lief hektisch auf und ab. »Du bist doch derjenige, der mich auf die falschen Bewertungen im Internet aufmerksam gemacht hat. Ich habe dir erzählt, was er zu mir gesagt hat, als ich ihn aus dem Fairway geworfen habe. Er hat meine Existenz bedroht, verdammt noch mal.« Sie fuhr zu Andrew herum, der sich ebenfalls erhoben hatte. »Reicht das nicht, um stinksauer zu werden?«

»Doch, das reicht völlig.« Beschwichtigend legte er seine Hände auf Hollys Schultern. »Und es stimmt, was du zu ihm gesagt hast. Dich im Internet anzuschwärzen hat dich zwar im ersten Moment erschreckt, aber es wird den Ruf des Fairway nicht zerstören.« Seine Daumen strichen leicht über ihre verspannten Muskeln, und Holly wünschte sich, er würde die

Knoten, die sich dort festgesetzt hatten, wegmassieren. »Du bedeutest mir viel, das weißt du, Holly. Das, was in den letzten Wochen zwischen uns passiert ist, ist ziemlich verrückt. Und ich weiß nicht, was es ist und wie es enden wird. Aber was ich auf jeden Fall weiß, ist, dass wir Freunde sind. Und als Freund sorge ich mich um dich. Wenn zwischen dir und Francis etwas vorgefallen ist, dann kannst du mir das erzählen.«

Holly sah Andrew fest in die Augen. Genau hier lag das Problem. Sie waren Freunde. Vielleicht sogar mehr als das. Wer konnte das zum jetzigen Zeitpunkt schon definieren. »Nein«, log sie. »Zwischen Cartwright und mir ist nie etwas passiert. Ich kann ihn einfach nicht ausstehen. Und das wird sich nie ändern.« Wenn Andrew von dem Vorfall zwischen Francis und ihr vor neunzehn Jahren erfuhr, würde er sofort in seinen Wagen springen und zum zweiten Mal an diesem Tag nach Harbour Hill hinausfahren. Und er würde mit aufgeplatzten Fingerknöcheln zurückkehren. Cartwright würde ihn wegen Körperverletzung oder tätlichem Angriff anzeigen, und Andrew hätte nach der Sache in Boston noch mehr Ärger am Hals. Francis war ihr Problem. Ein Problem, das sie selbst lösen würde. So wie sie es schon immer getan hatte. Sie brauchte Andrew nicht, damit er ihre Schlachten schlug. Aber sie verstand, dass er sich um sie sorgte. Ihn zu beruhigen war nicht einfach. Also entschied sie sich für den einzigen Weg, der ihn nachhaltig ablenken würde. Sie erhob sich auf die Zehenspitzen, schmiegte sich an ihn und presste ihre Lippen auf seine.

Andrew zögerte nicht eine Sekunde. Er umfasste ihr Gesicht und erwiderte den Kuss. Was als Versuch begonnen hatte, unangenehme Fragen zu unterbinden, entflammte in sehnsüchtigem Verlangen. Holly schlang die Arme um

Andrews Mitte und zog ihn noch enger an sich. Den Schmerz, der durch ihre verletzte Hand zuckte, ignorierte sie. Alles zwischen ihnen war genauso wie die letzten Male, als sie zusammen gewesen waren. Explosiv. Andrew küsste sie erregt und schob sie in Richtung Schreibtisch. Als sie die glatte Kante aus massiver Eiche hinter sich spürte, löste Andrew seine Hände von ihrem Gesicht und hob sie hoch.

Er löste sich von Holly und sah sie an. Mit den Fingerspitzen zog er sanft die Linien ihres Gesichts nach, als müsse er sich alles genau einprägen. »Ist Jackson okay?«, fragte er mit rauer Stimme. Natürlich. Er machte sich Gedanken. Dr. Andrew Hunter machte sich immer Gedanken.

»Schläft.« Zumindest hoffte sie das. »Und ins Fairway muss ich heute auch nicht mehr zurück«, ergänzte sie.

»Gut.« Sein Adamsapfel hüpfte. Seine grauen Augen hatten sich verdunkelt und waren von einem tiefen Begehren erfüllt. »Ich würde gern mit dir nach Sunset Cove fahren. Aber da lungert Jake herum.« Seine Finger glitten an ihrem Hals hinunter, blieben auf ihrem stolpernden Puls liegen.

»Hier ist es perfekt«, flüsterte sie und forderte Andrew zu einem weiteren Kuss heraus. »Denk nicht nach.« Das war zumindest das, was sie tun wollte. Nicht nachdenken. Über das Feuer, das zwischen Andrew und ihr entflammt war und über das Maß einer Sommeraffäre hinausging. Sie weigerte sich, es zu definieren. Sie wollte sich keine Gedanken über Cartwright machen. Oder ihren Bruder und seinen Schulabschluss. Sie wollte hier sein und fühlen. Denn das war etwas, was Andrew ausgezeichnet verstand. Sie fühlen zu lassen. Und genau das tat er, ohne ein Wort des Widerspruchs. Er streifte ihr die Lederjacke von den Schultern und ließ sie hinter sich fallen. Dann griff er nach dem Saum ihres Longsleeves und zog es Holly über den Kopf. Bereitwillig hob sie die Arme, und er schob vorsichtig das T-Shirt über ihre verbundene Hand. Andrew betrachtete sie mit halb geschlossenen Lidern. »Du bist wunderschön«, murmelte er. Seine Hände fuhren an ihren Armen hinauf, über ihre Schultern, ihr Tattoo bis zum Hals. Er vergrub sie in Hollys Locken und brachte sie dazu, den Kopf in den Nacken zu legen. Wieder trafen seine Lippen auf ihre Haut, liebkosten ihren Hals und glitten zu ihrem Dekolleté. Er löste den Verschluss ihres BHs, und Holly schüttelte ihn ab, während Andrew begann, ihre Brüste mit den Händen und den Lippen zu liebkosen. Sie warf den Kopf zurück. Aus ihrer Kehle drang ein Laut, der Andrew zum Lächeln brachte.

Holly strich mit ihrer linken Hand durch seine Haare und zog seinen Kopf noch näher an sich. Sie tastete sich an seinem Rücken hinunter und zerrte an seinem Shirt, und er ließ kurz von ihr ab, um es sich über den Kopf zu streifen. Holly rutschte von der Schreibtischkante und drehte sich mit Andrew um, sodass er nun an dem Möbelstück lehnte. Holly streichelte über die definierten Muskeln seines Oberkörpers, die unter ihren Berührungen zuckten. Sie spürte den schnellen Herzschlag unter seiner Haut und presste ihre Lippen darauf. Ihr Mund folgte der Spur ihrer Fingerspitzen, und sie küsste sich an seinem Bauch nach unten bis zum Bund seiner Jeans. Als sie mit ihrer verletzten Hand ungeschickt versuchte, seine Hose zu öffnen, richtete sich Andrew auf und zog Holly mit sich hoch.

*

Andrew und Holly versanken in einem weiteren, sinnlichen Kuss, während er ihre Jeans aufknöpfte und zusammen mit dem Slip über ihre Hüften schob. Sie strampelte sie nach unten und zog alles samt ihren Schuhen aus. Andrew tat es ihr gleich und schob sie dann zurück auf die Schreibtischkante. Sanft spreizte er ihre Schenkel und strich über die sensible Haut zwischen ihren Beinen. Das Blut rauschte in seinen Ohren. Sein Herz schlug so wild wie der Puls an Hollys Hals.

Ihre Oberkörper aneinandergepresst, in einem lustvollen Kuss verschmolzen, eroberte er sie quälend langsam. Holly löste ihre Lippen von seinen, um Luft zu holen. Sie schlang ihre Schenkel um Andrews Hüften und presste sich noch enger an ihn. Er spürte sie, überall. Um sich herum. Und zwischen sie passte nichts mehr außer der Sehnsucht nach dem anderen, die sie einhüllte.

Andrew wischte hinter Holly über den Tisch. Stifte, der Rezeptblock, ein Stapel Notizzettel und das kleine Modell eines menschlichen Skeletts fielen gemeinsam mit Pauls Namensschild zu Boden, ehe er Holly sanft nach hinten sinken ließ, bis ihr Rücken die Schreibtischkante berührte. Ihr erhitzter Körper überzog sich mit einer Gänsehaut, als er auf das kühle Holz traf. Andrew beugte sich über sie, schob seine Arme unter ihren Rücken und zog sie an sich. Ein Zittern durchlief sie, als er träge begann, sich in ihr zu bewegen. Holly schloss die Augen, ein leises Seufzen kam über ihre Lippen. Die beiden Male, die sie miteinander geschlafen hatten, waren wild, voller rastloser, fast schon verzweifelter Leidenschaft gewesen. Das hier fühlte sich anders an. Es war nicht der perfekte Ort, um Holly zu lieben. Aber es änderte nichts daran, dass sie die Nähe des anderen auskosteten, auf den sinnlichen Wellen dahindrifteten, in einem Rhythmus, der nur zwischen ihnen existierte. Holly reagierte auf jeden seiner Küsse, jede seiner Liebkosungen, jede seiner Zärtlichkeiten. Sie kam ihm entgegen, ihre Bewegungen wurden drängender. Andrew stand kurz vor dem freien Fall. Er öffnete die Augen und betrachtete Hollys wunderschönes Gesicht, die geröteten Wangen und ihre eigenwilligen Locken. Ihren hellen Teint und die Sommersprossen. Mit den Fingerspitzen strich er über ihren Hals, durch das Tal zwischen ihren Brüsten. Vorbei an ihrem Bauchnabel bis zu ihrer sensibelsten Stelle. Er streichelte sie sanft, spürte, wie Holly sich um ihn zusammenzog. Sie atmete scharf ein, ihr Körper spannte sich unter seinem an. Sie öffnete die Augen und legte den Kopf in den Nacken. »Drew«, flüsterte sie und ließ sich in ihre Erlösung fallen. Mit dem letzten Rest Selbstbeherrschung, der ihm geblieben war, verschränkte Andrew seine Finger mit ihren und folgte ihr. Ein Schauer nach dem anderen ergriff seinen Körper, als er nach Atem rang und sein Gesicht an Hollys Hals vergrub. Seine Beine zitterten, aber Holly schlang ihre Arme um seinen Nacken und hielt ihn fest. Presste ihn an sich, bis sich ihrer beider Atem und ihr Herzschlag wieder beruhigt hatten.

Die drei Worte, die ihm durch den Kopf schossen, als er den Blick hob und ihr Lächeln bemerkte, schluckte er herunter. Es war zu früh, so etwas überhaupt nur zu denken. Er küsste ihre Wange und atmete den Duft ihres Haares ein. Holly löste sich nicht sofort von ihm, um zu verschwinden. Sie machten Fortschritte.

*

Der Rausch war verflogen. Ein Schlag ins Gesicht, der einen vor seinen Neffen, seiner Schwester, dem Kindermädchen und einem der selbstgerechtesten Wichtigtuer Bostons ausknockte, war verdammt ernüchternd. Ganz zu schweigen davon, wenn der Schlag von einer Frau kam. Und das nicht zum ersten Mal. Francis wartete, bis Holly und Hunter in ihre Autos gesprungen waren und das Weite gesucht hatten, ehe er sich aufrappelte. Er ignorierte seine Schwester, die ihn mit hochgezogenen Augenbrauen anstarrte. Erstaunlich eigentlich, dass sie das überhaupt konnte, bei den Mengen an Botox, die sie sich ständig in die Stirn jagen ließ. Aber eigentlich war er momentan nicht in der Stimmung für einen Witz. Francis taumelte zur Haustür und schob seine gaffenden Neffen unsanft zur Seite. Er stürmte in die Küche, riss die Türen des Gefrierschranks auf und holte eine Packung Tiefkühlerbsen heraus. Vorsichtig presste er sie auf sein Jochbein und sog zischend die Luft ein. Immerhin hatte ihm das Miststück dieses Mal nicht die Nase gebrochen.

Francis ignorierte seine Schwester, die ihm schweigend in die Küche gefolgt war und die Schubladen des Eisschrankes schloss, die er offen stehen gelassen hatte. Isabelle hatte sich nicht angekündigt, also wollte sie vermutlich Nathaniel und Cedric kontrollieren. Immerhin war nur er bekifft, und ihre Söhne trugen saubere Klamotten. Er griff nach der Scotchflasche, die er auf dem Küchentisch abgestellt hatte, als Holly hier aufgetaucht war. Mit den Zähnen zog er den Korken aus der Flasche und schenkte sich mit der linken Hand ein, während er in der anderen weiter die Erbsenpackung hielt. Er kippte den Whiskey hinunter und schenkte sich nach.

Auch den zweiten leerte er in einem Zug. Er war so wütend auf Holly und ihren verdammten Fickfreund Hunter. Erst mit dem dritten Glas ließ er sich auf die Bank in der Frühstücksnische fallen.

»Bist du fertig damit, dich zu besaufen?«, fragte seine Schwester mit der ihr angeborenen Eiseskälte. Francis überlegte, wie sein Schwager überhaupt einen hochbekam, wenn dieser kalte Fisch unter ihm lag. Der Gedanke brachte ihn zum Lachen. Nicht dass er auch nur im Ansatz darüber nachdenken wollte, wie Isabelle und ihr Mann es trieben.

»Francis?« Das Wort klang aus Isabelles Mund wie das Knallen einer Peitsche. Sie lehnte am Küchentresen und fixierte ihn mit ihrem durchdringenden Blick. »Was war das gerade da draußen? Das war doch Niclas Hunter, oder?«

»Sein Bruder. Andrew«, korrigierte er sie.

»Ah.« Sie versuchte, ihre Stirn zu runzeln, was wegen des Botox misslang. »Trotzdem möchte ich wissen, was los war. Die Frau hat dich angegriffen.«

»Ja, da steht sie drauf. Ist so eine Art Vorspiel für sie.«

»Francis!« Isabelles Stimme überschlug sich fast. Vor Zorn röteten sich ihre Wangen. »Ich habe meine Kinder hierhergeschickt, damit sie nichts mehr ausfressen. Und ich habe dir ausdrücklich untersagt, dich hier blicken zu lassen.« Sie holte bebend Luft, und ihre Stimme wurde sehr leise, als sie sagte: »Du hast versagt, Francis. Auf ganzer Linie.«

»Weil ich einen kleinen Ringkampf mit Holly hatte?« Er hob entschuldigend seine Hand. »Jetzt komm schon. Das war eine Sache zwischen Erwachsenen. Das hat den Jungs nicht geschadet. Ha!«, sagte er, weil er einen pädagogischen Geistesblitz hatte. »Sie haben sogar etwas gelernt! Eine Frau hat mir ein blaues Auge verpasst, und ich habe nicht zurückgeschlagen. Das ist doch super.«

Isabelle sah ihn für einen Moment stumm an. In ihrem Gesicht stand blanke Abscheu. »Das ist offensichtlich alles, was du hinbekommst. Dich von einer Frau schlagen zu lassen. Dass du nicht zurückgeschlagen hast, haben wir wohl kaum deinem Intellekt zu verdanken. Aber immerhin bleibt uns diese Schande erspart. Ich habe keine Ahnung, was du hier treibst oder wieso du glaubst, dich meinen Anweisungen widersetzen zu können«, sagte sie mit Nachdruck. Wenn seine Schwester das tat, stand sie kurz davor, vor Wut zu explodieren, wie Francis nur zu gut wusste. Und das machte ihm tatsächlich Angst. »Ich habe dich gewarnt«, fuhr sie fort. »Wenn du dich nicht von den Jungen fernhältst und sie noch einmal Probleme machen, war es das für dich.«

»Aber hier läuft doch alles super. Es ist völlig egal, ob ich hier bin oder nicht. Dolores hat alles im Griff, und Nate und Ced waren jeden Tag in der Schule, soweit ich weiß.« Entgegen der lapidaren Fröhlichkeit, die er auszustrahlen versuchte, begann sich sein Herzschlag unangenehm zu beschleunigen.

»Für mich fällt es nicht unter die Kategorie ›Super‹, wenn mich der Sheriff von Buzzards Bay anruft, um mich davon in Kenntnis zu setzen, dass meine Söhne wegen ihren gefälschten Ausweisen aus einer Bar geflogen sind und du anschließend versucht hast, die Cops mit einem Scheck zu bestechen, damit sie mich nicht über diesen Vorfall informieren.«

Scheiße! Dieser dämliche Sheriff! Warum konnte sich niemand an eine getroffene Vereinbarung halten? Francis schluckte. Die gefrorenen Erbsen hinterließen ein taubes

Gefühl auf seiner rechten Gesichtshälfte. »Was hast du jetzt vor?«, fragte er und hasste sich selbst dafür, wie kleinlaut seine Stimme klang. »Fahren wir nach Boston zurück?«

»Ich fahre nach Boston zurück. Die Jungen packen ihre Koffer und sind ab sofort in einem Internat in Vermont.«

»Alter!«

»Was für eine Scheiße! Das ist ja noch schlimmer als hier!«

Isabelle wandte den Blick zur Tür. Sie konnte ihre Söhne nicht sehen, aber sie war sich genau wie Francis im Klaren darüber, dass die beiden sie belauschten. »Die Schule ist fantastisch. Sie wird von einem Ex-Marine in einem sehr militärischen Stil geführt«, sagte sie in Richtung des Türrahmens. »Und falls ihr euren Abschluss nicht schafft, wiederholt ihr das nächste Schuljahr genau dort.« Francis war nicht viel Zeit zum Durchatmen geblieben. Seine Schwester wandte sich abermals an ihn. »Und du, lieber Bruder, kannst bleiben, wo der Pfeffer wächst.«

Was meinte sie damit? Als er an ihr letztes Gespräch dachte, stieg Panik in ihm auf. Würde sie ihm wirklich den Geldhahn abdrehen und ihn aus seinem Penthouse werfen lassen? »Ich habe es doch nur gut gemeint«, verteidigte er sich. »Ich wollte dich nicht mit dem Fehltritt der Jungs belasten. Du solltest dich auch mal erholen können.«

»Hey!« Cedrics Kopf erschien im Türrahmen. »Du hast uns doch die Ausweise besorgt und uns von der Bar erzählt.«

Ein Teenager, der sauer war, weil er nach Vermont verbannt wurde, empfand nicht mehr besonders viel Loyalität. Das konnte Francis verstehen. Aber das war im Moment nicht gerade hilfreich. »Na ja, okay. Vielleicht habe ich einen Fehler gemacht«, versuchte er sich in Reue.

»Vielleicht?« Isabelles Augenbrauen wanderten nach oben.

»Es war blöd von mir«, spuckte er aus. »Aber du kannst mir doch verzeihen, oder? Es tut mir wirklich leid.«

»Zu spät«, ließ Isabelle ihn wissen. »Jungs, packt eure Sachen. Ihr habt eine halbe Stunde. Was bis dahin nicht eingepackt ist, bleibt hier.«

»Issi. Schwesterchen. Komm schon. Du willst mir nur Angst machen. Wenn jemand verzeihen kann, dann du«, verlegte sich Francis aufs Schmeicheln. Er erhob sich von seinem Platz und machte einen Schritt auf Isabelle zu.

Sie wich ihm aus und wandte sich zur Tür. »Ich warte im Wagen auf euch, Jungs. Und du kannst betteln, so viel du willst«, gab sie über die Schulter zurück. Dieses eiskalte Miststück. »Ich habe dich mehr als einmal gewarnt. Du hattest mehr Chancen, als du verdienst. Jetzt ist das Maß voll.« Mit diesen Worten ließ sie ihn stehen.

Der Scotchtumbler, den Francis gerade noch in der Hand gehalten hatte, zersplitterte am Türrahmen, dort, wo sich eben noch der Kopf seiner Schwester befunden hatte. »Mach doch, was du willst, du alte Hexe. Ich brauch dich nicht«, brüllte er hinter ihr her. Er setzte sich wieder hin und griff nach der Whiskeyflasche. Er hasste seine Schwester, sie war so herablassend und überheblich. Aber noch mehr hasste er Holly Clark, die für all die Probleme, in die er auf Cape Cod geschlittert war, die Verantwortung trug. Holly Clark war schuld.

Seine Neffen verabschiedeten sich nicht von Francis. Sie suchten fluchend ihren Kram zusammen, warfen alles in den Kofferraum des Cadillacs und verschwanden mit Dolores in dem Wagen von Isabelle, der eine Staubwolke hinterließ. Francis gönnte sich die Hälfte der Whiskeyflasche und einen weiteren Joint, während er angestrengt nachdachte. Isabelle war sauer, keine Frage. Aber das war sie nicht zum ersten Mal und würde es auch nicht zum letzten Mal sein. Er würde einfach noch ein paar Tage hierbleiben, bis sich ihre Wut wieder gelegt und sie sich beruhigt hatte. Ihm würde hier nicht langweilig werden, denn er hatte noch eine Rechnung mit Holly offen. Und die würde sie begleichen. So viel war sicher. Er warf den Beutel mit den inzwischen halb aufgetauten Erbsen in das Spülbecken und nahm seine Wagenschlüssel. Wenn man Pläne schmieden wollte, sollte man alles über sein Gegenüber wissen.

Er fuhr nach Eastham und stellte seinen Wagen abermals hinter dem Ben-&-Jerry's-Laden in einer der uneinsehbaren, dunklen Ecken des Parkplatzes ab. Er wollte sich auf Hollys Grundstück umsehen. Vielleicht gelang es ihm sogar, ins Fairway einzubrechen und dort ein wenig herumzuschnüffeln. Doch dann entdeckte er Andrews SUV auf Dr. Hennings' Parkplatz. Was trieb er um diese Zeit noch hier? Und wieso brannte kein Licht in der Praxis? Statt dem Fairway einen Besuch abzustatten, schlich er um den Gebäudekomplex herum. Der Wind fegte immer wieder schwarze Wolkenfetzen über den Mond, der ihm als einzige Lichtquelle diente. Vorsichtig tastete er sich an der Wand entlang, bis er das Fenster des Sprechzimmers ausmachen konnte. Die Jalousien waren geschlossen, aber er sah den schmalen Lichtstreifen, der blass in die Nacht strahlte. Die Fenster waren geschlossen. Er presste das Ohr gegen die Scheibe, um über das Rauschen des Nachtwindes hinweg etwas zu hören. Er machte die Stimme eines Mannes aus, wahrscheinlich Hunter, auch wenn er nicht verstehen konnte, was er sagte. Das leise Lachen einer Frau erklang. Das konnte nur Holly sein. Wenn er sich nicht schon sicher gewesen wäre, hatte er es jetzt schwarz auf weiß. Sie waren allein und mitten in der Nacht in der Praxis. Sie trieben es miteinander. Offenbar waren sie von seinem Haus, wo Holly ihn niedergeschlagen hatte, auf direktem Weg hierhergefahren, um zu vögeln. Eine jähe Wut erfasste ihn. Er ballte die Hand zur Faust und holte aus. Im letzten Moment bremste er sich. Die Fensterscheibe einzuschlagen brachte ihn nicht weiter. Er musste sein Vorgehen wirklich durchdenken. Offenbar war sein Versuch, das Fairway online zu ruinieren, danebengegangen. Er musste sich auf seine ganz persönliche Art an Holly rächen. Vorsichtig, um keinen Lärm zu verursachen, schlich er zurück zu seinem Wagen. Er griff nach der Whiskeyflasche, die er geistesgegenwärtig mitgenommen hatte, und wartete, bis die Turteltäubchen ihr Schäferstündchen beendeten. Als sie endlich aus der dunklen Praxis traten, war Francis schon fast eingenickt. Er fuhr hoch, als er die Bewegung wahrnahm. Hand in Hand schlenderten Andrew und Holly über die Straße und stiegen gemeinsam die Stufen zu ihrem Apartment hinauf. Sie öffnete die Tür und beugte sich kurz hinunter, wahrscheinlich, um ihren Hund zu begrüßen. Dann gab sie sich Hunter in einem nicht enden wollenden Kuss hin. Als sie sich von ihm löste und hineingehen wollte, zog er sie noch einmal zurück. Diesmal dauerte die Knutscherei noch länger. Schließlich hatten sie genug voneinander, Holly schloss die Tür, und Andrew stieg in seinen Wagen.

Als seine Scheinwerfer aufleuchteten, startete auch Francis den Motor. Er würde sich Holly noch vorknöpfen. Aber für heute Nacht würde ihm eine kleine Genugtuung reichen. Er folgte Andrew nach Sunset Cove. Zum Fairway würde er später noch einmal zurückkehren.

17

Gemeinsam mit dem Rauschen der Wellen driftete Andrew aus den Tiefen des Schlafes an die Oberfläche. Langsam öffnete er die Augen, gewöhnte sich an die Helligkeit und beobachtete, wie die Vorhänge sich im Luftzug der geöffneten Fenster bauschten. Ein Blick auf sein Handy verriet ihm, dass sein Wecker erst in einer halben Stunde klingeln würde. Er drehte sich auf den Rücken und rieb sich über das Gesicht. Obwohl die Nacht kurz gewesen war, fühlte er sich ausgeruht und energiegeladen.

Entschlossen, diesen ruhigen Moment am frühen Morgen zu genießen, schwang er schließlich die Beine aus dem Bett, zog ein T-Shirt und Boxershorts an und ging barfuß in die Küche. Als er seine Tasse unter die Kaffeemaschine stellte, warf er einen Blick nach draußen und stellte fest, dass der frühe Morgen keinesfalls still verlaufen würde. Jake lehnte bereits am Terrassengeländer und starrte auf den Ozean hinaus.

»Morgen«, sagte Andrew, als er neben seinen Freund trat. Auch er ließ den Blick in die Weite schweifen.

»Morgen.«

»Hast du inzwischen irgendetwas von deiner Investorin gehört?«, fragte Andrew und blies in seinen Kaffee, bevor er behutsam den ersten Schluck trank.

»Nein, leider nicht. War ganz schön spät gestern«, bemerkte Jake und warf ihm einen forschenden Blick zu.

Andrew blinzelte und trank noch einen Schluck Kaffee. Der Themenwechsel kam ein wenig abrupt. »Hast du auf mich gewartet, Mama?«, fragte er halb amüsiert.

»Nicht wirklich. Ich frage mich nur, wo du gesteckt hast.« Als er nicht antwortete, fügte Jake hinzu: »Warst du mit Holly zusammen?«

Andrew überlegte, ob er das, was zwischen Holly und ihm lief, für sich behalten sollte. Andererseits hatte er noch nie ein Geheimnis aus seinen Beziehungen gemacht. Auch wenn es für die Sache mit Holly und ihm, nachdem sie sich jahrelang aus dem Weg gegangen waren, keine besonders einfache Erklärung gab. »Ich habe Holly gestern Abend bei Cartwright getroffen«, sagte er.

Jake verzog das Gesicht. »Er ist wirklich einer der dämlichsten Typen, die jemals auf dieser Insel herumgelaufen sind.«

»Das steht außer Frage«, stimmte Andrew ihm zu.

»Dann habt ihr das Problem mit den schlechten Bewertungen in den Griff bekommen?«, wollte Jake wissen.

»Ja.« Es war immer wieder erstaunlich, wie wenig Andrew über Holly wusste, obwohl er sie schon so lange kannte. »Offenbar kann Holly zaubern, wenn sie vor dem PC sitzt. Sie hat nachgewiesen, dass alle Nachrichten von Francis' IP-Adresse versandt wurden. Aber du kennst Holly ja. Statt mit jemandem von uns darüber zu reden, hat sie ihm einfach einen Besuch abgestattet. Ich hatte dieselbe Idee, weshalb ich dabei zusehen durfte, wie sie ihm eine zentrierte.«

»Holly hat Cartwright eine verpasst?« Jake grinste in seine Tasse. »Sag mir, dass es wehgetan hat«, murmelte er.

»Keine Sorge. Sie hat einen beeindruckenden rechten Haken«, erwiderte Andrew und legte seine Hand auf das kühle, verwitterte Holzgeländer. »Ihre Faust war allerdings ein wenig in Mitleidenschaft gezogen, also waren wir noch in der Praxis, und ich habe sie verarztet.«

»Und was kam danach? Doktorspielchen?«, hakte Jake nach, als Andrew schwieg.

»So würde ich das nicht nennen.« Denn auch wenn Holly es noch immer leugnen sollte, sie hatten nicht einfach Sex. Sie trafen sich nicht zum Spaß oder um überschüssige Energie abzubauen. Vielleicht hatten sie ihre ersten Treffen als Ventil für die seit langer Zeit aufgestauten Gefühle genutzt. Inzwischen ging all das längst tiefer. Viel tiefer.

»Du willst nicht darüber reden, was damals zwischen Holly und dir gelaufen ist, oder?«, fragte Jake plötzlich und sah Andrew an. An der Geschwindigkeit seiner Denkprozesse gemessen, musste er Andrew um mindestens zwei Tassen Kaffee voraus sein. Die Frage überrumpelte Andrew.

»Ich meine, schließlich hat das die letzten zwanzig Jahre maßgeblich geprägt und für verdammt negative Schwingungen im und um das Fairway gesorgt.«

»Ich war ein Idiot«, sagte Andrew und blinzelte in die Sonne. »Holly hatte ihre Gründe, sich … ähm … auf mich einzulassen. Gründe, die ich nicht besonders toll fand, obwohl ich inzwischen besser verstehen kann, was für Gedanken und Sorgen damals ihr Leben bestimmten. Als Teenager habe ich ihr das übel genommen, aber jetzt sind wir erwachsen, und jeder hat sich ein eigenes, funktionierendes Leben aufgebaut. Ich muss nicht mehr annehmen, dass sie nur an mir interessiert ist, weil unsere Familie Geld hat und ich ihr ein Leben im Luxus bieten kann.«

Jake verschluckte sich an seinem Kaffee und hustete. »Holly und du, ihr seid verrückt nacheinander gewesen, seit ihr zwölf oder dreizehn gewesen seid.« Er hustete noch einmal und stellte seine Tasse auf das Geländer. »Ich lege meine Hand für Holly ins Feuer. Sie hatte nicht eine Sekunde lang Interesse an deinem Geld, deinem Status oder was auch immer«, verteidigte er sie.

»Genau so war es aber«, widersprach Andrew. Das hatte Holly selbst bewiesen. Trotzdem war es schäbig gewesen, eine Wette mit Francis einzugehen. Er hatte eine Bestätigung bekommen, auf die er im Nachhinein lieber verzichtet hätte. Immerhin hatte Holly ihn in diesem Sommer gewählt. Was sich nur als schwacher Trost für die bittere Pille herausstellte, die sie ihm zu schlucken gegeben hatte. Damals hatten sie sich beide falsch verhalten, und deshalb waren sie irgendwie – quitt. »Ich habe ein paar Jahrzehnte gebraucht, um es zu kapieren, aber inzwischen spielt es keine Rolle mehr.« Andrew fuhr die Maserung des Geländers nach und beobachtete zwei Möwen, die kreischend über das Meer schossen. »Ich bin …« Er schluckte, dann sah er Jake an. »Ich bin tatsächlich dabei, mich wieder in sie zu verlieben«, sprach er zum ersten Mal aus, was seit Tagen durch sein Unterbewusstsein geisterte. Erstaunlicherweise lösten diese Gedanken keine Panik in ihm aus. Sein Herz schlug weiter ruhig und stetig. Es war fast ein bisschen, als könnte er nach diesem Geständnis freier atmen.

»Das sind starke Worte für jemanden wie dich«, überlegte

Jake laut. »Ich kann mich jedenfalls nicht daran erinnern, dich jemals von Liebe sprechen gehört zu haben.«

Das stimmte. Und er hatte seine Gründe. Natürlich war er als Jugendlicher total verknallt in Holly gewesen. Doch dann hatte er begriffen, dass alles seinen Preis hatte und Gefühle manchmal nicht ausreichten. Er war erwachsen geworden und hatte mitbekommen, was Liebe und Verlangen aus einem Menschen machen konnten. Als seine Mutter Selbstmord begehen wollte, weil sie die blutjungen Affären ihres Mannes nicht mehr ertrug, hatte er ihr das Leben gerettet. Vermutlich hatte Andrew damals begriffen, dass man den Menschen, mit dem man den Rest seines Lebens verbringen will, mit viel Bedacht wählen muss. Und nun hatte er Holly wiedergetroffen, und die Sehnsucht hatte sie beide wie eine Flutwelle überrollt. Plötzlich schien alles ganz klar und einfach. »Jedenfalls kann ich jetzt nicht weiter darüber sprechen«, ließ er Jake wissen und leerte seine Tasse. »Ich muss die Praxis aufmachen.«

»In die du dich ebenfalls verliebt hast«, rief sein Freund ihm hinterher, als Andrew in die Küche zurückkehrte.

Er antwortete nicht. Womöglich hatte Jake recht. Er stellte die Tasse in die Spülmaschine. Dann duschte er, putzte seine Zähne und rasierte sich. Er zog Jeans und ein Longsleeve an, dann nahm er seine Softshelljacke und die Autoschlüssel. »Ich bin weg«, rief er Jake zu, der noch immer auf der Terrasse stand, und öffnete die Haustür.

Auf halbem Weg zu seinem SUV blieb er stehen. »Scheiße!«, fluchte er. Er hatte ihn heute Nacht vor der Garage neben Jakes Pick-up geparkt. Er beschleunigte seine Schritte, umrundete den Wagen und trat wütend gegen den linken Hinterreifen, der genauso platt war wie die anderen drei. Dann ging er in die Hocke und begutachtete den Schaden. Offenbar hatte sich jemand die Mühe gemacht, alle vier Reifen aufzuschlitzen. »Verdammter Dreck!« Nach den Ereignissen des vergangenen Abends kam dafür nur einer in Betracht. Und wenn dieser Jemand Andrew Schaden zufügte … Holly! Er sprang auf und rannte ins Haus zurück. »Jake!«, brüllte er. »Jake!«

»Was ist?« Sein Freund trat ihm aus der Küche entgegen, eine frische, dampfende Tasse Kaffee in der Hand.

»Brauchst du deinen Wagen heute?«, wollte Andrew wissen.

»Nicht unbedingt. Was ist denn los?«, fragte Jake.

»Leih ihn mir, okay? Jemand hat alle vier Reifen meines SUV aufgeschlitzt.«

»Was?« Jake starrte ihn einen Moment fassungslos an. Dann begriff er. »Ich tippe auf deinen Kumpel Francis«, sagte er.

»Und wenn er hier war, dann ist er vielleicht auch zu Holly gefahren«, führte Andrew den Gedanken fort. »Ich muss zu ihr.«

Jake zögerte nicht. Er warf Andrew seine Schlüssel zu, die auf der Anrichte lagen. »Verschwinde. Und ruf mich an, ob bei Holly alles okay ist. Ich kümmere mich um deine Reifen.«

Andrew hörte die letzten Worte kaum noch. Er rannte aus dem Haus und sprang in Jakes Pick-up. In Rekordzeit legte er die Strecke zum Fairway zurück und kam schlitternd auf dem Parkplatz zum Stehen. Beim Anblick der Hauswand entfuhr ihm ein derber Fluch. Er sprang aus dem Wagen und sprintete die Treppe zu Hollys Apartment hinauf. Für höfliches Klopfen blieb keine Zeit. Er schlug einfach mit der flachen Hand gegen die Tür, wieder und wieder, bis sie einen Spaltbreit geöffnet wurde und Hollys schlaftrunkenes Gesicht erschien.

»Andrew! Was, um Himmels willen willst du um diese Zeit hier? Sei leise«, zischte sie. »Du weckst Jackson auf.«

Um Hollys Bruder konnten sie sich später Gedanken machen. »Komm mit!« Andrew griff nach ihrer Hand und zog sie aus der Wohnung. Sie trug ein Tanktop und eine Pyjamahose und war barfuß. Er nahm keine Rücksicht darauf und zog sie die Treppe hinunter. Auf dem Parkplatz blieb er stehen. Unwillig zog Holly ihre Hand weg. Sie betrachtete die Wand vor sich und erstarrte.

»Es tut mir leid.« Andrew legte ihr den Arm um die Schulter. »Alle vier Reifen meines Wagens waren aufgeschlitzt. Wer dafür verantwortlich ist, dürfte klar sein. Ich bin hergekommen, um zu sehen, ob bei dir alles in Ordnung ist, und habe das hier entdeckt.« Er nickte zur Wand. »Es ist noch ziemlich früh. Zu viele Leute haben das sicher noch nicht mitbekommen.«

Abrupt drehte sich Holly zur Straße um. »Jeder, der vorbeifährt, sieht das. Jeder!« Sie strich sich die Haare aus dem Gesicht. »Hure«, sagte sie, leiser diesmal. Fast so, als raube ihr dieser Anblick die Energie. »Dieses verdammte Schwein hat ›Hure‹ an die Wand meines Restaurants geschrieben.«

*

Holly rief von Andrews Handy aus im Sheriff-Büro an und ging in ihre Wohnung zurück, um ihren Pyjama gegen Jeans und einen dunkelgrünen Pulli zu vertauschen. Sie schob sich gerade eine Spange ins Haar, als Jackson auftauchte. Mit halb geöffneten Augen und total zerstrubbelten Haaren ließ er sich gegen den Türrahmen fallen, als befände sich kein funktionierender Knochen in seinem Körper. Auf seiner linken Wange prangte der Abdruck seines Kissens. »Was'n los?«, nuschelte er.

Holly ging zu ihm hinüber und umarmte ihn fest. »Mach dir keine Sorgen, Schatz. Ich hatte ein bisschen Ärger mit Nathaniels und Cedrics Onkel. Ich habe mich mit ihm angelegt, und er hat offenbar ein bisschen überreagiert und unsere Hauswand beschmiert. Deshalb muss ich runter. Der Sheriff kommt gleich. Mach du dich für die Schule fertig. Und dreh noch eine Runde mit Potter.«

»Was hat er geschrieben?«, wollte Jackson wissen.

»Unwichtig.« Holly drückte ihn noch einmal an sich. »Tu mir den Gefallen, okay? Gassi mit Potter und dann Schule.«

»Mach ich.« Nachdem ihr Bruder ohne weitere Widerworte ins Badezimmer verschwunden war, ging Holly auf den Parkplatz vor dem Restaurant zurück. Andrew stand noch immer da. Inzwischen hatten sich einige Schaulustige zu ihm gesellt.

Mary Ann eilte auf Holly zu und umarmte sie mütterlich. »Wer tut denn so was? Ausgerechnet bei dir! Wenn ich denjenigen erwische … ich sage dir …«

»Danke, Mary Ann«, unterbrach Holly sie. »Das ist lieb von dir, aber ich muss noch ein paar Dinge erledigen.« Auch die anderen Umstehenden sprachen Holly Trost zu. Was aber mehr als alles andere zählte, war Andrew. Er trat neben Holly und legte seine Hand auf ihren Rücken. Er war da. Wie ein Fels in der Brandung, an dem man sich festklammern konnte. Und an dem sie sich festklammern wollte. Sie wollte sich auf Andrew verlassen können, darauf, dass er sie auffing, wenn sie fiel. Holly hatte immer Wert darauf gelegt, unabhängig zu sein, das Leben selbst zu meistern. Deshalb hatten wohl auch ihre Beziehungen nie lange gehalten. Männer mochten Frauen, für die sie den Helden spielen konnten. Die sie umsorgen, beschützen und auf Händen tragen konnten. Holly war nie dieser Typ Frau gewesen. Aber jetzt fühlte es sich verdammt gut an, diese große, warme Hand auf ihrem Rücken zu spüren.

Nach einer Weile tauchte Hollys Bruder mit Potter an der Leine auf. Er war so blass, dass die Sommersprossen wie dunkle Punkte aus seinem Gesicht hervorstachen. »Das ist meine Schuld«, flüsterte er.

»Nein, Jacks. Was redest du denn da? So etwas darfst du nicht einmal denken!«, wies Holly ihn sanft zurecht. Sein schmerzerfüllter Blick brach ihr das Herz.

»Es tut mir so leid«, sagte er mit Blick auf das Schimpfwort an der Wand. »Ich ... ich hätte mich nie mit den De Winters einlassen dürfen. Das war nicht besonders clever.«

»Was das betrifft, hast du natürlich recht. Aber für die Sache mit Cartwright kannst du nichts.« Sie küsste ihn auf die Stirn. »Hol Rachel ab und fahr in die Schule. Ich kümmere mich um den Rest.«

»Aber ...«, versuchte er zu widersprechen.

»Bitte, Jackson. Wir reden heute Abend, okay?«

»Alles klar. Bis dann.« Er umarmte Holly fest und lange, was er schon eine ganze Weile nicht mehr getan hatte, und ein Kloß wuchs in ihrem Hals. Sie sah ihm nach, bis er um die Hausecke verschwunden war. Dann wurde ihre

Aufmerksamkeit von gleich drei Neuankömmlingen in Anspruch genommen. Der Wagen des Sheriffs rumpelte auf den Parkplatz vor dem Fairway. Links von ihm stellte Niclas seinen Wagen ab, rechts von ihm hielt Mac Allister, der örtliche Bauunternehmer, mit seinem Truck.

»Guten Tag, Sheriff Morgan.« Holly trat dem Polizisten entgegen.

»Holly.« Der Sheriff schüttelte ihr die Hand. Dann wandte er sich um und sah sich die Sauerei an der Wand an. »Ich werde ein paar Fotos machen, und dann überstreichen Sie das so schnell wie möglich. Mac ist ja schon da.«

»Ja, Mac. Wieso bist du schon hier? Natürlich bin ich dir dankbar …«, sagte Holly.

»Hallo, mein Mädchen. Hunter hat mich angerufen«, beantwortete der fast zwei Meter große Mann, der sowohl von seiner Statur als auch von der Stimme her an einen Grizzly erinnerte, ihre Frage. Dabei nickte er nicht in Andrews, sondern Niclas' Richtung, der sich ebenfalls zu ihnen gesellte. Allister stellte sich neben den Sheriff, strich über seinen buschigen Bart und betrachtete die Wand. »Was für eine Schweinerei«, brummte er.

Holly wandte sich an Andrews Bruder. »Und was treibt dich hierher?«, wollte sie wissen.

»Ich wurde auch von Hunter angerufen«, versuchte er es mit einem Scherz und schlug seinem Bruder auf die Schulter. »Drew meinte, du könntest einen Anwalt brauchen. Jemanden, der deine Interessen vertritt. Und weil ich wegen der Renovierung der neuen Kanzlei sowieso mit Allister sprechen musste, habe ich ihn gleich gebeten herzukommen. Ich hoffe, das war in deinem Sinne.«

»Ja, vielen Dank.« Sie warf Andrew einen Blick zu. »Auch dir danke, dass du dich um Hilfe gekümmert hast.« Sie bemühte sich um ein Lächeln. »Dann habe ich jetzt also einen Anwalt. Ich hoffe, du reißt Cartwright so richtig den Arsch auf, Nic.«

»Eine meiner Spezialitäten.« Niclas rieb sich die Hände, als freue er sich auf die Auseinandersetzung. »Lass uns als Erstes mit dem Sheriff sprechen.«

Sie warteten, bis Morgan Fotos von der Schmiererei gemacht hatte und Mac einige Kanister superdeckende Farbe, wie er behauptete, von der Ladefläche seines Pick-ups geladen und seine Malerutensilien zusammengesucht hatte. Er hatte den Umbau des Restaurants geleitet, als Holly es von ihrem Vater übernommen und einmal grundrenoviert hatte. Sie vertraute ihm blind und war froh, dass das Schimpfwort so schnell wie möglich von der Wand verschwand. Andrew verabschiedete sich, weil er die Praxis aufmachen musste. Allerdings nicht, ohne sich von ihr versichern zu lassen, dass sie ihn sofort anrufen würde, wenn sie ihn brauchte.

Gemeinsam mit dem Sheriff und Niclas ging sie in die Bar und beschäftigte ihre nervösen Hände damit, Kaffee zu kochen. Nachdem sie jeweils eine Tasse vor dem Sheriff und ihrem neuen Anwalt abgestellt hatte, setzte sie sich mit ihrem eigenen Becher zu ihnen und erzählte der Reihe nach, was passiert war, seit sie Francis in der Polizeiwache in Buzzards Bay über den Weg gelaufen war. Der Polizist machte sich Notizen, fragte hier und da nach und ergänzte Niclas' Bemerkungen …

»Sie haben die Daten gesichert, ehe Sie sie haben löschen lassen?«, fragte er, als Holly ihm die zweite Tasse Kaffee brachte.

»Natürlich«, sagte sie. »Sie liegen oben in meiner Wohnung. Ich gebe sie Ihnen nachher mit.«

»Mach eine Kopie für meine Unterlagen«, bat Niclas sie.

Holly nickte. Sie wartete gespannt darauf, was der Sheriff sagen würde. Er lehnte sich in seinem Stuhl zurück und klopfte sich nachdenklich mit seinem Kugelschreiber gegen die Unterlippe. »Francis Cartwright hat schon früher Ärger auf Cape Cod gemacht. Und ich zweifle Ihre Schilderung nicht an, Holly. Das Problem an der Sache ist, dass unser Bauchgefühl nicht reichen wird. Wenn wir Cartwright vor Gericht bekommen wollen, müssen wir ihm die Taten auch nachweisen. Und das wird kompliziert.«

»Wieso? Ich habe doch alles dokumentiert. Das ist wasserdicht«, widersprach Holly.

»Cartwright lebt nicht allein in Harbour Hill. Seine Neffen haben Zugriff zum WLAN-Netzwerk. Sie könnten jederzeit an seinen Laptop gekommen sein. Sogar die Haushälterin oder dem Putzdienst kämen infrage.«

»Das ist lächerlich!« Holly sprang von ihrem Stuhl auf und lief auf und ab. »Warum sollte seine Haushälterin so etwas tun? Oder war es vielleicht der Poolboy? Kommen Sie, Sheriff. Es war Francis. Seine Neffen wären zu so etwas vielleicht ebenfalls fähig, aber sie hatten keinen Grund dazu. Cartwright hingegen hat mir gedroht.«

»Was Sheriff Morgan damit sagen will«, mischte sich Niclas ein und legte die Hand auf Hollys Arm, damit sie stehen blieb, »ist, dass Francis und seine Anwälte genau so argumentieren würden. Wir standen nicht neben ihm, als er die Bewertungsposts geschrieben hat. Und solange das niemand von sich behaupten kann, wird es schwierig, ihn dafür dranzukriegen.«

Der Sheriff nickte zustimmend. »Dazu kommt, dass Sie ihn geschlagen haben.« Er wies auf ihre verbundene Hand.

»Weil er mich angefasst hat!« Frustriert warf Holly die Hände in die Luft. »Drew ... Dr. Hunter ...«, korrigierte sie sich, »... kann das bezeugen.«

»Aber auch in diesem Fall wird er die Fakten zu verdrehen wissen und dir einen tätlichen Angriff unterstellen.«

Holly seufzte und ließ sich mit dem Rücken gegen den Tresen sinken. »Was für ein verdammter Mist. Hätte ich ihn nicht aus dem Lokal geworfen, wäre das vielleicht alles nicht passiert.«

»Nein, Holly, so darfst du nicht einmal denken.« Niclas stand auf und legte ihr brüderlich den Arm um die Schultern. »Es war dein gutes Recht. Das hier ist dein Restaurant. Du musst hier niemanden akzeptieren. Und niemand hat das Recht, dich zu terrorisieren.« Niclas' Worte waren gut gemeint, aber sie konnten das flaue Gefühl in ihrem Magen nicht vertreiben. Sie hatte Angst, gestand sie sich ein. Cartwright hatte es geschafft, über ihren Schutzwall aus Selbstbewusstsein zu gelangen und eine lange überwunden geglaubte Furcht zu wecken. Allerdings hatte Niclas recht. Sie würde einen Teufel tun und sich von diesem Typen in die Knie zwingen lassen. Entschlossen wischte sie die Angst beiseite und straffte ihre Schultern. »Okay, ich will, dass Cartwright zur Rechenschaft gezogen und in seine Schranken gewiesen wird.«

Der Sheriff nahm seinen Hut, den er auf dem Nachbartisch abgelegt hatte, und setzte ihn auf. »Ich werde zu ihm hinausfahren und mit ihm sprechen. Mal sehen, ob er ein Alibi für die vergangene Nacht hat. Sie hören von mir, Holly. Und danke für den Kaffee.«

»Ich danke Ihnen, Sheriff.« Stumm sahen Holly und Niclas dem Gesetzeshüter nach.

»Und ich soll dir ausrichten, dass Marie dich heute Abend sehen will. Sie lässt keine Ausreden gelten. Ihre Worte, nicht meine.« Niclas hob die Hände.

»Okay, ich ruf sie nachher an.« Holly räumte die Kaffeetassen zusammen und stellte sie in den Spülkorb.

»Tu das. Sie sorgt sich um Jackson und dich.« Er lehnte sich gegen den Tresen, als wollte er ein gemütliches Plauderstündchen abhalten. »Und jetzt erzähl mal, was da zwischen dir und meinem großen Bruder läuft.«

»Das spielt für dich keine Rolle, mein Lieber«, erwiderte Holly. »Denn das, was zwischen mir und deinem großen Bruder *läuft*, hat wohl kaum etwas mit dem Fall zu tun, anwaltliche Schweigepflicht hin oder her.«

*

Jackson hatte Rachel wie jeden Morgen auf dem Weg zur Schule abgeholt. Sie war in seinen Golf gestiegen und hatte angefangen zu reden, wie immer, aber diesmal hörte Jackson ihr nicht zu. Seine Gedanken verweilten bei seiner Schwester und der Scheiße, die er ihr eingebrockt hatte.

»Jacks?« Rachel legte ihre kleine Hand auf seinen Unterarm. »Du hörst mir gar nicht zu.«

»Sorry, ich war in Gedanken.« Er zog seinen Arm zur Seite, und Rachels Finger glitten ins Leere. Eine Berührung von Rachel konnte er im Moment nicht ertragen.

»Was ist los mit dir? Du bist in den letzten Tagen echt komisch«, meinte sie.

»Hmm.« Was sollte er dazu schon sagen? Was sollte er überhaupt zu Rachel sagen? Wegen ihrer blöden Vorstellung von einem coolen, draufgängerischen Typen hatte er sich ja schließlich überhaupt erst auf diese verdammten De-Winter-Zwillinge eingelassen. Und das wiederum hatte seiner Schwester das Leben zur Hölle gemacht. Holly war zwar meistens eine echte Nervensäge, aber der Ausdruck, den sie heute Morgen in den Augen gehabt hatte, war einfach ... zum Kotzen! Jackson hielt vor dem Schulgebäude und warf Rachel einen Blick zu. Sie sah ihn verständnislos an. »Steig schon mal aus«, sagte er. »Ich suche noch einen Parkplatz.«

»Aber wir suchen immer zusammen nach einem Parkplatz ...«, setzte sie an.

»Sieht so aus, als wäre die Hölle los heute«, behauptete Jackson. »Ich muss das Auto wohl ganz am Ende des Parkplatzes abstellen.«

Einen Moment schaute Rachel ihn nachdenklich an. Dann senkte sie den Blick, und ihre Lippen verzogen sich zu einem traurigen Lächeln. »Okay, bis später«, sagte sie und stieg aus. Jackson trat das Gaspedal durch und fuhr in Richtung Parkplatz davon. Er konnte es sich nicht verkneifen, einen Blick in den Rückspiegel zu werfen. Rachel stand auf dem Gehweg vor der Schule und sah ihm nach.

Den Tag über ging er Rachel aus dem Weg. Da ihr Unterricht zu unterschiedlichen Zeiten endete, würde sie mit einer Freundin zurückfahren, und Jackson hatte seine Ruhe vor ihr. Als er nach Hause kam, stellte er erleichtert fest, dass die Schmiererei an der Hauswand überstrichen worden war. Nichts erinnerte mehr daran, dass der Onkel der De-Winter-

Zwillinge Holly eine Hure genannt hatte. Jackson warf seinen Schulrucksack im Flur in die Ecke und textete Holly, dass er zu Hause war, weil das zu seinen Auflagen gehörte, seit er Mist gebaut hatte. Da Potter ihn nicht begrüßte, vermutete er, dass er im Fairway unter dem Tresen lag.

Nathaniel und Cedric waren heute einmal wieder das Schulgespräch gewesen. Offenbar hatte ihre Mutter sie abgemeldet und auf eine Militärschule im Nirgendwo geschickt. Nicht, dass Jackson ihnen auch nur eine Träne nachweinte. Die Mädchen in seiner Klasse sahen das natürlich völlig anders. Aber er wollte nicht darüber nachgrübeln, was Rachel davon hielt, dass Nathaniel ihr plötzlich nicht mehr folgen konnte wie ein liebeskrankes Hündchen.

Er ließ sich auf sein Bett fallen und suchte auf dem Handy nach der zu seiner Stimmung passenden Musik. Sekunden später dröhnte aggressiver Hip-Hop aus den Bluetooth-Boxen. Jackson spürte das Vibrieren der Bässe in seinem Körper, während er an die Decke starrte und versuchte, nicht an Rachel zu denken.

»Jackson?«

Er zuckte zusammen, als er Rachels Stimme hörte, nicht sicher, ob er sich das nur einbildete. Er hatte keine Ahnung, wie lange er schon hier lag. Langsam drehte er den Kopf, und da stand sie. In der Tür, die Finger ineinander verschränkt und ein unsicheres Lächeln im Gesicht. »Hi.« Er erahnte das Wort über den Lärm der Musik mehr, als dass er es vernahm. Mit einem Tastendruck auf seinem Handy verstummte der Hip-Hop und ließ sie beide in einer unangenehmen Stille zurück.

»Wie bist du hier reingekommen?«, wollte er wissen und richtete sich auf.

Rachel hielt einen Schlüssel mit einem blauen Anhänger hoch, den Jackson als den Ersatzschlüssel aus dem Fairway erkannte. »Ich habe geklopft, aber du hast nicht geöffnet. Wahrscheinlich weil die Musik zu laut war. Also hat mir deine Schwester den hier gegeben.« Sie legte den Schlüssel auf seinen ziemlich zugemüllten Schreibtisch und setzte sich neben ihn auf die Bettkante. Mit der für sie typischen Art strich sie ihre langen blonden Haare über ihre linke Schulter und sah ihn von der Seite an. »Was ist los mit dir, Jacks?«

»Was soll sein? Nichts ist los. Was mich aber noch einmal zu der Frage bringt, was du hier verloren hast.«

Sie blickte auf seinen Sitzsack, auf dem sich T-Shirts, Jeans und Socken häuften, die vermutlich nicht mehr alle taufrisch waren. »Ich habe dich vermisst in der letzten Zeit«, sagte sie leise. Ein zartes Rot breitete sich auf ihren Wangen aus. »Deshalb wollte ich mal nach dir sehen. Und fragen, ob ich irgendetwas für dich tun kann.«

Jackson rieb sich mit beiden Händen über das Gesicht und starrte stumm auf die Stelle in der oberen rechten Zimmerecke, die Holly und er beim Streichen übersehen hatten. »Ist dir langweilig, weil die De Winters weg sind?«, fragte er sie. »Gibt es niemanden mehr, der dir nachläuft?«

»Jackson?« Rachel sprach leise und wartete, bis er seinen Blick von der Wand löste und sie ansah. »Warum bist du so fies zu mir? Nach dem Zwischenfall mit den gefälschten Ausweisen und der Bar in Buzzards Bay und deinem bekifften Unfall habe ich das Gefühl, dass du dich auf das Niveau dieser beiden Idioten begeben hast.«

Es dauerte einen Moment, bis Jackson begriff, was Rachel gesagt hatte. »Idioten? Du findest, die De Winters sind

Idioten?«, fragte er schließlich. Er schluckte, als er das inzwischen vertraute Kribbeln in seinem Bauch spürte.

»Ich weiß nicht, wo du in den letzten Tagen mit deinen Gedanken warst, dass du das nicht mitbekommen hast. Sie waren arrogant und haben bereits nach kürzester Zeit angefangen, die Schwächeren zu tyrannisieren. Das waren Vollpfosten, und wir können verdammt froh sein, dass wir sie los sind.«

»Du hast gewusst, dass ich mit Nathaniel und Cedric unterwegs war?« Jackson setzte sich auf und sah Rachel an.

»Klar. Die beiden haben ja damit geprahlt. Was ist denn mit Holly? Lässt sie dir das einfach so durchgehen?«, wollte sie wissen.

Jackson zuckte die Schultern. »Das Urteil ist noch nicht gefällt. Aber die Chancen stehen gut, dass ich lebenslänglich Hausarrest bekomme.«

»Verständlicherweise«, sagte Rachel und musterte Jackson.

Er gab einen unwilligen Laut von sich. »Natürlich stehst du auf der Seite meiner Schwester.«

»Nein!« Rachel sprang auf. Dann ließ sie sich langsam wieder auf die Bettkante sinken. »Ich verstehe nur nicht, warum du all diesen Scheiß baust.«

»Aber du bist doch diejenige, die wollte …«, brauste Jackson auf. Er bremste sich im letzten Augenblick. »Vergiss es!«

Er wollte aufstehen, doch sie griff nach seiner Hand und hielt ihn zurück. »Was meinst du damit? Ich bin diejenige?«

»Ich will wirklich nicht darüber reden, okay?« Jackson spürte, wie ihm die Hitze ins Gesicht schoss. Er wich Rachels bohrendem Blick aus. Aber er kannte sie gut genug, um zu wissen, dass sie nicht lockerlassen würde.

»Früher haben wir uns immer alles erzählt. Keine Geheimnisse, weißt du noch? Das war immer unser Motto.« Rachel hielt seine Hand weiter fest.

»Ja, das stimmt.« Was soll's, dachte Jackson. Rachel würde keine Ruhe geben. Er zog seine Hand weg und stützte den Kopf in die Hände. »Du warst diejenige, die gesagt hat, dass sie nur aufregende, gefährliche Typen interessant findet.« Er schloss die Augen und wartete, dass der Moment der Demütigung schnell vorüberging.

Ein paar Herzschläge lang herrschte Stille im Zimmer. »Du wolltest interessanter wirken?«, fragte Rachel leise. »Für mich?«

Jackson ersparte es sich zu antworten. Sein Gesicht glühte mittlerweile.

»Jacks?« Rachel zog sanft an seinen Händen, bis er sein Gesicht hob. »Denkst du, dass du langweilig bist? Du bist der wildeste, draufgängerischste Segler, den ich kenne. Wenn du auf dem Meer bist, funkeln deine Augen. Du bist voller Abenteuerlust.« Sie zögerte, dann beugte sie sich vor. Ihre Wangen glühten mindestens so wie seine. »Nur an Land bist du etwas langsam«, flüsterte sie. Sie überwand die Zentimeter, die sie noch trennten, und presste ihre Lippen sanft auf seine.

Jacksons Herzrhythmus geriet völlig aus dem Takt. Er fuhr erschrocken zurück und starrte sie an. »Rachel«, brachte er heraus. Seine Stimme klang, als hätte er eine schwere Erkältung. Rachel lächelte ihn unsicher an und biss sich auf die Unterlippe. Und Jackson begriff. Wenn er sich jetzt traute … er nahm all seinen Mut zusammen – und erwiderte Rachels Kuss. Ihre Lippen waren weich, sie schmeckte nach Schokolade. Er umfasste ihr Gesicht mit den Händen, spürte ihre glatte Haut und die seidigen Haarsträhnen unter seinen Fingerspitzen. »Rach«, flüsterte er, als sie sich voneinander lösten. Er lehnte seine Stirn gegen ihre und sagte das Erste, was ihm durch den Kopf schoss. »Ich müsste dich wahrscheinlich fragen, ob du mit mir zum Frühlingsball gehst. Aber ich bin mir wirklich nicht sicher, welche Strafe sich meine Schwester für mich ausgedacht hat. Ist gut möglich, dass ich den Sommer in meinem Zimmer und im Fairway verbringe.«

Rachel wich etwas zurück und sah ihm in die Augen. Sie strahlte ihn an. »Das ist doch egal. Wer braucht schon den Ball? Wenn Holly es dir verbietet, bleiben wir einfach hier.«

Jackson ließ den Blick durch den unaufgeräumten Raum schweifen. »Ja,« murmelte er. »Ist ja gemütlich hier.« Sein Herz raste wie verrückt. Er konnte es noch immer nicht fassen, dass Rachel hier war. Dass sie ihn geküsst hatte. Er presste seine Lippen noch einmal auf ihre und hoffte, dass es kein Traum war, aus dem er im nächsten Moment erwachen würde.

18

Holly war erschöpft. Bis auf die Knochen. Das Restaurant und die Bar hatten einen Gästeansturm erlebt wie selten zuvor, was ausschließlich der Neugier der Leute geschuldet war. Ihre Nachbarn auf Cape Cod hielten zusammen wie Pech und Schwefel – aber sie tratschten auch für ihr Leben gern. Nach dem Gespräch mit Niclas und dem Sheriff hatte Holly beschlossen, sich nicht anmerken zu lassen, wie sehr Cartwright sie mit seiner Aktion getroffen hatte.

Sie lehnte sich gegen das Getränkeregal und wartete, bis die letzte Gläserspülmaschine durchgelaufen war. Francis Cartwright hatte etwas geschafft, was nicht einmal Andrew gelungen war. Er hatte mit aller Gewalt die Vergangenheit wieder hervorgezerrt, und Gefühle übermannten sie, die sie am liebsten für immer in den dunkelsten Winkeln ihrer Seele vergraben wollte. Er vermochte es, eine Angst in ihr heraufzubeschwören. Eine unglaubliche Angst. Und genau das schien er offenbar auch vorzuhaben.

Die Spülmaschine piepste, und Holly öffnete die Klappe. Kurz hielt sie inne, bis die heiße Dampfwolke aus dem Gerät aufgestiegen war, ehe sie den Geschirrkorb herauszog. Sie nahm ein Tuch und begann damit, die Gläser zu polieren. Sie war nicht mehr das junge, wahrscheinlich viel zu naive

Mädchen, das sie mit sechzehn gewesen war. Ein Mädchen, dessen Leben sich um Andrew, das Segeln und Klamotten gedreht und das keinen Gedanken daran verschwendet hatte, was für kranke Typen draußen herumliefen.

»In der Küche sind wir fertig«, rief Ben, einer ihrer Beiköche, plötzlich im Durchgang zwischen dem Empfang und der Bar. Holly fuhr zusammen und stieß einen erschrockenen Laut aus. Das Pintglas, das sie gerade trocken rieb, rutschte ihr aus der Hand und zersplitterte zu ihren Füßen. Sie holte tief Luft, um die schwarzen Punkte zu vertreiben, die vor ihren Augen tanzten.

»Mein Gott, Holly! Das tut mir leid. Ich wollte dich nicht erschrecken.« Er kam näher. Doch Holly hob die Hand, um ihn auf Abstand zu halten. Zögernd blieb er stehen. »Lass mich dir beim Wegräumen helfen«, sagte er.

»Nein«, brachte sie heraus. Ihre Stimme klang wie ein Reibeisen. Sie räusperte sich. »Wie ungeschickt von mir. Ich war in Gedanken.« Sie versuchte sich an einem Lächeln und hoffte, Ben kaufte es ihr ab. »Macht Feierabend. Wir sehen uns morgen.«

»Bist du sicher, Boss?« Ihr Blick überzeugte ihn offenbar, denn er nickte kurz. »Okay. Bis morgen.« Er trat den Rückzug an. Am Durchgang drehte er sich noch einmal um und warf ihr einen prüfenden Blick zu. Sie schenkte ihm abermals ein angestrengtes Lächeln und wartete, bis sie die Tür hörte. Erst als sie sicher war, dass sie allein war, ließ sie sich neben dem zerborstenen Glas auf die Knie sinken und holte tief Atem. So weit hatte Cartwright sie also gebracht. Sie hatte sich wegen ihrem eigenen Mitarbeiter zu Tode erschrocken. Inzwischen war sie an einem Punkt, an dem sie sich am liebsten für den Rest der Woche oder des Monats … oder ihres Lebens in ihrem Zimmer verkrochen hätte. Sie wollte sich in ihrem Bett verstecken, sich die Decke über den Kopf ziehen und einfach liegen bleiben.

Natürlich kam das nicht infrage. Schon deshalb nicht, weil Rachel vorhin aufgetaucht war, um nach Jackson zu sehen. Sie hatte sich den Ersatzschlüssel geholt, und bisher hatte Holly weder sie noch ihren Bruder zu Gesicht bekommen. Es blieb also zu hoffen, dass die beiden endlich miteinander gesprochen und alles zwischen ihnen geklärt hatten. Sie zog ihr Handy aus der Tasche und schickte Marie eine Nachricht. Niclas hatte gesagt, ihre Freundin wollte sie heute noch sehen. Es war schon spät, aber vielleicht hatte Marie noch Zeit für sie. Denn Holly begann zu begreifen, dass sie mit jemandem reden musste. Sie wollte sich ihre Angst von der Seele reden. Sie brauchte eine Zuhörerin, der sie vertraute, die einfach nur da war.

Holly hatte auch überlegt, ob sie mit Andrew sprechen sollte, schließlich waren sie sich in der letzten Zeit sehr nahegekommen. Doch in dem Fall fühlte sie sich bei Marie besser aufgehoben. Andrew hatte es sich nicht nehmen lassen, mittags im Fairway nach dem Rechten zu sehen und ihr, über den Tag verteilt, einige Nachrichten zu schreiben, die sie allesamt betont fröhlich beantwortet hatte. Er sollte sich keine Gedanken um sie machen müssen.

Ihr Handy gab einen Signalton von sich. Marie ließ sie wissen, dass sie in zehn Minuten hier war. Genug Zeit, das zerbrochene Glas wegzuräumen. Holly raffte sich auf, sammelte die größeren Splitter vorsichtig auf und wischte den Boden. Als die Scheinwerfer von Maries Wagen über den

Parkplatz tasteten, griff sie nach ihrer Handtasche und verließ das Restaurant. Sie schloss zweimal ab und lief vorsichtshalber einmal um das Gebäude herum, um sicherzugehen, dass alle Fenster und Türen zu waren. Marie war ausgestiegen, ohne den Motor auszustellen, und stand mit Sam neben dem Pick-up. Sie schlang die Arme fest um Holly. »Lass uns hier verschwinden«, murmelte sie.

*

Wer seine Hintertür nicht verschloss, musste mit ungebetenen Gästen rechnen. Francis drückte die Schwingtür auf, die die Toiletten von dem Gang trennte, der in den Empfangsbereich führte. Durch die Fenster des Restaurants konnte er auf den Parkplatz blicken. Er sah, wie Holly, die gerade noch an jeder Tür und jedem Fenster gerüttelt hatte, von einer Frau umarmt wurde. Sie stiegen in einen alten, völlig verrosteten Pick-up und fuhren davon. Francis war allein. Im schwachen Licht der Außenbeleuchtung, die durch die Fenster fiel, schlenderte er in die Bar hinüber und wählte einen Whiskey aus. Er schenkte sich zwei Fingerbreit ein und nippte an dem Scotch. Nicht so gut wie der, den er bevorzugte. Aber durchaus trinkbar.

Seine Schwester hatte tatsächlich Ernst gemacht. Als die Haushälterin an diesem Morgen nicht erschienen war, hatte er sich ein nettes Café zum Frühstücken in Provincetown gesucht und beim Bezahlen feststellen müssen, dass alle seine Kreditkarten gesperrt worden waren. Sein Bargeld hatte gerade so gereicht, die Rechnung zu decken. Er hätte platzen können vor Wut. Doch seine Schwester hatte sich verleugnen lassen, als er sie anrief. Francis' Zorn war immer weiter gewachsen. Hatte er beim Aufwachen an diesem Morgen noch eine Zufriedenheit angesichts seiner nächtlichen Aktionen gespürt, war er inzwischen nur noch sauer. Jemand sollte dafür büßen. Der Menschenauflauf vor dem Fairway, der sein Graffiti bewunderte, war da nur eine geringe Genugtuung gewesen.

Er kippte den Whiskey hinunter und schenkte sich nach. Mit dem Glas in der Hand ging er in die Küche und suchte sich im Lichtschein seines Handydisplays die Zutaten für ein Sandwich zusammen. Den ganzen Tag hatte er sich in der Gegend herumgetrieben, immer ein Auge auf das Restaurant gehabt. Holly hatte er genauso wenig zu Gesicht bekommen wie Hunter. Die Hauswand hatte innerhalb kürzester Zeit einen neuen Anstrich verpasst bekommen, und bereits gegen Mittag wirkte alles so, als sei nie etwas passiert. Francis drehte das lange, scharfe Filetiermesser, das auf der Edelstahlplatte gelegen hatte, in der Hand. Die scharfe Klinge blitzte im Licht seiner Handylampe auf. Er hatte bis kurz vor Restaurantschluss gewartet und sich dann durch die Hintertür auf die Toilette geschlichen, um dort auszuharren, bis Holly gegangen war. Wirklich sorgfältig hatte Hollys Personal nicht überprüft, ob alle Gäste das Restaurant verlassen hatten. Was Holly wohl sagen würde, wenn ihr Koch ihr am nächsten Tag erzählte, dass sein großes, scharfes Filetiermesser fehlte. Er konnte sich die Gänsehaut auf ihren Armen bildlich vorstellen und lachte laut auf. Das Lachen hallte von den Wänden wider, und Francis riss sich zusammen. Auch wenn Holly weggefahren war, bestand durchaus die Möglichkeit, dass ihr Bruder sich im Haus aufhielt. Noch musste niemand wissen, dass er hier war. Er wollte nur seinen Hunger und seinen Durst stillen und sich mit genug Bargeld versorgen, um die nächsten Tage über die Runden zu kommen, bis seine Schwester sich wieder beruhigt hatte.

Er inspizierte jeden Raum und stieß schließlich auf Hollys Büro. Es war klein und vollgestopft. Francis quetschte sich hinter ihren Schreibtisch und setzte sich auf ihren Bürostuhl. Er strich über ein farbenfrohes Tuch, das sie achtlos auf einen Stapel Papiere geworfen hatte. Er fühlte den weichen Stoff und konnte nicht anders, als es sich an sein Gesicht zu halten und daran zu riechen. Orangenblüten. Ein Duft, den er seit seiner Jugend mit Holly in Verbindung brachte. Er stopfte das Tuch in seine Jackentasche und blätterte durch die Unterlagen, die er auf dem Tisch und in den Schubladen fand, während er an seinem Drink nippte. Nichts Interessantes, musste er feststellen. Nichts, das ihm weiterhalf. Nicht einmal etwas, womit er sie erpressen konnte. Ein wenig enttäuscht, wandte er sich dem Rezeptionspult zu, in dem sich auch die Restaurantkasse befand. Das Schloss zu knacken war jemandem mit seiner Erfahrung ein Leichtes. Vierhundertdreiundachtzig Dollar zählte er. Damit ließen sich ein paar Tage überbrücken.

*

Marie lenkte ihren Pick-up zum Silverspring Point, dem einsamen Strandabschnitt, an dem Holly ihr erzählt hatte, dass sie mit sechzehn zum Ziel einer Wette zwischen Andrew und Francis geworden war. Dieser Frauenabend lag noch gar nicht lange zurück, und doch erschien es wie eine Ewigkeit. So viel war inzwischen passiert. Sie sprachen nicht viel auf dem Weg durch die nächtlichen, verwaisten Straßen. Sam hatte sich neben Holly gequetscht und schnupperte an ihren Klamotten, die nach seinem Kumpel Potter rochen. Sie strich über sein seidiges Fell, was eine beruhigende Wirkung auf sie hatte.

Glücklicherweise stand kein einziges Auto auf dem kleinen Parkplatz, als Marie anhielt. Sie stiegen aus, und Sam raste in Richtung Ozean davon. Marie holte ein paar Decken und eine braune Papiertüte aus dem Wagen. »Es bläst sicher ein eisiger Wind«, erklärte sie und gab Holly eine Decke. Sie hielt die Tüte hoch. »Wein. Mit Schraubverschluss. Nur für alle Fälle.«

»Gute Idee«, meinte Holly. Sie folgten dem schmalen Pfad über die Düne. Als sie die alte Bank erreichten, wickelten sie sich in die Decken und setzten sich.

Marie schraubte den kühlen Weißwein auf und reichte ihn Holly. Sie trank einen ordentlichen Schluck und gab ihn ihr zurück.

»Nic hat mir alles erzählt. Von gestern Abend und was der Sheriff gesagt hat. Hat er mit Cartwright gesprochen?«

»Nein.« Holly ergriff noch einmal die Flasche und trank. »Er war draußen in Harbour Hill, aber Francis war nicht da. Nachmittags ist er noch mal vorbeigefahren, hat ihn aber wieder nicht angetroffen.« Holly runzelte die Stirn und starrte zu Boden. Sie empfand eine tiefe Beklemmung, weil niemand zu wissen schien, wo Cartwright steckte. Er konnte schließlich überall sein. Sie fühlte sich beobachtet.

»Und du hast ihm wirklich einen Faustschlag verpasst? Mitten ins Gesicht?« Maries Augen funkelten. »Ich bin gegen Gewalt und so, ehrlich.« Sie hob zwei Finger zu einem Schwur, den Holly ihr kein bisschen abnahm. »Das hat er so was von verdient«, ergänzte Marie.

»Ja, sicher, allerdings denke ich, dass ich damit alles nur schlimmer gemacht habe. Ich befürchte, er wird nicht aufhören, bis er sein Ziel erreicht hat.« Holly sprach so leise, dass Marie sich zu ihr herüberlehnen musste, um sie zu verstehen, bevor der Wind die Worte davonwehte.

»Und was ist sein Ziel?«, fragte sie.

Holly schluckte. »Ich habe dir nicht alles erzählt. Über damals, als Andrew sich auf diese Wette einließ.«

»Das habe ich mir gedacht«, sagte Marie und strich sanft über Hollys unter der Decke verborgenen Arm. »Aber Holly, du bist meine Freundin. Du warst immer für mich da. Und ich bin auch für dich da. Du kannst mit mir über alles reden.«

»Ich weiß.« Holly seufzte. »Und ich muss es einfach jemandem erzählen.« Sie starrte den Mond an, der tief über dem Meer hing und immer wieder hinter Wolkenbändern verschwand. »Bevor es zu der Wette kam, ist etwas vorgefallen. Etwas, wovon Andrew nichts weiß.«

Sommer 2000

Es war ein heißer Tag. Die Sonne stand hoch am strahlend blauen Himmel, der sich im Atlantik spiegelte. Das leichte Lüftchen, das über das Meer wehte, sorgte kaum für Abkühlung. Holly hatte am Morgen ein paar Zehnjährigen Segelunterricht gegeben und den Rest des Tages im Fairway gekellnert. Nachdem es am frühen Abend endlich ruhiger geworden war im Restaurant, hatte ihr Vater ein Einsehen gehabt und ihr erlaubt, das

Weite zu suchen. Seinen Wagen brauchte er allerdings selbst, sodass Holly nichts anderes übrig blieb, als mit dem Fahrrad durch die flirrende Hitze, die vom Asphalt aufstieg, zum Beach Club zu fahren. Sie wollte Andrew sehen, neben ihm am Strand sitzen und ihren Kopf an seine Schulter legen. Vielleicht fanden sie eine ruhige Ecke und konnten ein bisschen herumknutschen. Weil sie in diesem Sommer so viel arbeiten musste, hatten sie kaum Zeit, sich zu treffen. Sie radelte auf dem unebenen Waldweg durch den Pinienhain am Strand und stellte enttäuscht fest, dass Andrews Cabrio nicht auf dem Parkplatz stand. Sie lehnte ihr Fahrrad gegen das verwitterte Schild des Beachclubs und überquerte die Düne barfuß. Nichts liebte sie so sehr, wie die Planken eines Segelbootes unter ihren Füßen zu spüren. Warmer Sand kam direkt danach auf Platz zwei.

Sie nahm den Geruch eines Holzfeuers, gegrillter Würstchen und des Meeres wahr. Bon Jovis It's my life *dröhnte ihr aus einem Gettoblaster entgegen. Ein paar Mädchen, wie Holly nur mit einem Bikinioberteil und einem kurzen Jeansrock bekleidet, tanzten ausgelassen am Strand herum, begafft von den Jungs, die am Feuer herumlungerten. Einige tummelten sich noch im Wasser, schwammen oder warteten auf ihren Surfbrettern auf die perfekte Welle, und Holly hatte den sehnsüchtigen Wunsch, sich ebenfalls in die Fluten zu stürzen und die Hitze des Tages abzuspülen. Leider ging das nicht. Sie hatte sich für Andrew zurechtgemacht, ihre Haare noch einmal gewaschen, damit ihre Lockenmähne ihr so über den Rücken fiel, wie er es mochte. Sie hatte sich mit einer duftenden Creme eingerieben. Nein, sosehr sie sich auch nach der Abkühlung im Meer sehnte, eine Cola auf Eis musste genügen. Sie lief zu der kleinen Bude und kaufte sich den kalten Drink. Dann setzte sie sich auf einen alten, umgefallenen Baumstamm und sah zwei Kitesurfern zu, die weiter draußen auf dem Ozean ihre Runden drehten. Eine Weile würde sie hierbleiben, vielleicht kam Andrew noch.*

Als sich jemand neben sie setzte, sah sie weiter aufs Meer hinaus. Sie wollte sich nicht unterhalten. Das schien ihren Sitznachbarn allerdings nicht zu stören. Er rückte näher an sie heran, als es bei dem breiten Stamm notwendig gewesen wäre, und Holly roch den Alkohol in seinem Atem. Ganz automatisch rückte sie ein Stück nach rechts und starrte weiter geradeaus, um ihr Desinteresse zu signalisieren.

»Ich habe keine Krätze oder so was«, sagte der Typ neben ihr mit einem amüsierten Unterton. Francis Cartwright. Holly verdrehte innerlich die Augen. Cartwright war schon immer ein Blödmann gewesen, aber in diesem Jahr ging er ihr wirklich auf die Nerven. Bei jeder sich bietenden Gelegenheit baggerte er sie an, grapschte ihr an den Hintern. Und vor ein paar Tagen hatte er sogar versucht, sie zu küssen. Als Holly nicht reagierte, trank er einen Schluck aus seiner Bierdose, rülpste und sagte: »Wartest auf Hunter, was? Da kannst du heute lange warten. Die machen einen Segeltörn mit ihrem Alten.«

Wenn das stimmte, würde Andrew tatsächlich nicht mehr zum Beachclub kommen, und es war sinnlos, noch länger zu warten. Sie trank ihre Cola aus und erhob sich.

»Hey.« Francis griff nach ihrem Arm, langte aber ins Leere, weil Holly ihn geistesgegenwärtig wegzog. »Bleib doch noch ein bisschen. Ich teile mein Bier mit dir.« Er war ebenfalls aufgestanden und hielt ihr die Dose unter die Nase.

»Danke, aber ich muss los.« Sie warf ihre Flasche in den nächsten Mülleimer und machte sich auf den Rückweg über die Düne. Als sie ihr Fahrrad erreichte, merkte sie, dass Francis ihr

folgte. Eine Gänsehaut zog sich über ihren Rücken. Die Sandhügel trennten sie vom Strand und damit von den anderen. Hier hörte man das Lachen und die Musik nur noch gedämpft.

Ohne sich noch einmal nach Francis umzudrehen, stieg sie auf ihr Rad, doch er erwischte ihren Gepäckträger und hielt sie zurück. »Immer die Eisprinzessin, es sei denn, man ist ein Hunter. Du machst die Typen heiß, und dann lässt du sie abblitzen.«

»Lass mich in Ruhe, Francis. Geh zu deinen Freunden zurück und hab Spaß«, versuchte Holly, sich so locker wie möglich zu geben. Er sollte nicht merken, welche Angst er ihr plötzlich einjagte. Mit einem Ruck befreite sie ihren Gepäckträger aus seinem Griff und trat in die Pedale. Erleichtert atmete sie auf, als sie den Waldrand erreichte und merkte, dass Francis ihr nicht folgte.

Sie hatte etwa die Mitte des Pinienhains erreicht, als sie das Röhren einer Crossmaschine hinter sich hörte. In dem Moment, in dem ihr einfiel, dass Francis ein solches Motorrad fuhr, war es bereits zu spät. Die Maschine rauschte an ihr vorbei und stellte sich vor ihr quer, sodass sie gezwungen war, zu bremsen und abzuspringen. »Was soll das, Francis?« Jetzt ließ sich die Furcht in ihrer Stimme nicht mehr verbergen. Sie wollte das Fahrrad an ihm vorbeischieben, doch er versperrte ihr den Weg.

»Holly, Süße. Unsere Unterhaltung war doch noch gar nicht zu Ende.« Er hielt den Lenker ihres Rades fest.

»Lass mich in Ruhe«, zischte sie. Sie rammte ihren Vorderreifen gegen sein Schienbein, aber entweder war er nicht besonders schmerzempfindlich, oder der Alkohol betäubte ihn. Er lachte. Er lachte sie lauthals aus. Urplötzlich riss er ihr das Fahrrad aus den Händen und schleuderte es ins Gebüsch. Durch den Ruck verlor Holly das Gleichgewicht. Ehe sie sich wieder auf-

richten konnte, hatte Francis sie schon gepackt und hinter die erste Baumlinie in den Wald gezerrt.

»Francis!«, schrie sie. Ihre Stimme überschlug sich vor Panik. »Lass mich los!« Sie wehrte sich, versuchte, sich seinem Griff zu entwinden, aber er ließ nicht locker. Er war größer als Holly. Und viel stärker. Er presste sie mit dem Bauch gegen einen Baumstamm. Ihre Wange rieb über die raue Rinde. Sie atmete den Duft nach Kiefernnadeln und Harz ein. Für einen Augenblick schloss sie die Augen. Sie konnte es nicht glauben, dass ihr das passierte. Sie befand sich nicht einmal eine halbe Meile vom Beachclub entfernt, wo Dutzende Menschen waren. Doch sie war völlig allein.

»Die Hunters denken immer, sie sind etwas Besseres. Kleine Flittchen wie du bestärken sie noch in diesem Glauben. Aber ich bin nicht schlechter als sie. Es gibt keinen Grund, mich zurückzuweisen. Du treibst es doch mit jedem, wenn das Trinkgeld stimmt.« Er keuchte und drückte ihr seine Lippen unter dem Ohr auf den Hals. An ihrem Po konnte sie seine Erregung spüren, mit der er sie gegen den Baum presste.

»Francis, bitte. Sei vernünftig. Hör auf, ich erzähle niemandem davon«, bettelte sie. Als sie sich befreien wollte, packte er sie noch fester mit eisernem Griff.

»Weißt du, was mich am meisten anmacht? Deine Haare. Diese wilde Mähne ist echt scharf. Ich könnte sie die ganze Zeit anfassen, mit meinen Händen durch sie hindurchfahren.«

Holly spürte, wie Francis mit seiner Nase über ihre Locken strich, den Duft ihrer Haare einatmete. Er vergrub seine Hand in ihren lockigen Haaren, riss ihren Kopf nach hinten, wodurch sie ihm noch mehr ausgeliefert war. Die Angst schnürte ihr die Kehle zu, als er plötzlich von ihren Haaren abließ und seine

Finger nur eine Sekunde später wie Spinnenbeine unter ihren Jeans-Mini glitten. Er griff in ihren Slip und zerriss ihn. Sie konnte seinen Atem in ihren Haaren spüren. O Gott, o Gott, o Gott, Francis Cartwright war dabei, sie zu vergewaltigen. Sie konnte ihre Arme nicht bewegen, sie konnte ihre Beine nicht bewegen. Nur ihr Kopf war frei, aber das half ihr nicht. Nein? Plötzlich schoss ihr die Sequenz einer alten Actionserie durch den Kopf. Die Szene, in der der Held seinem Widersacher eine Kopfnuss verpasste. Holly hielt die Luft an. Francis hinter ihr sagte immer wieder, wie sehr er sie verdient habe. Wie unfair es sei, dass die Hunters immer alles bekämen. Wie sehr er es leid sei, sich von ihr scharfmachen zu lassen. Holly blendete ihn aus. Seine ekelhaften Worte. Seine unerträglichen Berührungen. Seinen heißen Atem. Es konnte klappen, sprach sie sich in Gedanken selbst Mut zu. Und sie hatte nur die eine Chance. Sie presste die Lider zusammen, sammelte all ihre Kraft und ließ ihren Kopf zurückschnellen. Ein widerliches Geräusch war zu vernehmen, als ihr Schädel Francis' Gesicht traf. Sie hörte ein Knirschen, worauf ihr Angreifer schmerzerfüllt aufheulte.

»Meine Nase!«, brüllte er. Francis ließ sie los, und Holly fuhr herum. »Du hast mir die Nase gebrochen, du mieses Stück Scheiße!«

Er hielt sich beide Hände vor das Gesicht. Blut quoll zwischen seinen Fingern hervor. Für den Bruchteil einer Sekunde war sie wie paralysiert, bevor sie die Flucht ergriff. Begleitet von Francis' wüsten Flüchen, rannte sie los, zerrte hektisch und unkoordiniert ihr Fahrrad aus den Büschen, schob es auf den Weg und fuhr davon.

»Das wirst du bereuen, du verdammte Schlampe!«, schrie Francis hinter ihr her. Sie trat in die Pedale, so fest sie konnte,

und raste durch Eastham, jegliche Verkehrsschilder ignorierend. Sie nahm keine Notiz von den Blicken der Leute, sie vermochte einfach nicht anzuhalten. Erst als sie ihr Zuhause erreichte und ihr Fahrrad auf dem Rasen vor dem Haus fallen ließ, als sie ins Haus stürmte und die Tür von innen abschloss, fühlte sie sich sicher. Zitternd und nach Luft ringend, glitt sie an der Tür nach unten. Lange saß sie einfach nur da. Die Arme um die Knie geschlungen, starrte sie in das düstere Wohnzimmer. Die Zähne klapperten, was nur von einem Schock herrühren konnte.

Als ihr Vater in dieser Nacht aus dem Fairway nach Hause kam, hatte sie sich längst aufgerappelt und ins Bad geschleppt und sich übergeben. Holly wollte auf keinen Fall, dass er sie so sah und Fragen stellte. Fragen, auf die sie nicht antworten wollte. Sie hatte so lange und so heiß geduscht, bis im Boiler kein warmes Wasser mehr war. Anschließend war sie in ihr Bett gekrochen, wo sie hellwach unter den vertraut nach Waschmittel und Geborgenheit duftenden Laken lag und an die dunkle Decke starrte, nicht sicher, was sie tun sollte.

»O mein Gott!«, sagte Marie. Als Holly den Kopf zu ihrer Freundin umwandte, konnte sie im Mondlicht die schockiert aufgerissenen Augen erkennen. »Holly! Das ist furchtbar!« Sie nahm die Weinflasche, die Holly die ganze Zeit gedankenverloren in den Händen gehalten hatte, und trank einen großen Schluck. »Aber wieso ist er denn dafür nicht bestraft worden? Wieso hat er dich jetzt wieder so auf dem Kieker? Das muss dem Sheriff doch klar sein? Er muss dich schützen! Das ist die Aufgabe der Polizei.« Ihre Worte überschlugen sich geradezu, so aufgebracht war sie.

Holly schloss die Augen und schwieg. Widerstreitende

Gefühle rangen in ihrem Inneren um die Vorherrschaft. Sie verabscheute sich und empfand Scham, weil sie so feige gewesen war, Reue und Bedauern, weil sie die falschen Entscheidungen getroffen hatte.

»Oh, Holly!«, sagte Marie und drückte sie an sich. Sie hatte begriffen, was das Schweigen bedeutete. »Du hast es niemandem erzählt?«

»Doch.« Holly lehnte den Kopf an ihre Schulter. »Mein erster Gedanke war, Francis anzuzeigen. Ich habe gleich am nächsten Tag mit einer Freundin darüber gesprochen, aber sie hat es mir ausgeredet. Sie sagte, dass die Reichen immer gewinnen würden und sein Wort gegen meines steht. Sie hat mir in den grellsten Farben ausgemalt, wie die Polizei mich verhören und mir kein Wort glauben würde. Wie Francis vor Gericht mit dem Finger auf mich zeigen und behaupten würde, ich sei eine Schlampe. Er würde Leute finden, die bereit wären, das unter Eid zu bezeugen. All die Dinge, die man aus Gerichtsserien kennt.« Sie stieß ein bitteres Lachen aus. »Wem erzähle ich das? Niemand kennt sich mit diesen Dingen besser aus als du. Heute weiß ich, dass das ein Fehler war. Ich hätte ihn unbedingt anzeigen müssen. Aber damals …« Holly schwieg und beobachtete, wie sich eine Wolke, die die Form eines Walfisches hatte, vor den Mond schob.

»Du hättest mit einem Erwachsenen sprechen müssen«, sagte Marie.

»Ja, heute weiß ich das alles. Aber in dem Sommer damals … das Verhältnis zu meinem Vater war nicht besonders gut. Er duldete mich mehr, als dass er mich ernst nahm. Und dann, ein paar Wochen später, hatte ich mit Andrew mein erstes Mal und habe gemerkt, dass Francis' Angriff meiner Psyche nicht fundamental geschadet hat. Außerdem habe ich ihm tatsächlich das Nasenbein gebrochen, was wirklich eine Genugtuung war.« Holly zuckte mit den Schultern. »Ich habe es weggeschoben. Und nachdem Andrew ausgerechnet mit Francis eine Wette über meine Jungfräulichkeit abgeschlossen hatte, wollte ich einfach vergessen, dass es diese Typen überhaupt gab. Am Ende jenes Sommers bin ich zum Leuchtturm in Sunset Cove gegangen und habe Drews verdammte Halskette über die Klippe ins Meer geworfen.«

Marie vergrub ihre freie Hand in Sams Fell. Der Hund war inzwischen von seiner Entdeckungstour zurückgekehrt und hatte seinen Kopf auf den Oberschenkel seines Frauchens gelegt. »Mit der Wette wollte Francis sich an dir rächen. Er hat Drew davon überzeugt, dass du billig zu haben bist, und ihn dazu gebracht, dich fallen zu lassen. Ach verdammt, was für eine verfahrene Situation. Aber jetzt ist es anders, Holly. Du bist kein junges Mädchen mehr. Und Andrew und Francis sind erwachsen. Und Niclas, Jake und ich sind auch noch da. Das Ganze wird jetzt und hier ein Ende haben. Wir fahren jetzt nach Sunset Cove und setzen uns mit den anderen zusammen. Du wirst ihnen erzählen, was passiert ist. Und sie werden wissen, was zu tun ist.«

»Auf keinen Fall!« Holly stand abrupt auf. »Marie, du darfst es niemandem sagen«, bat sie inständig.

»Was? Aber das müssen alle wissen, Holly. Angefangen beim Sheriff …«

»Nein!« Holly hockte sich vor die Freundin und nahm ihre Hände. »Bitte«, flehte sie. »Zwischen Andrew und mir entwickelt sich etwas. Ich kann noch nicht wirklich den Finger drauflegen, aber es fühlt sich gut an. Echt. So, als ob wir beide vielleicht wirklich eine Chance hätten.«

»Das ist toll, aber …«

Holly schüttelte den Kopf und unterbrach sie. »Drew hat genug Probleme in Boston. Er hat einen Mann in der Notaufnahme angegriffen. Was, glaubst du, passiert, wenn er davon erfährt, was Cartwright getan hat? Er wird ihn sich vorknöpfen. Er wird ihn zusammenschlagen. Und dann? Francis ist reich. Er wird Drew verklagen. Dann verliert er vielleicht seine Zulassung als Arzt. Das will ich auf gar keinen Fall, Marie. Auf keinen Fall!«

»Ich versteh dich, Holly. Aber Francis ist gefährlich. Heute mehr denn je. Er hat versucht, dich zu vergewaltigen. Und jetzt hat er dir offen gedroht. Das können wir nicht auf die leichte Schulter nehmen«, widersprach Marie.

»Behalte es wenigstens vorerst für dich. So lange, bis ich mir überlegt habe, was ich unternehme.«

»Überlege nicht zu lange. Versprich mir das.« Marie sah sie eindringlich an. »Bitte. Versprich es mir!«

»Ich verspreche es.«

19

Der Abend hatte sich über Boston gesenkt, und es war still in Hunter House. Theodor hörte die alte Standuhr ticken, die im Salon stand. Er saß gegenüber von Georgina am Esstisch. Zwischen ihnen spiegelte sich das Blumenarrangement in dem glatt polierten Mahagoni. Der Moment war irgendwie – surreal. Denn obwohl es früher ein ungeschriebenes Gesetz im Hause Hunter gegeben hatte, sich an eben jenem Tisch pünktlich zum Dinner einzufinden, hatte er schon seit einer Ewigkeit nicht mehr mit seiner Frau hier gesessen. Er aß meist auswärts oder in seinem Büro, Georgina vermutlich in ihrem Flügel des Hauses. Hier trafen sie normalerweise nur bei Dinnerpartys zusammen. Theodor betrachtete seine Frau. Sie hatte sich offenbar den ganzen Tag über mit dem Alkohol zurückgehalten. Ihre Augen blickten klar, und auch jetzt hielt sie sich nur an Wasser mit einem Spritzer Limette. Er lehnte sich zurück und wartete auf den nächsten Gang. Das Essen schmeckte fad, aber das war seiner Diät geschuldet. Georgina hatte das Personal angewiesen, nach den Vorgaben von Dr. Leeberman zu kochen. Ihren Haushalt hatte sie streng im Griff.

Offenbar bemerkte Georgina, dass Theodor sie anstarrte. Sie hob den Blick von ihrem Teller und bedachte ihn mit einem schmalen Lächeln. »Wir sollten die Carters und die Egertons zu einer Dinnerparty einladen«, sagte sie, so als spräche sie die Gedanken aus, über die sie sich in den letzten Minuten den Kopf zerbrochen hatte.

Theodor nickte. »Ja, mach das.«

»Nächste Woche?« Sie sah ihn fragend an.

»Ganz, wie es dir beliebt. Schick mir einfach den Termin.« Theodor saß schließlich in Hunter House fest. Die Geisel der Dialyse. Da konnte er sich einen Abend wenigstens mit einer Dinnerparty vertreiben. Auch wenn er vermutlich nicht das gleiche Essen wie seine Gäste vorgesetzt bekam. Seit diesem verdammten Rückfall in Sunset Cove war er nicht mehr im Hunter Building gewesen. Er arbeitete in seinem Büro von Zuhause aus. Die Dialyse bestimmte seinen Zeitplan. Aber er musste sich eingestehen, dass es ihm deutlich besser ging, seitdem die Gifte, die durch seinen Körper tobten, regelmäßig aus seinem Blut gewaschen wurden.

Georgina schob gedankenverloren einige Spargelspitzen auf ihrem Teller hin und her. »Wir müssen langsam überlegen, ob wir am vierten Juli eine Party geben.« Nachdenklich sah sie auf das Blumenarrangement, legte ihre Gabel zur Seite und zupfte an den Blättern herum. »Oder zumindest ein Picknick oder irgendetwas in die Richtung.«

»Es ist Frühjahr. Bis zum Unabhängigkeitstag ist noch jede Menge Zeit«, sagte Theodor.

»Das stimmt zwar.« Sie nahm ihre Gabel wieder auf, blickte aber Theodor an, statt zu essen. »Aber wenn wir nicht bald einladen, werden die Leute auf andere Partys gehen. Das sollten wir bedenken, wenn wir ein Fest veranstalten wollen.«

»Ich habe noch nicht entschieden, ob ich so eine Party

will. Lass uns nächste Woche darüber reden.« Für Theodor war der vierte Juli so weit entfernt wie der Mond, weil er voll und ganz auf seine Krankheit konzentriert war und nicht wusste, wie sie sich entwickeln würde.

Georgina zuckte mit den Schultern. »Kein Problem. Unsere Kinder würden wahrscheinlich sowieso nicht kommen.« Sie seufzte und hob den Blick zu dem wuchtigen Kronleuchter, der über ihnen an der getäfelten Decke hing. »Seit Niclas mit dieser Betrügerin liiert ist, hört und sieht man noch weniger von ihm als sowieso schon. Ich finde es unglaublich, dass er sich dauerhaft auf Cape Cod niederlassen will.« Angewidert verzog sie das Gesicht.

»Nenn sie nicht eine Betrügerin«, tadelte Theodor sie milde. Er war heute so guter Stimmung, dass ihn nicht einmal das Gezeter seiner Gattin aufregte. Und er verspürte zur Abwechslung auch keinen Unmut, weil seine Söhne eigene berufliche Wege eingeschlagen hatten. »Marie McMillan ist rehabilitiert.«

»Pah!« Georginas Widerspruch klang wie ein Zischen. »Rehabilitiert! Das wirft trotz allem ein schlechtes Licht auf die Familie. Und Andrew trifft sich angeblich wieder mit dieser kleinen Kellnerin, der er schon als Teenager hinterhergerannt ist.«

»Holly Clark?« Das war ihm neu. Theodor ließ die Gabel sinken. Sieh mal einer an, dachte er. Die Miene seiner Frau drückte tiefstes Missfallen aus. Sie hatte schließlich alles versucht, um ihre Söhne mit den richtigen Kreisen in Kontakt zu bringen und standesgemäß zu verheiraten. Darin sah sie ihren Lebenszweck. Es war die Aufgabe, über die sie sich definierte. Aber Andrew und Niclas hatten sich weder davon abbringen lassen, ihre Freundschaft mit Jake Foster zu pflegen, noch hatten sie sich in eine Beziehung pressen lassen, die ihre Mutter für angemessen hielt. Obwohl es Theodor wurmte, dass keiner seiner Söhne das Familienerbe fortführen würde und in die Firma einstieg, verhielten sie sich, was die Wahl ihrer Frauen anging, mit Sicherheit klüger und ließen sich nicht aus dem Konzept bringen so wie er damals. Hätte er sich gegen seinen Vater durchsetzen können, wenn er es versucht hätte? Wer wusste schon, wie sein Leben verlaufen wäre, hätte er vor all den Jahren eine Chance bekommen, die eine Frau, in die er wirklich verliebt gewesen war, zu heiraten. Wer wusste schon, was aus ihnen geworden wäre? Hin und wieder lief sie ihm noch über den Weg. Und obwohl sie ihn schon seit Langem behandelte, als wären sie nichts als flüchtige Bekannte, kam er nicht umhin, ihre raumfüllende Präsenz wahrzunehmen. Sie war noch immer eine Schönheit. Natürlich. Ungekünstelt. Ehrlich, offen und liebevoll. All das, was die Damen aus seiner Gesellschaftsschicht noch nie ausgezeichnet hatte. Doch sie war unter seinem Stand gewesen. Eine Ehe mit ihr indiskutabel. Stattdessen hatte er Georgina geheiratet. Eine Frau, die nie ins Bett gekommen war, ohne sich sorgfältig zurechtzumachen. Die immer vor ihm aufgestanden war, um bereits wieder perfekt auszusehen, wenn er aufwachte.

Die Frau, die er wirklich geliebt hatte, hatte sich um solche Dinge keine Gedanken gemacht. Ihre Haare hatten am Morgen das Kissen bedeckt, in einer wilden Mähne, die sie seinen Händen zu verdanken hatte. Denn er konnte einfach nicht widerstehen und musste bei jeder sich bietenden Gelegenheit durch diese eigensinnigen Locken fahren. Zusammen mit ihren dunklen, geheimnisvollen Augen hatte sie ihn an eine Zigeunerin erinnert. Zumindest während der kurzen, atemberaubenden Affäre, die sie gehabt hatten. Mit Georgina hingegen hatte er seine Pflicht erfüllt. Mehr als erfüllt. Er konnte nicht leugnen, dass er aufgeatmet hatte, als sie nach dem Tod seiner Mutter ihren Flügel des Hauses hatte renovieren lassen und aus den gemeinsamen Räumen ausgezogen war. Die Trennung ihrer Schlafzimmer war der erste Schritt zur Trennung ihrer beider Leben.

»Wir müssen die Jungen auf jeden Fall in den nächsten Tagen herbitten«, holte Georgina ihn aus seinen Gedanken. »Sobald die Ergebnisse des Bluttests feststehen, sollten wir sie zum Dinner treffen.«

»Kümmer du dich darum«, überließ Theodor ihr abermals die Entscheidung. Er beschloss, nicht länger der Vergangenheit hinterherzutrauern. Seine Gesundheit war im Moment wichtiger. Dr. Leebermans Worte hatten eine starke Wirkung gehabt. Die Dialyse hatte sein Leben wieder lebenswerter gemacht. Und doch schränkte sie ihn wie nie zuvor ein. Eine Organtransplantation erschien ihm jetzt sinnvoller. Mit einer Spenderniere könnte er tatsächlich in sein altes Leben zurückkehren. Reisen. Arbeiten, ohne von dieser verdammten Blutwäsche abhängig zu sein, zu der er täglich gezwungen war. Er wollte nichts so sehr wie sein altes Leben zurück.

Abermals wanderten seine Gedanken in die Vergangenheit zurück. Nach dem Ende seiner Affäre mit der Liebe seines Lebens hatte er die Erkenntnis gewonnen, dass er die Frau nicht zurückgewinnen konnte, egal, was er auch versuchen würde, und sich nur noch auf Liebschaften eingelassen, an die er sein Herz nicht hing. Er hatte sich mit Frauen eingelassen, die sich weniger aus ihm, sondern mehr aus seinem Geldbeutel machten. Bei ihnen konnte er sicher sein, dass er sich nicht verliebte. Denn sosehr er ihre Schönheit zu schätzen wusste, sosehr er ihre Körper begehrte, sosehr verachtete er sie tief in seinem Inneren wegen ihrer Geldgier und ihrer Käuflichkeit. Das machte es ihm leicht, sich mit offenen Augen – und ohne Gefühle – in diese Romanzen zu begeben. Das eine Mal, als eine seiner Freundinnen zu weit gegangen war, hatte Georgina fast das Leben gekostet. Sein Blick fiel auf die Handgelenke seiner Frau. Sie trug einen langärmligen Pullover, der ihre Arme bis zu den Handwurzeln bedeckte. Natürlich hatte er das nicht gewollt. Er hatte die Sommer auf Cape Cod geliebt. Die wenigen Wochen im Jahr, in der sie eine Familie gewesen waren. Er hatte Georgina nie geliebt. Und er war sich sicher, dass sie ebenso wenig für ihn übrighatte. Aber sie war die Mutter seiner Söhne. Und dafür gebührte ihr Respekt. Als Andrew und Niclas das Haus verlassen hatten und ihre eigenen Wege gingen, waren Georgina und er in dieser alles erdrückenden Stille zurückgeblieben. Sie hatten sich noch nie viel zu sagen gehabt. Nach ihrem tragischen Suizidversuch schien auch ihr Verhältnis von Tag zu Tag weniger zu werden.

Theodor trank von seinem Wasser, in dem eine Zitronenscheibe herumschwamm. Angesichts des Skandals um die Familie Hunter hatte er vermutet, dass Georgina irgendwann die Reißleine ziehen würde. Doch sie hatte ihn tatsächlich überrascht. Auch wenn sie ihre Ehe unglücklich machte und sie mit ihrem Leben unzufrieden war, bewies sie eine Zähigkeit und einen Starrsinn, um ihren Status in der Gesellschaft Bostons aufrechtzuerhalten. Das wiederum rang ihm fast so etwas wie Bewunderung ab. »Kümmer du dich um die Sache mit der Dinnerparty«, kam er noch einmal auf ihren ersten Vorschlag zurück. »Ich halte das für eine wirklich gute Idee.«

Georgina blickte von ihrem Essen auf und sah ihn mit hochgezogenen Augenbrauen an.

»Vielleicht solltest du auch noch die Templetons einladen«, schlug er vor.

Sie nickte nachdenklich. »Ja, sicher«, sagte sie schließlich. »Ein brillanter Vorschlag.«

Zufrieden schob Theodor seinen Teller zur Seite. Solange Georgina damit beschäftigt war, Partys zu planen, konnte er sich in Ruhe mit der Nierentransplantation beschäftigen. Vor allem falls in seiner Familie niemand als Organspender infrage kam.

*

Marie setzte Holly am Fairway ab und umarmte sie fest. Nach ihrem Gespräch am Strand war Holly emotional völlig erschöpft. Sie hatte seit fast zwanzig Jahren nicht über die Ereignisse dieses fatalen Sommers gesprochen. Doch Andrews Auftauchen in Sunset Cove und Cartwrights Übergriffe hatten all die verborgenen Erinnerungen und ihre Ängste an die Oberfläche geschwemmt. Sie fühlte sich so schwach und verletzlich.

An der Wohnungstür hielt Holly inne. In ihrem Nacken kribbelte es, als ruhe Cartwrights fieser Blick auf ihr. Entschlossen presste sie die Kiefer zusammen. Falls er irgendwo feige im Gebüsch hockte und sie beobachtete, würde sie ihm nicht die Genugtuung verschaffen und sich ängstlich umsehen. Allerdings würde sie das ungute Gefühl auch nicht ignorieren. Francis war in der vergangenen Nacht hier gewesen und hatte ihre Hauswand beschmiert. Sie würde auf jeden Fall das Restaurant kontrollieren, weil sie nicht noch eine böse Überraschung erleben wollte. Holly machte auf dem Absatz kehrt und ging zurück auf den Parkplatz. Die frische, weiß getünchte Wand schimmerte im Mondlicht. Langsam umrundete sie das Gebäude. Sie zog sich in die Schatten zurück und zückte ihre Taschenlampe. Sorgsam beleuchtete sie den Weg und die Wände. Sie stellte erleichtert fest, dass es keine weiteren Farbschmierereien gegeben hatte.

Als sie jedoch die Rückseite des Restaurants überprüfte, stockte sie. Dort, wo in der Fensterscheibe das Licht ihrer Handylampe reflektieren sollte, gähnte ein schwarzes Loch. Vorsichtig trat sie näher. Das Fenster war hochgeschoben worden, aber sie konnte auf den ersten Blick keine Einbruchspuren erkennen. Das konnte nur eines bedeuten – das Blut gefror ihr in den Adern. Der Einbrecher musste bereits im Restaurant gewesen sein, als sie Feierabend gemacht hatte. Und er hatte es durch das Fenster neben der Hintertür verlassen. Holly klemmte sich das Handy zwischen die Lippen und kramte mit zitternden Fingern ihr Pfefferspray und die Schlüssel aus ihrer Handtasche. Sie brauchte drei Anläufe, bis ihre bebenden Hände es schafften, den Schlüssel ins Schloss der Hintertür zu stecken und sie zu öffnen. Mit der Taschenlampe in der linken und dem Spray in der rechten Hand trat sie leise ein. Behutsam einen Fuß vor den anderen setzend, tastete sie sich vorwärts. Sie war sich sicher, dass niemand mehr hier war, trotzdem klopfte ihr Herz wie verrückt, und das Blut rauschte so laut in ihren Ohren, dass sie nichts anderes vernahm.

Sie leuchtete den Boden und die Wände ab, so wie bereits draußen die Fassade und den Weg um das Haus. Ein wenig beruhigte sich ihr Herzschlag, als sie keine Beschädigungen oder Schmierereien fand. Erst als der Strahl ihrer Handylampe etwas streifte, das im Empfangsbereich auf dem Boden lag, keuchte sie vor Schreck auf. Für den Bruchteil einer Sekunde stand sie wie angewurzelt da und starrte auf das Geschenk, das Cartwright ihr hinterlassen hatte. Ein Schauder erschütterte ihren ganzen Körper, und Holly stürzte hinaus. Kaum hatte sie das Restaurant durch die Hintertür verlassen, wählte sie den Notruf und meldete den Einbruch. Als sie aufgelegt hatte, lehnte sie sich gegen den Zaun, der den Hinterhof vom Nachbargrundstück trennte. Entschlossen scrollte sie zu Andrews Nummer.

Er ging nach dem dritten Klingeln ran. »Holly? Ist etwas passiert?« An seiner Stimme konnte sie hören, dass sie ihn aus dem Schlaf gerissen hatte. »Cartwright hat eine tote Ratte in das Restaurant gelegt«, sagte Holly ohne Umschweife.

Es dauerte einen Moment, bis Andrew die Information verarbeitet hatte. Auf einmal klang er hellwach. »Hast du die Polizei gerufen?«, wollte er wissen.

»Ja, habe ich«, erwiderte sie.

»Gut. Geh auf keinen Fall hinein. Ich bin gleich da«, sagte Andrew und drückte das Gespräch weg.

Sein Wagen preschte kurz nach der Ankunft des Officers vom Sheriffbüro auf den Hof. Andrew sprang heraus und eilte auf sie zu. Der Polizist nahm ihn offenbar als Bedrohung oder sogar Angreifer wahr. Ehe Holly etwas sagen konnte, legte er die Hand an den Griff seiner Waffe. In der anderen hielt er eine Taschenlampe. Er hob sie und leuchtete Andrew mitten ins Gesicht. »Bleiben Sie stehen, Sir«, rief er, und Andrew verlangsamte seine Schritte, geblendet von der Maglite.

»Schon gut«, sagte Holly. »Er gehört zu mir. Ich habe ihn angerufen.«

Der Cop ließ die Taschenlampe sinken, und Andrew trat auf den Beamten zu und stellte sich vor. »Dr. Hunter.«

»Ah.« Ein Ausdruck des Erkennens huschte über das Gesicht des Polizisten. »Sie sind der Arzt, der Dr. Hennings vertritt.«

Andrew antwortete ihm nicht, sondern trat auf Holly zu und schloss sie in seine Arme. Augenblicklich fühlte sie sich ruhiger. Sie umschlang seine Taille und legte den Kopf an Andrews Brust. Er presste sie so fest an sich, dass es fast wehtat. Aber genau das erdete Holly. So wie sein unverkennbarer Geruch und die tiefe Stimme, mit der er »Bist du okay?« in ihre Haare murmelte.

Holly nickte. Sie sog den Duft nach Baumwolle und Weichspüler ein, der von seinem Hemd ausging. Dann löste sie sich aus Andrews Umarmung, auch wenn sie sich am liebsten für den Rest ihres Lebens an die Sicherheit geklammert hätte, die er ausstrahlte. »Der Officer nimmt gerade meine Aussage auf«, erklärte sie ihm.

Andrew legte die Hand auf ihren Rücken und strich beruhigend über ihre angespannten Muskeln, während Holly schilderte, wie sie das offene Fenster und das tote Tier entdeckt hatte. Nachdem sie fertig war, untersuchte der Polizist das Fenster und den Boden davor. Er verteilte Rußpulver und versuchte, Fingerabdrücke zu nehmen, was nach seiner Aussage an den vielen überlappenden daktyloskopischen Spuren scheiterte. »Ich muss noch einmal betonen, was ich Ihnen vorhin bereits gesagt habe, Miss Clark. Es war eine verdammt dumme Idee, allein in das Restaurant zu gehen, um herauszufinden, was passiert ist, und erst dann die Polizei zu rufen. Aber Sie haben recht. Es sieht tatsächlich so aus, als ob das Fenster von innen aufgeschoben wurde«, sagte er schließlich und verschwand durch die Hintertür im Gebäude. Kurz darauf gingen die Lichter im Restaurant an.

Als Andrews seine Hand wegzog, spürte Holly sofort eine unangenehme Kälte. Nicht besonders sanft drehte er sie zu sich herum. »Bist du verrückt geworden?«, fuhr er sie aus heiterem Himmel an. »Ich habe gesagt, du sollst auf keinen Fall ins Haus gehen.«

»Zu dem Zeitpunkt bin ich längst drin gewesen«, widersprach Holly.

Andrew ignorierte ihren Einwand. »Was, wenn Cartwright noch da gewesen wäre?«

»Ich wusste, dass er längst über alle Berge war.« Holly streichelte beschwichtigend seine Hand, die sich fast schmerzhaft in ihre Schulter bohrte. Normalerweise ließ sie sich von Männern nicht so behandeln. Weder mit Vorwürfen noch mit dem Herausstellen der körperlichen Überlegenheit erreichte man viel bei ihr. Aber Andrew wollte sie nicht einschüchtern, sie in ihre Schranken weisen. Ihn hatte der Einbruch genauso kalt erwischt wie sie. Der Schreck stand ihm noch immer ins Gesicht geschrieben. Er machte sich Sorgen um sie – und das erwärmte Hollys Herz, egal, wie unwirsch er sie gerade behandelte.

»Du wusstest, dass er nicht mehr da war? Was bist du neuerdings? Hellseherin?«, konnte er sich nicht verkneifen. Dann schloss er kurz die Augen und schluckte. »Entschuldige bitte. Das war total daneben. Ich habe mich gesorgt. Aber ich hätte dich nicht so anschnauzen dürfen.« Er schloss Holly abermals fest in seine Arme. »Einfach da reinzurennen. Du hast mir einen Schrecken eingejagt.«

»Das war nicht meine Absicht«, beruhigte sie ihn. Für einen Moment ließ sie sich von Andrew halten, sog seine Stärke in sich auf und gewann so wenigstens ein kleines bisschen ihrer Zuversicht zurück. Erst als sie Schritte hörte, löste sie sich von ihm.

Um die Hausecke bog nicht, wie sie vermutet hatte, der Officer, sondern ihr Bruder, der Potter an der Leine hatte. »Was ist los?«, wollte Jackson wissen. Er trug Schlafshorts und hatte sich einen Kapuzenpulli über sein T-Shirt geworfen. Er hatte sich Flip-Flops angezogen, was ihm um diese Tageszeit im Frühjahr definitiv kalte Füße bescheren würde. Potter schnüffelte neugierig am Zaun entlang. Jacksons Haare waren vom Schlaf verwuschelt. Holly nahm den sorgenvollen Ausdruck in seinen Augen wahr, der ihren kleinen Bruder viel erwachsener erscheinen ließ, als sie es sich in seinem Alter für ihn gewünscht hätte. »War es wieder dieses Arschloch?«, brachte er zwischen zusammengebissenen Zähnen hervor. Er schüttelte den letzten Rest Schlaf ab und wirkte auf einmal hellwach und angespannt.

»Jacks«, begann Holly und legte ihm die Hand auf den Arm.

»Nein!« Die Stimme ihres Bruders überschlug sich fast vor Wut. »War er das?«, wollte er wissen.

»Sieht ganz so aus.« Die Kraft, die sie gerade noch aus Andrews Umarmung geschöpft hatte, verpuffte in der Nachtluft.

Plötzlich fühlte sie sich alt, unendlich müde und erschöpft. »Kannst du bitte wieder hochgehen und dafür sorgen, dass Potter nicht länger hier herumrennt und am Ende noch irgendwelche Spuren vernichtet?«, bat sie Jackson. »Die Polizei wird sicher noch das eine oder andere sichern wollen.«

Er nickte. »Aber ich werde erst ins Bett gehen, wenn du hochkommst.«

»Jacks, bitte.« Holly wollte nicht auch noch mit ihm diskutieren.

»Keine Chance. Ich bin kein kleines Kind mehr.« Er machte auf dem Absatz kehrt und verschwand mit dem Hund um die Hausecke.

»Er gibt sich noch immer die Schuld an der ganzen Situation«, stellte Andrew fest.

»Ja, aber ich werde ihn davon überzeugen, dass er nichts dafürkann.«

Der Officer kehrte zu ihnen zurück. Glücklicherweise hatte er das Beweisstück aus dem Fairway in einem Plastikbeutel verstaut, der nicht durchsichtig war. Obwohl Holly den Kadaver nicht sehen konnte, jagte er ihr eine Gänsehaut über den Rücken. »Offenbar war der Täter in der Küche und hat sich an Ihren Lebensmitteln bedient. Er schien Hunger gehabt zu haben. Die Kasse im Empfang war aufgebrochen«, informierte er sie. »Haben Sie eine Vorstellung, wie viel Geld sich darin befand?«

»Ja.« Holly nickte. »Ich habe heute die Abrechnung gemacht. Es waren vierhundertdreiundachtzig Dollar.«

»Es gibt im Restaurant keine weiteren Hinweise auf einen Einbruch«, bestätigte er Hollys These. »Der Täter oder die Täterin hat sich, wie Sie bereits sagten, im Restaurant einschließen lassen. Ich weiß natürlich, was letzte Nacht vorgefallen ist. Aber bis jetzt haben wir keine Anhaltspunkte darauf, dass es sich bei dem Einbrecher um Mr. Cartwright handelt.«

Holly merkte, wie eine jähe Wut sie erfasste. Das geschah in letzter Zeit jedes Mal, wenn ihre Gedanken zu Francis wanderten. »Dafür brauche ich auch keine Beweise«, brauste sie auf.

Andrew legte automatisch abermals seine Hand auf ihre Schulter und nickte dem Beamten zu. »Danke, Officer.«

Der Beamte erwiderte die Geste. »Ich habe alles aufgenommen. Mehr kann ich im Moment nicht tun. Natürlich werde ich gleich morgen früh den Sheriff informieren. Er wird sich bei Ihnen melden. Gute Nacht.«

Holly und Andrew murmelten einen Gruß und warteten, bis auch er um die Hausecke verschwunden war. Gleich darauf heulte der Motor auf, und dann standen Holly und Andrew allein in der Nacht. Holly legte den Kopf in den Nacken und blickte zu den Sternen hinauf. Sie sahen so friedlich aus, so viel unschuldiger als das Leben, in das sie geschlittert war. Für einen kurzen irrationalen Moment gab sie sich der Fantasie hin, von dort oben völlig unbeteiligt auf das Chaos hinunterzublicken, das die Wirklichkeit angerichtet hatte. Mit einem Seufzen wandte sie sich zur Tür um und betrat das Restaurant. Sie holte die Reinigungsmittel aus der Putzkammer und kippte großzügig Desinfektionsmittel auf die Stelle, an der sie die Ratte gefunden hatte. Einen Moment ließ sie die Flüssigkeit einwirken, bevor sie zu schrubben begann. Kurze Zeit später tauchte Andrew mit einem Eimer Seifenlauge und einem Schrubber auf und wischte gewissenhaft den Empfangsbereich.

»Du musst mir nicht helfen«, sagte Holly, als sie von den schäumenden Seifenblasen auf dem Boden aufsah.

»Ich weiß.« Mehr sagte Andrew nicht und putzte weiter.

»Morgen früh werde ich das gesamte Team zusammenrufen«, sagte Holly, nachdem sie die Putzutensilien verstaut hatten. »Wir müssen das komplette Restaurant sauber machen. Wer weiß schon, wo Cartwright seine verdammten Dreckshände überall hatte.« Sie verschloss das Fenster und die Hintertür, ehe Andrew und sie noch eine Runde um das Haus drehten, um sicherzugehen, dass keine weitere böse Überraschung auf sie wartete. An der Treppe zu ihrer Wohnung drehte sich Holly zu Andrew um. »Danke, dass du gekommen bist. Das hat mir wirklich viel bedeutet. Gute Nacht.« Sie küsste ihn auf die Wange.

Andrew sah sie mit schräg gelegtem Kopf an. Seine Mundwinkel verzogen sich zu einem leichten Lächeln. »Warum hast du mich angerufen?«, fragte er leise.

»Drew, ich …«

»Warum, Holly?« Seine Stimme klang sanft, und doch war ihr klar, dass er keine Ruhe geben würde, bis sie ihm antwortete.

Sie atmete tief durch. »Weil ich deine Unterstützung gebraucht habe. Deine Schulter, um mich anzulehnen.«

»Und dann denkst du ernsthaft, ich würde jetzt nach Hause gehen?«, fragte Andrew.

»Du … willst mit reinkommen? Jetzt?« Holly spürte die beruhigende Wärme, die sich in ihr ausbreitete, sie einhüllte wie eine Decke. Sie senkte den Kopf, denn sie war sich sicher, dass Andrew ihr jedes ihrer Gefühle vom Gesicht ablesen konnte. Dankbarkeit. Erleichterung. Und vor allem

Sehnsucht. Nach ihm. »Du weißt, dass Jacks da ist und wir nicht … also, du weißt schon … wir können nicht«, stammelte sie, statt ihm offen für seine Hilfe zu danken.

»Holly.« Er legte den Zeigefinger unter ihr Kinn, hob es an und sah ihr in die Augen. »Ich bleibe nicht bei dir, weil ich mit dir schlafen will. Auch wenn ich mir ehrlich gesagt nichts Schöneres vorstellen kann.« Sein Daumen strich sanft über ihre Wange. »Die Couch genügt mir völlig. Ich will nur sicher sein, dass Jackson und dir nichts passiert. Deshalb bleibe ich hier. Ob es dir passt oder nicht«, sagte er ernst. »Wenn du mich nicht reinlässt, setze ich mich einfach auf die Treppe.«

»Verdammt«, murmelte Holly. »Das werde ich ja wohl nicht verantworten können. Also gut. Komm mit.« Sie stiegen die Treppe hinauf. Als sie die Wohnung betraten, fanden sie Jackson in der Küche. Er saß am Tisch. Den Kopf auf die Tischplatte gelegt, schlief er tief und fest. Potter hatte es sich zu seinen Füßen bequem gemacht.

Andrew hielt sich im Hintergrund, als Holly ihren Bruder sanft weckte. »Hey«, sagte sie, als er hochschreckte.

Desorientiert rieb sich Jackson mit den Händen über das Gesicht. »Ich bin eingeschlafen«, stellte er überflüssigerweise fest. »Tut mir leid.«

»Alles gut. Wir sollten jetzt sowieso alle ins Bett gehen. Über das, was passiert ist, können wir drei auch morgen noch reden«, sagte Holly.

»Wir drei?« Erst jetzt schien Jackson Andrews Anwesenheit zu bemerken. Er sah zwischen Holly und ihm hin und her. »Was will der denn hier?«

»Sei freundlich.« Holly gab ihrem Bruder einen kleinen

Klaps. Andrew sah, wie sie sich ein Grinsen verkniff. »Denk an deine gute Kinderstube und benimm dich. Dr. Hunter ist der Meinung, wir müssten beschützt werden. Höchstwahrscheinlich wird er seine Meinung ändern, nachdem er eine Nacht auf unserer Couch verbracht hat.«

»Und du musst mich nicht Dr. Hunter nennen«, schaltete sich Andrew ein. »Sag einfach Andrew.« Er nickte Jackson zu, der nachdenklich seine Augenbrauen zusammenzog.

»Wir brauchen keinen Aufpasser«, brummte der Junge. »Wir haben schon immer selbst auf uns aufgepasst. Und das wird sich auch jetzt nicht ändern.« Für ihn war Andrew ein Eindringling. Sein Auftauchen hier kratzte an Jacksons Ehre.

Holly fand wie immer die richtigen Worte. In der richtigen Tonlage. »Keine Sorge.« Sie legte den Arm um die Taille ihres Bruders und lehnte sich an ihn. »Du und ich, wir wissen, dass niemand auf uns aufpassen muss. Aber geben wir dem Doc doch das Gefühl, gebraucht zu werden. Dann fühlt er sich besser und ist nicht so fies zu den Patienten, die morgen in seinem Behandlungszimmer sitzen werden.«

Ich bin nie fies zu meinen Patienten, hätte Andrew am liebsten gesagt. Gerade Holly wusste, wie er war. Zumindest wie er sich ihr gegenüber gab, allein in seinem Behandlungszimmer. Doch da ihre Worte Jackson zu beruhigen schienen, hielt er die Klappe.

»Du würdest für deine Freunde genau dasselbe tun«, sagte Holly.

Freunde. Wie auch immer man das nennen wollte, was sonst zwischen ihnen war, dachte Andrew, Freunde waren sie auf jeden Fall.

»Na los, ab ins Bett mit dir«, scheuchte sie Jackson aus dem Raum. Er nickte Andrew zu, schien aber noch immer zu überlegen, was er hier wirklich zu suchen hatte. Andrew konnte Hollys Bruder gut verstehen. Soweit er wusste, hatte Holly in den vergangenen Jahren keine Beziehungen geführt, also war Jackson immer der Mann im Haus gewesen – wie man so schön sagte. Der Junge hatte sich in den letzten Tagen ein paar mächtige Aussetzer geleistet, aber die Liebe zwischen den Geschwistern und ihr Zusammenhalt waren unverkennbar. Jackson würde es sich nicht nehmen lassen, selbst auf seine Schwester aufzupassen. Holly folgte ihrem Bruder und kehrte kurz darauf mit einer Decke und einem Kissen im Arm zurück. »Sag nicht, dass ich dich nicht gewarnt habe«, sagte sie und ging ins Wohnzimmer. »Du wirst mich und das Sofa morgen hassen.« Sie warf die Bettwäsche auf die Couch. Als sie sich umdrehte, gab Andrew der Sehnsucht, sie berühren zu wollen, nach.

Er zog sie in seine Arme und presste seine Lippen auf die zarte Haut unter ihrem Ohr. »Vielleicht hasse ich das Sofa morgen früh. Dich aber ganz bestimmt nicht«, flüsterte er und merkte, wie sich eine Gänsehaut über ihren Körper ausbreitete.

Zögerlich löste Holly sich von ihm, es schien, als ob sie ihn am liebsten gar nicht loslassen wollte, sich aber selbst nicht über den Weg traute. »Möchtest du noch ein Bier?«, fragte sie.

»Danke. Gern.« Es war bereits mitten in der Nacht, aber der Schreck über den Einbruch saß sowohl Holly als auch ihm in den Gliedern.

Andrew ließ sich auf die abgewetzte Ledercouch fallen und

erwischte direkt eine Stelle, die ziemlich durchgesessen war. Holly hatte recht. Die Nacht würde tatsächlich zu einer Herausforderung werden. Er sah sich im Raum um. Das Wohnzimmer war in einem hellen Grau gestrichen. An den Fenstern hingen lange weiße Vorhänge, die Holly sicher selbst genäht hatte. Bestimmt hatte das verschlissene Sofa bereits im Haus ihres Vaters gestanden. Genau wie die Seekiste mit den vielen Macken, die als Couchtisch diente, und die beiden Clubsessel. Der Fernseher stand auf einer weißen Kommode, an der die Farbe abblätterte. Dieser Raum sah bewohnt aus. Auf dem Couchtisch lagen ein paar Zeitschriften, auf denen eine benutzte Kaffeetasse thronte. In dem Bücherregal neben dem Fernseher stapelten sich Bücher mit den für Frauen so typischen bunten Buchrücken in Zweierreihen. Andrew fühlte sich hier auf Anhieb wohl.

Holly kam mit zwei Bierflaschen herein und reichte ihm eine, ehe sie sich neben ihn setzte. Sie stemmte die Füße gegen die zerkratzte Seekiste, und die Frage, wie diese Beschädigungen entstanden waren, erübrigte sich. Sie stieß mit ihm an und trank einen großen Schluck. »Danke, dass du vorhin für mich da gewesen bist«, sagte sie leise.

»Ich bin immer für dich da«, gab Andrew zurück, ohne darüber nachdenken zu müssen. Es war genau so, wurde ihm bewusst. »Ich wäre wahrscheinlich verdammt sauer gewesen, wenn du mich nicht angerufen hättest.« Einen Moment schwiegen sie einträchtig, dann stellte Andrew die Frage, die ihm seit Tagen unter den Nägeln brannte und der Holly bisher immer ausgewichen war. »Was ist zwischen dir und Cartwright wirklich vorgefallen?«

»Das hast du mich neulich schon mal gefragt«, versuchte

sie auch dieses Mal, sich um eine Antwort zu drücken. Sie drehte die Bierflasche hin und her, knibbelte am Etikett.

»Und du hast mir eine Antwort gegeben, die ich dir nicht abkaufe.«

Holly zögerte, starrte auf ihr Bier. Langsam hob sie den Kopf und sah ihn ernst an. »Glaub mir, es ist so, wie ich dir gesagt habe. Wir konnten uns noch nie ausstehen. Und jetzt ist das Ganze völlig eskaliert.«

Andrew glaubte ihr kein Wort, so ernsthaft sie auch zu wirken versuchte. Aber Holly gab ihm keine weitere Gelegenheit, darüber nachzugrübeln. Sie zog seinen Kopf zu sich herunter und presste ihre Lippen auf seine. Ohne den Kuss zu unterbrechen, tastete Andrew nach dem Tisch und stellte sein Bier ab. Holly zu widerstehen war ihm offensichtlich nicht mehr möglich, seit er nach Cape Cod zurückgekehrt war. Schon längst dachte er nicht mehr darüber nach, was sie vor all den Jahren auseinandergetrieben hatte. Stattdessen machte er sich seit Neuestem Gedanken über die Zukunft. In diesem Szenario tauchte Holly immer wieder vor seinem inneren Auge auf. Sie küssten sich eine Ewigkeit, streichelten über den Körper des anderen.

Schließlich löste sich Holly von ihm und lehnte ihre Stirn gegen seine. »Wir können nicht … ich würde wirklich gern … aber Jackson …«

»Schon gut.« Andrew strich ihr die Haare aus dem Gesicht. »Geh schlafen«, flüsterte er.

Holly nickte stumm und erhob sich. Glücklicherweise kam sie nicht auf die Idee, ihn zum Abschied noch einmal zu küssen. Denn dann hätte er wahrscheinlich die Selbstbeherrschung verloren und sie einfach zu sich auf die Couch zurückgezogen. Er sah ihr nach. Sie verließ das Wohnzimmer, ohne sich noch einmal umzudrehen. Er lehnte den Kopf gegen die Sofalehne und schloss die Augen. Viel Schlaf würde er in den wenigen Stunden, die ihm bis zum Sonnenaufgang noch blieben, nicht bekommen.

20

In den nächsten Tagen kehrte Ruhe ein. Eine unangenehme, angespannte Ruhe, wie Holly fand. Nichts geschah. Francis schien wie vom Erdboden verschwunden. Dafür hatte Andrew entschieden, in Hollys Apartment wohnen zu bleiben, bis keine Gefahr mehr von Francis ausging. Sie hatte keine Ahnung, wie lange Andrew tatsächlich vorhatte, auf ihrer Couch zu nächtigen, aber das Zusammenleben mit ihm gestaltete sich als erstaunlich unkompliziert. Und es war, gestand sie sich ein, schön, ihn um sich zu haben. Insbesondere, da sie keine Ahnung hatte, was Cartwright im Schilde führte. Der Sheriff hatte sich bei ihr gemeldet. Er hatte den Mistkerl nicht ausfindig machen können. In Harbour Hill schien er jedenfalls nicht mehr herumzuhängen. Genau wie seine Neffen. Das Haus stand wieder so einsam und verlassen auf den Klippen über Harbour Beach wie die meiste Zeit in den vergangenen Jahren. Andrew war sich sicher, dass Francis die Schnauze voll hatte und nach Boston zurückgegangen war. Es passte zu Francis, einen Riesenwirbel zu veranstalten und sich dann zu verziehen, weil er eine bessere Beschäftigung gefunden hatte. Holly wollte gern glauben, dass Andrew recht hatte. Doch sie wusste genau, das war nicht der Fall. Es gab bestimmt Situationen, wo Cartwright ruckzuck das Weite suchte. Aber nicht, wenn es um sie ging. Daran hatte er in der Vergangenheit keinen Zweifel gelassen.

Ihre Gedanken wanderten zu Andrew zurück. Sie genoss seine Gegenwart. Morgens im Bad den Duft seines Duschgels einzuatmen. Die verstohlenen Berührungen. Atemberaubende Küsse, sobald Jackson in seinem Zimmer verschwand. Berührungen und geflüsterte Versprechen, die sie von Mal zu Mal frustrierter zurückließen.

Holly suchte gerade die Zutaten für das Abendessen zusammen, als ihr Handy klingelte. Sie nahm es vom Küchentisch und warf einen Blick auf die Anruferkennung. *Dad* stand auf dem Display. Sie atmete einmal tief durch und setzte ein Lächeln auf, weil sie mal gehört hatte, dass das ihr Gegenüber beruhigen würde, auch wenn er das Lächeln nicht sehen konnte. Dann nahm sie den Anruf an. »Hey, Daddy«, sagte sie, klemmte sich das Handy zwischen Schulter und Ohr und warf geschnittene Zwiebeln und Knoblauch für die Bolognese-Soße in die Pfanne. Mit dem Holzlöffel schob sie sie hin und her. »Wie geht's dir?«

Edward brummte etwas Unverständliches, was Holly als *ganz gut* interpretierte. »Wie läuft das Restaurant?«, fragte er.

Holly gab Hackfleisch in die Pfanne und rührte um. Seit er das Fairway an Holly übergeben hatte, war das immer seine erste Frage – und würde es wohl auch immer bleiben. Nach ihr oder Jackson erkundigte er sich nicht. Er ging davon aus, dass sie sich melden würden, wenn ihnen etwas fehlte. So war Edward Clark. Holly hatte sich schon vor Jahren damit abgefunden, dass ihm jegliche Vaterqualitäten fehlten, und ließ sich nicht mehr das Herz brechen. Ebenso hatte sie irgendwann aufgehört, sich nach ihrer Mutter zu sehnen und darüber nachzugrübeln, wie eine Frau ihre Kinder zurücklassen konnte, auch wenn die Ehe ihrer Eltern nicht glücklich gewesen war. »Gut«, beantwortete sie die Frage ihres Vaters. Sie würde ihm nicht erzählen, dass sie sich mit Cartwright angelegt und der Mistkerl beschlossen hatte, nicht nur sie zu terrorisieren, sondern auch dem Restaurant zu schaden.

»Gut, gut.« Es entstand eine Gesprächspause. Holly wartete ab und begann, die Bolognese zu würzen. Ihr Vater hatte angerufen, also wollte er offenbar etwas besprechen.

Sie würde geduldig warten, bis er mit seinem Anliegen herausrückte. Sie hörte, wie der Schlüssel ins Schloss ihrer Wohnungstür geschoben wurde. Ein Blick auf die Uhr über dem Küchentisch verriet ihr, dass es für Jackson noch zu früh war, also konnte es nur Andrew sein. Im nächsten Augenblick tauchte er in der Küchentür auf. Holly hatte ihm einen Schlüssel gegeben. Das war nicht weiter von Bedeutung, hatte sie sich selbst versichert. Es war ihr als die praktischste Möglichkeit erschienen, solange er in ihrem Apartment wohnte und den Beschützer spielte. Er trat hinter sie, legte seine Arme um ihre Mitte und schmiegte sich an sie. Seine Lippen fuhren über ihren Nacken, und für einen Moment schloss Holly die Augen und genoss die Zärtlichkeit, ehe ihr Vater sich räusperte und endlich sagte, warum er anrief.

»Ich wollte dir eigentlich nur Bescheid geben. Wir werden ein paar Wochen mit dem Camper nach Mexiko fahren.« Noch immer überraschte es Holly, dass die neue Frau ihres Vaters es nicht nur geschafft hatte, ihn von seinem geliebten Fairway loszueisen, sondern ihn auch noch dazu brachte, auf Reisen zu gehen. Früher hatte er sich höchstens einmal zu einem Segeltörn vor der Küste überreden lassen.

Sein Restaurant hatte er nie länger als einen Wimpernschlag aus den Augen gelassen.

»Schick mir eure Route, damit ich weiß, wo ihr seid«, bat sie ihn und neigte den Kopf, worauf Andrew den Ausschnitt ihres Shirts zur Seite zog und sich an ihrem Tattoo entlangküsste.

»Wir wollen uns treiben lassen, sehen, wohin es uns verschlägt, welche Ziele uns zusagen.«

»Also gut. Aber meldet euch regelmäßig. Versprochen?«

»Okay.« Wieder breitete sich Stille zwischen ihnen aus, die sich hinzog wie Kaugummi. Holly war sich Andrews Umarmung mehr als bewusst. Sie wollte sich umdrehen und ihr Gesicht in seine Halsbeuge pressen. Ihr Vater und sie hatten sich wirklich nie besonders nahegestanden. Sie nahm es ihm nicht übel, dass er war, wie er war. Sie vermisste ihn nicht und akzeptierte seine unnahbare Kühle. Auch wenn es ihm in der Vergangenheit immer wieder gelungen war, ihr das Gefühl zu geben, ein kleines, unfähiges Mädchen zu sein. Sie konnte damit umgehen. Jackson nahm all das nicht so entspannt hin. Er litt wesentlich mehr unter Edwards Weggang. »Wenn du noch einen Moment dranbleibst und mir erzählst, wie es dir so geht, erwischst du Jacks noch. Er müsste demnächst aus der Schule kommen.«

»Ach, nein«, sagte ihr Vater sofort. Er hatte den Grund seines Anrufs genannt. Mehr Gesprächsbedarf gab es für ihn nicht. »Ich muss noch ein paar Sachen erledigen. Grüß ihn von mir. Bis bald.« Er hatte aufgelegt, ehe Holly den Gruß erwidern konnte.

Langsam ließ sie das Handy sinken. Sie legte es auf den Küchentresen und schaltete den Herd ab. Ihr Bruder war bestimmt enttäuscht, und sie würde sich um ihn kümmern, wenn er nach Hause kam. Bis dahin … Sie drehte sich in Andrews Armen um und küsste ihn. »Wie war dein Tag, Liebling?«, säuselte sie mit einem koketten Augenaufschlag und brachte ihn damit zum Lachen.

»Unangenehmes Gespräch gehabt?«, fragte er.

Holly war immer wieder fasziniert, wie leicht es ihm fiel zu erkennen, in welcher Stimmung sie war. »Das war mein Vater. Telefonate mit ihm sind zwar nicht die Hölle, aber angenehm fühlt sich anders an«, erwiderte sie und kuschelte sich in Andrews Arme. Er hob ihr Kinn, und sie versanken in einem trägen, zärtlichen Kuss, der sich ins Unendliche zu ziehen schien.

Plötzlich schlug die Wohnungstür, und als Jackson »Ich bin da!«, brüllte, fuhren sie auseinander.

Holly wandte sich hastig zum Herd um, während Andrew einen Stuhl vom Küchentisch wegzog und sich setzte. »Wir sind hier«, rief sie, nachdem sie sich geräuspert hatte und sicher war, dass ihre Stimme ihren Dienst tat – und nicht wie die einer Frau klang, die gerade jemanden leidenschaftlich geküsst und davon geträumt hatte, noch ganz andere Dinge zu tun.

Jackson war während des Essens schweigsam. Er hatte nichts weiter dazu gesagt, dass sein Vater sich gemeldet, aber nicht gewartet hatte, bis er zu Hause war. Holly hatte das Telefonat allerdings auch ein wenig beschönigt und erzählt, dass Edward nicht viel Zeit gehabt hatte. Nachdem Jackson gleich nach dem Essen zum Computerspielen in seinem Zimmer verschwunden war, machte Holly es sich mit einem Glas Rotwein neben Andrew auf der Couch bequem.

Er warf ihr einen Seitenblick zu. »Ich kann nicht mehr

lange so weitermachen«, sagte er leise. »Ich brauche einen Abend mit dir allein. Nur du und ich. Und jede Menge Zeit. Keine Unterbrechungen. Keine neugierigen Teenager. Kein verrückter Hund.«

»Das klingt himmlisch«, stimmte Holly ihm zu und nippte an ihrem Wein. Andrew hatte ihr bereits gesagt, dass er übermorgen gemeinsam mit seinem Bruder nach Boston fahren würde, um mit seinem Vater über die Ergebnisse ihrer Bluttests und eine mögliche Nierentransplantation zu sprechen. Jackson und sie sollten die Nacht als Maries Gäste in ihrem Cottage verbringen. Andrew wollte kein Risiko eingehen, solange die Möglichkeit bestand, dass Cartwright um das Fairway herumschlich. »Wie wäre es mit morgen?«, schlug sie vor.

»Höre ich Stimmen? Oder hast du das gerade wirklich gesagt?« Er setzte einen so komisch verzweifelten Gesichtsausdruck auf, dass Holly unwillkürlich lachen musste.

»Jackson schläft bei einem Freund. Sie wollen an irgendeinem Computerspiel-Rekordversuch teilnehmen. Frag mich bloß nicht nach Details.« Sie zuckte mit den Schultern und trank einen Schluck Wein. Bei diesem Thema stieg sie schon seit Langem nicht mehr durch. »Ich könnte meine Schicht im Fairway tauschen. Einen freien Abend könnte ich mir wirklich mal gönnen.«

»Dann ist es abgemacht.« Andrew hielt ihr die Hand hin, wie um ein Geschäft zu besiegeln. »Morgen Abend. Nur du und ich.«

Holly schlug ein, und er zog sie an sich und küsste sie.

*

Andrew hatte es sich zur Gewohnheit gemacht, seine Mittagspause im Fairway zu verbringen. Das, was zwischen Holly und ihm begonnen hatte – und was durch Cartwrights idiotische Attacken an Fahrt aufgenommen hatte, ohne dass sie das geplant hatten –, überwältigte ihn. Mit ihr zusammen zu sein erdete ihn auf eine Art, wie es ihm schon lange nicht mehr passiert war. Genau wie die Arbeit in Dr. Hennings' Praxis. Die Nächte, die er zum Teil schlaflos auf Hollys durchgelegener Couch verbracht hatte, hatte er genutzt, um sein Leben zu analysieren. Zumindest die letzten zwei, drei Jahre. Ihm war völlig klar, dass sein Ausraster in der Notaufnahme nicht aus heiterem Himmel geschehen war. Er hätte es kommen sehen müssen. Er war mit offenen Augen und ungebremst auf diesen Moment zugerast und hatte nicht einmal den Hauch einer Ahnung gehabt, wo sich im Hamsterrad seines Lebens die Bremse befand. Mit voller Wucht war er in einen Crash geschlittert, und erst Paul Hennings hatte die Geschwindigkeit, mit der Andrew durch seinen Alltag gerauscht war, gedrosselt. Auf Cape Cod hatte er sich wieder daran erinnert, warum er Arzt geworden war. Nicht, um wie eine Maschine durch die Notaufnahme zu hetzen, sondern um für Menschen da zu sein. Ihnen zu helfen. Nicht nur einen Bruch zu schienen, sondern auch ein offenes Ohr für den Patienten zu haben. Er genoss es jeden Tag, die Tür der Praxis aufzuschließen und sich von den kleinen und großen Problemen der Einwohner und der Touristen überraschen zu lassen. Sie hatten ihn in Eastham erstaunlich freundlich und unvoreingenommen aufgenommen, hatten ihm eine Chance gegeben. Würden nicht die Schatten seiner Suspendierung, seines kranken Vaters und

Francis Cartwrights wie ein Damoklesschwert über ihm hängen, er wäre ein glücklicher Mann.

Als er nach dem Lunch im Restaurant in die Praxis zurückging, dachte er an die Verabredung mit Holly heute Abend. Er hatte sich etwas ganz Besonderes einfallen lassen.

Er stieß die Eingangstür zur Praxis auf und erblickte Mary Ann, die mit dem Hörer am Ohr hinter dem Empfang saß und ihm zuwinkte. »Er kommt gerade herein. Ich stell Sie durch, Doc. Und vergessen Sie nicht, sich einzucremen, wenn Sie den ganzen Tag mit dem Boot auf dem Meer herumdümpeln«, sagte sie und hielt die Hand über die Sprechmuschel. Ihre türkis lackierten Fingernägel passten perfekt zu ihrem Lidschatten – und zu der Kette aus riesigen Kunststoffperlen. Sie war ein Paradiesvogel. Nicht zum Schweigen zu bringen, wenn sie mit Patienten über die Nachbarn oder Touristen tratschte. Aber ruhig und überlegt, wenn sie ihn beim Röntgen, dem Anlegen eines Verbandes oder beim Blutabnehmen unterstützte. Er würde sie vermissen, wenn die Vertretungszeit in Eastham vorüber war. »Doc Hennings ist dran«, flüsterte sie. »Er möchte Sie sprechen.«

»Legen Sie den Anruf in das Sprechzimmer?«, bat Andrew sie.

»Schon erledigt.«

Er setzte sich in den Sessel hinter Pauls wuchtigem Schreibtisch, nahm den Hörer und drückte auf den rot leuchtenden Knopf. »Hallo, Paul«, begrüßte er seinen alten Mentor. »Wie beißen die Fische?«

»Fantastisch, Andrew. Ganz fantastisch.« In Pauls Worte mischte sich ein leises Rauschen, und es gab immer wieder kurze Tonaussetzer.

»Du klingst, als wärst du gerade auf dem Meer draußen«, sagte Andrew. Er rückte das kleine Skelett gerade, das Holly und er bei ihrem nächtlichen Stelldichein vom Tisch gestoßen hatten und dem seitdem ein Arm fehlte.

»Worauf du Gift nehmen kannst, mein Junge.« Paul lachte. »Nichts ist schöner, als frühmorgens mit dem ersten Kaffee in der Hand und einer Kühlbox für den Lunch auf das Boot zu steigen und erst am späten Nachmittag wieder einzulaufen. Sonne. Wind. Und statt Sandwiches und Kartoffelsalat eine Kühlbox voll Fisch.«

»Tja, besser kann man es wohl nicht haben«, stimmte Andrew ihm zu.

»Ja. Und dann noch gemeinsam mit den besten Freunden … was will man mehr.« Paul schwieg einen Augenblick. »Weißt du«, fuhr er fort, »Peet und Jeb haben schon zusammen mit mir studiert. Wir haben uns nie aus den Augen verloren, aber trotzdem haben wir unterschiedliche Wege eingeschlagen und im Laufe der Jahrzehnte nicht viel Zeit füreinander gehabt.« Er lachte leise. »Manchmal fühlen wir uns noch immer wie damals, als wir ahnungslose einundzwanzigjährige Blödmänner waren. Und wir sind erstaunt, wie weise wir geworden sind. Wir genießen es, Andrew. Wir genießen jede Minute, die uns alten Zauseln noch bleibt.«

»Euch bleibt jede Menge Zeit«, widersprach Andrew. Auch wenn ihn seine Arbeit in der Notaufnahme etwas anderes gelehrt hatte, daran, dass die Sanduhr seines alten Freundes ablaufen könnte, wollte er nicht einmal denken.

»Davon gehe ich allerdings auch aus. Hier draußen auf dem Meer fühlt man sich tatsächlich ein kleines bisschen unsterblich. Aber erzähl mir, wie es in der Praxis läuft.«

Andrew brachte Paul auf den neuesten Stand, berichtete von Patienten, die dem alten Doc besonders am Herzen lagen, bat ihn um Rat beim Umgang mit einer alten Dame, die sich standhaft weigerte, ihre Medikamente einzunehmen, und berichtete schließlich von Francis Cartwrights Auseinandersetzung mit Holly.

»Ich würde das mit Cartwright nicht auf die leichte Schulter nehmen«, sagte Paul. »Ich kenne die Familie nicht besonders gut, aber er klingt wie jemand, den man nicht aus den Augen lassen sollte. Was mich im Übrigen zu der Frage bringt, wieso du neuerdings in Hollys Apartment übernachtest«, sagte er unvermittelt.

»Was …? Woher weißt du …?« Andrew setzte sich in seinem Bürostuhl aufrecht hin, als Pauls dröhnendes Lachen durch den Hörer drang.

»Eastham ist ein Dorf. Hier weiß jeder alles über jeden – und ich bin der Doc. Ich bin immer auf dem Laufenden«, erwiderte er nicht ohne Stolz.

»Ich schlafe auf einer wirklich miesen Couch«, rechtfertigte Andrew sich. Er hatte sich selbst längst eingestanden, dass das, was zwischen Holly und ihm entstanden war, weit über eine Freundschaft hinausging, aber er war noch nicht bereit, es in die Welt hinauszuposaunen. Schon gar nicht, solange er nicht wusste, wie sie dazu stand. Also versuchte er es mit einer Erklärung, die Paul ihm gerade selbst geliefert hatte. Und die schließlich keine Lüge war. »Ich will nur nicht, dass Holly etwas geschieht und es zu einer weiteren Auseinandersetzung mit Cartwright kommt.«

»Ich glaube nicht, dass das alles ist.« Paul kicherte. »Aber sei es drum. Es gibt etwas, das ich mit dir besprechen möchte.

Eine Idee, die mir im Kopf herumspukt, seit du vor der Tür der Praxis aufgetaucht bist. Meine alten Kumpels und meine noch älteren, kältegeplagten Knochen haben mich in diesen Gedanken bestärkt. Und da Holly und du euch wieder nähergekommen seid, scheint nun der richtige Zeitpunkt zu sein.«

Andrew griff nach der großen, schweren Muschel, die Paul als Briefbeschwerer benutzte, und drehte sie hin und her. Anders als das Skelett hatte sie die stürmischen Stunden mit Holly schadlos überstanden. »Ich bin gespannt, was du ausgeheckt hast.« Er hörte Paul zu, ließ sich die Ideen, die ihm sein alter Mentor in leuchtenden Farben schilderte, durch den Kopf gehen. Spürte, wie sich sein Herzschlag beschleunigte, als sich Möglichkeiten auftaten. Möglichkeiten, seine Zukunft neu zu gestalten. Möglichkeiten, an die er nicht einmal im Traum gedacht hätte. Die so sehr seinem ureigenen Wesen entsprachen, dass er nicht fassen konnte, nicht längst selbst darauf gekommen zu sein. Paul zeigte ihm einen Weg, seinem Leben eine neue Richtung zu geben, wodurch er sich mit Holly eine gemeinsame Zukunft aufbauen konnte. Nachdem sie das Gespräch beendet hatten, legte Andrew den Hörer zurück auf die Gabel und starrte das große, gerahmte Foto eines Sonnenuntergangs über dem Atlantik an, das über der Untersuchungsliege hing. Sein Kopf schwirrte von all den Ideen, die auf ihn eingeprasselt waren. Er musste sie sortieren, analysieren. Er musste ein Konzept erstellen, einen Plan ausarbeiten, der alle Optionen beinhaltete. Er musste Gespräche führen. An seinem Lebenslauf feilen. Bei null beginnen. Aber der Reiz des Neuen machte ihn vollkommen euphorisch. So hatte er sich schon lange nicht mehr gefühlt.

Und dieses Gefühl hatte er – wie er jetzt merkte – schmerzlich vermisst.

Seine Gedanken wanderten zu Holly. Er hatte sich vermutlich in dem Jahr in sie verliebt, in dem er sich den Arm gebrochen hatte. Wie alt war er da gewesen? Zehn? Elf? Seine Familie verbrachte jeden Sommer in Sunset Cove, und solange er sich erinnern konnte, war Holly da gewesen. Sie gehörte zu den Strandkindern, wie seine Mutter sie gern mit gerümpfter Nase bezeichnete, als wären sie obdachlose Bettler, die mit schmutzigen Händen nach ihren weißen Designerkleidern griffen. Doch die Wirklichkeit hatte nicht im Geringsten etwas mit dieser Vorstellung seiner Mutter zu tun. Sicher, sie waren wild gewesen. Gebräunt von den Sommern am Meer. Und sie waren frei. Die Tage hatten ihnen gehört – und als sie älter wurden, auch die Nächte. Andrew hatten sie sofort in ihren Bann geschlagen. Er mochte Regeln, er hielt sie ein, lernte, ging in Boston zu den Tennisstunden. Dem Klavierunterricht. Und zum Fechten. Aber auf dem Cape gewann die Freiheit die Oberhand. Holly war der Inbegriff dieses Gefühls. Die wilden roten Locken, die ihr bis fast zum Bund ihrer abgeschnittenen Jeans reichten. Die goldbraune Haut, die abenteuerlustig strahlenden Augen und ihr ansteckendes Lachen. Sie nahmen zusammen Segelunterricht. Während Andrew in den Wintern in der Großstadt wenige Möglichkeiten fand, diesem Hobby nachzugehen, war Holly auch außerhalb der Saison kaum von einem Boot herunterzubekommen. Schon als Teenagerin gab sie selbst ihre ersten Segelkurse.

Sie war das erste Mädchen, das Andrew geküsst hatte. Mit dreizehn. Er konnte sich an diesen Moment erinnern, als wäre es gestern gewesen. An das Herzklopfen, wie er den Atem angehalten hatte. Der Kuss hatte nach Sonnenmilch und Erdbeermilchshake geschmeckt. Und sie war das erste Mädchen gewesen, das ihm das Herz gebrochen hatte.

Inzwischen war er sich sicherer denn je, dass sie etwas ganz Besonderes verband, das die Kraft besaß, den hässlichen letzten Sommer und die Jahre, die seitdem vergangen waren, auszulöschen. Und er war sich sicher, dass es Holly genauso ging.

21

Holly hatte keinen blassen Schimmer, was Andrew für ihren gemeinsamen Abend geplant hatte. Sie hatte sich für Jeans, einen engen Rolli und ihre Lederjacke entschieden und stand wie vereinbart vor dem Restaurant, als er auf der gegenüberliegenden Straßenseite die Praxis abschloss, in seinen Wagen stieg und zu ihr herüberfuhr. Sie erwiderte das breite Grinsen, das auf seinem Gesicht lag.

Er stieg aus und nahm sie in seine Arme und küsste sie. Er hielt sie einen Moment länger fest, als es für eine Begrüßung nötig gewesen wäre, ehe er sie ein Stück von sich weghielt und sie ansah. »Bereit?«, fragte er. Auch er trug Jeans, Turnschuhe und eine Kapuzenjacke.

»So was von!«, antwortete Holly. »Lass uns abhauen. Bin gespannt, was du geplant hast.«

Andrew löste sich von ihr und zog sie an der Hand zur Beifahrertür. Er öffnete sie und deutete eine galante Verbeugung an. »Steig schon mal ein. Ich bin gleich wieder da.« Er verschwand im Fairway und kehrte kurz darauf mit einem Picknickkorb zurück, den er im Kofferraum verstaute.

»Hast du meine Köche bestochen?«, fragte sie mit hochgezogenen Augenbrauen, als er sich hinter das Lenkrad setzte.

»Der ist selbstverständlich bezahlt, ich will schließlich

nicht, dass mein Lieblingsrestaurant pleitegeht. Aber ich muss zugeben, dass deine Mitarbeiter mir eine sehr kreative Auswahl zusammengestellt haben. Ihr solltet Picknickkörbe anbieten«, schlug er vor.

»Und dann setzen sich die Leute im Restaurant mit karierten Decken auf den Boden, statt am Tisch zu essen?« Sie legte den Kopf schief und betrachtete Andrew von der Seite. »Interessanter Ansatz.«

Er wandte sich Holly zu und merkte, dass sie ihn anstarrte. »Meine Ideen sind immer spektakulär.« Er hakte den Zeigefinger in den Ausschnitt ihrer Jacke und zog sie zu einem schnellen, harten Kuss an sich. Ehe sie ihn erwidern konnte, ließ er sie schon wieder los, startete den Wagen und fuhr los.

Holly begriff schnell, was Andrew vorhatte. Bereits nach wenigen Minuten erreichten sie die Marina, in der die Jacht der Hunters lag. »Wir fahren raus?«, fragte sie und spürte das freudige Prickeln, das wie Champagnerperlen durch ihren Körper rieselte. Ein paar Stunden auf den Wellen waren für sie der Inbegriff von Glück.

Andrew ergriff ihre Hand. »Das passt so gut zu uns beiden«, sagte er schlicht.

»Na dann los.« Holly übernahm die Führung und zog ihn hinter sich her zum Liegeplatz der Ocean Queen. Sie hatte die Jacht schon immer geliebt, mit der man wunderbar segeln konnte. Insgeheim war sie froh, dass Andrews Vater sie nie verkauft oder gegen ein jüngeres oder größeres Modell eingetauscht hatte.

Sie gingen an Bord, und Andrew verstaute den Picknickkorb in der Kajüte. Dann löste Holly die Leinen, und er warf den Motor an und steuerte die Jacht aus dem Hafen.

Sobald sie das offene Meer erreicht hatten, setzten sie die Segel. Grinsend klatschten sie sich ab. Sie waren noch immer ein gutes Team.

»Übernimmst du?« Andrew überließ Holly das Steuer und verschwand abermals unter Deck, nur um kurz darauf mit zwei Daunenjacken und Wollmützen zurückzukehren. Er reichte ihr eine Jacke. Dann stülpte er ihr eine der Mützen über den Kopf und zog sie ihr tief in die Stirn.

Der Wind wehte mit etwa vier Beaufort, sodass sie sich noch unterhalten konnten, ohne sich anschreien zu müssen. Aber auch wenn die Sonne fröhlich vom Himmel strahlte, war es auf dem offenen Meer um diese Jahreszeit noch ziemlich eisig. »Danke«, sagte sie schlicht und schob die Mütze ein Stück hoch. Sie gingen auf einen Kurs am Wind, und Holly betrachtete die sich brechenden Wellenkämme. Glasige Gischt wurde von kleinen weißen Schaumkronen abgelöst, die den Bug des Bootes umspülten.

Andrew trat hinter sie, und Holly lehnte sich gegen seine Brust. Ihre Gesichter dem rauen Wind entgegengereckt, lachten sie über ein paar gierige Möwen, die in halsbrecherischen Manövern über das Deck hinwegschossen in der Hoffnung, irgendeinen Leckerbissen zu ergattern. »Ich habe heute mit Paul telefoniert«, sagte Andrew.

»Tatsächlich? Wie geht es ihm? Ist ihm das Anglerglück hold?« Sie korrigierte ihren Kurs ein wenig und ließ den Blick über den Horizont schweifen.

»Ich habe das Gefühl, er würde am liebsten für immer in South Carolina bleiben.« Holly hörte das Lächeln in seiner Stimme, als er über seinen alten Mentor sprach. Aber er klang auch aufgekratzt – und irgendwie erwartungsvoll. Was ihn in diese Stimmung versetzt hatte, wusste sie nicht, aber sicherlich würde Andrew es ihr jeden Moment erzählen.

»Ja, der gleiche Ozean, und doch ist es da unten im Süden eine ganz andere Welt«, stimmte sie ihm zu.

»Vor allem das Wetter. Paul hat eine Idee«, sprudelte es unvermittelt aus Andrew heraus. »Eine ziemlich verrückte vermutlich.«

Dann verstummte er, und Holly wandte den Kopf zu ihm um. »Verrückt, aber reizvoll, nehme ich an.«

»Na ja. Ich habe ehrlich gesagt bis heute noch nie darüber nachgedacht. Aber ja, sie ist verdammt interessant.«

»Na los.« Holly küsste sein Kinn, die einzige Stelle, an die sie herankam, ohne sich groß bewegen zu müssen. »Sag schon. Hat er dir seinen Job angeboten und zieht für immer an die Südküste?« Als Andrew schwieg, machten sich ihre Gedanken selbstständig. Andrew für immer auf Cape Cod? Die Vorstellung fühlte sich so gut an. Aufregend und – richtig.

»Nicht so ganz«, antwortete er, und das Gefühl zerplatzte.

Holly wendete den Blick wieder nach vorn. Der Wind brannte in ihren Augen.

»Er hat gemerkt, wie sehr er seine alten Freunde vermisst hat, möchte einfach in Zukunft häufiger Zeit mit ihnen verbringen. In einem rheumafreundlichen Klima, mit seinem geliebten Hobby«, erzählte er. Hollys plötzliche Anspannung schien er nicht zu bemerken. »Paul würde gern den Frühling und den Herbst über an der Südküste bleiben. In dieser Zeit könnte ich die Praxis schmeißen. Im Sommer arbeiten wir gemeinsam auf Cape Cod, weil es durch die Feriengäste genug Arbeit gibt. Im Winter kümmert Paul sich allein um seine Patienten, schließlich geht es um diese Jahreszeit viel ruhiger zu.«

»Das würde bedeuten, du wärst im Winter arbeitslos«, sprach Holly das Offensichtliche aus.

»Nein.« Andrew drückte seine Lippen an ihren Hinterkopf. Selbst durch die dicke Wolle konnte sie seine Wärme spüren. »Nicht arbeitslos, sondern frei. Ich könnte Dinge tun, über die ich bis jetzt noch nicht einmal nachgedacht habe. Aber jetzt, wo ich damit anfange, gefällt mir diese Vorstellung sehr gut.«

Holly drehte den Kopf und blickte in Andrews vor Begeisterung funkelnde Augen. »Spann mich nicht so auf die Folter«, schimpfte sie milde.

»Ich könnte ehrenamtlich arbeiten«, überlegte er. »In Brennpunktvierteln helfen. Jedes Jahr für ein paar Monate eine Hilfsorganisation unterstützen.« Er zuckte mit den Schultern. »Wenn mir danach ist, könnte ich sogar in der Notaufnahme einspringen und auf diesem Weg medizinisch immer auf dem neuesten Stand bleiben.«

»Das klingt wundervoll«, sagte Holly gegen den Wind. »Das passt perfekt zu dir.«

»Ja, nicht wahr. Ich habe einen Treuhandfonds, der groß genug ist, mich durchzubringen. Auch wenn ich nicht das ganze Jahr arbeite. Vielleicht gründe ich mit dem Geld sogar eine Stiftung.«

Andrews Euphorie war ansteckend. Holly drehte sich zu ihm um und legte die Hände um seinen Hals. Er griff das Steuer und hielt sie so zwischen den Holzspindeln und seinem Körper gefangen. Sacht ließ er seine Lippen über ihre gleiten. »Ich könnte auf Cape Cod leben«, sprach er ihren stillen Wunsch aus. »Ich könnte das tun, was ich liebe.«

»Ich fände das toll und habe überhaupt nichts dagegen,

wenn du den Großteil des Jahres auf der Halbinsel herumhängst. Du steigerst eindeutig den Umsatz im Restaurant.« Sie lächelte ihn an.

»Es geht dir also nur um das Fairway?«, neckte Andrew sie.

»Hauptsächlich.«

Andrew lächelte an ihren Lippen. »Ich habe heute bereits ein wenig herumtelefoniert. Ich werde in nächster Zeit ein paar Leute treffen und Gespräche führen. Vielleicht kann ich ja schon das eine oder andere aushandeln.«

Die Dunkelheit begann langsam, sich über das Meer zu senken. Im Zwielicht steuerte Andrew das Boot zurück in Richtung Küste, während er Holly davon erzählte, für welche Organisationen oder Stiftungen er Gutes tun könnte. Wie er Leben retten könnte, ohne dabei sein eigenes durch chronische Überarbeitung oder Burn-out aufs Spiel zu setzen.

Holly lauschte fasziniert seinen Träumen. Es dauerte eine Weile, bis sie begriff, wohin sie segelten. Andrew hielt geradewegs auf Sunset Cove zu. »Hier willst du ankern?«, fragte sie.

Er ignorierte ihre Frage. »Hilfst du mir, die Segel einzuholen?«, bat er sie stattdessen. Schweigend, mit sicheren Handgriffen bereiteten sie die Jacht auf eine Nacht in der Bucht vor. Holly dachte bereits, dass sie auf der Ocean Queen bleiben würden, als Andrew das Dingi zu Wasser ließ. Er stellte den Picknickkorb hinein, kletterte hinein und half Holly. Nicht, dass sie seine Hilfe gebraucht hätte. Es fühlte sich einfach gut an, so umsorgt zu werden.

Drei Anläufe brauchte Andrew, bis der Außenborder ansprang. Langsam tuckerten sie zum Strand. Holly sah zum Leuchtturm hinauf und begriff. In dieser Nacht hatten sie die Gelegenheit, die alten Geister zu vertreiben. Sie konnten alles vergessen, die Vergangenheit hinter sich lassen. Die nächsten Stunden gehörten nur ihnen, und sie schienen zu einem Versprechen für die Zukunft zu werden.

Andrew und Holly zogen das Boot an den Strand. Er nahm den Picknickkorb mit der linken Hand und hielt Holly seine rechte hin. Gemeinsam schlugen sie den steilen Weg ein, der zum Leuchtturm führte. Vor dem Wärterhäuschen kramte Andrew den großen Schlüsselring mit dem alten Bundbartschlüssel aus dem Korb und öffnete die schwere Eichenholztür mit den quietschenden Eisenscharnieren. Die Luft in der Wohnung und dem kühlen Treppenhaus roch abgestanden. Doch als Andrew die Bodenluke zur Leuchtturmkanzel öffnete, stockte Holly der Atem. Hier oben war die Luft besser. Es war wärmer, weil die Sonne auch zu dieser kühlen Jahreszeit kräftig durch das Glas schien und den Raum aufheizte. Aber das war es nicht, was Hollys Herz zum Stolpern brachte, sondern die unzähligen Lichterketten, die im ganzen Raum verteilt hingen, sich in den riesigen Fensterscheiben spiegelten und ihren alten Rückzugsort, in der Vergangenheit so oft Forscherschiff oder Piratenhöhle, in ein glitzerndes Zauberkabinett verwandelten. »Andrew …« Holly wusste nicht, was sie zu dieser romantischen Überraschung sagen sollte. Sprachlos strich sie über eine glitzernde Lichterkette an einem der Fenster und drehte sich dann zu Andrew um.

Er stellte den Korb neben die Matratze in der Ecke, schloss Holly in seine Arme und küsste sie zärtlich. »Die perfekte Atmosphäre für eine Nacht mit einer perfekten Frau«, flüsterte er und schob sie von sich, ehe sie den Kuss vertiefen konnte. Er nestelte sein Handy aus der Tasche, tippte auf dem Display herum, und im nächsten Augenblick erklang *With Arms Wide Open* von Creed aus dem kleinen Bluetooth-Lautsprecher auf dem Fenstersims. Ein Lied, zu dem sie in ihrem letzten gemeinsamen Sommer so oft zusammen getanzt hatten. Andrew legte das Telefon zur Seite und breitete mit einer leichten Verbeugung die Arme aus. »Darf ich bitten?«

Holly zögerte nicht einen Moment. Sie wollte ihren Körper an seinen schmiegen, sich mit ihm unter all den Lichtern in einem Rhythmus bewegen, der nur ihnen beiden gehörte. Sie genoss seine Nähe. Die starken Hände, die sie festhielten, seine Lippen, die über ihren Hals glitten. Andrew flüsterte ihr ins Ohr, wie wunderschön sie war, und sie konnte sich nicht gegen die erwartungsvolle Gänsehaut wehren, die sich bei diesen Worten über ihren Körper ausbreitete. Creed wurde von Lonestars *Amazed* abgelöst, das Andrew leise mitsang, während er ihr dabei tief in die Augen sah, so als träfe jede Zeile des Liedes auf sie zu. Holly legte ihre Hand an seine Wange und küsste ihn sanft. Egal, was die Zukunft für sie bereithielt, dieser Abend war einmalig und hatte etwas Magisches an sich. Andrew verführte sie auf eine ganz unschuldige Art. Sie lachten zusammen. Sie tanzten zu den Hits aus ihrer Jugend, und Hollys Bedürfnis, die störende Kleidung zwischen ihnen loszuwerden, wurde immer übermächtiger.

Sie ließ die Fingerspitzen unter den Saum seines Pullis gleiten. Fuhr über seinen Körper, tastete sich an seiner Wirbelsäule hinauf und schob den Pulli nach oben. Andrew verstand. Ohne aus dem Takt zu geraten, zog er sich ihn über den Kopf, warf ihn zur Seite und wirbelte Holly mit einer Drehung von sich weg. Lachend folgte sie seiner Hand, die sie in eine Umarmung zurückdirigierte. Sie legte ihre Finger auf seine nackte Brust, spürte seinen Herzschlag. Langsam ließ sie sie nach unten gleiten, über seine Bauchmuskeln, die unter ihrer Berührung zuckten, bis zum Bund seiner Jeans. Sie öffnete sie und schob sie über Andrews Hüften. Sie gerieten aus dem Takt, blieben stehen, und nun begann Andrew, Holly auszuziehen. Endlos langsam, begleitet von Küssen und streichelnden Fingerspitzen, legte er Zentimeter für Zentimeter ihrer Haut frei, bis kein Kleidungsstück sie mehr trennte. Mit sanften Küssen neckte er sie, liebkoste sie und schürte unerbittlich die immer übermächtiger werdende Sehnsucht, die durch Hollys Adern rauschte.

Eng umschlungen sanken sie auf die Matratze. Holly atmete den Geruch frisch gewaschener Baumwolllaken und Andrews Duft ein, der ihre Sinne benebelte. Seine Hände glitten wieder über ihren Körper. Erforschten. Streichelten. Neckten. Holly ließ den sehnsüchtigen Laut zu, der sich nicht mehr zurückhalten ließ. Sie erschauerte unter seinen Berührungen. Andrews Hände wurden von seinen Lippen abgelöst. Er überzog ihren Körper mit Küssen, reizte ihre sensiblen Brustspitzen. Leicht wie eine Feder glitten seine Finger über ihren sensibelsten Punkt, kreisten um ihre Lust, worauf die Welle aus Verlangen über Holly hinwegbrandete und sie mitriss. Sie öffnete die Augen in dem Moment, in dem Andrew seine Finger mit ihren verflocht und sie mit einem tiefen Stoß eroberte. Abermals sanken ihre Lider. Sie gab sich dem Rhythmus hin, der an ihren Tanz erinnerte. Viel zu bedächtig und sanft, um mit ihrem hart und schnell schlagenden Herzen mitzuhalten. Sie trieb ihn an, brachte Andrew dazu, seine Beherrschung zu verlieren.

»Sieh mich an«, flüsterte er an ihren Lippen.

Holly öffnete die Augen und fühlte die unausgesprochene Verbindung, die bereits so lange zwischen ihnen existierte – und die nie durchtrennt worden war. Abermals gaben sie sich einem tiefen, innigen Kuss hin und erlangten eng umschlungen Erlösung.

*

Andrew öffnete die Augen und atmete Hollys Duft ein. Ihre Haare kitzelten seine Nase. Vorsichtig hob er das Gesicht und sah sie an. Sie hob die Lider und verzog die Lippen zu einem bezaubernden, sinnlichen Lächeln. Ohne sie loszulassen, drehte er sich auf die Seite und zog sie mit sich.

Holly schmiegte sich in seine Umarmung und seufzte leise, als er langsam und ohne Ziel ihren Körper liebkoste. Er genoss es, sie in seinen Armen zu halten und im Hier und Jetzt zu sein. Die ersten Male, die sie nach ihrem Wiedersehen auf Cape Cod miteinander geschlafen hatten, waren von fiebriger Leidenschaft geprägt gewesen. Wild. Atemberaubend. Und viel zu schnell vorbei. Holly war danach sofort in ihre Kleider geschlüpft und abgehauen. Die Wärme und Vertrautheit, die jetzt zwischen ihnen herrschte, hatte sie damals nicht eine Sekunde lang zugelassen. Dann hatten sie allmählich angefangen, sich neu zu entdecken, einander wieder kennenzulernen. Und prompt hatte Cartwright ihnen einen Strich durch die Rechnung gemacht. Sein Auftauchen hatte für viel zu viel Wirbel gesorgt, als dass Holly und er sich auf das konzentrieren konnten, was sich zwischen ihnen entspann. Aber heute Nacht waren sie auf dem Leuchtturm. Holly konnte nicht weglaufen. Und niemand würde sie stören.

Ihre Lippen fanden sich. Eine neue Welle der Leidenschaft spülte über sie hinweg. Doch es war nicht das hitzige Verlangen, das sonst zwischen ihnen tobte. Die trägen, sachten Berührungen führten sie in einen sanften Gefühlstaumel. Weich und federleicht. Ohne die scharfen Kanten der Lust. So wie der Höhepunkt, den sie gemeinsam erreichten, keinem explosiven Feuerwerk glich, sondern einem Kaminfeuer, das aufleuchtete und Funken sprühte, wenn man ein neues Holzscheit hineinwarf. Holly zu lieben war, wie nach einer langen Irrfahrt endlich nach Hause zurückzufinden.

*

Holly wäre am liebsten für immer, in Andrews Arme geschmiegt, in der Kanzel des Leuchtturms geblieben. Umgeben von den funkelnden Lichterketten, eingehüllt in die Nacht und Andrews Wärme. Die Playlist war längst zu Ende, sodass Hollys knurrender Magen in der Stille ihrer Zweisamkeit unnatürlich laut klang. Holly merkte, dass Andrew leise lachte. Doch dann hob er den Kopf von ihrer Schulter und grinste sie an. »Hunger?«

Holly lächelte zurück, legte die Hand an seine Wange und strich durch seine Haare. »Du hast mir ein Essen versprochen. Schließlich hast du den Picknickkorb hier raufgeschleppt.«

»Was sich für ein scharfer Verstand hinter diesen hübschen Augen verbirgt.« Er küsste sie auf die Stirn, löste sich von ihr und zog sie in eine sitzende Position.

Holly hüllte sich in die Decke ein. Ohne Andrew spürte sie die Kühle, die mit der Nacht in den Leuchtturm kroch, überdeutlich. Sie nahm das Glas Wasser, das er ihr reichte, und leerte es zur Hälfte. Dann warf sie einen neugierigen Blick in den Picknickkorb. »Malbec«, stellte sie mit einem kurzen Blick auf das Etikett der Weinflasche fest, die sie herauszog. Die Gläser klirrten leise. »Der beste Rotwein, den das Fairway zu bieten hat.«

Vorsichtig holte Andrew die Weingläser heraus und nahm ihr die Flasche wieder ab. »Ich wurde gut beraten.« Er öffnete sie und schenkte ihnen ein. Mit einem leisen Klingen stießen sie an. »Auf unseren Abend«, sagte er leise. »Und auf die Zukunft.«

Hollys Herzschlag beschleunigte sich. Sie legte den Kopf schief und betrachtete ihn einen Moment. Seine entspannten Gesichtszüge. Die grauen Augen, die sie trotzdem ernst ansahen. Er meinte, was er sagte. »Auf unseren Abend. Und auf die Zukunft«, stimmte sie ihm leise zu und küsste ihn, ehe sie einen Schluck von ihrem Wein trank.

Andrew begann, weiter in dem Korb herumzukramen, und förderte nach und nach Käsewürfel, hauchfein geschnittene Scheiben luftgetrockneten italienischen Schinken und Trauben zutage. Gemüsesticks und ein Dipp und Obstspalten. Als Letztes holte er ein Ciabatta-Baguette hervor, das so fantastisch duftete, dass Holly augenblicklich das Wasser im Mund zusammenlief. Während Andrew ein Tuch auf der Matratze ausbreitete und alles arrangierte, strich Holly mit den Fingern über die Wand des alten Leuchtturms. Sie fand die Stelle, an der Andrew und sein Bruder vor über einem Vierteljahrhundert ihre Namen eingeritzt hatten. Zu einer Zeit, als sie in ihrer Fantasie von hier oben aus die Welt erobert hatten. Fast schien es, als wäre das in einem anderen Leben gewesen. Aber sie hatte sich geschworen, nicht zurückzublicken, die Vergangenheit endlich ruhen zu lassen. Andrew sah das genauso, wie in seinem Toast deutlich geworden war. Entschlossen schob sie die nostalgischen Gedanken beiseite und nippte an ihrem Wein. Sie war da, wo sie sein wollte. Mit dem Mann, mit dem sie die Nacht verbringen wollte. Das genügte für den Moment.

22

Holly wurde von einem Sonnenstrahl geweckt, der sie im Gesicht kitzelte. Noch ehe sie die Augen aufschlug, wusste sie, dass sie allein war. Sie tastete über die Stelle, an der Andrews Kopf gelegen hatte. Sie war kalt, also war er bereits vor einer Weile aufgestanden. Holly streckte sich, gähnte und schob sich die Locken aus dem Gesicht. Dann erhob sie sich und klemmte das Laken unter ihre Achseln. Sie wollte gerade aufstehen, um herauszufinden, wo Andrew abgeblieben war, als ihr Handy klingelte. Sie tastete zwischen ihren wild auf dem Boden verstreuten Kleidern danach und fand es schließlich in der Jackentasche. *Dad* las sie auf dem Display. Sie hatte ihren Vater zwar gebeten, sich hin und wieder bei ihr zu melden, damit sie wusste, dass es ihm gut ging und wo er sich herumtrieb. Aber so früh am Morgen musste das nun wirklich nicht sein. Sie sprach lieber abends mit ihm, wenn sie nebenher ein Glas Wein oder ein Bier trinken konnte. »Hey Dad«, sagte sie, nachdem sie einmal tief durchgeatmet und ein Lächeln in ihre Stimme gelegt hatte.

»Du musst mir helfen!« Sie hielt erschrocken das Handy ein Stück vom Ohr weg, so laut brüllte ihr Vater in den Hörer.

»Dad? Dad!« Hollys Herz begann zu rasen. »Was ist passiert? Geht es dir gut? Ist mit Marge alles in Ordnung?«

»Was passiert ist?«, polterte er, und Holly bemerkte, dass er eher wütend als verletzt klang. Vorsichtig atmete sie aus und presste die Hand auf ihr klopfendes Herz. »Ich bin verdammt noch mal ausgeraubt worden. Von diesen verdammten Mexikanern. In diesem verdammten Land!«, schrie er.

»Du wurdest ausgeraubt?« Vor Panik zog sich ihre Brust zusammen. »Kannst du mir bitte erklären, was geschehen ist? Von vorn und so, dass ich es verstehe.« Nicht dass er irgendwo blutend auf einem einsamen Highway lag.

»Das Wohnmobil hat einen Motorschaden«, schnaufte Edward. »Wir sind hier im Nirgendwo gestrandet, mitten in einer verdammt heißen Stadt in einer Wüste. Hier sieht es schlimmer aus als in einer Westernstadt aus dem verdammten vorletzten Jahrhundert.«

Holly schloss die Augen und rieb sich über den angespannten Nacken. »Und was ist dann passiert?«, fragte sie, weil sie wusste, dass sich Edward, normalerweise wortkarg und kurz angebunden, gern in Details verlor, wenn ihn etwas aufregte.

»Wir hatten ja keine Wahl, als in diesem schäbigen Motel einzuchecken. Ich schwöre dir, das Bates Motel ist harmlos gegen dieses Loch. Hier gibt es im Umkreis von was weiß ich wie vielen Meilen nur diese eine Werkstatt. Die brauchen drei Tage, um überhaupt die neuen Ersatzteile zu besorgen. Ich will gar nicht wissen, wie lange wir hier festsitzen, bis sie das wieder hinbekommen.«

»Okay?«, fragte Holly vorsichtig. Irgendwo festzusitzen war nicht unbedingt schön, aber zu ertragen. Geduldig wartete sie, bis ihr Vater zum Kern des Problems kam.

»Gestern Abend waren wir in diesem schmuddeligen

Diner essen. Ich muss vermutlich nicht erwähnen, dass es der einzige Diner ist, den es hier gibt.«

»Weit und breit«, vermutete Holly und verdrehte innerlich die Augen.

»Ganz genau! Weit und breit! Als ich die Rechnung gezahlt habe, hatte ich meinen Geldbeutel noch. Doch als ich heute Morgen etwas zum Frühstück besorgen wollte – das Zeug, was sie hier im Motel anbieten, ist nicht genießbar und stammte wahrscheinlich aus der Steinzeit«, echauffierte er sich. »Jedenfalls habe ich meinen Geldbeutel nicht mehr gefunden. Marge' Geldbörse fehlt ebenfalls. Irgend so ein mexikanischer Gangster hat uns ausgeraubt, Holly!« Die Empörung in seiner Stimme hatte schon fast etwas Komisches an sich, wenn die Situation an sich nicht so ernst gewesen wäre.

»Hast du deine Kredit- und Debitkarten sperren lassen? Hast du den Diebstahl angezeigt?«

»Hier liegt doch das Problem. Ich bin hier plötzlich der Buhmann. Ich brauche Geld, Holly! Auf der Stelle!«

»Jetzt beruhige dich erst einmal. Ich besorge dir Geld. Das bekommen wir schon hin. Aber wieso bist du der Buhmann?«

»Weil ich meine Karten habe sperren lassen«, wiederholte er. »Kaum waren sie außer Betrieb, versucht der Typ von der Werkstatt, die Ersatzteile abzubuchen. Was natürlich nicht ging. Daraufhin ist er zum Sheriff marschiert. Noch bevor ich überhaupt Gelegenheit hatte, den Raub anzuzeigen. Der Polizeichef ist im Motel aufgetaucht, wo sie sofort die Übernachtungen abbuchen wollten, was natürlich ebenfalls nicht möglich war. Jetzt behaupten sie, ich sei ein Betrüger und hätte versucht, sie übers Ohr zu hauen. Und glaub ja nicht, dass hier irgendjemand ein anständiges Englisch spricht.«

»Nein, das sind ja auch Mexikaner«, erwiderte Holly trocken. Sie hatte sich wirklich gewundert, dass ihr Vater überhaupt eine solche Reise antrat. Unter Garantie war das nicht nur seine erste, sondern sicherlich auch seine letzte. »Hör zu, beruhige dich, okay? Wir bekommen das schon hin. Ich besorge das Geld, das du brauchst.«

»Aber du kommst doch überhaupt nicht an mein Konto ran«, schimpfte er. »Und es ist Samstag. Du wirst meinen Bankberater nicht erreichen.«

»Jetzt reiß dich ein bisschen zusammen«, fauchte Holly. Langsam verlor sie die Geduld. »Es gibt auch andere Wege, an Geld zu kommen. Mach dir da mal keinen Kopf. Ich mache das schon …« Sie nahm aus dem Augenwinkel eine Bewegung wahr und fuhr erschrocken herum.

Andrew. Der Schreck wurde von Erleichterung abgelöst. Er stand in der offenen Bodenluke, in jeder Hand einen dampfenden Kaffeebecher. Koffein würde ihr helfen, ihr Gehirn so weit auf Vordermann zu bringen, dass sie mit ihrem Vater fertigwurde. Sie lächelte Andrew an und hörte mit einem halben Ohr zu, wie viel lieber es ihrem Vater wäre, sie könnten das Geld von seinem Konto abbuchen. Andrew sah heiß aus. Jeans, altes Kapuzenshirt und zerzauste Haare. Ihr Blick blieb an seinen Augen hängen. Sie waren – kalt. Erst jetzt wurde ihr bewusst, dass sein gesamtes Gesicht wie eine eisige Maske wirkte. Was …? Sie sah Andrew fragend an, doch er stellte einfach nur die Kaffeebecher auf den Rand der Luke, drehte sich wortlos um und stampfte die Treppe hinunter.

Was war das denn gerade für ein Auftritt gewesen? Sie wollte ihm folgen, merkte aber, dass sie splitterfasernackt war. Sie legte die Hand über das Handy. »Drew!«, rief sie durch die Luke. »Andrew, warte doch! Ich muss Schluss machen«, sagte sie zu ihrem Vater.

»Bist du verrückt?«, fuhr er sie an. »Du legst jetzt auf keinen Fall auf. Lass mich jetzt bloß nicht hängen, Holly! Du musst dich sofort um dieses Problem kümmern!«

Ich habe im Moment ganz andere Probleme, dachte sie. Zum Beispiel Andrew und die Frage, warum er plötzlich sauer auf sie war. Sie wickelte sich in das Laken und hastete zum Fenster. Andrew lief mit schnellen Schritten den schmalen Pfad nach Sunset Cove hinüber. Die Hände in die Taschen seines Kapuzenpullis geschoben, den Kopf gegen den Wind gesenkt. »Dad …«, setzte sie noch einmal an und suchte ihre Kleider zusammen.

»Nein, du verstehst das nicht. Die nehmen mich fest wegen Betruges. Die sperren mich ein.«

»Okay, okay. Hör zu. Gib mir den Polizisten.« Holly setzte sich halb angezogen auf die Treppe und griff nach einer der beiden Kaffeetassen. Erst das Koffein, dann war ihr Vater dran. Andrew würde ihr auch in einer halben Stunde noch erklären können, warum er einfach abgehauen war. Was für ein Morgen, dachte sie und bemühte sich, mit den kläglichen Resten ihres Schulspanischs zu verstehen, was der Officer von ihrem Vater wollte.

Eine halbe Stunde brauchte sie, um sich mit dem mexikanischen Polizisten zu einigen und dafür zu sorgen, dass Geld nach Mexiko transferiert wurde und ihr Vater so schnell wie möglich eine Ersatzkreditkarte erhielt. Als sie auflegte, war sie erschöpft. Sie hatte auch die zweite Tasse Kaffee, die Andrew hingestellt hatte, geleert und räumte nun beide mit den Resten des Picknicks in den Korb. Sie zog sich fertig an und schaltete die Lichterketten aus, die noch immer brannten. Vor noch nicht einmal einer Stunde hatte sie sich fantastisch gefühlt. Glücklich. Energiegeladen. Und jetzt … Sie blickte sich ein letztes Mal im Leuchtturm um, prüfte, ob alles in Ordnung war. Dann nahm sie den Korb, schloss die Bodenluke hinter sich und kehrte auf den Boden der Tatsachen zurück. Offenbar war es nicht möglich, einfach eine schöne Nacht im Turm zu verbringen. Beim letzten Mal hatte Andrew ihr das Herz gebrochen. Und dieses Mal schien es nach dem gleichen Muster abzulaufen. Sie ignorierte die Gänsehaut, die ihren Körper überzog, als sie in den kühlen Frühlingswind hinaustrat. Vielleicht war die Kälte noch nicht einmal für diese körperliche Reaktion verantwortlich. In ihrem Hals saß ein dicker Kloß, und Tränen traten ihr in die Augen. Aber sie würde sich jetzt auf keinen Fall in ein jammerndes Elend verwandeln. Sie musste unbedingt wissen, welche Laus Andrew über die Leber gelaufen war. Sie schloss die Tür zur Leuchtturmwärterwohnung ab und schlug den Pfad zum Strandhaus ein. Die Terrassentüren waren geschlossen. Holly klopfte, und als sich nichts rührte, stellte sie den Korb ab und ging ums Haus herum. Aber auch an der Vordertür reagierte Andrew nicht auf ihr Klopfen. Seinen Wagen hatte er an der Marina geparkt. Mit dem konnte er also nicht verschwunden sein. Holly konnte sich aber auch nicht vorstellen, dass er sich im Haus versteckte und sie ignorierte. Sie lief zur Garage hinüber, in der Theodor Hunter einen SUV stehen hatte, falls er auf der Halbinsel mal nicht in seinem teuren Sportwagen herumfahren wollte. Holly spähte durch das Fenster in die Garage. Der Wagen fehlte. Also war Andrew tatsächlich abgehauen.

Sie kehrte auf die Terrasse zurück und ließ sich in einen Deckchair fallen. Langsam wurde sie wirklich sauer. Sie zog ihr Handy aus der Tasche und wählte seine Nummer.

Es dauerte lange, bis er ranging. Fast so, als hätte er überlegen müssen, ob er den Anruf wirklich annehmen wollte. »Was willst du?« Seine Stimme klang dunkel vor Zorn und wurde von Motorengeräuschen überlagert. Er war also tatsächlich mit dem Wagen seines Vaters unterwegs.

»Eine Erklärung für deinen giftigen Blick heute Morgen. Und für deinen wortlosen, überstürzten Aufbruch. Ehrlich gesagt«, Holly schluckte, »fühle ich mich irgendwie zwanzig Jahre zurückversetzt.«

»Neunzehn.« Andrews Stimme klang ätzend wie Säure. »Es ist neunzehn Jahre her. Und ich muss dir recht geben. Ich fühle mich genauso.«

»Aber was ist denn …?« Sie verstand noch immer nicht, was los war.

»Weißt du, Holly. Francis Cartwright ist ein riesiges Arschloch.«

»Da sind wir uns ja zumindest einmal einig«, murmelte sie leise, nicht sicher, ob er sie überhaupt hörte.

»Ich hätte nicht gedacht, dass ich das jemals in meinem Leben sagen würde, aber was dich betrifft, hatte Francis schon damals recht.«

»Was mich betrifft?« Hollys Herz stolperte. »Was soll das heißen?«

Holly hörte, wie er hupte und einen anderen Autofahrer anbrüllte. »Du bettelst darum, dass ich es ausspreche?«, fragte er sie, ohne wirklich eine Antwort von ihr zu erwarten. »Na gut. Er hat dich damals schon als opportunistisch bezeichnet.

Ich habe gedacht, du hast dich geändert. Immerhin bist du Single. So, wie du drauf bist, hättest du doch schon vor Jahren einen reichen Kerl aufreißen können, den du ausnehmen kannst. Obwohl«, fuhr er mit seiner Tirade fort, »vielleicht hast du das ja sogar getan? Wer weiß das schon? Deswegen konntest du wahrscheinlich das Fairway renovieren und neu einrichten. Weil du einen Typen abgezockt hast.«

»Andrew! Verdammt noch mal!« Holly merkte, dass sie laut wurde, und senkte ihre Stimme. »Wovon zum Teufel redest du?«

»Davon, dass ich vorhin unfreiwillig dein Telefonat mit anhören musste. Es gibt auch andere Wege, an Geld zu kommen. Mach dir da mal keinen Kopf. Ich besorge das schon«, äffte er ihre Stimme nach. »Du willst mich also ausnehmen, ja? Tja, Pech, dass ich Zeuge deines kleinen Komplotts geworden bin.«

»Aber das war …« Hollys Stimme stockte. »Cartwright sagst du, hat dir eingeredet, dass ich so bin?«, fragte sie, statt sich zu verteidigen. Sie hatte verdammt noch mal nichts falsch gemacht. Heute Morgen genauso wenig wie vor neunzehn Jahren. Das Puzzleteil, das all die Jahre nicht gepasst hatte, rückte plötzlich an den richtigen Platz. Auf einmal ergab alles, was damals geschehen war, einen Sinn. Cartwright hatte sich für die gebrochene Nase gerächt, indem er Andrew gegen sie aufgehetzt hatte – was schließlich in eine Wette um ihre Jungfräulichkeit gemündet war. Andrew hatte diesem Dreckskerl, der versucht hatte, sie zu vergewaltigen, mehr vertraut als ihr. »Und du … du hast ihm das geglaubt?« Er hatte sich von Francis einwickeln lassen, obwohl er genau wusste, was sie für ihn empfand. Hatte Holly gerade eben noch gedacht, ihr Herz würde stolpern, fühlte es sich jetzt so an, als setzte es ganz aus. Schwarze Punkte tanzten vor ihren Augen, und sie beugte sich vornüber und versuchte, tief und gleichmäßig zu atmen. Dieser verdammte Heuchler war in ihr Bett zurückgekrochen, obwohl er so über sie dachte? »Du … du mieser … blöder …« Ihr gingen die Worte aus. »Mistkerl«, brachte sie schließlich heraus und beendete das Gespräch. Sie warf das Handy zur Seite, schlang die Arme um die Beine und legte den Kopf auf die Knie. Im nächsten Moment begannen die Tränen zu fließen, begleitet von herzzerreißenden Schluchzern, die ihren gesamten Körper erschütterten. Schluchzer und Tränen, die sie so lange in ihrem Inneren verborgen hatte und die sich nun, einmal an der Oberfläche, nicht mehr zurückdrängen ließen.

*

»Ärger im Paradies«, murmelte Francis von seinem Beobachtungsposten am Waldrand aus. Am Abend waren Holly und Hunter mit der Ocean Queen in die Bucht gesegelt und hatten sich dann die Nacht über in den Leuchtturm zurückgezogen, wo sie es mit Sicherheit getrieben hatten wie die Karnickel. Am Morgen war Andrew zum Strandhaus hinübergeeilt und kurz darauf mit zwei Kaffeebechern zurückgekommen. Kurze Zeit später stürmte er abermals aus der Leuchtturmwärterwohnung und raste mit dem Wagen seines Vaters davon. Holly ließ sich wesentlich mehr Zeit, bis sie ihren hübschen Hintern aus dem Turm schwang.

Francis hatte kurz darüber nachgedacht, ihr in der Leuchtturmkanzel einen Besuch abzustatten. Doch er hatte zu lange gezögert und sie nicht mehr erwischt. Nachdem sie den Leuchtturm ordentlich verschlossen hatte, war sie um Sunset Cove herumgeschlichen und hatte sich schließlich zum Telefonieren in einen Deckchair gesetzt. Kein erfreuliches Gespräch, wie er annahm. Er war zu weit entfernt, um etwas zu verstehen. Die Brandung und der Wind, der durch die Pinien strich, taten ihr Übriges. Aber jetzt hockte sie wie ein Häufchen Elend auf der Terrasse des Strandhauses und wurde von Heulkrämpfen geschüttelt, und er brauchte nicht viel Fantasie, um es deuten zu können.

Francis fühlte das elektrisierende Kribbeln. Es begann in seinem Magen und breitete sich in seinem gesamten Körper bis in die Fingerspitzen aus. Sein Herzschlag beschleunigte sich, und sein Mund wurde trocken vor Aufregung. Das war sein Moment. Die letzten Tage hatte er in seinem Auto geschlafen, oder in der Nothütte im Naturschutzgebiet, die er aufgebrochen hatte. Um diese Jahreszeit trieb sich niemand da draußen herum. Die Wahrscheinlichkeit, entdeckt zu werden, war also gering. Nichtsdestotrotz war es zum Kotzen, so hausen zu müssen. Seine Schwester hatte den Türcode in Harbour Hill ändern lassen – und er war zum Obdachlosen geworden. Er hatte Glück, dass er zuvor noch einige Wertgegenstände aus dem Haus hatte zu Geld machen können. In den vergangenen Tagen war es nicht so leicht gewesen, an Holly heranzukommen. Zusammen mit ihrem Bruder und Hunter hatte sie sich in ihrem Apartment verschanzt. Doch die Zeit hatte er genutzt und an seinem Plan gefeilt. Denn er war geduldig. Es zog ihn zurück in sein altes Leben. Und er würde es zurückbekommen, wenn er bei seiner Schwester lange genug zu Kreuze kroch. Wozu er sich durchaus herablassen konnte, wenn es hilfreich war. Aber erst wenn Holly Clark und er miteinander fertig waren. Er strich über den kleinen Höcker, der seine Nase seit ihrem Bruch zierte. Mit einem Mal hob sie den Kopf, wischte die Tränen von ihren Wangen und starrte auf den Ozean hinaus. Erst wenn sie ihre Rechnung beglichen hatte, würde er weiterziehen.

Jetzt war der perfekte Moment. Sie war allein. Sie war schutzlos. Und er war bereit. Er machte einen Schritt aus dem Wald heraus. Dann noch einen. Sie bemerkte ihn nicht. Auch nicht, als er den zugewucherten Pfad erreichte, der zu Sunset Cove führte. Dafür nahm er die Staubwolke wahr, die hinter dem Haus aufstieg und näher kam. »Scheiße«, fluchte er mit zusammengebissenen Zähnen. Da war jemand im Anmarsch. Andrew hatte es sich offenbar anders überlegt. Langsam, Schritt für Schritt, trat Francis den Rückzug in den Pinienhain an. Als er wieder unbemerkt zwischen den Bäumen abgetaucht war, bog Andrews Bruder um die Hausecke. Niclas warf einen Blick in seine Richtung, zögerte kurz, bevor er weiterging. Dann eilte er mit langen Schritten auf Holly zu und kniete sich neben ihren Stuhl.

Francis rieb seine kribbelnden Handflächen an den vor Dreck starrenden Jeans ab. Er konnte warten. Niemand war so geduldig wie er. Der richtige Augenblick würde kommen. Und war nicht Vorfreude auch etwas Wunderbares?

*

Niclas rief seinen Bruder an, als er nach Sunset Cove fuhr. »Hey, ich bin es«, sagte er, als Andrew abnahm. »Ich bin auf dem Weg zu dir. Ich habe gedacht, wir könnten einen Kaffee trinken und uns eine Strategie für das Gespräch mit Mom und Dad zurechtlegen.«

Schweigen schlug Niclas entgegen. Schweigen, vermischt mit dem Brummen eines Motors. »Drew?«, fragte er, als sein Bruder nicht antwortete.

»Ich bin bereits unterwegs nach Boston«, sagte Andrew schließlich. Er klang gereizt.

Niclas war irritiert. »Haben wir nicht ausgemacht, heute Nachmittag zusammen zu fahren? Ist doch totaler Blödsinn, zwei Autos zu nehmen.«

»Ich habe mich entschieden, eher zu fahren. Das ist kein Verbrechen, oder?«, knurrte Andrew.

»Ich wundere mich nur.« Niclas lenkte seinen Wagen auf die Schotterstraße zum Strandhaus.

»Du kannst dich wundern, du kannst mich deswegen verklagen. Ist mir ehrlich gesagt im Moment scheißegal.«

Niclas ignorierte den Ausbruch seines Bruders. »Was ist los mit dir?«, fragte er stattdessen. »Was ist passiert?«

»Nichts, worüber ich reden will.« Andrew erweckte nicht den Eindruck, dass er sich umstimmen lassen würde.

»Also gut. Wenn du willst, können wir nach dem Dinner heute Abend noch auf ein Bier in eine Kneipe gehen«, bot er an.

»Mal sehen.« Andrew fluchte wegen einem anderen Wagen. »Wahrscheinlich findest du Holly in Sunset Cove oder im Leuchtturm. Fahr sie nach Hause, okay?« Mit diesen Worten beendete er das Telefonat.

Verdutzt blickte Niclas auf das Display seines Handys. Was war denn jetzt schon wieder los? Hatten Holly und Andrew Streit miteinander? Sah ganz danach aus. Er stellte seinen

Wagen vor dem Haus ab und lief außen herum auf die Terrasse. Aus den Augenwinkeln nahm er eine Bewegung am Waldrand hinter dem Leuchtturm wahr. Er sah hinüber, konnte aber nichts erkennen, außer Bäumen und Sträuchern, die von der kräftigen Meeresbrise zerzaust wurden. Niclas trat auf die Terrasse, und da saß sie. Holly. Ein Häufchen Elend in einem der übergroßen Deckchairs. »Hey«, sagte er, als sie aufsah. Er hockte sich neben sie und legte die Arme um sie.

»Was machst du denn hier?«, schniefte sie in sein Poloshirt, erwiderte die Umarmung aber.

»Ich ...« Er drehte sich noch einmal zum Waldrand um. Sein Nacken brannte, und er hatte das unangenehme Gefühl, beobachtet zu werden. »Sag mal, hast du hier vorhin jemanden gesehen?«, fragte er sie.

Sie folgte Niclas' Blick über seine Schulter hinweg. »Nein. Meinst du, Cartwright ...?« Sie beendete den Satz nicht, verschränkte aber unbehaglich die Arme vor der Brust.

Niclas zuckte mit den Schultern und betrachtete Hollys verweinte Augen. »Nein, ich glaube nicht. Ich dachte, da wäre was. Aber wahrscheinlich war es nur ein Reh oder irgend so was. Mach dir keine Gedanken darüber.« Er legte Holly die Hand auf die Schulter und drückte sie beruhigend.

»Wieso bist du hier?«, wollte Holly wissen.

»Ich wollte etwas mit Drew besprechen, aber auf meiner Fahrt hierher hat er mir gesagt, dass er bereits auf dem Weg nach Boston ist. Er erwähnte, dass du eine Mitfahrgelegenheit brauchen könntest.« Niclas warf einen letzten Blick zu den Pinien hinüber. Dann ließ er seinen Blick über das Meer gleiten und entdeckte die Ocean Queen, die sacht auf den Wellen schaukelte, und das Beiboot am Strand. Es war nicht schwer, eins und eins zusammenzuzählen. Warum sich Holly und sein Bruder in die Haare gekriegt hatten, verstand er allerdings nicht. Klar, früher hätte ihn das nicht gewundert. Aber in letzter Zeit hatten sie den Eindruck vermittelt, wirklich Freunde geworden zu sein. Und sogar ein wenig mehr als das. »Wie wäre es, wenn ich uns einen Kaffee koche, und du erzählst mir, was los ist?«, schlug er vor.

Holly nickte knapp, und Niclas erhob sich und gab an der Haustür den Code ein. Er schaltete die Kaffeemaschine ein und ging kurz darauf mit zwei Kaffeetassen zurück zu Holly auf die Terrasse.

*

Andrew hatte Holly das Herz gebrochen. Obwohl, zerschmettert und darauf herumgetrampelt traf es wohl eher. Sie hatte das Gefühl, keine Luft mehr zu bekommen und in ein tiefes Loch zu fallen, trotzdem war Holly auch wütend auf Andrew und seine selbstgerechte Art. Verdammte Scheiße! Sollte sie sich geschmeichelt fühlen, weil er Cartwright zumindest für ein Arschloch hielt, obwohl er ihm glaubte? Schon damals geglaubt hatte? Sie strich sich die Haare aus der Stirn, die der Wind ihr sofort wieder ins Gesicht wehte.

Hinter ihr schob Niclas die Terrassentür auf und balancierte zwei Kaffeetassen nach draußen, mit denen er sich auf die Treppen zum Strand setzte. Holly erhob sich von ihrem Platz und setzte sich neben ihn. Eigentlich wollte sie jetzt am liebsten allein sein. Nachdenken über das, was an diesem Morgen geschehen war. Über das, was vor fast zwanzig Jahren passiert war. Aber Niclas gab ihr mit seinem abwartenden

Blick keine Gelegenheit. Er würde so schnell nicht wieder gehen – und war außerdem ihr Ticket zurück in die Stadt, wenn sie nicht allein die Ocean Queen zurücksteuern wollte.

»Erzählst du mir, was vorgefallen ist?«, fragte Niclas, nachdem sie eine Weile schweigend an ihrem Kaffee genippt hatten.

»Andrew hat sich benommen wie ein Arschloch. Das ist vorgefallen. Es wird höchste Zeit, dass dein Bruder von seinem verdammten hohen Ross heruntersteigt.« Das war gut. Die Wut gewann langsam die Oberhand gegenüber dem Schmerz. Zorn brachte ihren Blick zum Flackern. Gerechter Zorn, wohlgemerkt. »Was glaubt er denn, wer er ist?«

»Ein Hunter«, erwiderte Niclas mit einem Seufzen. »Wir sind manchmal ein wenig schwerfällig, bei Dingen, die uns nicht so liegen. Gefühle, Liebe – solches Zeug halt.«

»Da hast du allerdings recht.« Marie war fast ums Leben gekommen, weil Niclas so lange gebraucht hatte, bis er begriffen hatte, was sie ihm bedeutete.

»Offenheit und Ehrlichkeit sind die Schlüssel zu einer funktionierenden Beziehung. Man kann sich noch so sehr lieben, wenn man die Wahrheit beschönigt oder für sich behält, bricht es einem das Genick. Das ist vielleicht nicht der Rat, den du brauchst, aber das ist das, was ich im letzten Jahr gelernt habe. Wäre ich von Anfang an ehrlich zu Marie gewesen, wäre uns viel Kummer erspart geblieben. Aber das ist inzwischen Wasser den Cape Cod Canal hinunter.«

»Hmm«, brummte Holly. Ehrlichkeit. Was für ein bedeutungsschweres Wort.

»Wenn du weißt, was du für meinen Bruder empfindest, dann solltest du ihm das sagen. Vielleicht hilft es, die Luft zwischen euch zu klären. Es kann nach hinten losgehen, keine Frage. Aber wenn ich Geld setzen müsste, dann auf dich. Du bekommst das hin.« Niclas legte Holly den Arm um die Schulter und zog sie freundschaftlich an sich.

»Ich will seine Adresse«, platzte Holly heraus, ehe sie den Gedanken selbst vollständig durchdacht hatte. Niclas hatte recht. Sie mussten die Irrtümer aus dem Weg räumen. Ein für alle Mal. Offen und ehrlich. »Und zwar sofort.«

»Äh.« Niclas sah sie von der Seite an. »Ich weiß nicht, ob das eine gute Idee ist. Du bist stinksauer auf ihn.«

»Das wird auch noch eine Weile so bleiben. Aber ich bin auch wütend auf mich selbst. Ganz abgesehen davon, dass du recht hast. Wir müssen endlich reinen Tisch machen.« Holly hatte gegenüber Andrew nicht die Wahrheit gesagt. Weil sie ihn schützen wollte. Weil sie befürchtet hatte, er würde sich in noch mehr Schwierigkeiten bringen, wenn er sich wegen ihr mit Cartwright anlegte. Dabei hätte sie ihm schon vor neunzehn Jahren alles erzählen sollen. Dann hätte es all diese Missverständnisse nie gegeben. Dann hätte Andrew sich nicht von Francis in seinen perfiden Racheplan mit hineinziehen lassen und wäre keine Wette wegen ihr eingegangen. Aber das war Geschichte. Die Vergangenheit ließ sich nicht mehr ändern. Die Zukunft sehr wohl. »Die Adresse«, wiederholte sie.

Niclas seufzte. »Du versprichst mir, ihm nicht wehzutun.«

»Ich werde es zumindest versuchen. Versprechen kann ich im Moment gar nichts.«

»Dann denk wenigstens an den Quellenschutz.« Niclas zwinkerte ihr zu. »Sonst lande ich am Ende noch ganz oben auf der Abschussliste meines Bruders.« Er erhob sich, reichte

Holly die Hand und zog sie hoch. »Na komm, ich fahr dich zum Fairway. Wenn du ihm die Hölle heißgemacht hast, hätte ich gern einen detaillierten Bericht.«

»Damit du ihn in Zukunft damit aufziehen kannst?«, fragte Holly.

Vergnügt rieb sich Niclas die Hände. »Bis an sein Lebensende.«

Holly organisierte in Windeseile alles, damit sie nach Boston fahren konnte. Ihre Schicht im Restaurant übernahm ihr Kollege Roger. Jackson würde nach der Schule zu Marie gehen, wie es für diese Nacht sowieso geplant gewesen war. Marie wollte natürlich genau wissen, weswegen Holly nach Boston musste, und Holly versprach ihr, sie nach ihrer Rückkehr einzuweihen. Die Freundin würde heute Abend mit einer Flasche Wein auf sie warten, und Holly hoffte inständig, dass es keinen Grund geben würde, sich bei ihr auszuheulen. Sie gab Andrews Adresse in ihr Navi ein und fuhr zügig nach Boston. Sie raste nicht, wie Andrew es getan hatte. Zumindest hatte es sich während ihres kurzen Telefonats so angehört.

Als sie fast drei Stunden später vor dem Apartmenthaus parkte, zitterten ihre Hände. Sie hatte sich auf der Fahrt ihre Worte zurechtgelegt, daran gefeilt und sie mehrmals laut ausgesprochen. Doch als sie jetzt hier stand, schnürte es ihr den Hals zu. Entschlossen schluckte sie ihre Angst herunter und stieg aus ihrem Wagen, ehe sie in einer Kurzschlussreaktion, ohne noch einmal anzuhalten, einfach weiterfuhr. Bis New Hampshire. Oder Maine. Oder Kanada.

Holly blickte an der Fassade nach oben. Das Gebäude war

ein alter Industriebau, der zu coolen, modernen Lofts umgebaut worden war. So, wie junge Singles in Boston eben lebten. Oder zumindest die, die sich eine solche Wohnung in einem so hippen Viertel leisten konnten. Sie war erleichtert, dass es keinen Rezeptionsservice gab, bei dem sie sich anmelden musste. Denn dann könnte Andrew es ablehnen, mit ihr zu sprechen, ohne ihr das persönlich sagen zu müssen. Sie tippte den Zugangscode, den Niclas ihr gegeben hatte, in das Tastenfeld und schob die schwere summende Haustür auf. Mit dem Aufzug fuhr sie in die vorletzte Etage – und stand viel zu schnell vor Apartment Nummer 7B. Holly ballte ihre zitternden Finger zur Faust und hob den Arm. Einen Augenblick zögerte sie, dann atmete sie tief durch und klopfte.

Nichts geschah. Für einen Moment stand Holly nur da, die Hand erhoben, und wartete. Was für eine dumme Idee, einfach hierherzufahren. Sie wusste noch nicht einmal, ob Andrew überhaupt nach Hause zurückgekehrt war, nachdem er Sunset Cove fluchtartig verlassen hatte. Sie hatte sein Auto nicht am Straßenrand bemerkt. Andererseits hatte sie auch nicht darauf geachtet. Und wahrscheinlich hatte das Gebäude sowieso eine Tiefgarage.

Sie wollte gerade zum zweiten Mal klopfen, als Andrew die Tür aufriss und sie feindselig anstarrte. »Was willst du hier?«, knurrte er. Sein Blick hätte den Charles River im Hochsommer zum Zufrieren gebracht. Wenn man Andrew oberflächlich betrachtete. Aber sie blickte tiefer. Seine Augen waren ein Spiegelbild ihrer Gefühle. Wut und Schmerz. Er war müde, erschöpft. Andrew hatte sich nicht rasiert. Seine Haare standen wild ab, so als würde er ständig mit den Fingern hindurchfahren.

Holly öffnete den Mund, um mit ihrer kleinen,

einstudierten Rede zu beginnen, doch sie blieb stumm. Sie wusste nicht mehr, was sie ihm hatte sagen wollen.

»Was ist jetzt? Warum bist du hier? Ich habe nicht ewig Zeit«, schnauzte er sie an. Die Arme vor dem Oberkörper verschränkt stand er im Türrahmen und starrte auf sie herab.

Abermals öffnete Holly den Mund, doch die Verbindung zu ihrem Gehirn war offenbar unterbrochen. Denn als sie hörte, was sie sagte, zuckte sie innerlich zusammen. »Ich bin gekommen, um dir zu sagen, dass du ein totaler Idiot bist.« Der denkbar schlechteste Einstieg in ein Gespräch, das sich zum Guten wenden sollte.

»Tatsächlich? Ein ziemlich langer Weg für ziemlich wenige Worte. Danke für die Info.« Er trat einen Schritt zurück und machte Anstalten, die Tür zu schließen, wodurch Holly endlich aus ihrer Erstarrung erwachte. »Warte!« Sie drückte die Hand gegen das Türblatt, bohrte ihm den linken Zeigefinger in den Brustkorb und schob ihn zurück. Uneingeladen betrat sie seine Wohnung. »Wir sind noch nicht fertig miteinander. Ich habe mir eine echt gute Rede überlegt, aber ich habe sie vergessen. Also benutze ich für das, was ich zu sagen habe, wahrscheinlich nicht die schönsten Worte. Aber ich meine jedes einzelne davon.«

»Zum Beispiel, dass ich ein Idiot bin?« Andrew zog die Augenbrauen nach oben, griff an ihr vorbei und schloss die Tür.

»Ja, zum Beispiel. Du bist ein Idiot, Drew, weil du dich von Cartwright hast instrumentalisieren lassen. Du hast ihm geglaubt und nicht eine Sekunde überlegt, dass er dir vielleicht einen Bären aufgebunden hat. Das war billig. Und ich hätte eindeutig mehr von dir erwartet. Ich habe mehr verdient. Aber ich war auch nicht besser«, gestand sie.

»Du bist also auch eine Idiotin?« Sarkasmus passte nicht zu ihm.

»Das heute Morgen war mein Vater«, erklärte sie. »Er hängt in Mexiko fest, und man hat ihm seine Geldbörse und die Kreditkarten geklaut. Natürlich mache ich mir einen Kopf darüber, wie ich ihm Geld zukommen lassen kann. Aber Andrew, ich habe genug Geld, um mein Leben genau so zu leben, wie ich es will. Dazu brauche ich dich nicht.« Sie atmete tief durch. »Über Cartwright habe ich dir damals nicht die Wahrheit gesagt. Und habe es auch jetzt nicht getan. Und das war mein größter Fehler.« Sie durchquerte das Loft. Die Einrichtung nahm sie nicht wahr. Die Größe eignete sich allerdings perfekt, um auf und ab zu tigern, wenn man ein schwieriges Geständnis vor sich hatte und nicht wusste, wie man beginnen sollte. Andrew lehnte mit noch immer verschränkten Armen an der Tür und sah ihr abwartend zu.

»Die Wahrheit ist …«, begann sie leise, »die Wahrheit ist, dass Francis sich an mir rächen wollte. Ich war damals in dich verliebt. Ich hätte mich niemals auf jemanden eingelassen. Für mich gab es nur dich. Und auch Francis hatte bei mir nicht den Hauch einer Chance. Er gehört aber schon immer zu den Menschen, die sich gern nehmen, was sie haben wollen.« Holly war erstaunt, wie nüchtern ihre Stimme klang. Es schien, als erzählte sie die Geschichte von jemand anderem. Andrew löste seine Schulter von der Tür, so als wüsste er, dass gleich ein sehr unschönes Detail ans Licht kommen würde. »Er hat mein Nein nicht verstanden, also hat er es mit Gewalt versucht. Ich habe mich gewehrt und ihm die Nase gebrochen, ehe er mich vergewaltigen konnte. Er hat das nicht gerade gut weggesteckt. Deshalb wollte er sich rächen.«

»Du hast ihm … was?« Andrew war mit wenigen Schritten bei ihr und legte die Hände auf ihre Schultern. »Er hat versucht … dieses Schwein hat dich angefasst? Was hat er …« Er brachte keinen geraden Satz heraus, aber seine Gesichtszüge verzerrten sich vor blinder Wut. Dann schien er zu bemerken, dass sein harter Griff ihr wehtat, und löste seine Finger. Sanft, fast vorsichtig strich er über ihre Arme, ehe er sie in eine feste Umarmung zog. »O Gott, Holly«, flüsterte er in ihr Haar. »Ich hatte ja keine Ahnung. Ich bin so ein Idiot.«

»Sag ich doch«, murmelte sie in seine Halsbeuge und konnte sich ein Lächeln nicht verkneifen.

Sie standen eine Ewigkeit eng umschlungen mitten im Raum. Schließlich beugte sich Andrew ein wenig zurück und sah ihr ins Gesicht. »Ich bin verdammt froh, dass du hergekommen bist. Es gibt viel, worüber wir reden müssen. Wenn du im Moment nichts anderes vorhast, können wir sofort damit beginnen.« Er nickte zur Couch hinüber.

»Aber zuerst will ich mir einen Begrüßungskuss abholen.« Sie fuhr leicht mit ihren Lippen über Andrews, worauf er sie so küsste, wie sie es liebte. Als sie sich voneinander lösten, schlang Andrew seine Arme fest um Holly. »Setz dich schon mal. Was willst du trinken? Kaffee? Wasser?«, fragte er, als er sie freigab.

»Wasser.« Kaffee hatte sie heute weiß Gott genug getrunken. Sie nahm auf der Ledercouch Platz und sah sich zum ersten Mal wirklich in dem Raum um, früher vermutlich einmal eine Fabrikationshalle. Es war ein typisch männlich eingerichtetes Loft. Die Ziegelwände waren weiß getüncht worden. Die riesigen Fenster warfen helle Flecken auf den goldgelben Dielenboden. Die Kücheninsel befand sich mitten im Raum, genau wie die Couchecke. Eine Wand wurde von einem riesigen Flachbildfernseher beherrscht, und Holly konnte sich richtig vorstellen, wie Andrew sich hier mit seinem Bruder und Jake Footballspiele oder Eishockey ansah. Unter dem monströsen Bildschirm lehnte ein Rennrad an der Wand, und ein riesiges Bücherregal trennte den Bereich ab, hinter dem Andrews Bett stand.

Andrew kam mit zwei Gläsern und einer Karaffe Wasser zu ihr. Er schenkte ihnen ein und setzte sich neben sie. »Ich möchte, dass du mir alles sagst«, meinte er schlicht. Und Holly begann zu reden. Ihm von den Erlebnissen dieses lange zurückliegenden Sommers zu erzählen, der sie nie wirklich losgelassen hatte, nahm ihr ein zentnerschweres Gewicht von den Schultern, von dem sie bisher gar nichts geahnt hatte. Marie hatte sie bisher als Einzige eingeweiht. Aber sich jetzt mit Andrew auszusprechen, der damals so unfreiwillig wie sie in dieses widerliche Spiel hineingezogen worden war, hatte fast etwas Therapeutisches.

23

Andrew war sich nicht sicher, was er fühlte. Eiskalte Schockstarre wechselte sich mit glühend heißem Zorn ab. Er hatte keine Ahnung, wie er das, was er Holly angetan hatte, je wiedergutmachen konnte. Er hatte sich aufs Übelste manipulieren und benutzen lassen. Hatte Holly und ihre Jugendliebe verraten – wegen diesem Dreckschwein, das sie angegriffen und ihr das Schlimmste hatte antun wollen. Erst jetzt begriff er wirklich, was Hollys Abneigung all die Jahre bedeutet hatte. Wie kleinlich war sein verletzter Stolz im Gegensatz dazu gewesen. Wie lächerlich sein Verhalten. Holly hätte Andrew für immer hassen können, und das würde auch nicht ausreichen. Und doch hatte sie ihm eine zweite Chance gegeben, ihn wieder an sich herangelassen. Vollidiot, der er war, hatte er es auch diesmal vermasselt. Das Mindeste, was er ihr schuldete, war seine Version der Geschichte. Aufrichtig und ehrlich, so demütigend das auch sein würde, nachdem er sie auf seinen Schoß gezogen hatte, hielt er sie fest umschlungen. Ihr Kopf ruhte an seiner Schulter. Liebevoll streichelte er über ihren Rücken, wahrscheinlich, weil er eher sich selbst als sie beruhigen wollte.

»In dem Sommer damals hatte sich vieles verändert«, sagte er. »Ich hatte mich auf dich gefreut. Darauf, mit dir segeln zu gehen und am Strand zu faulenzen.« Er lächelte wehmütig. »Ich hatte mir für diesen Sommer fest vorgenommen, dich endgültig zu erobern. Aber dann kam alles anders als in meiner naiven Fantasie. Du warst so süß wie immer. So sexy in diesen megaknappen abgeschnittenen Jeans und den Bikinioberteilen. All die Jahre habe ich mir immer wieder dein Bild vor meinem inneren Auge in Erinnerung gerufen. Braun gebrannt, türkisfarben lackierte Zehennägel, Sommersprossen und diese wilde rote Mähne, die sich nie bändigen ließ. Ich war wirklich unglaublich verknallt in dich«, gestand er Holly. Und bin es immer noch, ergänzte er im Stillen.

»Mir ging es mit dir nicht anders.« Sie legte die Hand auf seinen Brustkorb, dort, wo sein Herz jetzt wieder ruhig und fest schlug. Andrew umfasste ihre Finger.

»Du bist mir damals verändert vorgekommen«, fuhr er fort. »Du hast irgendwie erwachsener gewirkt. Dir schien nichts mehr an den faulen Tagen am Strand zu liegen. Du bist nur noch selten mit uns zum Segeln gegangen. So, als würdest du keinen Wert mehr auf mich legen. Stattdessen hast du in der Bar deines Vaters gekellnert und geflirtet, was das Zeug hielt.«

Holly lachte leise. Ihre Locken kitzelten Andrews Kinn, als sie den Kopf ein wenig drehte. »Ich hätte alles dafür gegeben, mit euch herumzuhängen, aufs Meer hinauszufahren oder einfach nur am Strand herumzulungern. Aber ich musste arbeiten, um mein College zu finanzieren. Wenn es nach meinem Vater gegangen wäre, hätte ich gern mein Leben lang unter seiner Fuchtel im Fairway ackern und nebenher Segelstunden geben können. Aber mir reichte das nicht. Ich wollte etwas eigenes. Einen Abschluss, mit dem ich mir eine Zukunft aufbauen konnte. Aber selbst das Community College zahlt sich nicht von selbst. Natürlich habe ich geflirtet, Drew.« Sie presste ihre Lippen auf seinen Hals. »Wer flirtet, bekommt mehr Trinkgeld. Ich war gut darin. Die Flirts waren völlig unschuldig. Das hat niemandem geschadet, aber meinen Collegefonds verdammt gut aufgestockt.«

»Du hast damals keinen Ton darüber gesagt«, stellte Andrew fest.

Holly schnaubte ungläubig. Sie hob den Kopf und sah ihm in die Augen. »Du bist ein Hunter. Du hattest doch damals überhaupt keine Ahnung, was harte Arbeit bedeutet. Solange deine Schulnoten gut waren, hast du doch von deinen Eltern alles bekommen, was du wolltest. Dein Platz in Harvard war wahrscheinlich schon vor deiner Geburt gesichert. Glaubst du ernsthaft, dass du meine Sorgen damals verstanden hättest?«

Er dachte einen Moment darüber nach. »Du hast recht. Das hätte ich wahrscheinlich nicht. Was mich zu einem noch selbstsüchtigeren Vollidioten degradiert.«

»Nein. Du warst einfach ein Teenager, und wir kamen schlicht aus unterschiedlichen Welten.«

»Diese Flirterei hat mich jedenfalls ziemlich eifersüchtig gemacht«, fuhr Andrew fort. »Ich habe mich ohne dich gelangweilt. Den Sommer hatte ich mir anders vorgestellt. Wenn wir doch einmal zusammen waren, hingen meistens mindestens zehn Leute mit uns herum. Irgendwann habe ich mich dann Francis und seinen Kumpels angeschlossen. Die gingen wenigstens segeln, und ab und zu kamen wir an ein illegales Bierchen heran. Ich weiß heute nicht mehr, wie das Gerücht damals aufkam, wahrscheinlich hat Francis es gestreut.« Er versuchte, sich an die Details zu erinnern. »Ja, ich glaube, er war derjenige, der rumerzählt hat, du wärst auf der Suche nach einem reichen Kerl. Einem, der dich von der Halbinsel holt und aushält. Für eine entsprechende Gegenleistung wärst du bereit, bis zum Äußersten zu gehen.«

Abrupt richtete sich Holly auf und starrte ihn an. »Und du hast ihm das einfach so abgekauft?« Die Empörung drang aus jeder ihrer Poren. Wäre das Thema nicht so ernst, hätte er laut aufgelacht.

»Nein, ich habe dich verteidigt. Zumindest am Anfang. Francis hat behauptet, er hätte in diesem Sommer selbst schon mit dir herumgeknutscht, was mich rasend machte. Er bestand darauf zu wetten. Seine Kumpels waren Feuer und Flamme. Jeder wollte austesten, ob es so einfach war, dich herumzubekommen. Aber Francis bestand darauf, dass ich es tun sollte. Ich sollte dir ein Geschenk machen und sehen, ob ich dich damit rumkriegen kann, mit mir zu schlafen. Für einen Wetteinsatz von zehn Dollar. Als ich einschlug, war ich definitiv sternhagelvoll.« Unbehaglich fuhr sich Andrew durch die Haare. Damals waren Eifersucht, Einsamkeit und Alkohol im Spiel gewesen. Trotzdem war es keine Entschuldigung. »Ich kaufte die Halskette und habe mich mit dir am Leuchtturm verabredet. Den Rest kennst du.«

Holly legte ihre Hand an seine Wange, fuhr mit den Fingerspitzen die tiefe Falte nach, die sich um seinen Mundwinkel in die Haut gegraben hatte. »Aber als du die Nacht mit mir verbracht hast, warst du nüchtern. Du hättest die Wette nicht eingehen müssen. Du hättest es Cartwright einfach nicht zu erzählen brauchen. Aber du hast es getan.« Holly hatte recht. Heute würde er alles unternehmen, um seine

Dummheit von damals ungeschehen zu machen. »Ich hatte mich auf diesen Abend gefreut«, fuhr sie fort. »Ich wollte mit dir zusammen sein. Nur mit dir. Und du hast mir die Kette geschenkt.« Unbewusst berührte sie die Stelle, wo der kleine Herzanhänger gehangen hatte. »Ich dachte, du wolltest mir auf deine Art zeigen, dass diese Nacht etwas ganz Besonderes ist. Nicht nur für mich, auch für dich. Ich dachte, die Kette sollte mich an unser erstes Mal erinnern. Ich hätte mit dir geschlafen. Am Strand, in deinem Zimmer. Egal wo, auch ohne Geschenk. Aber in deinen Augen hat sich das Gerücht bewahrheitet. Oh, verdammt, Andrew!« Sie lehnte ihre Stirn gegen seine. »So viele Missverständnisse. Was wäre geschehen, wenn wir einfach nur miteinander geredet hätten?«

»Du musst auf jeden Fall wissen, dass mir die Nacht trotzdem wahnsinnig viel bedeutet hat. Obwohl ich dachte, Francis' Behauptungen hätten sich bestätigt, habe ich jede Sekunde mit dir genossen.«

»Aber du verabscheust die Art von Frau, die ich in deinen Augen war. Die sich an reiche Männer ranschmeißt, wie zum Beispiel an deinen Vater. Die sich aushalten lässt. Solch eine Frau hat am Ende sogar deine Mutter in einen Suizidversuch getrieben.«

»Ich verabscheue sie noch immer. Abgesehen davon hatte meine Mutter natürlich auch andere Möglichkeiten. Eine Scheidung zum Beispiel. Deshalb kann ich meinem Vater und seinen Flittchen nicht die alleinige Schuld an den Eheproblemen meiner Eltern geben.« Er schwieg einen Moment und kniff nachdenklich die Augen zusammen, als versuchte er, alles an den richtigen Platz zu rücken. Dann sah er Holly ernst an. »Ich kann mich nur bei dir entschuldigen.

Für meine Dummheit und Arroganz. Es tut mir unendlich leid.«

»Du hast mich unfassbar verletzt. Ich glaube, das war das zweite Mal, nachdem meine Mutter abgehauen ist, dass ich meinem Dad dankbar war, dass er mich so hart erzogen hat. Dass er mich zu einem so starken Willensmenschen gemacht hat. Sonst wäre ich an alldem vielleicht zerbrochen.« Sie sah ihm ernst in die Augen. »Jetzt sitzen wir hier, irgendwie zwischen der Vergangenheit und der Zukunft und haben die Möglichkeit, aus diesen verdammten Fehlern zu lernen. Wir können noch immer das Geschehene hinter uns lassen und neu anfangen. Wir sollten ehrlich zueinander sein, damit solche Missverständnisse nicht mehr aufkommen.«

Hollys Angebot war mehr, als ein Blödmann wie er sich erhoffen konnte. Er schluckte und beruhigte sich ein wenig. Aber eine Sache ging ihm nicht aus dem Kopf. »Was ist damals passiert? Ich meine, nachdem Cartwright dich angegriffen hat? Du hast ihn nicht angezeigt, oder? Ich erinnere mich nur noch daran, dass seine Nase gebrochen war. Er hat erzählt, er hätte einen Segelunfall gehabt.«

»Nein, ich habe ihn nicht angezeigt.« Holly wich seinem Blick aus. »Ich hätte es tun sollen. Wahrscheinlich wäre uns dann viel Ärger erspart geblieben. Du siehst, ich habe mindestens genauso viele Fehler gemacht wie du.« Sie seufzte. »Ich habe mich einer Freundin anvertraut, aber sie hat mir davon abgeraten, zur Polizei zu gehen. Es gab da dieses Mädchen, in der Schule ein oder zwei Klassen über uns, dem im Sommer zuvor etwas Ähnliches passiert war. Sie hatte allerdings nicht so viel Glück wie ich. Zwei College-Studenten hatten sie an einen einsamen Strand gelockt und vergewaltigt. Sie waren reiche Jungs. Ihre Daddys hatten tolle Anwälte. Am Ende haben sie das Mädchen so unter Druck gesetzt, dass sie die Anzeige zurückzog. Meine Freundin glaubte, mir würde es genauso gehen, wenn ich mich mit Francis Cartwright III. anlegen würde. Also habe ich nichts unternommen und es für mich behalten.«

»Du hast es niemandem erzählt?«, erwiderte Andrew fassungslos. »Niemandem? Nicht einmal deinem Vater?«

»Mein Dad wäre der Letzte gewesen, mit dem ich über so etwas hätte sprechen können. Vor ein paar Tagen habe ich es Marie erzählt. Sie ist die Erste seit damals.«

»Ich habe dich ein paarmal danach gefragt, was zwischen Cartwright und dir nicht stimmt. Du bist mir immer ausgewichen«, stellte Andrew fest.

»Ich hatte Angst um dich. Was wäre passiert, wenn du davon gewusst hättest und diesem Arschloch über den Weg gelaufen wärst? Du hättest ihn dir vorgeknöpft. Dabei bist du gerade suspendiert worden, weil du in der Notaufnahme ausgerastet bist. Das hätte dir das Genick brechen können.« Holly strich über seine Haare und küsste ihn zärtlich.

»Holly«, flüsterte er. »Ich wollte dir das heute Morgen schon sagen, bevor das Telefonat mit deinem Vater uns unterbrochen hat. Und ich bin froh, dass ich es dir jetzt sagen kann, nachdem all die Missverständnisse aus der Welt geschafft sind. Ich habe mich wieder in dich verliebt.« Er erwiderte den Kuss. »Ich liebe dich.«

Sie verzog ihre Lippen an seinen zu einem Lächeln. »Ich liebe dich auch, Drew. Und das fühlt sich wundervoll an, jetzt, wo wir endlich mit der Vergangenheit aufgeräumt haben.« Sie küsste ihn leidenschaftlich – und dann sprachen sie lange Zeit überhaupt nicht mehr.

*

Holly schmiegte sich an Andrew. Er hatte den Arm um sie gelegt und hielt sie fest an sich gepresst, als wollte er sie nie wieder gehen lassen. Was ihr gut passte. Sie horchte in sich hinein und fand nur ein Gefühl: Glückseligkeit. Wie eine warme, goldene Decke hatte es sich über die Angst und die Sorgen gelegt. Als Jugendliche hatten sie beide ein paar wirklich dämliche Fehler gemacht. Typisch Teenager. Jetzt waren sie in der Lage, wie Erwachsene miteinander umzugehen. Sie schob sanft Andrews Arm zur Seite und richtete sich auf.

Er glitt mit den Fingerspitzen an ihrer Wirbelsäule hinunter. »Wo willst du hin?«, fragte er.

»Ich habe Durst.« Holly schwang die Beine aus dem Bett.

Andrew hielt sie an der Hand zurück. »Warte, ich hol dir was.«

»Bleib liegen.« Sie beugte sich hinunter und küsste ihn. »Ich komme schon klar.« Sie griff nach dem Hemd, das über einem Stuhl neben dem Schrank hing.

Andrew verschränkte die Hände hinter dem Kopf. »Warum machst du dir die Mühe, etwas anzuziehen?«, fragte er mit einem anzüglichen Ton in der Stimme.

Holly schloss zwei Knöpfe des Hemdes und warf ihm über die Schulter einen koketten Blick zu. »Damit du es mir wieder ausziehen kannst.« Er lachte, als sie affektiert mit dem Hintern wackelte und zur Küchenzeile stolzierte. Sie nahm ein Glas vom Küchenboard und hielt es unter den Wasserspender des Kühlschranks.

»Wir können Cartwright das nicht durchgehen lassen«, rief Andrew vom Bett aus.

Holly trank das Glas halb leer und hielt es noch einmal unter den Spender. »Ich weiß nicht, ob das nach einer so langen Zeit noch etwas bringt«, sagte sie.

»Auf jeden Fall solltest du es zu Protokoll geben. Ich begleite dich auch zum Sheriff, wenn du das möchtest.«

Holly füllte ein zweites Wasserglas für Andrew. »Ich bin mir gar nicht sicher, ob das inzwischen nicht sogar schon verj… heilige Scheiße!«, entfuhr es ihr, als sie sich mit den vollen Gläsern in den Händen umdrehte und sich unversehens einer Frau gegenübersah. Wasser schwappte auf den Boden, als sie vor Schreck zusammenzuckte. Direkt vor die geschmackvollen Pumps, die einem schicken Hosenanzug das gewisse Etwas verpassten. Über dem Arm der Frau hingen ein leichter Mantel und eine extrem teuer aussehende Handtasche. Ein perfekter Haarknoten, perfektes Make-up und ein maskenhafter Gesichtsausdruck.

»Was treibst du so lange?«, hörte Holly Andrew fragen. »Komm zurück ins Bett.«

Holly öffnete den Mund, um ihn zu warnen, aber es war bereits zu spät. Nackt trat er hinter dem Bücherregal hervor, das den Schlafbereich abtrennte – und erstarrte für den Bruchteil einer Sekunde. »Mom!«, krächzte er und hielt sich reflexartig die Hände vor die Körpermitte.

Mrs. Hunter warf ihm einen missbilligenden Blick zu. »Ich glaube nicht, dass es da etwas gibt, was ich nicht schon gesehen habe, seit ich dir die Windeln gewechselt habe.«

Das änderte allerdings nichts daran, dass Andrew den Rückzug antrat und hinter dem Regal verschwand, um sich anzuziehen. Holly stand immer noch wie erstarrt da, dann wurde ihr bewusst, dass sie nicht viel mehr trug als er und es nicht zu übersehen war, dass sie sich gerade eben noch durch die Kissen gewühlt hatten. Kälte drang vom Boden durch ihre nackten Fußsohlen. Sie stellte die Gläser vorsichtig auf den Küchentresen ab und schloss die restlichen Knöpfe des Hemdes. »Hallo, Mrs. Hunter«, murmelte sie. Früher hatten sie Andrews Mutter Miss Georgina genannt, aber das schien aufgrund der peinlichen Situation, in der sie sich befanden, nicht angebracht.

Andrew war in Windeseile in Jeans und ein T-Shirt geschlüpft und trat barfuß hinter dem Regal hervor. Pflichtschuldig küsste er die Wange seiner Mutter. »Hallo, Mom. Darf ich vorstellen? Das ist …«

»Ich weiß, wer das ist«, schnitt Georgina ihm kühl das Wort ab. Holly wettete, sie hätte die Nase gerümpft, wenn es das Botox in ihrem Gesicht zugelassen hätte. Sie hatte die Frau im ersten Moment nicht erkannt. Schließlich war sie Georgina fast zwanzig Jahre lang nicht mehr begegnet. Sie sah gut aus für ihr Alter, bedachte man ihre Vergangenheit und ihren Alkohol- und Tablettenkonsum. An der einen oder anderen Stelle war offenbar ein bisschen chirurgisch nachgeholfen worden. Holly senkte den Blick wieder, weil sie merkte, dass sie Andrews Mutter anstarrte.

»Was treibt dich her, Mom?«, fragte Andrew und lehnte sich gegen die Kücheninsel. Holly wäre gern nur halb so gelassen gewesen wie er.

»Ich wollte dich zu einem späten Lunch einladen. Wir

haben uns so lange nicht gesehen. Ich konnte ja nicht wissen, dass du …« Sie legte eine künstliche Pause ein. »Damenbesuch hast.« Die Art, wie sie es aussprach, machte deutlich, dass sie in Holly alles andere als eine Dame sah.

Andrew lächelte seine Mutter an. »Und du sollst nicht einfach unangekündigt bei mir auftauchen«, tadelte er sie milde. »Es wäre zumindest nett, wenn du dich vorher melden würdest.«

»Ich habe dich angerufen, aber du bist ja nicht rangegangen«, verteidigte Georgina sich. Sie stellte ihre Handtasche auf die Kücheninsel und öffnete die Knöpfe ihres Jacketts.

Andrew zog die Augenbrauen nach oben. »Aus einem Grund, der offensichtlich ist, Mom.«

Holly fühlte sich furchtbar. Fast nackt und Gesprächsgegenstand zwischen Mutter und Sohn, als wäre sie nicht anwesend. »Entschuldigt mich bitte«, murmelte sie und zog sich hinter das Bücherregal zurück, um ihre Kleider zusammenzusuchen und sich anzuziehen.

Der Nachteil eines Lofts bestand in erster Linie darin, dass man sich weder wirklich verstecken noch ein Gespräch überhören konnte. »Mom, ich habe dir schon zig Mal gesagt, dass du hier nicht einfach hereinschneien kannst, auch wenn du einen Schlüssel hast«, sagte Andrew leise.

»Und ich frage mich, was diese … Frau …« Wieder diese künstliche Pause, »… hier zu suchen hat.« Georginas Stimme glich einem bösartigen Zischen.

»Diese Frau«, betonte Andrew das Wort genau wie seine Mutter, und Holly bemerkte die Entschlossenheit in seiner Stimme, »ist zufällig die Frau, die ich liebe. Also behandele sie bitte mit dem gebotenen Respekt.«

»Das kann nicht dein Ernst sein, mein Schatz. Ich weiß doch, wie das bei euch Männern läuft. Ihr lasst euch von einer Frau ins Bett zerren und denkt gleich, es ist die große Liebe. Dabei benutzen sie euch nur oder sind hinter eurem Geld her. Und brechen euch das Herz.« Sie senkte ihre Stimme ein wenig. »Diese Frau ist doch nicht die Richtige für dich. Das ist doch gar nicht dein Stil. Sie hat nicht deine Klasse.« Gott, diese Frau war so ein verdammter Snob. »Ich wollte dich beim Lunch mit Millicent Baxter bekannt machen. Eine wirklich faszinierende junge Dame. Sie hat lange in Europa gelebt und überlegt jetzt, Medizin zu studieren. Ich hatte gehofft, du würdest ihr ein paar Tipps geben. Und die Medizin ist eine gemeinsame Basis, auf der sich etwas aufbauen lässt.«

»Ich bin nicht interessiert, denn ich führe bereits eine Beziehung. Mit Holly.« Andrews Stimme klang fest.

Hollys Herz quoll über vor Liebe zu ihm. Das zwischen ihnen war noch so neu – und Georgina würde mit Sicherheit kein gutes Haar an ihr lassen. Genauso wenig wie sie auch mit der Verbindung zwischen Niclas und Marie nicht einverstanden war. Eine Gärtnerin und eine Barkeeperin. Das war nicht das, was sie unter einer perfekten Partie für ihre Söhne verstand.

»Du hast mit keinem Wort erwähnt, dass du liiert bist«, fauchte Andrews Mutter pikiert.

»Ich würde sagen, dieser Beziehungsstatus ist noch sehr frisch. Holly und ich sind noch dabei, uns daran zu gewöhnen. Und jetzt wäre es besser, du würdest gehen. Und bitte, Mom, tauche nicht mehr in meiner Wohnung auf, ohne dich anzumelden oder wenigstens zu klingeln.«

»Na schön. Bis heute Abend.« Holly hörte, wie Georgina Andrew auf die Wange küsste. »Grüß deine …« Kunstpause Nummer drei, »… kleine Freundin von mir. Und vergiss nicht, eine Liaison, die so frisch ist, kann jederzeit zu Ende sein. Du solltest mir und meinem Urteil vertrauen.« Dann fiel die Wohnungstür ins Schloss.

Holly lehnte sich gegen den Kleiderschrank und schloss die Augen. Erst als sie Andrews Anwesenheit spürte, machte sie sie wieder auf. Er grinste sie schief an und hielt ihr das Wasserglas hin. »Entschuldige das Benehmen meiner Mutter«, sagte er.

Holly nahm das Glas und rollte es über ihre glühende Stirn. »Oh mein Gott! Stell dir vor, sie wäre zehn Minuten eher hereingeplatzt!« Was für eine grauenvolle Vorstellung.

»Einer der Gründe, warum es ziemlich cool ist, auf Cape Cod zu leben.« Andrew zwinkerte ihr zu. »Dort dürften die Chancen ziemlich gering sein, dass sie unangemeldet hereinplatzt.«

»Sie kann mich nicht leiden. So viel ist klar«, sprach Holly das Offensichtliche aus.

»Nein, das kann man so nicht sagen. Du hast nur keine zwanzig Millionen auf dem Konto. Sie kann ihre Snob-Attitüde einfach nicht ablegen. Und sie ist sauer auf mich, weil sie mir keine passende Frau suchen durfte, die ihrer Meinung nach perfekt für mich wäre. Denn das betrachtet sie als ihren Lebenszweck. Nicht, dass ich das jemals verstehen werde, denn schließlich ist sie selbst in einer Ehe gefangen, die für sie wahrscheinlich von Anfang an die Hölle bedeutet hat.«

»Oh Mann.« Holly schlang ihre Arme um seine Mitte

und legte den Kopf an seine Schulter. »Was für ein Start«, murmelte sie.

Andrew lachte leise. »Jedenfalls weiß sie jetzt Bescheid. Damit ist es offiziell.« Er legte die Hand an Hollys Wange und sah ihr in die Augen. »Ich liebe dich«, flüsterte er. Holly hatte nicht mitgezählt, wie oft sie diese Worte heute ausgesprochen hatten. Sie lächelte und küsste ihn.

*

Jackson schwebte im siebten Himmel. Rachel und er waren nun richtig zusammen. Sein Leben bestand nicht mehr nur daraus, sie zur Schule und wieder zurückzufahren und sie dabei insgeheim anzuschmachten. Sie hielten Händchen, wann immer sie zusammen waren. Sie knutschten herum, sobald sie eine ruhige Ecke fanden. Und natürlich gingen sie als Pärchen zum Frühlingsball.

Der Nachmittag war warm, und Rachel hatte das Fenster seines Golfs heruntergekurbelt. Der sanfte Wind wehte ihre Haare in seine Richtung. Holly würde vor Freude ausrasten, wenn sie erfuhr, worüber Jackson sich zurzeit den Kopf zerbrach. Rachel würde im Herbst aufs Community College gehen, also dachte er ernsthaft darüber nach, ebenfalls ein paar Kurse zu belegen. Biologie oder irgendwas mit Umweltschutz. Irgendwas, was zum Meer passte. Er hatte sich informiert. Es gab sogar eine Segelmannschaft. Vielleicht schaffte er es ja ins Team. Im Moment hatte er aber ganz andere Dinge im Sinn.

»Wo willst du hin?«, fragte Rachel, als er an ihrem Haus vorbeifuhr.

»An einen Ort, an dem wir alleine sein können.« Er verschränkte seine rechte mit ihrer linken Hand, hob sie an seinen Mund und küsste sie, ehe er sie auf seinem Oberschenkel ablegte. Denn das war das Einzige, das ihnen fehlte. Ein Platz, an dem sie nicht von Rachels jüngeren Geschwistern gestört wurden oder er unter Dauerbeobachtung seiner Schwester stand. Seit neulich auch noch Andrew bei ihnen eingezogen war, hatten Rachel und er keinen ruhigen Moment mehr gehabt. Er lenkte den Golf auf den Parkplatz des einsamen Strandabschnittes, der zur Hochsaison den Beachclub beherbergte. Dann würde es hier zugehen wie in einem Ameisenhaufen. Aber im Augenblick waren sie allein. Jackson stellte den Motor ab, beugte sich zu Rachel hinüber und küsste sie. Er strich ihr die langen, blonden Strähnen hinter die Schultern und ließ seine Lippen über ihre Wangen und an ihrem Hals hinuntergleiten. Seine Hand fand den Weg unter ihr Shirt, aber die Position war mehr als unbequem. Kurzerhand zog er Rachel auf seinen Schoß. Abermals versanken sie in einem tiefen Kuss. Doch plötzlich fuhren sie erschrocken auseinander, als Rachel mit dem Ellenbogen gegen die Hupe stieß und das ohrenbetäubend laute Warngeräusch über den Strand hallte. Atemlos sahen sie sich an, dann brachen sie in haltloses Lachen aus.

»Ich habe eine Decke dabei«, sagte Jackson prustend.

»Perfekt.« Rachel rutschte von seinem Schoß und stieg aus. Jackson angelte den Plaid von der Rücksitzbank und folgte ihr. Hand in Hand rannten sie an den Strand und ließen sich auf die Decke fallen, die er hastig ausgebreitet hatte. Er kippte nach hinten, als Rachel ihn stürmisch umarmte. Ihren Körper eng an seinem zu spüren war so ziemlich die hammermäßigste Empfindung, die es gab. Er hatte das Gefühl, sein Herz würde ihm jeden Moment aus der Brust springen.

*

Francis erkannte den alten, rostigen Golf sofort, als er ihm entgegenkam. An der Delle am linken Kotflügel. Und weil ein schlaksiger, rothaariger Junge hinter dem Steuer saß. Er hatte dieses Mädchen dabei, das im Fairway kellnerte. Wo wollten die beiden hin? Ehe er sie aus den Augen verlor, wendete er und folgte ihnen. Holly war offenbar genau wie Andrew in Richtung Boston gefahren, er hatte also mehr als genug Zeit herauszufinden, was Hollys kleiner Bruder im Schilde führte. Er folgte ihm in einigem Abstand zum Beachclub und stellte seinen Wagen außer Sichtweite hinter der Düne ab. Er stieg aus und beobachtete die beiden durch das wogende Strandgras auf den Sandhügeln.

Jackson und seine kleine Freundin machten im Auto rum, bis sie die Hupe auslösten. Im nächsten Moment flogen die Wagentüren auf, und sie rannten kichernd und mit einer Decke unter dem Arm zum Meer hinunter. Hollys kleiner Bruder machte sich nicht die Mühe, seinen runtergekommenen Golf abzuschließen. Das Mädchen hatte sich noch nicht einmal die Zeit genommen, die Beifahrertür zuzuschlagen. Während die Teenager völlig hormongesteuert über den Strand rollten, konnte Francis in aller Seelenruhe einen Blick in das Auto und die Schultaschen der beiden werfen. Er erleichterte die Blondine um die zwanzig Dollar, die sie in ihrem Geldbeutel hatte, und fand drei Dollar, zusammengeknüllt in die Vordertasche von Jacksons Rucksack. Neben einem wahren Schatz, wie Francis feststellte, als seine Finger gegen kühles Metall stießen. Sein Herz begann, schneller zu schlagen, seine Finger kribbelten, als er den Ring hervorzog, an dem die Schlüssel zu Hollys Wohnung hingen. Francis konnte es nicht fassen, dass er so spielend einfach an die Möglichkeit gekommen war, sich Zutritt zu Hollys Zuhause zu verschaffen. Er biss sich auf die Zunge und schob die Schlüssel in die Hosentasche. Am liebsten hätte er laut aufgelacht. Das musste Schicksal sein. An dem Ort, an dem Holly Clark ihm die größte Demütigung seines Lebens bereitet hatte, bekam er nun Gelegenheit, sich für damals und den Schlag in Harbour Hill zu rächen – und sich endlich zu nehmen, was ihm zustand.

24

Andrew zögerte den Abschied von Holly hinaus, solange er konnte. Er hatte versucht, sie zu überreden, in seinem Apartment auf ihn zu warten. Sie hätten die Nacht hierbleiben und am nächsten Morgen zusammen nach Cape Cod zurückfahren können. Sie hatte gelacht und ihn an der Tür für einen letzten, sinnlichen Kuss an sich gezogen. »Hintereinander herzufahren würde uns beide nur nerven«, hatte sie gemurmelt. Marie hatte sich darauf eingerichtet, dass Jackson, Potter und Holly bei ihr übernachten würden, deshalb wollte sie auf jeden Fall nach Eastham fahren.

Er hatte sie schließlich ziehen lassen, mit dem festen Versprechen, sich zu melden, wenn sie angekommen war. Und der Bitte, sich vor Cartwright in Acht zu nehmen. Seit sie ihm von der versuchten Vergewaltigung erzählt hatte, kam er nicht mehr wirklich zur Ruhe. Die Gedanken an diesen schrecklichen Überfall kreisten durch sein Gehirn wie ein außer Kontrolle geratenes Karussell. Der verdammte Drecksack hatte unfassbares Glück, dass Andrew nicht früher davon erfahren hatte, sonst würde er sich nur noch von Suppe ernähren können. Ganz zu schweigen von seiner Nase, die Andrew ihm nicht nur brechen, sondern zertrümmern wollte. Die Bedrohung, die von Francis ausging, war nach den Auseinandersetzungen mit Holly und den Anschlägen auf das Fairway natürlich offensichtlich. Aber wie gefährlich dieser Mann wirklich war, hatte er erst jetzt begriffen. Und er hatte ein äußerst ungutes Gefühl, Holly allein auf die Halbinsel zurückkehren zu lassen. Auf der anderen Seite war sie eine der stärksten Frauen, die er kannte. Spätestens morgen wäre er wieder bei ihr und könnte sie beschützen. Vielleicht fuhr er sogar schon in der Nacht zurück. Sicher war sicher. Bis dahin musste er sich auf ein anderes Problem konzentrieren, und auf ein Gespräch, das alles andere als einfach werden würde.

Er fuhr zu Dr. Leeberman in die Klinik und holte die Ergebnisse der Blutuntersuchung ab. Sie besprachen die Optionen, die sein Vater haben würde, und Andrew war sich sicher, dass Theodor nicht begeistert sein würde. Dann holte er seinen Bruder an seinem Stadthaus in Charlestown ab. Als Niclas in seinen Wagen stieg, drehte er sich zu ihm, seine linke Hand ruhte auf dem Lenkrad. Mit finsterem Gesichtsausdruck fragte er: »Hast du Holly meine Adresse gegeben?«

»Ich dachte … na ja … sie wirkte echt verzweifelt …« Unbehaglich rieb sich Niclas übers Gesicht.

»Du gibst einer stinkwütenden Frau meine Adresse?«, fuhr er ihn noch einmal an, schaffte es aber nicht länger, sauer dreinzuschauen. Er legte den Kopf in den Nacken und lachte. »Danke, Mann!« Er boxte seinen Bruder in den Arm. »Ich vermute, du hast meine Beziehung gerettet, ehe sie überhaupt eine war.«

»Hmm.« Niclas kratzte sich am Kinn. »Du hättest das doch irgendwann selbst noch hinbekommen. Hoffe ich zumindest«, fügte er hinzu. »Dann ist zwischen dir und Holly jetzt alles geklärt?«

»Ja. Dafür sitzt mir jetzt Mom im Nacken. Sie ist unangemeldet bei mir hereingeschneit.« Andrew startete den Wagen und lenkte ihn auf die Straße.

»Autsch.« Niclas zog eine Grimasse und schnallte sich an. »Du hast ihr das Herz gebrochen. Aber ich kann dich beruhigen, sie wird trotzdem nicht aufhören, eine passende Frau für dich zu suchen. Das hat sie nicht einmal bei mir gemacht. Nicht einmal, nachdem Marie und ich zusammengezogen sind. Und das, obwohl ich nicht einmal der Sohn bin, für den sie die großen Pläne hat. Du bist ihr Liebling. Mach dich also auf etwas gefasst. Sie wird jetzt erst so richtig loslegen.« Niclas schwieg einen Moment. »Ich habe übrigens vor, Mom den Wind aus den Segeln zu nehmen. Endgültig und für immer«, sagte er dann leise.

»Was … wow!« Andrew sah zu seinem Bruder hinüber und registrierte das glückliche Grinsen, das sein Gesicht erhellte. »Du bittest Marie, dich zu heiraten? Nic, das ist fantastisch. Ich freu mich für euch.«

»Na ja, noch hat sie nicht Ja gesagt«, bremste Niclas die Euphorie ein wenig.

»Ich zweifle nicht eine Sekunde, dass sie das tun wird. Bei mir stehen im Übrigen auch ein paar Veränderungen an. Könnte sein, dass wir bald Nachbarn werden.« Andrew erzählte seinem Bruder von Pauls Angebot und der Idee, in seiner freien Zeit pro bono oder für Hilfsorganisationen zu arbeiten. Bis sie das Hunter House erreichten, hatten sie sich einige fantastische Möglichkeiten für künftige Projekte überlegt. Die Wahrscheinlichkeit, dass Andrew jemals in den

Moloch der Notaufnahme zurückkehren würde, rückte in immer größere Ferne. Er hatte Holly gefunden. Und er hatte Arbeit, die ihn glücklich machte und erfüllte. Er würde auf Cape Cod leben. Doch zunächst würde ihn die Realität einholen, musste er schnell feststellen, als seine Mutter sie im Haus empfing.

»Ich möchte euch Millicent Baxter vorstellen«, erklärte sie, als sie in den Salon traten. Der Blick, den sie Andrew dabei zuwarf, sprach Bände: Sie wollte mit allen Mitteln versuchen, seine Beziehung mit Holly zu sabotieren. »Ich musste eine Verabredung zum Lunch leider absagen, also habe ich sie gebeten, uns bei einem Drink Gesellschaft zu leisten. Milli, das sind meine Söhne Andrew und Niclas.«

»Schön, Sie kennenzulernen.« Die Frau, die an einem Glas Champagner nippte, war höchstens Mitte zwanzig. Sie war groß und schlank, ihre Proportionen waren genau richtig, das glatte blonde Haar umrahmte ein Gesicht mit leuchtend blauen Augen, langen Wimpern und einem schön geschwungenen Mund. Mit anderen Worten: Sie war perfekt. Und sie interessierte ihn kein bisschen.

Georgina reichte Andrew und Niclas einen Whiskey. »Milli denkt darüber nach, ein Medizinstudium zu beginnen«, sagte sie. »Ich habe gehofft, du könntest ihr ein paar Tipps geben, Andrew. Vielleicht verabredet ihr euch mal zum Lunch. Dann kannst du ihr von deinen Erfahrungen im Studium und der Arbeit in der Notaufnahme erzählen.«

»Das würde ich gern.« Andrew lächelte die junge Frau unverbindlich an, »aber im Moment wird das eher schwierig. Ich vertrete gerade meinen alten Mentor in seiner Praxis auf Cape Cod.«

»Oh, wie romantisch. Eine Landarztpraxis. Ich stelle mir das wundervoll vor.« Millicent strahlte ihn an. Aus den Augenwinkeln nahm Andrew wahr, wie sein Bruder hinter dem Rücken ihrer Mutter eine Grimasse zog, und musste sich zusammenreißen, um nicht laut loszulachen.

»Dann holt ihr das nach, wenn Andrew wieder in Boston ist. Lange dauert diese kleine Auszeit ohnehin nicht mehr«, beschied Georgina. Da täuschte sie sich, aber das war kein Gesprächsstoff für diesen Abend. Denn seinen neuen Lebensplan würde seine Mutter ganz sicher nicht besonders gut aufnehmen.

Die Situation wurde von Andrews Vater gerettet, der den Salon betrat. Er begrüßte Milli und schüttelte dann seinen Söhnen die Hand. Unter Andrews wachsamen Augen goss er sich aus einer Karaffe ein Glas Wasser ein. Er sah gut aus, stellte Andrew fest. Die ehemals tiefen Augenringe waren verschwunden, und seine Haut hatte wieder eine gesunde Farbe angenommen. Er hatte sogar ein paar Kilo zugelegt. Offenbar hielt er sich an die Auflagen der Ärzte.

»Nun, entschuldigen Sie mich. Ich möchte das Familientreffen nicht länger stören«, entschuldigte sich Millicent. »Georgina hat mir erzählt, wie selten Sie es schaffen, so zusammenzukommen. Georgie, es war schön, dich zu sehen. Meine Herren.« Sie reichte Theodor und Niclas die Hand und Andrew ihre Visitenkarte. »Rufen Sie mich jederzeit an, wenn Sie Zeit für einen Lunch haben. Ich leiste Ihnen gern Gesellschaft.«

»Das ist sehr freundlich«, blieb Andrew vage und schob die Karte in seine Tasche.

»Ich begleite dich nach draußen, meine Liebe.« Georgina

hakte sich bei der jungen Frau unter und verließ mit ihr gemeinsam den Raum.

»Heiratsmaterial?«, fragte Theodor und sah Andrew über den Rand seines Wasserglases hinweg an.

»Wenn es nach Mom geht«, gab er zurück. »Aber wie geht es dir, Dad?«

»So weit ganz gut«, erwiderte er, statt Andrew wie sonst in seine Schranken zu weisen. »Sollen wir den Bluttest gleich besprechen?«

»Auf keinen Fall«, warf Georgina ein, die den Raum soeben wieder betrat. »Wir essen zuerst. Alles andere hat Zeit bis nach dem Dinner.«

Was sich als keine gute Idee herausstellte, wie Andrew während des Essens feststellte. Das Gespräch verlief zäh, immer wieder starrte seine Familie auf den Umschlag, den er neben sich gelegt hatte. Als das Geschirr abgeräumt worden war und sie beim Kaffee saßen, nahm Andrew das Kuvert zur Hand. »Kommen wir zum Grund dieses Treffens. Dad.« Er sah zu seinem Vater hinüber, der sich vermeintlich gelassen in seinem Sessel zurücklehnte. »Du hast uns gebeten, uns testen zu lassen, ob wir als Nierenspender für dich infrage kommen.«

»Mach es nicht so spannend«, murmelte Georgina. »Das hier ist keine Quizshow, bei der man die Dramatik ins Unermessliche steigern müsste.«

Andrew zog die Blätter aus dem Umschlag und reichte sie Theodor. »Niclas wäre der Einzige in der Familie gewesen«, machte er es kurz.

»Ich?« Sein Bruder schluckte. »Du meinst, Mom und du, ihr kommt nicht infrage? Überhaupt nicht?«

»Nein.« Andrew schüttelte den Kopf. »Moms Blutgruppe passt nicht. Und das Cross-Match meiner HLA-Merkmale war positiv. Was im Umkehrschluss bedeutete: ungeeignet.«

»Was?« Niclas war schnell genervt, wenn sein Bruder ins Medizinerlatein verfiel. »Kannst du das übersetzen?«

»Das bedeutet, dass unsere Gewebeeigenschaften mit denen von Dad abgeglichen wurden. Meine Lymphozyten-Antigene passen nicht zu seinen. Wenn ich ihm eine Niere spende, wird sein Immunsystem sie bekämpfen.«

»Einfach gesagt, mein Körper würde sie abstoßen«, fasste Theodor Andrews Vortrag zusammen und ließ die Papiere auf den Tisch sinken.

»Ja, aber durch die Verletzung, die Bralvers dir zugefügt hat, fällst du trotzdem als Spender aus, Niclas.« Georgina stand auf und hob die Champagnerflasche aus dem Kühler, um sich nachzuschenken. Der Tag hatte sie offenbar aus der Bahn geworfen. Andrew fühlte sich elend. Seine Beziehung mit Holly trug nicht unwesentlich dazu bei, dass seine Mutter wieder einmal viel zu viel getrunken haben würde, bis sie ins Bett fiel. Niclas, der seine Gedanken zu lesen schien, warf ihm einen Blick zu und schüttelte kaum merklich den Kopf. Er hatte ja recht. Georgina war erwachsen und selbst für ihr Leben verantwortlich. Aber es war schwer, sich nicht schuldig zu fühlen.

»Das stimmt, Niclas kommt leider ebenfalls nicht infrage«, nahm Andrew das Gespräch wieder auf.

»Ich werde also weiter an dieser verdammten Dialyse hängen.« Andrews Vater drehte sein Wasserglas in den Händen. Er war sich sicher, Theodor wünschte, es wäre ein doppelter Scotch.

»Was nicht das Schlechteste ist«, erinnerte Niclas ihn. »Damit kannst du gut leben. Es ist nicht perfekt, aber wenn du dich an die Vorgaben der Ärzte hältst, hast du nichts zu befürchten.«

»Eine neue Niere gibt mir die Freiheit, die ich brauche, um unser Familienunternehmen zu leiten. Reisen, Geschäftsessen«, zählte Theodor auf. »Ich brauche diese verdammte Niere.«

Andrew lehnte sich auf seinem Stuhl zurück. Das Licht des pompösen Kronleuchters an der getäfelten Decke spiegelte sich funkelnd in den Kristallgläsern. »Wir sollten die Flinte noch nicht ins Korn werfen. Nur weil wir uns nicht für eine Organtransplantation eignen, heißt das nicht, dass du keine neue Niere bekommen kannst. Dr. Leeberman setzt dich auf die Warteliste. Es kann eine Weile dauern, bis ein passendes Spenderorgan gefunden wird«, erklärte er seinem Vater.

»Und was bedeutet *eine Weile* im Ärztejargon?«, fragte Theodor, und Andrew hörte bereits wieder den sarkastischen Unterton seines Vaters heraus.

Andrew senkte den Blick. »Schlimmstenfalls sechs oder sieben Jahre. Aber meist geht es schneller.«

»Großartige Aussichten«, murmelte Theodor. Härter als nötig stellte er sein Wasserglas auf die blank polierte Mahagonitischplatte und erhob sich. Er verließ den Raum. Die Unterlagen mit den Testergebnissen hoben sich leuchtend weiß gegen das dunkle Holz ab.

Niclas griff nach ihnen. »Ich rede noch mal mit Dad«, sagte er und folgte ihrem Vater.

*

Holly hatte Pech. Der Tag glich einer Achterbahn. Nach dem Tief am Morgen und dem Looping, den sie gedreht hatte, als Andrew und sie sich endlich ausgesprochen und ihre Liebe gestanden hatten, war eine Abwärtsfahrt erfolgt, als sie sich seiner missbilligenden Mutter gegenübergesehen hatte. Inzwischen hatte sie die Talsohle erreicht. Seufzend stellte sie den Motor ihres Wagens ab. »Kann ja nur noch aufwärtsgehen«, murmelte sie und griff nach ihrem Handy, um die aktuellen Verkehrsinformationen zu googeln. »Verdammter Mist«, fluchte sie. Sie saß fest. Ein paar Meilen vor ihr war ein Gefahrguttruck umgekippt und hatte für eine Vollsperrung der Interstate gesorgt. Zwischen dem Unfall und ihrem Standort kam keine weitere Ausfahrt mehr. Ihr blieb wohl oder übel nichts anderes übrig, als die Bergung abzuwarten.

Die nächsten vier Stunden verbrachte sie am Handy. Sie räumte ihr E-Mail-Postfach auf, beantwortete Nachrichten, die längst überfällig waren. Sie bestellte Ware für das Fairway und telefonierte mit Jackson und Marie. Andrew hatte ihr ein paar witzige Nachrichten geschickt, bevor er mit Niclas zu seinen Eltern gefahren war. Sie hatte bereits dreizehn Runden Solitär gewonnen, als der Verkehr langsam wieder ins Rollen kam. Es war spät geworden. Die Nacht war längst hereingebrochen, und noch immer lagen fast zwei Stunden Fahrt vor Holly. Sie schrieb Marie und bat die Freundin, nicht auf sie zu warten. Bis sie Eastham erreichte, würden alle längst schlafen und von ihr geweckt werden. Sie konnte genauso gut in ihrem eigenen Bett schlafen. Die leichte Unruhe, die sie beim Gedanken, dass Cartwright irgendwo da draußen herumschlich, erfasste, schob sie zur Seite. Ihr war heute Morgen nichts passiert, als Andrew abgehauen war. Das würde sich nicht ausgerechnet heute Nacht ändern. Unbewusst ballte sie eine Faust auf dem Lenkrad. Sie hatte Francis schon einmal die Nase gebrochen. Sie würde es jederzeit wieder tun. Außerdem besaß sie seit Jahren ein Pfefferspray. Marie protestierte, Holly solle unbedingt noch vorbeikommen, aber sie blieb bei ihrer Meinung, bis sie das Handy schließlich weglegen musste, um sich auf das Fahren zu konzentrieren – und den Strafzettel zu umgehen, den der nett dreinblickende Officer an der Unfallstelle ihr garantiert verpasst hätte, hätte er sie mit dem Telefon in der Hand erwischt.

*

Eingehüllt in die Schatten der Nacht, stand Francis vor Hollys Apartment und schob vorsichtig den Schlüssel ins Schloss, drehte ihn langsam um und öffnete die Tür. Noch einmal lauschte er, ehe er die Wohnung betrat. Kein Laut war zu hören. Weder aus dem Apartment noch aus dem Restaurant, das vor etwa einer Stunde geschlossen hatte. Holly und Andrew waren nach Boston gefahren, und Jackson war, nachdem er seine kleine Freundin bei ihren Eltern abgesetzt hatte, zum Haus von Andrews Bruder gefahren, um sich dort für die Nacht einzurichten. Sein Hund war bereits im Haus gewesen, und Marie McMillan begrüßte den Jungen mit einer herzlichen Umarmung und bestellte chinesisches Essen, das eine Dreiviertelstunde später geliefert wurde. Es bestand also keine Gefahr, dass heute Nacht irgendjemand seine Pläne durchkreuzte. Er würde sich ganz in Ruhe in Hollys Leben umsehen.

Er schaltete die Taschenlampe seines Handys ein und

begab sich auf einen kurzen Rundgang durch das Apartment. Zufrieden, dass er wirklich ganz allein war, ließ er sich in der Küche auf einen Stuhl fallen, warf einen Blick in die Schale, die auf der Mitte des Tischs stand. Er schob die Äpfel und die Banane zur Seite und griff sich das Snickers. Seine Finger zitterten, als er die Verpackung aufriss und gierig hineinbiss. Innerhalb von Sekunden spürte er, wie der Zucker in seinen Kreislauf schoss und ihm einen Energie-Kick verpasste. Gleichzeitig stillte er den ersten, den schlimmsten Hunger. Seit seine Schwester ihn aus Harbour Hill geworfen hatte, hatte er nicht mehr besonders viel zwischen die Zähne bekommen. Aber er ging davon aus, dass eine Restaurantbesitzerin einen gefüllten Kühlschrank vorweisen konnte. Wenn er schon eine Nacht in Hollys Leben verbrachte, dann würde er die Gelegenheit nutzen, sich satt zu essen. Er erhob sich wieder und inspizierte die Weinflaschen, die Holly in einem schmalen Regal neben dem Küchentresen stehen hatte. Mit Bedacht wählte er einen Malbec und entkorkte ihn. Ein Bier wäre ihm eigentlich lieber gewesen. Oder ein Whiskey. Aber dieser Abend sollte schließlich Stil haben. Also Rotwein. Er goss sich ein Glas ein und nippte daran. Im Moment wusste er nicht, wie es mit Holly weitergehen sollte. Er würde nicht ewig auf der Halbinsel bleiben können. Irgendwann musste er sich Gedanken machen, wie er an Geld und ein Dach über dem Kopf kam. Allerdings war er durchaus bereit, Holly eine zweite Chance zu geben. Das hatte sie nicht wirklich verdient, aber Francis war ein Gentleman. Und er wollte Holly besitzen. Noch genauso sehr wie an dem Tag, an dem er sie zum ersten Mal gesehen hatte. Er konnte sich noch daran erinnern, als wäre es gestern gewesen. Sicher hatte er sie auch zuvor schon gesehen, aber damals auf dem Anleger in Harbour Beach hatte er sie zum ersten Mal richtig wahrgenommen. Sie war von einem Segelboot auf die schwankenden Holzplanken gesprungen, ihre wilden roten Haare hatten im Wind geweht. Sie trug ein winziges Bikinioberteil, türkisfarben, bedruckt mit kleinen blauen Segelbooten. Der perfekte Kontrast zu ihrer leicht gebräunten Haut und ihren dunkelgrünen Augen. Ihre extrem knapp abgeschnittenen Jeans lenkten den Blick ganz automatisch auf ihren knackigen Arsch. Er konnte den Duft nach Barbecue riechen, der von einem der Boote herüberwehte, hörte die Sommerhits, die vom Strand herüberschallten. Das unbeschwerte Lachen der Sommergäste und die Schreie der Möwen.

Francis schenkte sich nach. In Erinnerungen versunken, schwenkte er das Glas, bevor er einen weiteren bedächtigen Schluck nahm. Dann kehrte er in die Gegenwart zurück. Er würde sich nicht noch einmal so von Holly Clark vorführen lassen wie damals. Erst machte sie ihn einen ganzen Sommer lang heiß, und dann ließ sie ihn abblitzen wie eine prüde Jungfer, nur um ein paar Wochen später die Beine für Hunter breit zu machen. Dieses Mal würden sie nach seinen Regeln spielen. Er öffnete den Kühlschrank und betrachtete den Inhalt. Im Gemüsefach fand er Kirschtomaten und schob sich eine in den Mund. Während er genüsslich kaute, durchstöberte er das Gefrierfach und fand eine Tiefkühlpizza Hawaii. Perfekt. So etwas hatte er schon lange nicht mehr gegessen. Er schob sie in den Ofen, griff nach seinem Weinglas und schlenderte mithilfe seiner Handylampe ins Wohnzimmer. Das Licht einzuschalten kam ihm zu riskant vor.

Also richtete er die Lampe auf die Fotos, die von Holly und ihrem Bruder herumstanden, um sie betrachten zu können. Langsam ging er weiter. Das Apartment war typisch weiblich eingerichtet. Warme Grautöne, geschmackvolle Möbelstücke und Accessoires. Sogar die Vorhänge an den Fenstern waren farblich genau auf den Rest der Einrichtung abgestimmt. Aber vor allem roch es gut in der Wohnung. Abgesehen vom Zimmer ihres Bruders, in dem es genauso wie in den Räumen seiner Neffen müffelte – nach pubertierenden Teenagern, ungewaschenen Socken, Red Bull und nach nassem Hund. Im Gegensatz zu Hollys Duft, der noch immer der gleiche war wie vor zwanzig Jahren. Er hatte ihn wahrgenommen, als er ihr auf der Wache in Buzzards Bay zum ersten Mal wieder gegenübergestanden hatte. Er hatte ihn gerochen, als sie ihn aus ihrer Kneipe geschmissen hatte. Und sogar, als sie ihn mit der Faust im Gesicht erwischt hatte. Holly sah anders aus als der Teenager in seiner Fantasie. Sie war weiblicher geworden, erwachsener. Aber sie duftete noch immer nach Orangenblüten.

Francis streifte weiter durch ihre Wohnung. Im Schlafzimmer zog er Kleider aus ihrem Schrank und betrachtete sie, stellte sich vor, wie Holly darin aussah. Er zog die Schubladen auf und strich mit den Fingerspitzen über ihre seidige Unterwäsche. Das zarte Silberarmband mit dem Ankeranhänger, das auf ihrer Kommode lag, funkelte im Licht der Taschenlampe. Er hob es an, ließ es durch seine Finger gleiten. Einen Moment betrachtete er es, dann ließ er es in seiner Hosentasche verschwinden. Er wollte eine Erinnerung an Holly haben. Ein Souvenir.

Die Zeit, die ihm blieb, bis die Pizza fertig war, nutzte er für eine ausgiebige Dusche. Die erste seit Tagen. Er schnüffelte an Hollys Duschgel, ihrer Shampooflasche, wusch sich dann aber doch mit der Seife ihres Bruders. Er trocknete sich ab und ging nackt in das Zimmer des Jungen, wo er ein sauberes T-Shirt und eine Jogginghose aus einer Kommode zog. Als der Ofen mit einem Ton signalisierte, dass die Pizza fertig war, machte Francis es sich mit dem Essen und dem Wein auf der Couch im Wohnzimmer gemütlich. Wenn er jetzt noch den Fernseher hätte einschalten können, wäre er ein glücklicher Mann gewesen. Aber er war sich sicher, das Flimmern des Bildschirms würde man von außen sehen. Also vertrieb er sich die Zeit mit YouTube-Videos auf seinem Handy. Satt und zufrieden stellte er den leeren Teller in die Küche und kehrte in Hollys Schlafzimmer zurück, um sich dort noch ein wenig genauer umzusehen.

*

Andrew hörte sich zehn Minuten lang die Tirade seiner Mutter an. Sie versuchte ihn davon zu überzeugen, dass er nicht wirklich an *dieser kleinen Kellnerin* interessiert war. Ihrer Meinung nach war das eine Reaktion auf seine Rückkehr nach Cape Cod. Sobald er die Halbinsel hinter sich gelassen und zu seiner Arbeit im Krankenhaus zurückgekehrt war, würde er wieder klarer sehen und begreifen, dass eine solche Liaison keine Zukunft hatte.

Andrew wollte Georgina noch immer nichts von seinen geplanten Veränderungen erzählen. Er würde warten, bis alles in trockenen Tüchern war – und seine Mutter weniger Alkohol im Blut hatte. Das Klingeln seines Handys rettete ihn. Er zog es aus der Tasche und warf einen Blick auf das Display. *Jake.* »Mom, entschuldige bitte. Diesen Anruf muss ich annehmen.« Er nahm ihr das Champagnerglas aus der Hand. »Trink bitte einen Schluck Wasser«, bat er sie, ehe er den grünen Button drückte und Jake fragte, was es Neues gab.

»Das wollte ich eigentlich von euch wissen. Wie ist es gelaufen?«

Das Handy am Ohr, trat Andrew durch eine der Terrassentüren in die kühle Frühlingsnacht hinaus. »Nicht so besonders«, sagte er. »Nic würde als Einziger als Spender in Betracht kommen.«

»Ah, verdammter Mist. Das tut mir leid für deinen Vater.«

»Danke.« Andrew wusste, dass sein Freund nicht besonders viel von seinen Eltern hielt. Georgina war ein furchtbarer Snob, der, bereits als sie noch Kinder waren, versucht hatte, ihre Freundschaft zu zerstören, weil sie sie nicht für angemessen hielt. Und Theodor war für ihn ein seelenloser Geschäftsmann. Auch wenn Jakes Großmutter Moira früher für ihn gearbeitet hatte und behauptete, Theodor wäre nicht ganz so schlimm, wie Jake glaubte. Trotzdem war Jakes Mitgefühl echt. »Und wie geht es jetzt weiter?«, wollte er wissen.

»Theodor kommt auf die offizielle Spenderliste, und wir müssen abwarten, ob sich jemand findet. Aber wie ist es dir mit Eliza Woodward ergangen? Hast du den Deal?« Andrew wurde bewusst, dass das Meeting bereits am Vortag stattgefunden hatte. Er hatte völlig vergessen, sich bei seinem Freund nach dem Stand des Brauereikaufs zu erkundigen. Er schnitt sich im Spiegel einer der Terrassentüren selbst eine

Grimasse und schlug den Weg ein, der einmal um das Haus herumführte. »Entschuldige, dass ich jetzt erst frage«, fügte er hinzu. »Seit gestern ist einiges passiert. Das erzähle ich dir in einer ruhigen Minute bei einem Bier. Aber jetzt bring mich auf den neuesten Stand.«

»Der Deal ist geplatzt«, knurrte Jake.

»Was? Aber dein Businessplan ist perfekt. Dein Eigenkapital, die Verkaufszahlen der Brauerei, das muss sie doch überzeugt haben.« Andrew verstand die Welt nicht mehr.

»Ja, vielleicht hätte es sie überzeugt, wenn sie sich die Mühe gemacht hätte, zu dem Termin zu erscheinen.« Jake klang bitter. Er hatte so viel Arbeit in seinen Traum gesteckt. Und auch wenn Owens die Brauerei gern an ihn übergeben wollte, ewig würde er sich nicht hinhalten lassen und die Harbour Beach Brewerie schließlich an jemanden verkaufen, der das notwendige Kapital einfach auf den Tisch legen konnte. »Ich verstehe das nicht«, sagte Andrew. »Eigentlich ist sie sehr zuverlässig und vor allem professionell. Sonst hätte ich sie dir gar nicht vorgestellt.«

»Es lässt sich nicht mehr ändern.« Resignation schlich sich in Jakes Worte. »Ich muss weitersuchen. Irgendwann werde ich schon jemanden finden, der bereit ist, in das Projekt einzusteigen. Ich muss Schluss machen. Das mit dem Bier machen wir nächste Woche, okay? Und bring Nic mit.«

»Mach ich. Bis dann.« Andrew beendete das Gespräch und schob das Handy in die Hosentasche.

Als er aufblickte, sah er seinen Vater in der Terrassentür seines Büros lehnen. »Probleme?«, fragte Theodor.

»Jakes Investorin, Eliza Woodward, ist abgesprungen. Sie ist einfach nicht beim Präsentationstermin aufgetaucht.«

»Eliza?« Theodor rieb sich das glatt rasierte Kinn. »Das sieht ihr gar nicht ähnlich. Sie ist ein Profi.«

»Tja, das dachte ich auch, als ich Jake ihr vorgestellt habe.«

»Geht es immer noch um diese Brauerei?«, wollte Theodor wissen.

Andrew war erstaunt, dass sein Vater vom Traum seines Freundes wusste. Noch überraschter war er von der Tatsache, dass sie ein Gespräch führten, das aus mehr als zwei Sätzen und einer zuschlagenden Tür bestand. »Ja. Eliza hatte sich bereits entschlossen einzusteigen. Ich habe keine Ahnung, wieso sie ihre Meinung geändert hat.«

»Hmm.« Sein Vater blickte nachdenklich in die Ferne. »Wie sieht der Businessplan aus? Alles wasserdicht? Keine Überraschungen?«

Andrew lag bereits ein *Woher soll ich das wissen, ich bin Arzt* auf der Zunge, doch er schluckte es herunter. Es gab keinen Grund, wieder in alte Verhaltensmuster zurückzufallen und seinen Vater zu reizen. »Soweit ich das beurteilen kann, hat Jake wirklich alles genauestens durchdacht und ist sehr gut vorbereitet«, sagte er stattdessen.

»Hmm«, machte sein Vater noch einmal und klopfte mit dem Zeigefinger gegen sein Kinn. Ein Zeichen, dass er tief in Gedanken war. Doch dann schien er ins Hier und Jetzt zurückzukehren. Er richtete sich auf und wies mit dem Kinn in Richtung Foyer. »Dein Bruder ist schon mal vorgegangen. Er wartet draußen auf dich.«

»Danke, Dad.« Er nickte seinem Vater zu. Der intime Moment war vorbei. Sie waren wieder auf ihrer förmlich-höflichen Ebene gelandet. »Pass gut auf dich auf. Und wenn ich etwas tun kann oder du einen Rat brauchst, melde dich jederzeit.«

»Sicher«, erwiderte Theodor. Was so viel hieß wie *Das wird niemals passieren.*

Andrew umrundete das Haus, verabschiedete sich von seiner Mutter und stieg in seinen Wagen, um Niclas nach Hause zu fahren.

25

Francis fuhr mit den Fingerspitzen über die mädchenhaft gerüschten Kissen, von denen jede Menge auf Hollys Bett drapiert waren, als ihn ein Geräusch aufhorchen ließ, das in der Stille des Apartments unnatürlich laut klang. Ein Schlüssel wurde ins Schloss geschoben und gedreht. Francis warf einen Blick auf die Uhr auf seinem Handy. Es war bereits nach ein Uhr. Hatte sich Jackson aus McMillas Haus geschlichen, um gemeinsam mit seiner Freundin die sturmfreie Bude zu nutzen? Oder war Holly entgegen seiner Vermutung doch zurückgekehrt? Die Wohnungstür wurde aufgeschoben und fiel Sekunden später wieder ins Schloss. Francis sah sich im Schein des Handylichts nach einem Versteck um. Er hatte nur eine Chance. Die Nische hinter Hollys überquellendem Kleiderschrank. Wenn sie ins Schlafzimmer kam, würde ihn die Tür hoffentlich verdecken. Vorsichtig quetschte er sich in die Ecke, in der bereits ein Bügelbrett und ein Tisch mit einer Nähmaschine standen. Beides völlig überladen mit Stoffen und weiteren Kleidern. Er wartete gespannt, bis die Tür aufgeschoben wurde. Sie verbarg ihn, aber er konnte durch den Spalt erkennen, dass es tatsächlich Holly war, die seinem gemütlichen Abend in ihrer Wohnung ein Ende gesetzt hatte. Diese Situation hatte er sich nicht ausgemalt, aber ihm wurde bewusst, wie unglaublich aufregend es war, in ihrem Schlafzimmer zu stehen, ohne dass sie auch nur den Hauch einer Ahnung hatte, wie nahe er ihr gekommen war.

*

Holly hielt ihr Pfefferspray griffbereit, als sie aus ihrem Wagen stieg. Der Mond suchte sich genau diesen Moment aus, um hinter einem breiten Wolkenband zu verschwinden. Der kalte Wind riss an ihren Haaren. Sie sprintete die Treppe zu ihrer Wohnung hinauf, schloss auf, warf die Tür hinter sich zu. Sie hatte zu Marie gesagt, dass es kein Problem war, heute Nacht in ihrer Wohnung zu schlafen. Sie hatte sich selbst eingeredet, dass sie keine Angst haben musste, doch dann hatte sie trotzdem ein mulmiges Gefühl beschlichen. Sie atmete tief durch und lehnte sich für einen Moment mit dem Rücken gegen die Tür, um zu warten, bis sich ihr Herzschlag wieder normalisierte. Sie war in Sicherheit. Cartwright hatte ihr nicht vor dem Restaurant oder im Hinterhof des Gebäudes aufgelauert. Bereits etwas ruhiger zog sie ihr Handy aus der Tasche und schickte Andrew und Marie eine Nachricht, dass sie gut angekommen war. Die beiden schliefen wahrscheinlich längst, aber versprochen war versprochen. Anschließend schob sie das Pfefferspray wieder in ihre Handtasche, legte sie zusammen mit dem Handy auf das Sideboard im Flur und hängte ihre Jacke auf.

Als sie ihre Reflexion im Flurspiegel wahrnahm, blieb sie stehen, um sich genauer zu betrachten. So viele Dinge waren passiert, seit Andrew sie am vergangenen Tag zu ihrem kleinen Segeltörn abgeholt hatte. Sie hatten alles geklärt, hatten sich gegenseitig ihre Liebe gestanden. Sie fuhr mit den Fingern ihre Wangenknochen nach, die Augenbrauen und den Schwung der Nase. Vielleicht leuchteten ihre Augen ein wenig mehr als noch vor ein paar Tagen. Abgesehen davon sah man ihr diese einschneidenden Veränderungen in ihrem Leben nicht an.

Holly schüttelte über sich selbst den Kopf. Was sollte man ihr auch ansehen? Man veränderte schließlich nicht seine Optik, nur weil man verliebt war. Diese Gedanken waren mit Sicherheit ihrer Müdigkeit geschuldet. Sie trat in die Küche, um etwas zu trinken. Sie hielt ein Glas unter den Wasserhahn und räumte mit ihrer freien Hand ganz automatisch die Schokoriegelverpackung und den Pizzakarton weg, ehe sie den leeren Teller in die Spülmaschine stellte. Jackson war offenbar nach der Schule noch einmal hier gewesen, obwohl sie ihm klipp und klar gesagt hatte, er solle direkt zu Marie gehen. Dafür würde sie ihm morgen die Ohren lang ziehen. Seit Rachel und er zusammen waren, bekam er nur noch die Hälfte von dem mit, was sie sagte. Sie bemerkte die offene Weinflasche auf dem Küchentresen und runzelte die Stirn. Sie konnte sich beim besten Willen nicht daran erinnern, sie geöffnet zu haben. Wahrscheinlich war auch das den Emotionen geschuldet, die die letzten Tage in eine Achterbahnfahrt verwandelt hatten. Auf jeden Fall war es eine gute Idee, den Tag mit einem Schluck Malbec zu beenden.

Sie goss sich ein Viertel ein und trat mit dem Glas in der Hand ins Bad, um die Dusche anzustellen. Hier fand sich der Beweis, dass Jackson am Abend tatsächlich noch einmal hier gewesen war. Ein Hauch seines Duschgels hing in der Luft, und das nasse Handtuch hatte er wie immer einfach über den Wannenrand geworfen, statt es über den Handtuchheizkörper zu hängen. Sie konnte sich ein Grinsen nicht verkneifen. Seit Rachel in seinem Leben war, hatte sich sein Duschverhalten deutlich verändert. Sein Ordnungssinn allerdings kein bisschen. Sie hängte das Handtuch auf und ging in ihr Schlafzimmer, um ihre Kleider in den Wäschekorb zu werfen.

*

Adrenalin, gepaart mit einem nahezu unerträglichen Maß an Erregung, tobte durch Francis' Körper. Er hörte, wie im Bad die Dusche angestellt wurde, und sah dann dabei zu, wie Holly sich ihren Pulli über den Kopf zog. Darunter trug sie einen BH aus mitternachtsblauer Spitze. Sie öffnete Knopf und Reißverschluss ihrer Jeans, schob sie mit einem kleinen Wackeln ihres Pos über die Hüften, was seinen Blick auf das zum BH passende Höschen lenkte. Oberteil und Hose warf sie, ohne hinzusehen, in den Korb mit der Schmutzwäsche, der in der Zimmerecke stand. Francis konnte nicht sehen, wie sie sich ihrer Unterwäsche entledigte, aber er hielt den Atem an, als sie einen Augenblick später nackt vor ihren Kleiderschrank trat. Sie griff nach ihrem Bademantel, ohne sich darüber im Klaren zu sein, dass er hier war. Dass er neben ihr stand. Nur Zentimeter von ihrer Hand entfernt.

In diesem Moment wurde ihm klar, dass er Hollys Apartment heute Nacht nicht verlassen würde, ohne sie berührt zu haben. Sie war eine wunderschöne Frau. Er musste sie einfach haben – den schmalen, kleinen Körper, der trotzdem an den richtigen Stellen die perfekten Rundungen aufwies. Die milchweise Haut, die noch keine Sonne gesehen hatte, weil sie den Winter gerade erst hinter sich ließen. Das sexy Tattoo auf ihrer Schulter. Er musste sich zusammenreißen, um nicht jetzt schon die Hand nach ihr auszustrecken. Sie hüllte sich in den dicken, smaragdgrünen Bademantel, und der Augenblick war vorüber. Er hörte sie ins Bad gehen. Francis würde nicht ungeduldig werden. Er nutzte die Zeit, sich auszumalen, wie Holly und er die Nacht verbringen würden. Wahrscheinlich würde sie sich wehren wie eine Wildkatze. Aber genau das war es, was dem Ganzen die richtige Würze verlieh.

*

Holly seufzte. Alles, was sie gebraucht hatte, war eine Dusche und ein Glas Wein. Im Gegensatz zu ihrem Bruder hängte sie ihr Handtuch ordentlich auf, nachdem sie sich abgetrocknet hatte. In ihren Bademantel gehüllt, kehrte sie in ihr Schlafzimmer zurück. Ihr Bett schrie geradezu nach ihr. Die Emotionen des Tages und der vergangenen Nacht hatten eine Decke aus bleierner Müdigkeit um ihre Schultern gelegt. Sie stellte ihr halb leeres Weinglas auf den Nachttisch und hängte den Bademantel über die offen stehende Schranktür. Dann schlüpfte sie in ein T-Shirt, das sie Andrew geklaut hatte, während er hier übernachtet hatte. Sie hatte seine Wäsche gewaschen, also hatte sie auch ein Recht darauf, eines seiner Shirts für sich zu behalten. Es reichte ihr bis über die Hälfte ihrer Oberschenkel. Sie lächelte bei dem Gedanken daran, wie es wäre, wenn er bei ihr wäre und den Stoff an ihren Beinen nach oben schieben würde.

Zukunftsmusik. Ehe sie Andrew erlauben würde, ihr

Schlafzimmer zu betreten, musste sie ein Gespräch mit Jackson führen. Er hatte noch keinen Schimmer von der veränderten Situation, wusste nichts davon, dass Holly sich verliebt hatte. Dass sie bereit war, eine Beziehung … urplötzlich schrillte eine Alarmglocke in ihrem Kopf. Im gleichen Moment nahm sie aus dem Augenwinkel eine Bewegung wahr. Für den Bruchteil einer Sekunde dachte sie, Andrew war eher aus Boston zurückgekehrt. Aber das konnte nicht sein. Noch bevor sie den Gedanken zu Ende denken konnte, traf sie ein heftiger Stoß in den Rücken und katapultierte sie in Richtung Bett. Ihre Schienbeine knallten gegen die Bettkante, und ihr Oberkörper schlitterte über die Matratze. Holly schaffte es gerade noch, sich mit den Händen abzustützen und umzudrehen, um nach ihrem Angreifer zu treten. Die Attacke hatte ihr Gehirn für einen Augenblick ausgeschaltet. Der Schock hatte ihre Gedanken leer gefegt. Doch jetzt erkannte sie ihn. Cartwright. Sie sah in sein grinsendes Gesicht, dass aus der Dunkelheit in den Lichtkreis ihrer Nachttischlampe tauchte. Stumm starrte er auf sie herunter. Sie hatte viel zu langsam reagiert, wurde ihr klar. Sie hatte viel zu lange gebraucht, um zu begreifen, was gerade geschah. Für den endlos andauernden Bruchteil einer Sekunde war sie wie gelähmt. Doch dann kickte das Adrenalin in ihren Blutkreislauf. Sie roch den Duft des Pinienharzes, konnte die Sonne auf ihrer nackten Haut spüren. Die Rinde eines Nadelbaums schabte über ihr Gesicht – O Gott! Sie blinzelte den schockierend klaren Flashback seines letzten Übergriffs weg. Um sie herum war es wieder Nacht, und statt des Baumstamms spürte sie ihre weichen Laken unter den Fingern. Es war genau wie damals. Cartwright hatte genau das Gleiche vor. Und wie damals würde sie nur die Flucht retten. Holly kroch ein paar Zentimeter rückwärts, dann drehte sie sich um, rappelte sich auf und versuchte, aus dem Bett zu entkommen. Es war egal, wie dieses verdammte Schwein es geschafft hatte, in ihre Wohnung zu kommen. Er war hier. Sie waren allein. Und niemand würde bis zum nächsten Morgen auf die Idee kommen, nach ihr zu sehen.

Cartwright warf sich mit einem Satz auf sie und drückte sie in die Matratze, bevor sie sich verteidigen konnte. »Hallo, Holly«, säuselte er und presste ihr Gesicht in die Kissen, bis ihr die Luft wegblieb. Sie ruderte mit den Armen, ihre Füße kickten ins Leere. »Hör auf zu zappeln, sonst erstickst du. Und das wollen wir doch beide nicht.«

Er hatte recht. Zumindest damit, dass Holly sich nicht wehren konnte, wenn sie begann, vor Sauerstoffmangel Sternchen zu sehen. So wie jetzt gerade. Sie hielt still, seine Gewicht verschwand aber nicht von ihrem Rücken. Er war mit Sicherheit vorsichtiger als bei seinem letzten Überfall auf sie, weil er wusste, sie würde nicht kampflos aufgeben. Damals hatte sie das Überraschungsmoment auf ihrer Seite gehabt, und es würde auch heute das Einzige bleiben, was ihr half. Cartwright ließ ihren Kopf los, und sie holte ein paar Mal tief Luft, bis der Schwindel, den die Atemnot ausgelöst hatte, vom Adrenalin verdrängt wurde. Er verlagerte sein Gewicht auf ihrem Körper, beugte sich vor und flüsterte, dass er nun endlich den Spaß wollte, den sie ihm noch immer schuldete. Er kam ihr nicht nahe genug, um ihn wie beim letzten Mal mit einer Kopfnuss anzugreifen. Diesen Fehler würde er kein zweites Mal machen. Trotzdem konnte Holly seinen heißen Atem auf ihrer Haut spüren und konnte es nicht verhindern, wie sich vor Ekel Gänsehaut über ihren gesamten Körper ausbreitete. Sie kniff die Augen zusammen, stellte sich vor, wie er über ihr thronte. Sie konnte ihre Hände und Füße bewegen, aber sie kam nicht an ihn heran. Was sie brauchte war eine Waffe.

»Ich schulde dir gar nichts, Arschloch«, zischte sie und tastete blindlings um sich herum. Ihre Fingerspitzen erreichten das Nachtschränkchen, glitten über den Fuß ihres Weinglases. Das war er, der einzige Gegenstand, der sie retten konnte. Francis begann abermals, ihren Kopf in die Kissen zu pressen. Sie musste sich beeilen, ehe der Sauerstoffmangel sie noch das Bewusstsein verlieren ließ. Mit einem kleinen Ruck überwand sie die winzige Distanz, die ihr gefehlt hatte, den Stiel des Glases zu umfassen. Sie schleuderte den Inhalt hinter sich und überraschte Francis damit genug, dass er für einen Moment locker ließ. Die Freiheit, die sie gewann, nutzte Holly, um das Glas blitzschnell gegen die Kante des Nachttischs zu schlagen und mit dem zersplitterten Glasstiel hinter sich zu stechen und um sich zu schlagen. Ihre Bewegungen waren unkoordiniert. Sie spürte den Schmerz, den das gebrochene Glas hinterließ, als es ihr in die Hand schnitt. Egal, dachte sie und kämpfte verbissen weiter. Sie wusste nicht, wie oft sie zugestochen hatte. Doch plötzlich schien sie Cartwright erwischt zu haben. Er heulte regelrecht auf vor Schmerz, richtete sich auf und kippte zur Seite. Holly wand den Kopf zu ihm um. Er presste beide Hände auf sein Gesicht, und Holly sah Blut zwischen seinen Fingern hervorquellen. Sie nutzte die plötzliche Gewichtsverlagerung, um sich unter ihm hervorzuwinden. Sie hatte es fast geschafft, als seine Hand sich wie eine eiserne Kralle um ihren

Knöchel schloss und ihr Bein festhielt. Holly versuchte sich freizustrampeln, trat und schlug um sich. Sie erwischte ihn. Mit den Händen, mit ihrem freien Fuß. Und doch ließ er sie nicht los. Unerbittlich zerrte er an ihr, bis er es schaffte, sich wieder über sie zu wälzen. Mit seinem Körper presste er sie abermals in die Matratze. Nur dass Holly diesmal seine wütende, von Blut verschmierte Fratze über sich sehen konnte. Sie stach mit den Fingern nach seinen Augen, doch er wich ihr aus. Im nächsten Moment hielt er sie wieder umklammert. Er zwängte seinen Unterkörper zwischen ihre Schenkel, und Holly konnte seine Erregung spüren. Magensäure stieg bitter in ihrer Speiseröhre nach oben, doch sie schluckte sie herunter. Sie musste bei Verstand bleiben. Der Stoff von Andrews T-Shirt zerriss, als Cartwright es in seiner blinden Raserei von ihrem Körper zerrte. Sie war bewegungsunfähig. Sie war ihm ausgeliefert. Als er seine Lippen auf ihre senkte, wandte sie im letzten Moment den Kopf zur Seite und begann zu schreien.

Cartwrights Mund glitt über ihre Wange, dann hob er seinen Oberkörper ein Stück, warf den Kopf in den Nacken und lachte brüllend. »Schrei, Baby. Schrei. Niemand wird dich hören. Aber mich macht das verdammt geil.«

*

Andrew fluchte leise, als er auf den Parkplatz des Fairway einbog und neben Hollys Lieferwagen parkte. Was hatte sie, verdammt noch mal, an der Bitte, bei Marie zu übernachten, nicht verstanden? Er hatte sich entschieden, nicht noch einmal in sein Apartment zu fahren, sondern Holly auf die

Halbinsel zu folgen. Er hatte Sehnsucht nach ihr. Er wollte da sein, wenn sie am nächsten Morgen in ihre Wohnung zurückkam. Er wollte sie küssen, berühren. Und er sah keinen Sinn darin, eine Nacht allein in Boston zu verbringen, wenn er in ihrer Nähe sein konnte. Er sah zu ihrer Wohnung hinauf. Das Licht brannte noch. Sie hatte ihm eine Nachricht geschickt, dass sie gut angekommen war, aber offenbar war sie weder zu Marie gefahren noch war sie bis jetzt ins Bett gegangen. Er würde ihr zwar die Leviten lesen, aber danach könnte er mit ihr in seinen Armen einschlafen und am nächsten Morgen auch aufwachen. Eine wunderbare Aussicht auf den Rest der Nacht. Er nahm die Treppe, zwei Stufen auf einmal, und schob gerade den Schlüssel ins Schloss, als er den markerschütternden Schrei aus ihrer Wohnung hörte.

Holly, war alles, was er denken konnte. Für den Bruchteil einer Sekunde blieb sein Herz stehen, nur um dann mit doppelter Geschwindigkeit loszujagen. Adrenalin schoss durch seinen Körper. Er drehte den Schlüssel und stieß die Tür so heftig auf, dass sie gegen die Wand prallte. Auf den wenigen Metern, die er auf dem Weg zum Schlafzimmer zurücklegte, hörte er Kampfgeräusche und Flüche. Als er durch die offen stehende Tür in den Raum stolperte, gefror ihm das Blut in den Adern. Cartwright kniete über Hollys nacktem Körper. Eine seiner Hände hielt Hollys Arme über ihrem Kopf gefangen, die andere drückte ihren Hals zusammen, wahrscheinlich um ihre Schreie zu stoppen. Er sah das Blut auf ihren Gesichtern, ihren Händen, auf dem Bett.

Und ihm blieb keine Zeit zum Nachdenken. Er stürzte sich auf Francis, rammte ihm die Faust in die Nieren und legte ihm den Arm um den Hals, um ihn von Hollys Körper zu zerren. Francis fuhr zu ihm herum, und Andrew verlor das Gleichgewicht. Er stürzte vom Bett, weigerte sich aber, den Mistkerl Cartwright loszulassen. Gemeinsam gingen sie zu Boden. Andrew sah Blitze vor seinen Augen zucken, die Luft wurde aus seinen Lungen gepresst.

»Der Retter der Prinzessin«, höhnte Francis. »Ihr Scheiß-Hunters könnt es einfach nicht lassen, euch überall einzumischen.« Blut tropfte aus mehreren Wunden in seinem Gesicht und an seinem Hals. Zusammen mit dem irren Blick in seinen Augen und den gebleckten Zähnen wirkte er so grauenhaft, dass Andrew sich nicht ausmalen konnte, was für einen Horror Holly – damals – und gerade eben durchgemacht hatte.

Francis drückte seine Hand auf Andrews Gesicht, doch der schlug sie weg. Stattdessen verpasste er ihm einen Kinnhaken, der seine Wirkung jedoch verfehlte. Francis schlug zurück, und Andrew spürte den Schmerz, der seine linke Gesichtshälfte taub werden ließ. Er erwischte Francis am Hals und drückte zu. Im nächsten Moment hörte er das Bersten von Porzellan, Splitter regneten auf ihn herunter, und Francis sah ihn für einen Moment fassungslos an, ehe er zusammenbrach und Andrew unter sich begrub. Über ihm kniete Holly auf dem Bett, die Überreste ihrer Nachttischlampe in den Händen.

»Bist du okay?«, wollte Andrew wissen. Er scannte Hollys Körper mit den Augen, während er versuchte, Cartwright von sich herunterzuschieben. Das Blut in ihrem Gesicht war nicht ihres. Das an ihrer Hand offenbar schon. Sie hatte Hämatome, aber keine weiteren Wunden, soweit er das sehen konnte. Ihre Augen waren weit aufgerissen. Ihr Blick wild.

Und ihre Haut so blass, dass sie fast durchsichtig schien. »Hat er dir etwas getan?«, fragte er, als sie nichts sagte. Holly schüttelte den Kopf und begann zu zittern. »Ich bin gleich bei dir, okay? Warte einen Moment.« Er gab ihr mit der Hand ein Zeichen, sich nicht zu bewegen, und blickte sich hektisch um. Ihr Bademantel hing am Schrank. Er riss ihn herunter und zog den Gürtel aus den Schlaufen. Ehe Cartwright wieder vollständig zu sich kam, fesselte Andrew seine Hände hinter dem Rücken und richtete sich auf, um Holly in seine Arme zu ziehen. Er drückte sie so fest an sich, dass er das Gefühl hatte, sie zu zerquetschen. Ihr Körper fühlte sich so zart und zerbrechlich an. Sie wurde von den Nachwehen des Schocks durchgeschüttelt. Ihre Zähne klapperten unkontrolliert aufeinander. Noch nie hatte Andrew sich so überwinden müssen, sie wieder loszulassen. Er küsste sie auf die Stirn. »Geh in die Küche und trink einen Schluck Wasser«, bat er sie. »Warte dort auf die Polizei. Schaffst du das?«

Holly nickte stumm. Andrew wurde bewusst, dass sie noch kein Wort gesprochen hatte. Mit einem letzten Blick auf Cartwright kroch sie vom Bett. Die ersten Schritte brachte sie schwankend hinter sich, stützte sich am Bettpfosten und einer Kommode ab. Dann begann sie plötzlich zu rennen und stürmte aus dem Schlafzimmer. Eine Sekunde später hörte er das Zuschlagen der Badezimmertür und dann ihre Würgegeräusche. Er schloss die Augen und legte den Kopf in den Nacken. Mit den Fingerspitzen tastete er über seinen Mundwinkel. Das taube Gefühl, das Francis' Schlag in seinem Gesicht hinterlassen hatte, wurde von einem schmerzhaften Pochen abgelöst. Er schmeckte Blut. Aber das war im Moment unwichtig. Er tastete seine Hosentaschen ab, bis er sein Handy fand, wählte den Notruf und berichtete kurz, was geschehen war. Sobald er das Gespräch beendet hatte, rief er seinen Bruder an, der noch in Boston war. »Nic, ich brauche dich hier«, sagte er, sobald er dessen verschlafene Stimme hörte. »Komm ins Fairway. Sofort. Cartwright hat Holly angegriffen.«

26

Holly spülte ihren Mund aus und griff nach einer Spange, die ihre Haare aus dem Gesicht hielt. Ihre Magen war leer, ihre Speiseröhre brannte wie Säure. Genau wie ihre Hand, die wieder zu bluten begann. Sie wickelte ein Handtuch um die Verletzung und verließ das Bad, ohne in den Spiegel zu blicken. Das zerrissene Shirt vor ihrem Körper zusammenhaltend, lief sie langsam in die Küche. Der Boden unter ihren nackten Füßen war kalt. Doch das störte sie nicht. Die Taubheit, die an ihren Beinen hinaufkroch, war tröstlich. Sie wünschte sich, dass sie ihren ganzen Körper einhüllte wie ein Nebel, der sie von der Realität abschnitt. Andrew war noch im Schlafzimmer. Sie konnte ihn leise reden hören. Wahrscheinlich telefonierte er. Holly sah nicht hin, sie wollte keinen Blick in ihr Schlafzimmer werfen. Sie wollte es nicht betreten. Sie wollte Cartwright nicht noch einmal gegenüberstehen. Mit zitternden Beinen setzte sie sich an den Küchentisch und wartete, die Hände fest in das Shirt gekrallt.

Sie hatte jegliches Zeitgefühl verloren, stellte sie fest, als ein fremdes Gesicht in ihrem Blickfeld erschien. Mit einem Wimmern fuhr sie zusammen, ehe ihr bewusst wurde, dass der Mann eine Uniform trug. Officer Cullums, erkannte sie ihn im nächsten Moment. Er hatte schon oft im Fairway gegessen. Hackbraten. Er mochte den Hackbraten am liebsten. Wie war er hier hereingekommen? Wo war Andrew?

»Holly?« Der Polizist ging vor ihr in die Hocke, ohne sie anzufassen. Wofür sie ihm dankbar war. »Holly?«, wiederholte er. »Können Sie mich hören?«

Natürlich konnte sie ihn hören. Sie war schließlich nicht taub. Auch wenn sie das Gefühl hatte, gerade eben ein wenig weggetreten gewesen zu sein. Sie blinzelte, damit ihr Gehirn ihren Blick wieder scharf stellte und sie sein Gesicht deutlicher vor sich sah, und nickte. Zum Sprechen brachte sie im Moment nicht die Kraft auf.

Cullums wurde abgelöst von Sheriff Morgan, der sich nun vor sie hockte. Neben ihm tauchte Andrew auf, und Holly atmete tief durch. Ihr Blick irrte durch den Raum. Ängstlich.

Andrew schien ihre Gedanken zu lesen. »Er ist weg, Holly. Die Cops haben ihn schon nach draußen und ins Sheriffbüro gebracht.«

Sie nickte und blickte erschöpft zu Boden. Andrew schilderte dem Sheriff, wie er beschlossen hatte, noch in der Nacht aus Boston zurückzufahren, und dann ihren Schrei gehört hatte. Er erzählte, was er vorgefunden hatte. Was Cartwright ihr angetan hatte. O Gott. Sie schloss die Augen. Andrew hatte entschieden, sie zu Hause zu überraschen. Und sie hatte stundenlang im Stau gestanden. Wenn sie vor dem Unfall des Gefahrguttransporters durchgekommen wäre – oder Andrew wie geplant in seinem Apartment in Boston übernachtet hätte … sie wäre Francis komplett ausgeliefert gewesen. Diesmal hatte sie keine Chance gehabt, ihm zu entkommen. Wieder begann ihr Körper unkontrolliert zu zittern.

Wie durch einen Schleier hörte sie Stimmen, die lauter wurden, den Tumult an der Wohnungstür.

»Sie können hier nicht rein, Miss«, hörte sie einen der Officer sagen. »Das ist ein Tatort.« *Ein Tatort*, ging es Holly durch den Kopf. Ihr Zuhause war ein Tatort.

»Das ist mir völlig egal. Lassen Sie mich zu meiner Freundin. Sie können mich nur aufhalten, wenn Sie mich festnehmen.«

Offenbar war sie nicht festgenommen worden, denn im nächsten Moment stürmte Marie auf sie zu. »Nicht anfassen, das T-Shirt ist ein Spurenträger«, hörte Holly jemanden rufen, doch ihre beste Freundin hielt sich nicht vorsichtig zurück wie die Männer, sorgsam darauf bedacht, sie nicht zu berühren. Sie sank neben Holly auf die Knie und zog sie in eine feste Umarmung. Der eisige Knoten in Hollys Magen begann sich zu lösen. Und gemeinsam mit einem lauten Schluchzer brachen sich die Tränen Bahn und begannen unaufhörlich zu laufen.

*

Andrew gab dem Sheriff und seinen Mitarbeitern, die sich in der Küche drängten, mit einem Nicken zur Tür zu verstehen, dass sie Holly und Marie allein lassen sollten. Er ging ihnen voraus nach draußen und die Treppe hinunter.

Auf dem Parkplatz stand Jackson, Potter an seiner Seite. Der Junge war genauso blass wie seine Schwester, seine Lippen blutleer. Er trat einen Schritt auf Andrew zu und blieb dann unschlüssig stehen. »Marie hat gesagt, ich muss hierbleiben, damit Potter keine Spuren vernichtet oder so was.

Also hab ich gewartet. Ich …« Sein Adamsapfel hüpfte. Er wirkte so verloren. Andrew überwand die wenigen Schritte, die sie trennten, und schloss ihn in seine Arme. Jackson klammerte sich an ihn, als hinge sein Leben davon ab.

»Sie kommt wieder in Ordnung, Jacks«, beantwortete Andrew die unausgesprochene Frage leise. »Sie ist verletzt. Äußerlich. Das wird heilen. Und in ihr drin … ich kenne keinen stärkeren Menschen als deine Schwester. Sie wird das schaffen.«

»Ich hätte auf sie aufpassen müssen«, murmelte Jackson mit erstickter Stimme gegen Andrews Schulter.

»Dann hätte Cartwright auf einen anderen Zeitpunkt gewartet. Du hast dir nichts vorzuwerfen, okay?« Andrew löste sich weit genug von dem Jungen, um ihm ernst in die Augen sehen zu können. »Verstehst du das? Es war nicht deine Schuld. Dafür ist ausschließlich Cartwright verantwortlich. Niemand sonst.«

Jackson nickte. Auch wenn er noch eine Weile brauchen würde, um das wirklich zu verinnerlichen.

»Gut.« Andrew schlug ihm auf die Schulter. »Ich brauche deine Hilfe. Kannst du das Restaurant öffnen, damit der Sheriff dort in Ruhe telefonieren und auf die Spurensicherung warten kann?«

Froh, endlich eine Aufgabe zu haben, nickte Jackson noch einmal. »Ich werde am besten eine große Kanne Kaffee kochen.«

»Eine sehr gute Idee. Die Nacht wird mit Sicherheit lang.« Andrew sah Hollys Bruder nach, der mit Potter an seiner Seite auf das Restaurant zulief und die Tür aufschloss. Als er das Licht im Empfangsbereich einschaltete, wandte sich

Andrew zum Sheriff um. »Wenn wir jetzt in Boston wären, wüsste ich, was als Nächstes kommt.«

Sheriff Morgan zuckte mit den Schultern. »Das läuft bei uns auch nicht anders als in der Großstadt. Mit einem Unterschied. Wir haben hier nur einen Arzt. Und der sind Sie.«

»Ja.« Andrew bewegte seinen Unterkiefer. Schmerz schoss durch seinen Schädel. »Ich schlage Ihnen vor, dass einer Ihrer Beamten meine Verletzungen dokumentiert. Wenn Sie damit fertig sind, bringe ich Holly in die Praxis hinüber und untersuche sie.«

Der Sheriff stemmte seine Hände in die Hüften und starrte einen Moment nachdenklich in die Nacht. »Es ist nicht die perfekte Lösung. Aber ich denke, das lässt sich vor Gericht vertreten. Sie müssten sich allerdings auch noch um Cartwright kümmern. Auch seine Verletzungen müssen dokumentiert und behandelt werden. Kriegen Sie das hin?«

Andrew dachte an den Mistkerl, den er im Krankenhaus angegriffen hatte und der dafür verantwortlich war, dass er überhaupt erst auf dem Cape gelandet war. Er würde Francis nicht zusammenschlagen. Aber er würde auch nicht gerade zimperlich bei der Behandlung vorgehen. »Ich bekomme das hin, keine Frage. Aber ich werde mich nicht um ihn kümmern, bevor ich mir nicht sicher bin, dass es Holly gut geht und ich alles unternommen habe, um sie zu versorgen. Vielleicht fordern Sie für Cartwright einfach einen anderen Arzt aus einer der Nachbarstädte an.«

»Das wird wahrscheinlich besser sein.« Morgan gab einem seiner Officers den Auftrag, sich darum zu kümmern, und wandte sich dann wieder Andrew zu. »Wenn Sie zu dem Schluss kommen, dass wir Holly heute Nacht noch vernehmen können, dann würde ich das gern noch über die Bühne bringen, einfach um alles zusammenzuhaben, bevor wir den Mistkerl morgen dem Haftrichter vorführen.«

»Mein Bruder vertritt Holly als Anwalt. Ich weiß, sie braucht keinen. Aber er wird dabei sein wollen. Im Moment ist er auf dem Weg von Boston hierher. Er wird also noch eine Weile brauchen. Aber Hollys Behandlung wird ebenfalls eine Weile dauern. Lassen Sie mich das erledigen, dann sehen wir weiter.«

»Gut. Sobald Sie sie in der Praxis haben, beginnen wir im Apartment mit der Spurensicherung. Aber jetzt machen wir als Erstes ein paar Fotos von dem Veilchen in Ihrem Gesicht.«

*

Holly hatte sich schnell wieder im Griff. Wenigstens über ihre eigenen Emotionen wollte sie die Kontrolle behalten. Es tat gut, sich an Marie anzulehnen, aber jetzt war es an der Zeit, sich der Realität zu stellen. Als Andrew mit dem Sheriff an seiner Seite in die Küche zurückkehrte, stand sie auf. Noch immer in das zerrissene T-Shirt gehüllt. Sie hielt es mit den Händen vorm Körper zusammen.

»Ich hole dir etwas anderes zum Anziehen«, entschied Marie.

»Nein!«

»Bitte nicht!«

Der Sheriff und Holly hatten gleichzeitig gesprochen. Jetzt erhob der Polizist abermals das Wort. »Das Schlafzimmer ist ein Tatort. Sie können da im Moment nicht hinein, Miss McMillan.«

»Und ich will nichts aus diesem Apartment anziehen«, ergänzte Holly. »Ich habe keine Ahnung, was Cartwright angefasst hat. Ich kann nichts davon tragen.« Ihre Stimme war zu einem Flüstern geschrumpft, also räusperte sie sich, schwieg dann aber, als Andrew ihr eine Rettungsdecke um die Schultern legte.

Er strich sanft mit den Fingerknöcheln über ihre Wange. »Wir gehen jetzt rüber in die Praxis. In meiner Reisetasche sind saubere Klamotten, von denen du erst einmal etwas anziehen kannst. Dann sehen wir weiter.«

»Ich muss mich bei Jackson melden«, sagte Holly und wickelte die Decke fest um sich. »Er wird sich wahnsinnige Sorgen machen.«

»Er ist hier«, beruhigte Andrew sie. »Ich habe ihn davon überzeugt, das Fairway aufzumachen. Jetzt kocht er Kaffee für die Cops und ist erst einmal beschäftigt, bis du dich gefasst und ich dich verarztet habe. Also los, lass uns gehen.« Andrew drehte sich zur Tür um, und Holly folgte ihm. Gerade eben hatte sie noch gedacht, wie wichtig es war, die Kontrolle zu behalten. Aber jetzt war sie dankbar, einen Teil der Verantwortung an Andrew abgeben zu können. Er hatte sich um ihren Bruder gekümmert. Und er würde sich um sie kümmern. Dankbar griff sie nach seiner Hand und lief gemeinsam mit ihm über die Straße.

Sie kam nicht darum herum, ihren Zustand fotografisch festhalten zu lassen. Andrew machte Fotos von den Blutspuren in ihrem Gesicht. Nicht ihr Blut, sondern Cartwrights. Er dokumentierte den Schnitt in ihrer Handfläche und verpackte dann das zerrissene T-Shirt in einem Asservatenbeutel des Sheriff-Büros. Abschließend fotografierte er die

Hämatome an ihren Schienbeinen und auf ihrem Rücken. Dann konnte sie sich endlich das widerlich juckende Blut ihres Angreifers vom Körper waschen. Sie atmete zischend ein, als das heiße Duschwasser auf ihre Hand prasselte, aber sie brauchte das saubere Gefühl. Andrew brachte ihr ein Handtuch und ein weiteres seiner T-Shirts und eine Jogginghose aus seiner Reisetasche. Dann ließ er sie in dem winzigen Bad der Praxis allein, weil gerade mal eine Person zwischen Waschbecken und Duschkabine Platz fand. Sie schlüpfte in die frischen Kleider und ließ Andrew den Schnitt nähen. Als er scherzte, dass Holly und ihr Bruder nun die gleiche Narbe in ihrer Handfläche hatten, lächelte sie sogar. Bis ihr Haar getrocknet und ihre Hand verbunden war, war auch Niclas angekommen. Sie bestand darauf, ihre Aussage zu machen, weil sie es hinter sich bringen wollte. Ein bisschen fühlte sie sich noch immer, als wäre sie von einer Wolke umgeben, die alles um sie herum ein wenig dämpfte. Jackson drang zu ihr durch. Als sie durch die Tür des Fairway trat und er sie entdeckte, stürmte er mit einem Schrei auf sie zu und schlang seine Arme um sie. Lange hielt er sie einfach nur fest und wiegte sich mit ihr hin und her, ohne zu sprechen. Schließlich löste sich Holly von ihm und setzte sich mit dem Sheriff in die Bar. Sie stand ihm in Niclas' und Andrews Beisein Rede und Antwort. Dazu trank sie viel zu viel Kaffee, der in ihrem überreizten Magen wie Säure brannte.

Sie hatte keine Ahnung, wie lange all das dauerte, aber als sie das Restaurant an Andrews Seite verließ, war der schwarze Nachthimmel bereits zu einem sanften Indigo erhellt. Niclas und Marie hatten darauf bestanden, Jackson und Potter mit zu sich nach Hause zu nehmen, also stieg Holly in Andrews

Wagen und fuhr mit ihm nach Sunset Cove. Sie betraten das Haus, und Holly ging auf direktem Weg durch das Wohnzimmer und öffnete die Terrassentür.

»Ich nehme an, du willst keinen weiteren Kaffee mehr«, fragte Andrew hinter ihr.

»Nein.« Sie legte die Hand auf den Magen und drehte sich zu ihm um. »Kaffee hatte ich genug. Das Einzige, was ich möchte, ist mit dir zusammen den Sonnenaufgang sehen.«

»Dann komm.« Andrew griff nach einer der Cashmeredecken, die über die Lehne der Couch drapiert waren, und trat nach draußen. Sie kuschelten sich zusammen in einen der übergroßen Deckchairs und hüllten sich in die Decke. Hollys Wange ruhte an Andrews Brust. Sie lauschte seinem steten, festen Herzschlag. Sog seinen warmen, beruhigenden Duft ein, der sich mit dem Geruch des Ozeans mischte, und ließ den Wind über ihr Gesicht streichen. »Ich bin okay«, sagte sie leise.

Andrew strich über ihr Haar, ihre Schultern bis zu ihrer unverletzten Hand und verschränkte seine Finger mit ihren. »Ich bin so froh, dass …« Er sprach es nicht aus. »Gott, Holly, ich liebe dich so sehr. Wenn dir etwas passiert wäre …«

»Psst.« Sie drehte sich so, dass sie ihn auf das Kinn küssen konnte. »Ich bin okay«, wiederholte sie. »Hier, mit dir, ist alles in Ordnung. Er hat mir nicht wehgetan.« Sie stockte kurz und wandte den Blick wieder auf das Meer hinaus. »Vielleicht brauche ich ein bisschen Zeit, um all das zu verarbeiten. Aber Cartwright hatte nicht die Macht, meine Seele zu verletzen. Er wollte mich besitzen, aber er hat es nicht begriffen. Er hat einfach nicht verstanden, dass er mich nicht haben konnte. Damals genauso wenig wie heute Nacht. Weil ich vergeben bin. Solange ich mich erinnern kann. Ich liebe dich.« Holly lehnte ihren Kopf gegen Andrews Schlüsselbein, hüllte sich in die Geborgenheit, die er ausstrahlte. Und während sich die Sonne über dem Atlantik erhob, schlief sie in seinen Armen ein.

Epilog

Die Sonne brannte vom strahlend blauen Himmel. Holly zählte nur zwei winzige Schäfchenwolken in der Ferne, als sie sich mit ihrem kalten Bier gegen das Terrassengeländer lehnte. Sie genoss es, die langen Hosen, Sweatshirts und Stiefel gegen Shorts, Tops und Flip-Flops zu tauschen. Sie liebte es, ihre Sonnenbrille auf den Kopf zu schieben und das Gesicht mit geschlossenen Augen in den Wind zu halten. Und noch mehr liebte sie die Hände, die sich um ihre Mitte schoben, und den Mann, der zu diesen Händen gehörte. Sie hob ihr Bier und stieß mit Andrew an. »Auf uns«, sagte sie.

»Und auf diesen Sommer.« Die Flaschen klirrten gegeneinander, und Andrew trank einen Schluck. »Kommen die irgendwann mal an Land?«, fragte er mit einem Blick über ihre Schulter.

Holly sah in die Bucht hinunter. Jackson und Rachel schossen gemeinsam mit ihren Freunden in Jetskis über das Wasser. Lachend und grölend. »Wenn sie Hunger haben, vielleicht«, vermutete sie und musste lächeln. »Ich kann mich noch gut an diesen Tag erinnern. Der letzte Schultag fühlte sich immer so an, als ob man die Türen des Gefängnisses aufgeschlossen hatte. Der Abschlussball war aufregend. Aber der Tag danach, der erste Tag in Freiheit war wundervoller als alles andere zusammen.« Sie nippte an ihrem Harbour Beach Ale. »Wir haben ihn immer auf dem Meer verbracht.«

»Und Jackson tritt in deine Fußstapfen.« Sie fühlte Andrews Lächeln, als er seinen Kopf an ihren schmiegte.

Holly öffnete die Hand und betrachtete die schmale, weiße Narbe, die sich über ihre Handfläche zog. An der gleichen Stelle wie bei ihrem Bruder. »Ich bin jedenfalls froh über den Einfluss, den Rachel auf ihn ausübt. Ich habe keine Ahnung, was ich gemacht hätte, wenn er die Schule nicht abgeschlossen oder keine Kurse auf dem College belegt hätte. Das Mädchen ist Gold wert.«

»Ist sie. Ich muss allerdings gestehen, dass ich auch ein Riesenfan dieser Party bin, die ihr zum Beginn der Ferien schmeißt. So etwas gab es bei uns nie. Aber ich finde, es geht nichts über ein fantastisches Barbecue mit Freunden.«

»Da hast du recht.« Sie hatten den Tag am Strand und auf dem Meer verbracht. Inzwischen hatte Jake den riesigen Grill angeschmissen und fachsimpelte mit Paul Hennings über die beste Art, einen Codfish zuzubereiten. Holly war dankbar, dass es ihrem kleinen Bruder nicht peinlich war, den ersten Ferientag mit ihnen zu verbringen. Sie war dankbar, dass sie mit ihren Freunden auf der Terrasse von Sunset Cove stehen konnte, um den Tag mit Blick auf den Leuchtturm ausklingen zu lassen. Sie war nach Cartwrights Angriff gemeinsam mit ihrem Bruder in ein kleines Ferienapartment gezogen, weil sie es nicht mehr fertigbrachte, in ihre Wohnung zurückzukehren. Sie hatten sie an einen der jungen Beiköche vermietet, der eine WG mit einem Segellehrer gegründet hatte. Die Ferienwohnung war wirklich gemütlich, aber hier, auf dieser Terrasse, gemeinsam mit Andrew, fühlte sie sich am wohlsten.

Ihr Blick wanderte wieder zur Bucht hinaus. Jacksons Freunde rasten noch immer johlend mit ihren Jetskis über das Wasser, aber Rachel wedelte wild mit den Armen und wies auf den Strand. Ihr Bruder drosselte seinen Jet und folgte ihrem Blick, was Holly dazu brachte, ebenfalls auf die Sichel aus Sand hinunterzublicken, die sich an der Bucht entlangzog. »O mein Gott!« Sie stellte die Bierflasche auf das breite Geländer und beugte sich vor. »Ist das was …«

»Was du denkst?«, vollendete Andrew ihren Satz. »Sieht ganz so aus.«

Sie hatten nicht bemerkt, dass sich Marie, Niclas und Sam davongestohlen hatten. Doch jetzt wurden sie Zeuge davon, wie Niclas Maries Hand nahm und vor ihr auf die Knie ging. Sie musste Niclas' Frage nicht hören. Sie musste Maries Antwort nicht hören. Das Strahlen in ihren Gesichtern sagte alles. Die Art, wie Niclas Marie in die Arme nahm und herumschwang, nachdem er sich erhoben hatte, wie er sie küsste und wie Sam bellte, reichte völlig.

»Andrew«, flüsterte Holly, presste die Hand auf ihr Herz und fuhr zu ihm herum. »Wir werden eine Hochzeit feiern! O mein Gott! Niclas hat Marie gefragt. Hast du das gewusst?«

»Na ja, dass es irgendwann so weit wäre, war mir schon klar. Dass er sie ausgerechnet heute bittet, ihn zu heiraten, ist perfektes Timing, würde ich sagen. Ein Grund mehr, zu feiern.«

»Hmm.« Holly küsste Andrew und blickte wieder zum Strand hinunter.

»Das erinnert mich übrigens daran, dass es da etwas gibt, was ich dich gern fragen würde«, sagte Andrew hinter ihr.

»Was?« Holly drehte sich langsam zu ihm um. Sie hatten die Vergangenheit bewältigt. Cartwright saß nach ihrer Aussage sicher hinter Schloss und Riegel. Sie hatten die Liebe wiedergefunden – und Holly genoss jede Sekunde mit Andrew. Aber sie war sich sicher, noch nicht so weit zu sein, einen Heiratsantrag zu beantworten, falls Andrew auf eine so dumme Idee kommen sollte.

»Ich wollte dich und Jackson darum bitten, über einen Umzug nachzudenken.«

»Umzug?« Holly atmete erleichtert aus. Kein Heiratsantrag. Ein Umzug. »Wohin?« Sie lächelte ihn an.

Andrew umfasste ihr Gesicht mit den Händen und küsste sie. »Hierher.« Sanft strich er ihr eine widerspenstige Locke hinter das Ohr. »Sunset Cove ist groß genug für Jackson, dich und mich. Ich möchte neben dir liegen, wenn ich morgens aufwache. Ich möchte dich auf der Terrasse sitzen sehen, wenn ich nach Hause komme.« Er sah sie ernst an, und in seinen grauen Augen, die hart wie Stahl funkeln konnten oder an sanften Nebel über der Bucht erinnerten, so wie jetzt gerade, stand die Bitte, ihm zu vertrauen. »Frag Jackson. Und wenn er hier leben möchte, zieht ihr bei mir ein.«

»Andrew.« Sie strich über seine Wange und genoss das leichte Kratzen. Er hatte sich an diesem Morgen nicht rasiert. »Jacks wird es lieben. Und ich – auch.« Sie presste ihre Lippen sanft auf seine. »Ich liebe dich so sehr.«

»Nicht so sehr wie ich dich.« Andrew zog sie fest an sich, und Holly spürte, dass sein Herz im gleichen Rhythmus schlug wie ihres. Liebe, dachte sie. So fühlte sich die wahre Liebe an.

Leseprobe

Ab April 2019 im Handel erhältlich.

Wenn dein Leben von einem Geheimnis bestimmt wird,
wächst die Angst vor der Wahrheit mit jedem Tag.

Prolog

Die frische Brise, die vom Atlantik herüberwehte, trug den Duft von Sonnencreme und Barbecue vor sich her, das Lachen eines Kindes und die Schreie einiger sich zankender Möwen. Und sie kühlte die unerträgliche Hitze des Sommertages ein wenig ab. Jake Foster blickte auf die sanft schaukelnden Fischerboote im Hafen, die bereits mit ihrem Fang für diesen Tag vom Meer zurückgekehrt waren. Dahinter glitzerte der Ozean so gleisend, dass Jake sich wünschte, eine Sonnenbrille zu tragen. Das blendende Licht trug anders als sonst nicht zu seinem Wohlbefinden bei, also schob er die Hände in die Taschen seiner Anzughose und drehte sich zu George Owerton um – und zu seinem Lebenstraum: die Harbour Beach Brewerie.

Jake hatte sich in Cape Cod verliebt, als er zum ersten Mal auf der Halbinsel gewesen war. Damals, er war vielleicht dreizehn oder vierzehn gewesen, hatte er seine beiden besten Freunde Andrew und Niclas Hunter in ihr Sommerhaus Sunset Cove begleitet. Die Erinnerungen an diesen unbeschwerten, wilden Sommer hatten sich in ihm festgebrannt und ihn nie wieder losgelassen. Das Cape liebte er, aber das, was hier majestätisch vor ihm lag, war das große Ziel seines Lebens: Endlich der rechtmäßige Besitzer der Brauerei zu werden. Im

Moment sah es allerdings so aus, als würde seine Vision dahinschmelzen wie Eis in der Sonne.

George warf ihm einen Seitenblick zu, und Jake fuhr mit dem Finger unter den Halsausschnitt seines Hemdes, als könne er so das beklemmende Gefühl vertreiben, dass ihm die Kehle zuschnürte. Er trug lieber Shirts und Jeans, aber für diesen Termin hatte er bewusst einen Anzug gewählt. Jetzt sorgten nicht nur die Hitze, sondern auch seine Nervosität dafür, dass ihm der Schweiß unter dem viel zu warmen Jackett den Rücken hinunterlief.

George gab einen unwilligen Laut von sich und stützte die Hände in die Hüften. »Scheint nicht besonders pünktlich zu sein, deine Investorin«, brummte er.

»Vielleicht wurde sie aufgehalten.« Jake schob das ungute Gefühl zur Seite, das sich in ihm breitzumachen drohte. Es wäre nicht das erste Mal, dass die potenzielle Geldgeberin ihn versetzte. Er zog sein Handy aus der Hosentasche und rief sie an. Es klingelte neun Mal, ehe die Mailbox ansprang und ihre kühle, kultivierte Stimme darum bat, eine Nachricht zu hinterlassen. »Mrs. Woodward, hier spricht Jake Foster. Wir waren um vierzehn Uhr in Harbour Beach verabredet. Inzwischen ist es vierzehn Uhr siebenundvierzig. Rufen Sie mich bitte zurück, damit ich weiß, ob Sie aufgehalten wurden und wir noch länger auf Sie warten sollen.« Oder falls Sie *es sich anders überlegt haben*, dachte er, sprach seine Befürchtungen aber nicht aus. Wenn sie einen Rückzieher machen sollte, würden sich Hoffnungen in Luft auflösen. Er versuchte, weiter positiv zu denken. Vielleicht steckte sie ja wirklich im Stau fest, den die Touristen um diese Zeit des Jahres auf der Interstate 6 verursachten. »Rufen Sie mich einfach zurück, okay?« Er schob das Handy in die Tasche und schloss für einen Moment die Augen. Vor einer Dreiviertelstunde hatte er noch geglaubt, seinen Traum endlich Wirklichkeit werden zu lassen. Jetzt hatte er das Gefühl, er versank irgendwo hinter dem Horizont im Atlantik. Unerreichbar und – wäre er erst einmal versunken – für immer verloren.

1

»Mailbox?«, fragte George. Er trug im Gegensatz zu Jake ein Poloshirt mit dem Logo der Brauerei, das leicht über seinem Bauch spannte, und eine Cargohose. Seine Sonnenbrille hatte er in seine grauen Haare geschoben.

»Ja.« Jake zog sein Jackett aus und nahm die Krawatte ab, bevor er den obersten Knopf seines Hemdes öffnete.

»Ich weiß nicht, Junge. Wenn diese Frau Termine platzen lässt, ohne sich zu melden, ist sie wahrscheinlich nicht zuverlässig genug, um ihr in Geldangelegenheiten zu vertrauen.«

Das wusste Jake auch. Aber sie war seine letzte Hoffnung gewesen. Eliza Woodward-Ellerton war die einzige Geldgeberin gewesen, die bereit war, in sein Brauerei-Projekt zu investieren. Abgesehen von Andrew und Niclas. Aber die beiden waren seine Freunde, von ihnen würde er keinen Cent nehmen. Er hatte keine Ahnung, warum die Frau, die ein riesiges Firmenimperium leitete, so mit ihm umsprang. Obwohl, tief im Inneren wusste er es sehr wohl. Sie war reich und arrogant. Sie konnte tun und lassen, was sie wollte. Vielleicht machte sie sich einen Spaß daraus, ihn am ausgestreckten Arm verhungern zu lassen. Vielleicht saß sie gerade mit ihren Freundinnen in irgendeinem Bostoner Privatklub bei Mimosas und lachte sich über seine Naivität kaputt. Er kannte dieses Verhalten zu Genüge. Auch wenn er selbst alles andere als wohlhabend war, er war in diesen Kreisen aufgewachsen. Die Eltern seiner Freunde, Theodor und Georgina Hunter, behandelten ihn von oben herab, solange er denken konnte.

»Na komm, lass uns reingehen.« George setzte sich in Bewegung und ging auf die großen hölzernen Stalltore zu, die den Eingang zum Gästebereich der Brauerei markierten. Jake folgte ihm, vorbei an den schmiedeeisernen Tischen und Stühlen, die neben üppig blühenden Pflanzenkübeln auf dem gepflasterten Hof verteilt waren. Touristen in T-Shirts, kurzen Hosen und Flip-Flops genossen ein kühles Indian Pale Ale oder ein Belgian oder aßen einen der kleinen Snacks, die das Bistro anbot. Sonnenhüte in allen Farben und Formen und die schneeweißen Schirme, die zwischen den Sitzgarnituren aufgestellt worden waren, spendeten den Gästen der Brauerei Schatten, doch Jake war froh, als er das kühle Backsteingebäude betreten und der Hitze entfliehen konnte. Er warf sein Jackett auf einen der Hocker mit der abgeschabten Lederpolsterung, die am Tresen standen, und schob seine Krawatte in die Hosentasche. Außer George und ihm befanden sich nur drei Personen im Raum. Zwei ältere Herren saßen an einem der Tische und nippten an ihrem Bier. Schwedische Touristen, wenn Jake die Sprache richtig deutete. Shelby, die Studentin, die den Sommer über hier jobbte, lächelte ihnen zu und widmete sich dann wieder dem Polieren der Gläser, die sie gerade aus der Spülmaschine geräumt hatte.

George nahm zwei Flaschen Wasser aus dem Kühlschrank und reichte Jake eine, bevor er sich auf den Barstuhl neben ihm fallen ließ. »Ob wir wollen oder nicht, wir müssen eine Entscheidung treffen. Ich kann die Madam nicht mehr lange hinhalten.« Nachdenklich drehte er an seinem Ehering, der im warmen Licht der Kupferlampen über ihnen matt aufleuchtete. »Es tut mir wirklich leid, Junge.«

Jake nickte. George war in den vergangenen Monaten zu einem väterlichen Freund geworden, der das Bierbrauen genauso liebte wie Jake selbst. Und Georges Frau Nancy, die er gern ›die Madam‹ nannte, mochte Jake von ganzem Herzen. Er konnte verstehen, dass die beiden nicht bis in alle Ewigkeit warten konnten. Oder so lange, bis er endlich das Geld für den Kauf der Brauerei zusammengekratzt hatte. Was in etwa genauso lange dauern dürfte. Sie wollten in ihr neues Leben als Rentner starten. »Ich weiß nicht, was ich dir sagen soll, George. Ohne Eliza Woodward …« Er musste es nicht aussprechen und schüttelte nur leicht den Kopf.

»Jake.« George legte ihm seine riesige Hand auf die Schulter. »Ich will an dich verkaufen, das weißt du. Du bist meine erste Wahl, weil ich mir sicher bin, dass du mein Baby so behandelst, wie es sein sollte. Aber irgendwann muss einfach Geld fließen. Die Madam will auf Haussuche in Florida gehen, eine Kreuzfahrt machen. Du weißt schon, all diese Sachen, das ich ihr irgendwann einmal versprochen habe.«

Jakes Herz schlug unbehaglich laut gegen seinen Brustkorb. *Scheiße*, war alles, was er denken konnte. »Angenommen, ich leiste eine Anzahlung …«, sagte er, ohne vorher darüber nachzudenken. Die Worte sprudelten einfach aus ihm heraus. Sie machten ihm unfassbare Angst, und doch fühlten sie sich so richtig an. Er hatte sich vom ersten Moment an in das alte, ehrwürdige Gebäude der Harbour Beach Brewerie verliebt. Er spürte die Seele dieses Unternehmens, das fest mit Cape Cod und den Traditionen der Halbinsel verbunden war. Er könnte George alles geben, was er besaß. Seit er begonnen hatte, für einen großen Bostoner Getränkekonzern zu arbeiten, hatte er so viel Geld wie möglich zur Seite gelegt. Er bewohnte ein winziges Apartment, und außer seinem Pick-up hatte er sich nie irgendwelchen Luxus geleistet. Eben weil er genau wusste, was er vom Leben wollte. Gemeinsam mit dem Erbe seiner Großmutter, das er gut angelegt und deshalb um einiges vermehrt hatte, konnte er den Grundstein für die Übernahme der Brauerei legen. Mehr aber auch nicht.

George seufzte und verzog das Gesicht voller Mitgefühl. »Ich kann dich verstehen, Junge. Wirklich. Aber seien wir ehrlich. Es wird nicht funktionieren.« Er schraubte die Wasserflasche auf, die er bis jetzt in den Händen gedreht hatte, und trank einen großen Schluck.

»Angenommen, du nimmst die Anzahlung«, versuchte Jake es noch einmal, »wieviel Zeit hätte ich, den Rest des Geldes zu beschaffen?«

George schüttelte den Kopf. »Jake …«

»Nein.« Jake hob die Hand, um ihn zu unterbrechen. »Wie lange?«

Der Brauereibesitzer schürzte die Lippen und sah ihn nachdenklich von der Seite an. Einen Moment schwieg er. »Ein Vierteljahr. Höchstens«, erwiderte er dann vorsichtig.

»Lass es uns machen.« Jakes Herzschlag beschleunigte sich, und er hatte Mühe durchzuatmen. *Was tat er hier?* »Ich gebe dir die Anzahlung, und spätestens in drei Monaten habe ich einen Investor gefunden.«

»Das würde bedeuten, du müsstest dein Leben in Boston aufgeben. Du musst deinen Job kündigen, die Brauerei übernehmen. Und das alles, ohne die Sicherheit zu haben, ob du sie in einem Vierteljahr noch halten kannst. Überleg dir das gut.«

»Hopp oder Topp, wie es so schön heißt.« Jake zwang sich zu einem Lächeln, obwohl ihm schlecht wurde bei dem Gedanken daran, auf was er sich da einließ. »Ich finde jemanden. Ich bekomme das hin.«

Sein Geschäftspartner schien nicht so überzeugt von der Idee. »Schlaf wenigstens noch eine Nacht darüber«, schlug er vor.

»Nein.« Das würde er nicht. Er hatte gerade all seinen Mut zusammengenommen und war ins Ungewisse gesprungen. Er würde jetzt keinen Rettungsring akzeptieren, der ihn zurück an Bord des Lebens zog, das er unbedingt hinter sich lassen wollte. Wenn er zu viel Zeit bekam, darüber nachzudenken, würde er einen Rückzieher machen. Deshalb musste er jetzt eine Entscheidung fällen. Eliza Woodward hin oder her. Er würde es auch ohne sie schaffen. Jake wischte die plötzlich feuchte Handfläche am Stoff seiner Anzughose ab und hielt sie George entgegen. »Schlag ein«, forderte er ihn auf. »Ich packe das.«

Sein Gegenüber zögerte einen Moment, dann schüttelte er die dargebotene Hand. »Dein Freund Niclas soll die Verträge aufsetzen. Und ich muss los, die Madam will sicher wissen, ob sie endlich ihre Kreuzfahrt buchen kann.«

Jake wartete, bis George durch die Tür ins gleisende Sonnenlicht getreten war, dann rieb er sich mit den Händen über das Gesicht. Seine Finger zitterten. *Was habe ich getan?*, schoss es ihm durch den Kopf. Er musste den Verstand verloren haben. »Kann ich ein Bier haben?«, fragte er Shelby und presste die Faust auf sein immer noch viel zu schnell pochendes Herz.

Die junge Frau lächelte an ihren Piercings vorbei zu ihm herüber. »Harbour Beach Ale?«, fragte sie und hielt bereits ein Glas unter den Zapfhahn, weil sie wusste, dass das sein Lieblingsbier war.

Jake nickte. Er setzte das Glas an und trank es in einem Zug leer. Kälte und Geschmack schossen durch seine Speiseröhre. Er schmeckte das leicht Bittere im Abgang und spürte, wie sich das Adrenalin langsam aus seinem Körper verflüchtigte. Was Andrew und Niclas wohl zu dieser überstürzten Entscheidung sagen würden? Er würde es herausfinden. Jetzt sofort. Entschlossen stand er auf, um nach Sunset Cove zu fahren. Er kramte ein paar Dollarnoten aus seiner Hosentasche und legte sie neben das Glas. »Danke, Shelby«, sagte er und wandte sich zum Gehen.

Sie erwischte Jake an der Hand und hielt sie fest. Als er sich zu ihr umdrehte, legte sie die Geldscheine in seine Handfläche und schloss seine Finger darum. »Sieht so aus, als wärst du jetzt hier der Boss«, sagte sie und zwinkerte ihm zu. »Und der Boss bezahlt sein Bier nicht.«

»Ja, stimmt.« Er schluckte. »Sieht so aus.« Er war der Boss. Zumindest für die nächsten drei Monate. Er schob das Geld zurück in seine Hosentasche und hob die Hand zum Gruß. »Bis später, Shelby.«

»Tschüss, Chef«, rief sie ihm hinterher.

Jake trat hinaus in die Nachmittagssonne und blinzelte gegen die Helligkeit an. Auf dem Weg zu seinem Wagen wählte er noch einmal Eliza Woodwards Nummer und wartete, bis die Mailbox ansprang. Diesmal machte er sich nicht die Mühe, eine Nachricht zu hinterlassen. Er warf das Mobiltelefon auf die Sitzbank seines Pick-ups und schob sich hinter das Lenkrad. Mit einem letzten Blick auf die Harbour Beach Brewerie lenkte er seinen Wagen auf die Straße und reihte sich in den Touristenstrom ein, bis er auf die unbefestigte Straße in Richtung Sunset Cove abbiegen konnte.

*

Eliza Woodward hörte das Klingeln ihres Handys und das Klicken, als die Person am anderen Ende zum Anrufbeantworter in ihrem Arbeitszimmer weitergeleitet wurde. Sie sah die Haarsträhne vor ihrem Gesicht, die sich aus ihrem Knoten gelöst hatte. Unscharf nahm sie wahr, wie sie sich bewegte, wenn sie ein- und ausatmete.

»Mrs. Woodward, hier spricht Jake Foster«, klang die Stimme des Anrufers aus dem Lautsprecher.

Eliza schloss die Augen und öffnete sie wieder, in der Hoffnung, ihre Umgebung schärfer wahrnehmen zu können. Sie hob den Arm, um sich die Haarsträhne aus dem Gesicht zu streichen – und ließ ihn mit einem schmerzerfüllten Wimmern wieder sinken. Tränen traten ihr in die Augen. Keine Tränen der Wut, Scham oder Enttäuschung. Keine Tränen ob des Verrates und der Demütigung. Die salzigen Tropfen, die sich aus ihren Augenwinkeln lösten, wieder alles vor ihrem Gesicht verschwimmen ließen und sich dann in der Haarsträhne verfingen, waren dem Schmerz geschuldet, der durch ihre linke Seite schoss.

»Wir waren um vierzehn Uhr in Harbour Beach verabredet. Inzwischen ist es vierzehn Uhr siebenundvierzig«, fuhr Jake Foster fort. Er hatte eine schöne Stimme. Tief und warm. Sie war beruhigend. Jedenfalls hatte sie diese Wirkung bei den wenigen Malen gehabt, die sie aufeinandergetroffen waren oder miteinander telefoniert hatten.

Vierzehn Uhr siebenundvierzig, dachte Eliza. Das bedeutete, sie lag bereits seit über drei Stunden hier. Wahrscheinlich war sie bewusstlos gewesen. Nur so konnte sie sich erklären, dass so viel Zeit vergangen war, seit … Ihr Kopf ruhte auf dem rechten Arm, der ausgestreckt auf dem Orientteppich lag. Ihre Fingerspitzen glitten leicht über das handgeknüpfte weiche Material. Er lag schon seit drei Generationen an dieser Stelle. Im Arbeitszimmer, das erst ihrem Großvater, dann ihrem Vater gehört hatte und jetzt ihres war. Sie wollte aufstehen, zum Telefon gehen und den Hörer abnehmen. Sie wollte mit Jake Foster sprechen und sich dafür entschuldigen, dass sie den Termin hatte platzen lassen. Die Harbour Beach Brewerie war sein großer Traum, und sie hatte die Mittel, ihn Wirklichkeit werden zu lassen. Sie war sogar überzeugt davon, dass sich die Investition lohnte. Aber sie konnte es ihm nicht sagen. Weil sie nicht aufstehen und zum Telefon gehen konnte. Und weil sie wahrscheinlich nur undeutlich nuscheln würde, so angeschwollen und taub, wie sich ihre linke Wange anfühlte. Vorsichtig fuhr sie mit der Zunge über ihre Zähne. Keiner abgebrochen, aber ein Eckzahn wackelte bedenklich.

»Rufen Sie mich bitte zurück, damit ich weiß, ob Sie aufgehalten wurden und wir noch länger auf Sie warten sollen.« Nein, sie brauchten nicht länger auf sie warten. Sie würde den Termin nicht wahrnehmen. Weder heute noch in den nächsten Tagen. Immerhin schaffte der Anruf es, sie in die Realität zurückzuholen. Sie musste eine Bestandsaufnahme durchführen, ihre Verletzungen analysieren. Vorsichtig bewegte sie sich und stöhnte vor Schmerz. Vor ihren Augen tanzten Sterne. Mit der Geschwindigkeit eines hundert Jahre alten Greises richtete sie sich in eine sitzende Position auf und strich sich mit der rechten Hand endlich die Haarsträhne aus dem Gesicht. Schweiß mischte sich mit den Tränen, die ihr noch immer vor Schmerz über das Gesicht liefen. Ihr Magen rebellierte, aber sie zwang die aufsteigende Magensäure zurück. Sie würde sich nicht übergeben. Nicht hier, auf dem teuren Teppich.

»Falls Sie«, fuhr Foster fort. Dann stockte er kurz, und Eliza war sich sicher, er wollte etwas sagen, überlegte es sich dann aber anders. Mit einem »Rufen Sie mich einfach zurück, okay?« legte er schließlich auf.

Sie würde ihn zurückrufen. Sie würde sich bei ihm entschuldigen und einen neuen Termin ansetzen. Sobald sie in der Lage dazu war. Und von diesem Termin würde sie Greg nichts erzählen. Zitternd sog sie Luft in ihre Lungen und stieß sie wieder aus, versuchte ganz langsam und methodisch, den Schmerz wegzuatmen. Wahrscheinlich waren eine oder mehrere Rippen geprellt oder sogar angebrochen. Eine Gehirnerschütterung hatte sie in jeden Fall. Sie musste ihren Hausarzt anrufen, damit er herkam. Und sie musste Maggie anrufen. Ihre Haushälterin durfte auf gar keinen Fall hier auftauchen und sie so sehen. Erschöpft schloss sie die Augen. Sie musste unbedingt aufstehen. Als sie es endlich schaffte, auf die Knie zu kommen und sich an einem Sessel hochzuziehen, waren weitere fünf Minuten vergangen. Jake Foster wartete sicher längst nicht mehr auf sie.

ENDE DER LESEPROBE